大风起兮

——陈国凯作品评论集

贺 江 ◎ 主编

百花洲文艺出版社
BAIHUAZHOU LITERATURE AND ART PRESS

图书在版编目（CIP）数据

大风起兮：陈国凯作品评论集/贺江主编. --南昌：百花洲文艺出版社,2025.1
ISBN 978-7-5500-4877-5

Ⅰ．①大… Ⅱ．①贺… Ⅲ．①中国文学－当代文学－文学评论－文集 Ⅳ．①I206.7-53

中国版本图书馆 CIP 数据核字（2022）第 233136 号

大风起兮：陈国凯作品评论集

DAFENG QI XI：CHENGUOKAI ZUOPIN PINGLUN JI　贺江　主编

出 版 人	陈　波
责任编辑	杨　旭
特约编辑	闻　立
装帧设计	袁思文
出 版 者	百花洲文艺出版社
社　　址	南昌市红谷滩世贸路 898 号博能中心一期 A 座 20 楼
电　　话	0791-86895108（发行热线）0791-86171646（编辑热线）
邮　　编	330038
经　　销	全国新华书店
印　　刷	武汉鑫佳捷印务有限公司
开　　本	710mm×1000mm　1/16
印　　张	25.5
字　　数	401 千字
版　　次	2025 年 1 月第 1 版
印　　次	2025 年 1 月第 1 次印刷
书　　号	978-7-5500-4877-5
定　　价	98.00 元

赣版权登字 05-2022-326

网址 http://www.bhzwy.com
图书若有印装错误，影响阅读，可与承印厂联系调换。

国凯师兄（序一）

蒋子龙

青年学者贺江主编的《大风起兮：陈国凯作品评论集》即将出版，邀我作序。在表示祝贺之余，也借此机会谈谈我的"国凯师兄"。

1980 年，中国作协请秦兆阳先生带学生，秦先生便从文学讲习所挑选了陈国凯和我。国凯大我两岁，成为师兄，由此也成全了我们后半生的兄弟情谊。自那时起，凡有南下广东的机会我绝不错过，几乎每年一次，有时一年两三次，主要目的是为了看望国凯师兄。他形貌瘦弱，平时也以"弱"的姿态做人立世，脾性极佳，在文讲所一批正当红的作家中，他是最安静、最不显山露水的，而人脉最好的也是他，无论比他年长或年幼，人前背后都呼他国凯。不像我，同学们背后则称我"凶神一号""又臭又硬"。我们俩有着相同的经历，都当过工人，他是工人中的书生，我却是书生中的工人。我为自己这又臭又硬的坏脾气不知吃了多少苦头，因此他骨子里有种东西非常吸引我，貌弱实强，以弱胜强。这才是男人应有的刚硬和智慧。

文革结束后，国家开启的第一个文学奖项："首届全国优秀短篇小说奖"，他就榜上有名。然后长篇、中篇一部连一部：《好人阿通》《文坛志异》《大风起兮》……别人还在找井，他已经井喷。那个年代许多作家协会还处在"积重难返"、为分房子吵架的阶段，由国凯当主席的广东作协竟建起了自己的办公大楼和宿舍大楼，至今可能还有不少人在感念他。有一次我路过广州，没有事先联系就闯到他家里，当时的广州市市长黎子流正在他家里商量作协建楼用地的事情，令我惊异又羡慕。

有一年他来天津看我，住在我的书房里，那是一个独立单元，两面墙都是书柜。第二天闲聊时他偶尔透露，我柜里的有些书很好，值得保存，有些书他也想读还未来得及，问我读后的印象如何？还有些书是垃圾，不值得上书架占地方……我暗吃一惊，他即便整夜不睡也不可能将两面墙的书都过一遍眼！他却轻描淡写地说，看见这些顶天立地的大书架很好奇，随便翻了翻。

国凯师兄给人感觉并不强壮，体内却一直存有"两高"：高度近视、高血压。而他又把身体视为皮囊，全不在意，生活随意，几无规律可循，常常该睡的时候不睡，该起的时候不起，或许还因为大脑容量过大，二十世纪末终于引发脑溢血。这本来是不可逆转的大病，十分凶险，一年多之后竟奇迹般地复原，四肢行动如常，大脑思维如常，从表面看生活似乎又恢复了老样子，却有一项非常重要的功能没有恢复，那就是说话。一开始我非常着急，也替他难受，无法想象像他这样的人物怎么能忍受得了永远默不作声！

国凯的语言智慧，在文坛上是有一号的。我们俩多次一起参加笔会，仅 1982 年由康濯先生主持的湖南笔会就历时近一个月，每到一地都有讲座或座谈，每个作家都要讲上一段，自 1984 年起我们又成了中国作协主席团的成员，每年至少要开两次会，一般情况下国凯不会主动说话，一副心不在焉的样子。也正是这副沉默的样子，反而让人感到亲切，觉得他离你很近。但有些会是应该要发言的，当他必须开口讲话的时候，会突然令人感到一种陌生，一种神秘，明明是近在眼前的他反而离你很遥远了。尤其是他若不在意别人是否听得懂时，便会自由发挥，随自己的方便把客家话、广州话、普通话混成一团，似说似吟，半吞半吐，时而如水声潺潺，时而若拔丝山药，口若悬河，滔滔乎其来……没有人知道他在说什么，只听到从他的嘴里发出一串串的音调、音节，以及富有节奏感的抑扬顿挫……中国作协的陈建功称他讲的是一口古汉语。这也正是国凯的大幽默，或许就连他本人那一刻也未必真正闹得清自己在讲些什么。朋友们却喜欢他这个绝活，一碰到会场上沉闷难挨的时候，就鼓动他讲话。

一个有着这般出神入化的语言能力的人，怎可从此不再发声？为此我请教过不下三位脑科医生，根据国凯身体恢复的状态，他们几乎都认定经过训练他完全可以恢复正常的语言交流功能。然而谁都没有想到，国凯不配合，拒绝接受任何训练。家人劝不动曾求助于我，我也几乎磨破嘴皮子，他定定地看着我，始终不发一声，我说着说着自己心里先毛咕了，觉得眼前的这个陈国凯不再是我熟悉的师兄。过去他有两样标志性的东西：满头蓬乱的浓发和两个厚瓶子底般的黑框眼镜，把脸衬得又黑又窄，棱角嶙峋，显得老气。如今留着小平头，透出一种短平快的飒利劲，整个人都显得匀称而精干。养病期间切除白内障，视力有所提高，摘掉了那个大眼镜，脸被突显出来，变得白净、圆润了许多，看上去反而年轻了。以前那个邋邋遢遢、迷迷糊糊的大师兄，今天变得干净清爽，焕然一新。我怀疑他不是不能说话，而是不想说话，如果还要像孩子一样从头学说话，而且还未必能像以前那么流畅，不如干脆不再说话。自此，国凯果然闭住了自己的嘴。他每天还会浏览书报、看新闻、听音乐，依然关心现实世界，却不再对这个世界发声。

　　这还不算，一年后我再去看他，他家里的几个大书架上的书籍不见了，换成了 CD 盘或音乐唱片，每个书架有七层，满满登登，整整齐齐，或按音乐史编序，从巴洛克时期到浪漫时期再到现代派作品；或按人编序，世界著名指挥大师的作品、著名钢琴家的作品、著名小提琴家的作品、著名大提琴家的作品，林林总总，应有尽有；还有几百张中国的音乐作品和影碟……他的家人说他在听音乐上花的钱，足可以买辆宝马汽车。比如他得了大孙子，就上街买一张马勒第十交响乐的唱片以示庆贺，想借马勒这位集浪漫派和现代派于一身的伟大音乐家的作品，表达孙子出世给自己带来的欣喜和启示。一排复杂而气派的音响设备占据了大半个客厅，后面垂挂着各种型号、各种颜色的电线，粗粗细细，结成发辫，扭成一团。国凯夫人告诉我，这都是他自己到商店里选购的，大件东西商店里管送，小件就自己拎回来，然后自己组装、调试。我甚是好奇："他不说话又怎么能做到这一点呢？"他的夫人含笑摇头："我也不知道他是怎么办到的，因为他从来不运动，所以我就不干涉他逛商店，就权当锻炼呗。他现在奉行三不主义，第一是不运动，第二是不忌口，想吃什么就吃什么，以前不爱吃肉，现在却专爱吃肥肉，第三是不听话，不管好话坏话全不听，只听音乐。"

原来沉默的国凯师兄活出了自己特殊的味道，这未尝不是另一种强大。音乐和旋律既能把生命引向深奥，又可以让人的感觉和理解力变得奇妙而迅捷，我觉得他仍然有一个豪华的精神世界。听着曼妙的西方古典音乐，我走进他的书房，写字台上铺着一幅刚写好的大字："人书俱老"。运笔流畅，苍劲有致，上题"子龙弟一笑"。我果真笑了，对他说："能写出这种句子的人至少智慧不老，你到底还是我的大师兄呀！"国凯不愧是才子，大病后还能写出这样一笔好字。《人民文学》特别用两个彩页发表了他的书法作品。

国凯彻底离开了文坛，文坛却没有忘记他，我每隔一段时间就会看到他的旧作被重印，人民文学出版社还曾发行了10卷本的《陈国凯文集》。2010年底，广东省人民政府授予陈国凯终身成就奖。我不知道当今中国作家还有谁在自己生活的地方获得过这样的奖励。

师兄国凯著作等身，是广东新时期文学的标杆，也是中国当代文学的名家，他的文学创作成就巨大，但关于他的研究还远远不够，贺江主编的这本评论集既是对之前研究的一种总结，我相信也是一个起点——召唤更多的学者将该研究进行下去。

蒋子龙，著名作家，曾任中国作协副主席、天津市作协主席，多次获得全国优秀中、短篇小说奖。主要代表作有《乔厂长上任记》《燕赵悲歌》等，著有《蒋子龙文集》（14卷）。2018年被授予"改革先锋"称号。

回到历史现场（序二）

李德南

　　在青年学者、批评家当中，贺江的学术研究与文学批评取径独异。他硕士、博士阶段就读于深圳大学、上海师范大学，所读专业为比较文学与世界文学，在华东师范大学完成博士后研究后，又在中国人民大学做过访问学者。通常，如此优渥的学院教育背景会使得一个学人在著述时特别重视理论，会注重以理论照亮对象，进而在研究或批评实践中实现理论的推进或建构。贺江的研究、批评却与此不同。他倾心于一种颇为"传统"的方式：回到研究和批评的现场，尽可能多地阅读作家的作品，也包括读相关的评述文章。在细致而全面的阅读后，才提出个人的见解。贺江或许是担心理论的先行介入会给阐释造成遮蔽，因而选择先悬置理论，以新鲜的第一眼置身现场，强调在具体阅读中感受、发现、阐释。这种以去蔽、观看、阐释为核心的方法学，使得他的研究与批评质地扎实，贴身。

　　贺江迄今已出版《孤独的狂欢：科马克·麦卡锡的文学世界》《深圳文学的十二副面孔》两部专著，主编《突然显现出来的世界：薛忆沩作品评论集》《那些与我无关的东西：盛可以作品评论集》《天空之上的另一个天空：蔡东作品评论集》《在地的回响：深圳南山区六作家评论小辑》等"深圳文学研究文献系列"丛书。文献整理在贺江的学术工作中占了非常大的比重。这既和他的独异取径有关，也和他对所生活的城市深圳及其文学史、文化史的情意有关。贺江在一篇文章中曾谈到，"深圳这个城市仿佛得了健忘症，城市里的人仿佛是一群群的梦游者。当我们想要研究深圳文学时，我们发现，这个城市40多年的发展史中并没有留下什么'文本'——资料奇缺！深圳的文化工作者没有文本保护意识，曾经作为内刊之城的深圳，又能找到几本内刊资料？都散去了，消失了，不见了。具体到深圳作家呢？我们发现一大批作家也正在'消失'，无人提起！比如，谭日超、陈国凯、张若雪、曹征路、许立志、黑光，这些曾经为深圳文学做出重要贡献的作家们，他们仿佛从来没有存在过。"为抵抗遗忘，保存丰富的城市记忆与文学记忆，贺江选择了身体力行，从我做起。除了耗时耗力整理文献，贺江的研究和批评也多从深圳出发。相应地，研究和批评的在地性，对生活世界的深情，成为贺江的清晰标记。

贺江在文献整理方面，已有一定规模的成果，并且相关工作还在继续进行。《大风起兮：陈国凯作品评论集》作为他的最新成果，比之以往，在方法上有所调整。考虑到陈国凯对当下有的读者来说已有些陌生，贺江在编选时特意收入了陈国凯的自述并放在首要位置。这当中，既有让读者获得新鲜的第一眼的良善用意，也有对陈国凯及其作品的温情与敬意。

《大风起兮：陈国凯作品评论集》融通了多重视野。

其一是融通了作者本人，以及作家、批评家、文学史家的不同视野。当出自不同身份的人的文字有序地荟萃成书，不同的视野也自然而然地发生融合。在这多重视野中，我们得以回到陈国凯写作的历史现场，也得以理解他这个人，理解他的写作，以及他所处的时代。

在多重视野中，也有重合的焦点。不论是作家写的印象记，还是学者、批评家、文学史家写的作家作品论，其中被谈论得最多的，是陈国凯的幽默。幽默，是陈国凯的重要性格特点，对其作品的主题、叙事风格等亦有深刻影响。程文超说，"接触过陈国凯的人，都觉得他讲话很幽默。'文如其人'，他的作品的幽默正是从人物说话的幽默开始，而逐步将这种幽默因素贯穿于情节之中、人物之中、语言之中、结构之中，形成一种有别于他人的幽默情境美。"在众多论述中，陈国凯的幽默，也被上升到了学理层面。在郭小东眼里，"陈国凯的幽默，没有鲁迅那种贯染古今血泪，在极度激愤与压榨之中变换为曲笔的锋利、尖刻与挖苦。他是多情的宽怀的带着村镇知识分子的善良文弱，一个温情主义者的幽默。"而在陈剑晖看来，"由于生活经历、个性气质的差别，虽然同是当代作家，陈国凯的幽默却不同于王蒙的幽默，也不同于高晓声或陆文夫的幽默。在王蒙那些逗人捧腹的作品里，幽默更多的是和哲理情采、雄辩俏皮结合在一块，它充溢着妙趣横生的机敏和尖刻。高晓声的幽默，只有大辩若讷的特点，它表面看来诙谐笑谑，而内里却凝重厚实，这是一种溶解于生活风俗画中的乡村式幽默。陆文夫的幽默，则犀利冷峻又深切热烈，就像一幅幅讽意极浓的漫画，使人看后不得不猛醒深思。而陈国凯的幽默，与上述几位又不尽相同。这是一种既有乡村农民的质朴通俗，又有城市工人的聪明诙谐的幽默，是融敦厚善意、轻松与沉重、嘲弄与深情于一体的纯粹岭南式幽默。"贺江等论者则试图厘清幽默的天性如何启动陈国凯写作"文坛志异"系列小说，认为陈国凯小说的好看、耐读和"幽默"是分不开的。

除了"英雄所见略同"的幽默，不同的人眼中的陈国凯也存在不少差异。萧殷眼中的"小陈"，蒋子龙眼中的"国凯师兄"，竹林眼中的"文友陈国凯"，朱光天眼中的"老陈"，就既有共同点，又有较大的差异。种种不同，参差对照，相映成趣；合而观之，则能见出陈国凯的立体形象。

从中，我们也能看到作者及其文字本身的差异。陈剑晖的文章，理性，冷静，立论中正，层次分明，层层递进。郭小东的文字则是知音式的赏读，兼具学理与文采，充满阐释的激情。郭小东和陈剑晖的文字又都带有同时代性，共时批评的气息明显。节选自《广东文学通史》的《陈国凯新论》则带有文学史总结的性质，立论与遣词造句都把稳妥放在第一位，相应地，则是作者自身的语言风格和独到见解被削弱了。

《大风起兮：陈国凯作品评论集》还实现了历史与当下的视野融合。

陈国凯的写作方法，在今天仍旧能给写作者启发。比如在回答"怎样积累生活素材"这个问题时，陈国凯的回答是："我从来不抱侥幸心理想去唾手采摘什么完整的故事，而是着意从人们平凡的言行中去体会、思索、分析他们的生活、道德和心理等等。对那些使自己激动、引起共鸣的东西，一定抓住它，不让它飘散，使它逐渐上升为人物的特征。在我的书案头放着一本笔记本，取了个颇为别致的名字，叫'忽然想到'。生活中偶然涌入我脑子里的某些人物、场面、故事、细节……我都把它记在这个本子上。有时翻翻这'忽然想到'，几个月或者一两年前记下的某一人物、某一事件、某个细节或某个生活场景，甚至某句话，也会引起联想，很可能就因此发展成一篇小说。这个工作既帮助了记忆，也锻炼了观察生活的能力，还磨砺了自己的笔锋。"对于作家来说，把"忽然想到"的种种记录下来，有助于让写作始终能以实感经验为底，也有助于让长期写作成为可能。

在《作家和文字匠》一文中，陈国凯则谈到写作抱负的问题，认为抱负的大小至关重要。他说："作家和文字匠之间的差别，我看主要在于气质和人格力量。'器大者声闳'，古之名言，不仅说人，也是说文章。整天为自己一己之利一己之私奔者，其为人为文也有限。"虽然不同时代的作家的现实处境并不相同，但是陈国凯的这些看法，仍旧能给今天的写作者带来共鸣和启发。

读《大风起兮：陈国凯作品评论集》，我还觉得，虽然关注陈国凯及其作品的人比之前有所减少，但是他的写作是有当代性的。通过对他，还有对和他同时代的、在创作上有相似性的作家予以再认识，我们能更好地理解当下的时代和写作。比如说，在理解以王十月、郑小琼、曾楚桥、陈再见等作家作品为中心的打工文学时，我们可以发现，打工文学其实有它的历史延长线。往上追溯，打工文学所接通的，正是与陈国凯等人的工业题材写作，尤其是陈国凯等人以深圳、以岭南的经验为书写对象的作品。在这种历史关联中，通过考察他们写作上的同与异，既有助于认识陈国凯写作的意义，也有助于理解打工文学的流变。在这一文脉当中，我们会发现，陈国凯的写作并没有过时。他的作品，仍有活力，如处于休眠期的活火山。普通读者的阅读，研究者的重新阐释，都会激发他作品的活力，让蕴含其中的意义、力量再度如岩浆般喷涌而出。

陈国凯作品的当代性，当然不局限于此。重要作家的作品总有着无穷的开放性，其丰厚意蕴，在不同的语境中会得到不同程度的激活、再生。陈国凯的作品同样如此。在不应被遗忘的作家中，有他。

李德南，著名青年批评家，广州文学艺术创作研究院研究员，兼任中国现代文学馆特邀研究员、中国小说学会理事。著有《历史意识与小说解释学》《"我"与"世界"的现象学——史铁生及其生命哲学》《为思想寻找词语》等。

目录
MU LU

辑一

作

家

之

声

一、陈国凯自述

蓦然回首

——陈国凯自传[①]

陈国凯

公元 1938 年 5 月 6 日，我生于广东五华县一个叫青龙寨的客家山村。这偏僻的山村建在山顶上，寨门朝东，上书"紫气东来"。山下有一条小河，每天担水的人成行成队拾级而上，山寨对面是翠绿的山峦。方圆数里为乡，乡名很怪——半径。均为陈姓。

我的童年和少年时期在山寨度过。

童年时印象较深的是村与村的械斗。好像是年年斗。有一年双方动了枪火，机关枪都用上了。战斗进行得惊心动魄，我扒在窗台上听见子弹的呼哨声。搞不清大人们为何而斗。同寨也斗。青龙寨分东门西门，东门人跟西门人斗，有时甚至动了家伙。童年的我大为困惑：大人们为何如此好斗？

也有文的一面。山村不论男女老少，文盲瞎子，都会唱山歌。客家山歌是客家人心中的诗行，呼唤情爱，呼唤真诚，充满野性的美。

这都是解放前的事了。

长大了阅读一些关于客家人的评述资料，知道客家人祖籍中原，燕赵悲歌之地。千百年间辗转流徙，定居南方。形成了刻苦耐劳、尚武彪悍的品格。五华县古称长乐，兴梅地区第一个武状元及中国的球王李惠堂均出

---

① 本文选自《粤海文踪——当代广东著名作家十七人传》，广东人民出版社，1994 年 9 月版，第 252—262 页。

在五华，家乡人引为骄傲。没听说出过什么著名的文人。五华少商贾，多石匠，客家人常说"五华阿哥硬打硬"，五华人的尚武精神比别的客家地区强。

山寨有习武之风，少不更事之年，我也跟着人们操拳弄棍。童年的志愿是当军人，梦想着当轻裘大马驰骋千里的将军。

也读书。家有不少藏书，爱看描写奇人侠客的武侠小说，也看《三国》《西游》《水浒》，有时想入非非，渴望入山练剑。

我做梦也没有想到后来成了文弱书生，当了职业文人。

之后的情况就很平淡：上小学、中学，间以放牛、种菜、种地。小学四年级，到离家颇远的梅林中学上学，我叔叔在那儿教书。从小学四年级开始，在广州工作的哥哥寄钱供我读书。直至我初中毕业。

在家乡的安流中学读初中，安流中学解放前叫三江书院。客家人有很好的读书传统，再穷也想法让儿子读书。每月从家里挑点米，交上几元菜金，就足以生活。读书是人生一大乐事。我还当过班长和学习委员什么的。学校前面是一大片甘蔗林，有时约三两同学走到蔗林深处，一边温习功课，一边偷甘蔗吃。少年不识愁滋味。

学校鼓励学生树立崇高的志向，号召中学生订远大规划。我忽发奇想，提出一个语惊四座的"规划"：二十年成为音乐家和作家。学校领导将我的"规划"登在黑板报上。同学笑我吹牛，也确实是吹牛。因为我对何为作家何为音乐家一无所知。

我相信"有志者，事竟成"之说。少年时喜欢唱歌，决定先攻音乐。于是学作曲理论，学写曲子，也投稿。弄了一两年，发现自己仍然是客家山歌的初级水平，迷途知返。转学文学，流连于图书馆，看小说，看剧本，积极向学校黑板报投稿。在黑板报上登了几篇小文，就觉得自己很像个作家。数理化的学习成绩自然很差。

跟着学校的业余文工团跑来跑去，我几乎堕入情网，跟学校业余文工团演丫鬟的女同学很要好。有一个夜晚，俩人在操场上散步，就有了飞短流长，就有了我们在谈恋爱的议论。其父是校医，听到传闻勃然大怒。班主任对我发出庄严的警告。其实那时还不懂什么是恋爱,比较要好而已。就为舆论所不容。那位女同学一气之下,投奔一个县剧团,所谓"初恋"到此结束,从此音讯杳然。数十年后一个很偶然的机会见到她。大家已届不惑之年,在人海中饱经风霜,提起往事,引为笑谈而已。

初中毕业后来到广州。住在我哥哥家里,报考高中。初中时忙着要当作家当音乐家,其他学科荒废,又志大才疏,报考当时广州的重点中学,被刷下来是必然的了。落榜之日,悲苦彷徨,被我哥哥臭骂了一顿,才知道那些"家"不是好当的。后来到东山区一家补习学校——东方学校读高中。补习学校的教师和学生像一群乌合之众。我粤语懂得不多,落落寡群,听课索然无味,就写电影剧本、写小说。课堂乱糟糟的,谁也不管谁。同学中能给我留下印象的只有一位姓刘的女同学,一位性格腼腆又笑容很美的姑娘。我跟她课桌相邻。知道我上课时在写作,她很欣赏我的志气,不把我当作一般乡下人看。我也就把她引为知音。我整天胡编乱写,写了一个修水利的电影剧本,密密麻麻写在一个笔记本上。写好之后很得意,请她指教。她很认真地看完写了几页纸的修改意见。说很理解我的努力,欣赏我的才华,鼓励我多写。说只要坚持下去会有成就的。这是我"创作"上碰到的第一个知音。

1958 年 1 月,我的一篇小说《五叔和五婶》在羊城晚报发表了。从此,我的生活就和多灾多难的文学连结在一起了。

第一篇处女作的发表使我陷入盲目,写得更起劲了。挖空心思去胡编乱造,长的短的一齐来。根本就没有听教师在台上讲些什么。后来写的东西多数成为废品。学期结束,几门功课不及格,英语知识等于零。我学业无成,灰心冷意,一败涂地。

可见,中学生醉心于写小说容易误人子弟。

大跃进浪潮铺天盖地而来。我功课赶不上,想当作家当不成,便瞒着我哥哥,拎着一个旧藤箧到广州氮肥厂当学徒了。思想从虚无飘缈的云端里跌下来,落到布满沙石的工地上,成了工人阶级的一员。

工厂还在草创阶段,工地上布满泥泞,没有宿舍。我们第一批建设者来到华南工学院的一个地方集中培训。我们多数是刚出校门的学生。经过几个月的培训，住进工厂盖的简易楼房。连架子床都没有，我们就一张席子铺在水泥地板上睡觉。楼房没有水，我们白天一身汗污，傍晚就围在露天的水龙头脱衣洗澡。女工们经过时都不敢看。

不久，大炼钢铁的热潮席卷全国。正在进行着的化肥厂建设工程停顿下来。工厂在后山挖了几个土洞，我们便日以继夜地投入土法炼钢的大潮。

工厂的生活多姿多采，也充满苦涩甜酸。大跃进年头，到处充满愚蠢的忙碌和圣洁的真诚。学徒工的生活待遇极低，但干劲极高。几十小时的连续苦战。"不计报酬""带病上火线"成了我们引以为荣的口号……我们的精神世界被高度净化。我们这一代工人的真诚和热忱，后一代的青年工人是很难理解了。

大跃进运动的硝烟消散，化肥厂工程进展被大大拖后了。我分配到工厂的中心实验室当分析工，求师学艺，跟一位工程师做实验，带着一批天真的师妹。其乐也融融。那时已不想写什么小说当什么"家"了，一个心思在技术方面发展。我和一位技术员在做着一个艰苦的先天不足的试验，历经数年，以失败告终。

跟着来的是饥饿——全国性的饥饿。我们这些徒工——工厂的"贫农"们，对饥饿的感受尤深，精神世界就没有那么神圣了。我们吃到了自己创造的苦果——远离实事求是精神盲目跃进带来的苦果。我跟两位很要好的工友在饥饿难耐时到后山去偷过农民的番薯。后来工厂裁员，广州裁减了很多工人。这两位工友被裁减了。一位工友偷渡去了香港，后来辗转到英国定居当了老板，另一位到了宝安的光明农场，没有音信，可能已经去了异国他邦。

国家的经济情况逐渐好转，一个很偶然的机会使我又跟文字打上交道。工厂一位领导人不知从哪儿知道我在报纸上发表过一篇小说，便以为我是"秀才"，点名调我去工会搞宣传工作，编写墙报。不想去也得去。我无可奈何地告别了滴管、烧瓶，成了墙报的"主编"。后来又转到宣传科从事这项工作。由于工作关系，我较广泛地接触了工厂各阶层的人物，开拓了生活视野，客观上为我后来的业余创作提供了条件。生活中感受渐多，便开始经营"副业"——写通讯报道、散文特写，写诗歌，写小说，还给厂业余文工团写活报剧，写歌词。曾经写过一首歌曲被选送参加全国职工业余文艺会演，后来被收进一本歌曲集里。这是我平生唯一发表过的一首歌曲。

这段时间，我得到广州日报和羊城晚报编辑同志的关心帮助，并受到老作家萧殷先生的栽培。当业余作者是很艰苦的，我感激在我业余学习创作中给过我关心支持帮助的人。后来我担任深圳《特区文学》主编，很注意文学新苗，努力去发现有培养前途的作者。我不能容忍手下的编辑对业余作者采取老爷式的态度。

1962年，我发表了《部长下棋》，由萧殷同志提名让我参加了广东作协举办的青年作者学习班，翌年《羊城晚报》举办文学评奖，当时在全国尚属首创。小说《部长下棋》获首届评奖一等奖，新华社还向海内外发了消息。那时我才被人认为是业余作者了。

我搞业余创作正搞得起劲，来了大行"左"道的"四清运动"。一大批杀气腾腾的工作队员来到工厂。他们吓得厂里许多职工心惊肉跳，他们把一位无足轻重的科长撤职之后，把斗争矛头对准一般的员工，在群众中掀起一片人人自危的恐怖气氛。我忘不了进驻化验室工作组女组长阴冷的面孔和吓人的讲话。我发现女人要整人时，模样比男人狰狞。她把我从宣传科弄了回来，好像我是混进宣传科的可疑人物。其实我是宣传科的苦力，抄墙报贴墙报的下等角色。我发现一夜之间化验室的人都对我改变了态度，害怕跟我接近，这显然是女组长的"功劳"。看见情况不对，我去找工作队一位副队长，一位颇有儒雅风度的男士。他听了我的叙述，叫我不要有思想负担，他会跟那女组长打个招呼。他知道我在报纸上发表过文章，鼓励我继续写作。这是我碰见的又一位善人。一席谈话的结果改变了那位女组长对我充满敌视的态度。

"四清运动"没有完，就来了疯狂的"文化大革命"。我因为那篇《部长下棋》倒了霉，又是一夜之间，同宿舍的工友对我改变了态度，我觉得事情有点蹊跷。第二天早上，我到饭堂买早餐，发现饭堂贴了我许多大字报，说《部长下棋》是一篇大毒草。后来我才知道，昨天晚上开了大会，党委书记点了我的名并且把这篇实际上是歌颂共产党干部的小说定性为大毒草。党委书记还痛心地说，我们的思想太麻痹了，一直没有看出这篇小说是反党反社会主义的毒草。同志们，危险呀……如此等等。

其实，党委书记不是笨蛋，不会看不懂这篇小说。不过是运动当头，把我抛出来转移视线或当作运动的成果罢了。

当时我还在宣传科抄写墙报，按上面的意图宣传"文化大革命"如何如何好。

跟着我就从宣传科"滚"了下来，回到化验室接受批判。

后来，《部长下棋》被上纲为"配合为蒋介石反攻大陆"。专案组的好汉们找我谈，要我承认这个"客观事实"，否则将"抗拒从严"。专案组的水平之高，也实在令人叹为观止。

以下是我在"文化大革命"中的经历：化验室抓扫把、踩三轮车的杂勤工——钢材仓的搬运工——车间分析工——伙房工人——电工。在电工班工作期间，我常常被车间和宣传科抽调去搞宣传工作。车间的几位领导人是我的朋友。我和电工班师傅们相处得很好。电工班的工人每天风时来雨里去，都比较豪爽，没有那么多的小肚鸡肠，大企业产业工人的气质给了我有益的熏陶。我尊敬这些性格豪爽的朋友们。

"文化大革命"中，好汉们的冷眼看得多了。有些本来是有说有笑的人，一夜之间突然变成了不认识的人，变成了冷若冰霜的人。这也是很自然的事。不过，在那艰难的岁月，也有一些真正的朋友。他们在我困难的时刻都给过我不同程度的关心和支持。我真诚地感激他们。

"文革"期间，值得书一笔的事是结婚，那是1966年。结婚时口袋里只有50元。婚事很简朴。在上海天津路一间阁楼般的小房子里成亲。我佩服我妻子的胆量，在那个时候那种情况下跟我结了婚。说起来，这桩颇为奇特的婚事还是一位糊里糊涂的新华社记者造成的。这段婚恋足以写成一个传奇故事。我很佩服自己当时在婚恋问题上的勇气。

1967 年广州武斗，我爬火车到上海。火车上混乱不堪，乘了几天几夜的火车才到达上海。在上海一住 3 个月。翌年，我们有了个小男孩。

"四人帮"倒台之后，我正式被调到宣传科，重操旧业，"主编"墙报。

之后的生活，既复杂也简单，风雨文坛，热闹寂寞，人生世事，沧海桑田。阅历感受颇多，撮其要者简述如下——

1979 年春，在《作品》发表短篇小说《我应该怎么办？》。因此，是年夏天，上海电影制片厂约我去写电影剧本，我知道电影出笼之难，没写剧本，埋头在上影厂招待所写小说《代价》。该厂厂长指定专业编剧改编《我应该怎么办？》，剧本出来之后，由于种种原因，终于没有开拍。

是年 10 月，到北京开文代会，将《代价》（原名《活着和死去的灵魂》）交《当代》的老编辑龙世辉。他为这部小说发表做了大量工作。我们成了朋友。《代价》在《当代》发表之后，被《新华文摘》转载，被多个剧团改编为舞台剧上演。上海电视台改编为新时期第一个电视连续剧，弄了个很糟糕的结尾。我按秦兆阳同志的意见对《代价》作修改增补，成为长篇，由人民文学出版社出版。

是年 9 月，我从广州氮肥厂调中国作家协会广东分会文学院从事专业创作。

同年，上海文艺出版社出版了我的第一本短篇小说集《羊城一夜》。

1980 年，我到中国作家协会举办的第五期文学讲习所学习，结识了一批文友，并患了关节炎直至如今。

同年，广东省召开文代会，被选为中国作家协会广东分会副主席。

1982 年，因病住广州岭头疗养所，并写作长篇小说《好人阿通》（第一部），寄给朋友龙世辉。他不喜欢这种写法，要我改写，我直言难于接受他的修改意见，没改。结交以来，我们的友谊从未因稿子处理的问题受损。这部作品受萧殷等老作家和《花城》主编李士非的赏识，由《花城》发表并出版。

1984 年，当选为全国第六届人民代表大会代表。

同年，被任命为广东作协文学院主任。

同年某日，我从外地出差回来，才知道妻子没征求我的意见，已办好从广州氮肥厂调往深圳工作的手续，随家属举家南迁。

1985年，当选为中国作家协会理事。

同年，广东召开作代会，再度当选中国作家协会广东分会副主席。

同年，被深圳市聘为《特区文学》主编。当时深圳的市委书记是重视文化建设的梁湘。

1986年春，在北京开人大会议，梁湘同志找我征求如何把深圳文学创作搞上去的意见。我提出要上硬件，抓队伍：在深圳搞作家大楼或文学中心大厦，引进人才。梁湘接受了我的建议，亲自出马在深圳看好地皮，并由香港熊谷组认捐1000万元建楼。后来由于梁湘离任，此事功败垂成。

是年夏天，到深圳蛇口工业区深入生活，并酝酿长篇创作。

1987年夏，辞去《特区文学》主编职务，客居深圳写作。

1988年，完成长篇小说《荒唐世事》。

1989年，因病住院，并写作长篇小说《都市的黄昏》。

是年冬，接手广东省作家协会工作，任广东省作家协会党组副书记。

1990年春，当选广东省作家协会主席。

主持广东省作家协会工作以来，和省作协的同志们一起，做了如下几件事——

在省委的支持下，成立广东省文学创作出版基金会，出任会长。引进外资组建新华快迅荧幕公司。建成当时全国最大的户外电子屏幕，基金会向海外筹资，在顾问梁威林的帮助下，香港霍英东认捐港币500万元支持广东文学中心大厦建设。

成立广东文学讲习所，培训青年作者。

组织出版《岭南文学百家丛书》；为广东文学讲习所学员筹集资金，出版《新作家丛书》。

设立广东作家资料馆，收集整理广东作家的资料。

组建作家山庄。在蓝带集团公司的支持下，广东蓝带作家山庄在肇庆落成。

设立广东长篇小说奖。

筹办广东文学中心大厦。在广州市市长黎子流和省委的支持下，广州天河一块8000多平方米的地划归广东省作家协会。1993年买地并着手组织第一期工程施工。

召开广东省第一届青年作家代表大会。对潜心创作的优秀中青年作家发放首批创作津贴；组建广东青年文学院（与企业合作）。

赴台山市与台山市委协商，在该市上川岛海滨设立广东海涛作家别墅。

召开纪念萧殷逝世10周年大会。设立"萧殷文学评论奖"。

等等。

近年创作——

主持省作协工作以来，坚持边工作、边治病、边创作。写作散文、随笔、评论、小说等近30万字。1993年开始写作长篇小说《好人阿通》第二卷，部分章节已在报刊发表。

短篇小说《相见时难》，获《人民文学》1991年优秀短篇小说奖。

短篇小说《周末》，获《中国作家》1993年优秀短篇小说奖。

从1958年发表处女作开始，风雨文坛30多年，出版过20本书，得过若干个奖，部分作品被译介到海外，被国务院授予特殊津贴。

主要作品有——

长篇小说：《代价》《好人阿通》《荒唐世事》《都市的黄昏》（与人合作）。

小说集：《羊城一夜》《家庭喜剧》《平常的一天》《荒诞的梦》《文坛志异》《两情若是久长时》《奇才》《摩登阿Q》等。

随笔集：《蓦然回首》《西西里女郎》。

自选集：《陈国凯中篇小说选》《陈国凯小说选》《陈国凯选集》《陈国凯》等。

文学活动：参加中国作家代表团出访过菲律宾、波兰、意大利等。

1993年11月11日于深圳

"我从《花地》来！"①

陈国凯

在一个阳光明丽的日子里，和几位摇笔杆子的朋友碰在一起，因为我们年纪相近，都是土生土长的工农作者，叙谈也特别随便。谈着谈着，谈到了《羊城晚报》复刊的消息，很快成为我们热烈的话题。有个年纪未满四十但已白发斑斑的朋友，颇为感慨地说："我们这些人都是从《花地》出来的哩！"这一句普通的话，强烈地拨动了我的心弦，勾起了我深长的温馨的回忆。

"我从《花地》来！"——这是许多年近中年的广东工农作者的心声。如果把《羊城晚报》的《花地》副刊比喻为一块阳光洒满、雨肥丰足的沃土，那么，许多业余作者——特别是工农作者——就是在这块沃土上发芽抽叶，开花结果的。在同辈的作者中，我算是个低能儿，但是，我不能不说，是《花地》这块沃土使我这颗孱弱的种子抽芽出叶的。十年浩劫，几番风雨几番狂，文坛上红消香断，花谢花飞，但是，我这株从《花地》抽芽出土的文学幼苗，一直在深深地怀念这块曾经繁花似锦的土地。这种感情，似乎孩子眷恋慈母之情。如今在党的阳光照耀下，被冰封了十多年的《花地》终于雪化冰消，再现她那百花争艳、五彩纷呈的面貌。作为一个在《花地》饱吸过雨露恩泽的工人作者，怎能不喜上眉梢，情思万缕呢！

《羊城晚报》值得人们怀恋的东西太多了。我最难以忘怀的是《花地》

---

① 本文原载《羊城晚报》1980 年 2 月 25 日。

"不拘一格降人才"的编辑方针和正派的编辑作风。如果没有这种正确的编辑方针和正派的编辑作风，《花地》就不会享有这么高的盛誉，也不可能培养出众多的文学新人。目前活跃在广东文坛上的大批工农作者，大都是从《花地》和《作品》这块干净的土地上走出来的。对这一点，我有着特别亲切的感受。

一九五七年，我还是一个不懂事的中学生，也是《羊城晚报》的热心读者。每当放学回来，那时广州的街头是一片"晚报！羊城晚报！"的叫卖声，过往行人围在报摊上买报，大街上，《羊城晚报》像盛开在人丛中的花朵，大街小巷，茶楼饭店，公共汽车上，三轮车工人的手里……一到傍晚，广州城简直成了《羊城晚报》"飞翔"的世界。我是个穷中学生，但是我每天还是把早餐费节省下四分钱来买《羊城晚报》，在公园的石凳上或家里的灯光下读完两个副刊——《花地》和《晚会》，就像喜欢喝酒的人喝了一杯醇香的酒一样，有一种愉快的享受。我因为喜欢文学，《花地》便成为我的好朋友了，一天不见，心里就仿佛缺少了什么似的。也可以说：《花地》也成了我学习写作的启蒙老师。

这一年年底，也不知道哪里来的勇气，我想学写小说了。花了一些心思，以过去家乡经历过的农村生活为素材写了一个短篇《五叔和五婶》，密密麻麻地写在单行纸上，那时我还不知道写文章要用有格子的纸。然后贴足了邮票，抱着试一试的心情寄给《羊城晚报》，当稿子投进邮筒，我的心也仿佛掉进去了。一个月之后，没有任何消息。我心想：《羊城晚报》是全国驰名的大报，我这个无名小辈写的文章可能早就给编辑同志丢到字纸篓里去了。但是一九五八年一月十八日那天（也就是稿子投出一个多月后）我放学之后，照例掏出从早餐节省下来的四分钱去买《羊城晚报》，一翻，我的天！《花地》的头条上居然用铅字印出了我的第一个短篇小说。我不知道其他文学作者或作家们发表处女作时的心情如何，我那时激动的心情是难以用语言形容的。心咚咚地跳，赶快把报纸塞到屁股后面的裤袋里，在街上漫无目的地行走着，觉得黄昏的景色都比往常美丽了，街上人的脸孔也比过去好看了。这种心情现在回想起来当然是相当可笑，不过也有些令人深思的严肃的东西；那时，我是嘴上无毛的幼稚的中学生，无名小辈，和编辑同志既不是叔伯亲戚，也不是朋友世交，稿子从前门进去，也是从前门印出来。而且那时《花地》的编辑在看稿子之前根本不知道世界上有我这一个人，看到稿子之后，也没有来查询我的祖宗十八代，看到稿子可用就签发了。后来还把这篇幼稚的习作编入《春花》集子里。这些年来，目睹了一些文坛的怪现象之后，我特别怀恋、特别赞赏《花地》编辑这种关心无名小辈、不以名取文的好作风，没有这种作风，是不可能培养出大批文艺新军的。

我自知我是毫无才气的作者，是一颗干瘪的种子，但是在《花地》这块沃土上，我终于开出了第一片叶子，一棵嫩弱的幼芽就是这样出土的。

《花地》对工农业余作者的关怀是令人感动的。后来，在"大跃进"的浪潮中我跃到工厂。工厂初建，忙于铲石铺路，后来又忙于把各处收集来的钢窗钢门这类有用的东西用土炉灶炼成废钢烂铁，一天二十多个小时苦战忙着"放卫星"，也就没有什么时间去学写小说。经济困难时期饿肚皮了，工作却没有那么辛苦了，我又想起文学。那时尽管肚子饿，但书籍还是丰富的，精神上并不像"四人帮"时期那么饥饿。我又开始学写起小说来，照例是投《花地》。有一天，《花地》一个编辑专程到远离市区的工厂来找我，这是我认识的第一个文艺编辑。他十分热情地对我做了长谈，给我鼓励和鞭策，耐心地指出我的缺点和努力的方向。这时，我才知道他是发表我第一篇小说的编辑同志，他还和我一起到红尘滚滚的炙热的焙烧炉前，和一个先进工人谈了话，并指点我如何为这位先进工人写一篇文章。这就是我生平认识的第一个编辑、第一位作家。中午时分，我带他到饭堂就餐，对这位热情、诚挚的编辑，我是慷慨的。我认为：在真诚的朋友和同志之间，互相帮助，甚至相互间礼尚往来的馈赠，是人之常情，是一种情谊的表示。但出我意料的是，吃完饭之后，这位编辑坚持要留下饭菜钱才走路。这时我心里有点不太好受：这位编辑同志从老远的市区跑来，给了我那么热情的教导和鼓励，连请他吃一顿饭堂的饭都不领我的情，未免太认真了，但是从另一方面，他又使我感受到一种很珍贵的东西：党的优良传统。这些年来，我从许多编辑和许多老作家的身上看到这种优良的传统：酷爱人才，严于律己。

《花地》编辑扶植人才——特别是扶植工农业余作者的工作是很细致的。这一点我也有深切的体会。他们像辛勤的园丁，在浩繁的稿件堆里耕耘时发现一株新苗、一篇好稿，不光是发表了就算，还把一些作者介绍给文学界的老前辈。一九六二年，我在《花地》发表了一个短篇小说《部长下棋》，之后，《花地》的编辑就把我介绍给一位有名望的老作家。当时我还是个二十出头的青年，和这位老作家认识之后，他一直关怀我思想上和学习上的进步，扶着我学走路……

提起《花地》，要谈的话太多了。从我的第一篇幼稚的习作在《花地》上发表以来，二十年过去了。岁月无情，我也从少年迈进了中年，摸摸下巴上的胡茬子已经硬邦邦了。但是在文学创作上我并无多少建树。但我心里很清楚：是《花地》使我这"文学婴儿""哇"的一声坠地的。广东不少工农作者也是这样降生的。"我从《花地》来！"这是许多作者发自肺腑的心声。在《羊城晚报》复刊之际，我祝愿更多的"文学婴儿"在《花地》这个摇篮里成长……

1980 年 2 月 15 日于广州

零思飘絮

——写于《特区文学》创办二十周年 ①

陈国凯

一

二十世纪八十年代中期，我被深圳聘为《特区文学》主编。那是深圳开荒年代，各种人才相对匮乏。黄泥路，"低标准"的楼房，尘土飞扬，哪有今天的琼楼玉宇，如许风光？今天的繁华，在那时还是梦里仙山。然而，正是那时理想的张扬和人际关系的相对和谐，使深圳特区走上快车道。

那是令人回味的年代，物质并不丰富，但多了那份真诚、热血和奉献，少了繁华年代的尔虞我诈巧取豪夺。特区的创业者们披一身风雨，洒一路汗珠，脚下写着艰辛，头上一抹青天，脚踏实地走向未来……

那年头，接手一本厚厚的文学刊物的编务，我不能不佩服创办者的气魄。在文化环境相对落后的情况下，创办一份大型文学刊物，需要何等的决心和魄力，得付出多少艰辛。刊物的创办人韦丘，行伍出身，诗人风骨，集军人气质和浪漫情怀于一身，在深圳市委支持下，在这萋萋荒草地，树起一面亮丽的文学旗帜。

许多年之后，步入晚年，我才领悟到此举的意义。创业难，守业更难。在困难的条件下坚守高洁的文学精神尤其之难！

---

① 本文选自《陈国凯文集·卷8》，陈国凯，人民文学出版社，2012年10月版，第315—318页。

看今天，报刊林立，状极繁华，然而时尚屈从于功利。在"繁"的表面下，显露出精神的荒芜和文学精神的失落。这一脉书香——《特区文学》，还在艰难地守望着文学精神，给特区文明世界增添了精神器质的鲜活。

二

我担任《特区文学》主编的时间不算长，也就是三年多的时间吧。这几年属深圳多难之秋，姓资姓社的问题绷紧了人们的神经，特区的领导者心理上承受的压力不是一般人能体会的。到后来，我才体会到他们的艰难。

然而，他们对《特区文学》的关怀令我感动。有些事，记忆犹新。

我这人内向，或者还有一点文人气质的清高，不走门道，不登市领导干部的家门，应该说，不是个好主编。当时刊物的处境有这样那样的困难，譬如编辑的住房偏紧等等。有一次，我在《深圳特区报》写了一篇短文，谈的是别的事情，笔锋带过，写了几句编辑同志住房的困难。这应景文章写完也就完了，想不到这篇小文却惊动了当时的市委书记兼市长梁湘，他读了这篇文章，并指示有关部门，《特区文学》的编辑住房困难，你们给他们解决房子问题。有关部门果然在滨河的新楼给了几套房子。我大感意外。一位日理万机的市委书记能从一篇文章的细枝末节中看到编辑部的困难，并亲自指示予以解决，我怎么也想不到。这就是于细微处见精神！从此，梁湘这个名字就深深地刻在我的脑海里。想到梁湘，这名字总是跟文化联在一起，当然还有他在特区建设困难时期和班子一起披荆斩棘的大无畏精神。

还有主管文教的市委常委邹尔康。他风度翩翩，对文化人不拿架子，几次约请在深圳的知名文化人（大体都是客座深圳）把盏聊天，品茗笑语，无主题聚会，文化人容易激动，间或有争论，邹尔康微笑着听，举杯之间，把气氛调和得恰到好处。在文化人面前，他不像"官员"，而是朋友。至今我印象中仍留下他爽朗的笑容。

《特区文学》首开国内的先例，刊发一些香港作家的作品而且稿酬支付港币。当时深圳的经费很困难，我们给邹尔康同志打了报告，说没有港币支付海外作家稿费了。邹常委（好像还兼副市长）立即批示财务部门：特区就是再穷，海外文化人的稿费也不能拖欠。给港币！这就是邹尔康，象征着当年特区的文化精神！

还有当年的市委常委林江，是文化底蕴很深的忠厚长者，很关心文化人。后来他上调省委宣传部当部长，还光临我深圳的寒舍聊天，纯粹是聊天……

近年，我思考：为什么老深圳人常常想起梁湘时期。这固然因为梁湘这个班子在特区建设中，众志成城开创了一个英雄时代，更深层的是这个班子集结而成的文化精神！一个人一个地区的品位高低，不光是物质的，更是文化的！有钱可以建造大厦千间，但归根结底只有文化器质上的东西，才能历久弥新。古往今来的历史是这样书写的。

三

主编《特区文学》数年做了一点工作，更多的是遗憾。最大的遗憾是对编辑部的同仁体贴不够，关心不够。如今，当年共事的同僚大都退休或离散了，回首往事，一股歉意潜然浸入心头。

人能相聚同事，是一种缘分，尽管每个人的个性不同，能一道共事，总是缘，作为主事者如何体贴和关心别人，一道把事情做好，是至关重要的。随着年岁的增长，这点体会更深一些。当年留下的一些遗憾，虽然逝水流年，成为往事，但我撰写这小文时，还觉得应该向当年共度时艰的同事们致一番歉意。他们其实都是很善良，而且有才华的人。

人生有限，岁月无穷，忽然间《特区文学》已到了二十周岁了。时序翔飞似转轮，世间人事几番新。不论从哪方面看，继任主编都做得比我好些，这也符合生态规律。编辑部要我写点纪念文字，信马由缰写下一些零思飘絮，纪念《特区文学》岁入青年二十岁！是壮美的青年了！祝愿刊物更富有时代青年的风度和气质，在寂寞文坛中独具禀赋，开拓未来。

二、陈国凯谈创作

在学习创作的道路上 ①

陈国凯

　　一个作者走上文学道路之前，总是个文艺爱好者，而生活环境的熏陶对形成这种爱好有直接关系。

　　我于 1938 年农历四月初六出生在广东省五华县一个偏僻的客家山村里。客家地区是山歌之乡，男女青年经常在山上对歌谈恋爱。我是读书不长进的顽童，经常跟着村里的青少年到山里摘野果、听山歌。山里人文化不高，但不少人是天才的山歌手。他们出口成歌，随唱随编。有时男女之间隔山唱歌，越唱越近，唱到痴情处，便搂抱起来了。歌为媒，山作证，山里人的爱情像清风明月，山溪流水，顺畅自然，带着一种山间的野情野性美。当然也常常酝酿和发生着悲剧。我钦佩这些出口成歌的人们，也常常跟着他们面对青山，面对绿水咿咿呀呀地唱些不知其然的情歌，唱得很带劲。客家情歌是很好的诗作，不会比任何"放光芒""斗志昂""亮堂堂""照四方"之类的诗歌逊色。客家情歌中那种火辣辣的充满野性无所顾忌的情与爱，令人惊心动魄，是对千百年来封建伦理道德的宣战。这是我童年时期的"文艺教材"。一位在乡间流浪的女歌手是我少年时期崇拜的偶像，一个梁山伯与祝英台的爱情故事，她打着竹板可以唱几天几夜。我常常搬着小板凳听她唱歌，尽管她布衫赤足，但她那甜美自然的歌声，足以跟当今满身绫罗珠翠的发红发紫的歌星比美。我觉得她简直是天才，比现在我们这些挖空心思、冥思苦想才写出一点东西的人强多了。我对她

---

① 本文选自《中青年作家自传》，戚积广主编，时代文艺出版社，1988 年 12 月版，第 367—377 页。

崇拜得很，有时看着她裸着的浑圆的脚趾，我甚至想摸一摸这天才人物的脚趾。当时我还不知道村里有些古板的道德家们把这女歌手看作是下贱的女人、叫花子。他们很不高兴"正经的孩子"去听这"下贱女人"唱竹板歌。有一次，我正入迷地听她唱歌，家里有个人扯着我的耳朵把我揪回家里，我大哭了一场，终于哭回了听歌的权利。直至今天，我想起这流浪女歌手，心里头有美妙的回音萦绕，脑海里涌现出她用歌声塑造出来的梁山伯、祝英台等活生生的人物。应该说，这"下贱女人"是我文学上第一个启蒙老师。这位随唱随编的民间歌手以她丰富敏捷的想象和美妙的歌声，培育了我心头爱好文艺的幼芽。她是我接触到的第一个天才诗人——民间有很多天才诗人。

客家地区的歌风民俗是培育我爱好文艺的摇篮。我对民族化大众化的文学艺术比较偏爱，根源就在这里。

学校里的课文很乏味，每天要肃立背诵"国父遗训"，很像后来的"早请示、晚汇报"。小学里只有一位老师，他很博学，但脾气暴躁，是学生们心目中的"暴君"，最苦的"差事"是背书。老师点了名，我们就战战兢兢地肃立在他面前，他手持戒尺，好像从来不笑，你得在戒尺的威胁下乖乖地背书。背错了，老师低沉地说一声："把手掌伸过来！"手掌上就挨了辣辣的几下，遇到老师心情不好时，能打得你跳起来。这样的"苛政"能使人对课本和对课室产生恐惧心理。我的兴趣在课堂之外。粗通文字，我就迷上了神仙鬼怪、剑侠传奇之类的小说，什么《三侠五义》《七侠五义》《飞剑奇侠传》之类的玩意。看得神魂颠倒，满脑子神神鬼鬼、和尚道士、侠客飞人。人之初，就受了严重的"精神污染"。我有个姑母是神仙弟子，经常带着"三生薄"和经悔符咒之类的经卷来点化世人，述说苦海无边，劝人回头是岸。她给我讲了许多骇人听闻的上刀山下油锅的地狱故事，宣扬了十殿阎王的"绝对权威"。有一次，她断言我今生必定多灾多难，要被小人暗算。她动员我去当和尚，说只有这样我才可以消灾纳福、得道成仙，不受九九轮回之苦。我居然也十分向往神仙境界，愿意皈依佛门，去修成正果。我母亲坚决反对，几乎和满身神仙气度的姑母吵了起来。我记得我还因此哭了一场。

当和尚没当成，那些神神怪怪的书也看腻了，我开始看《西游记》，这是我读的第一本文学名著。那时看书只是跑故事，凡是书中写景的地方就跳过去。这样似懂非懂地看了一个暑假，挺喜欢孙悟空、猪八戒这两个怪物。唐僧这人我不喜欢，干嘛一个人老要板着面孔一本正经呢！我最恨唐僧念紧箍咒了，一看到唐僧念紧箍咒，我仿佛也头疼。

那时正是阅读古怪小说的年龄，凡是有鬼怪神仙的书都喜欢看。再后来，就读《今古奇观》《水浒》《三国演义》等书。《红楼梦》《金瓶梅》也翻过，但看不进去。那时年纪小，喜欢看打斗故事，不喜欢男女之间那种缠绵的爱情描写，更不知"贾宝玉初试云雨情"是何勾当。看到《金瓶梅》里西门庆和潘金莲穿一条裤子，我心想：这干吗呢？

除了阅读上述的书籍，也阅读《孟丽君》《昭君和番》《荡寇志》以及薛仁贵父子"征东""征西"之类糟粕颇多的书。抓到什么看什么，也没人指导。读得多了，欣赏趣味慢慢提高。看了《水浒》，再看《荡寇志》就很难看得下去。后者把梁山好汉一个个斩尽杀绝，我很反感，很恨《荡寇志》中那些"忠臣良将"。这说明，纵使是青少年，多读，会提高鉴别能力。读书要百分之百纯粹，恐怕非育人之妙法。孔夫子那套"非礼勿动，非礼勿视，非礼勿言"的名训训了中国几千年，也没有在中国培养出多少圣人。读一本坏书就会使一个人变成坏蛋的说法很值得怀疑。当然，也不否认它的消极影响。

少年时期大量阅读的结果，一是把眼睛搞近视了，二是脑子里装进不少封建思想，三是培养了几个文艺细胞，作文写得比较通顺，词汇也多了几个。学校里的老先生对我的一篇作文大加赏识，并在课堂上抑扬顿挫地朗诵了一遍，从此，我发现老师对我的目光变得慈祥了，他手里经常转动的戒尺也较少落到我掌心上。我颇为得意，中国人不挨打就会有几分得意。

我对中国传统文学的偏爱是在少年时期形成的。直到今天，我也认为我们的施耐庵和罗贯中不比海明威矮半截——尽管他们没有获过诺贝尔文学奖。至于曹雪芹，更是世界文学崇山峻岭中的高峰。令人叹为观止了。

上初中之后，我的阅读领域打开了新的天地。我感激管理中学图书馆那位和蔼慈祥的老师。她发现我是小说迷，对我特殊照顾，破例让一个初中生进书库翻书。面对浩瀚的知识海洋，其乐无穷。开始接触外国文学名著，积累了一点儿文学知识。她把我引进了中外文学的广阔领域。我脑海里常常浮现她的微笑。这微笑真美，会使寂寞的心头变得温暖，但愿人世间有更多这样的微笑，让渴求知识的青少年的心灵更充实更美。

大量阅读是学习创作前的一个重要准备阶段，准备得越充分越好。可惜我这方面的准备很差，好读书不求甚解，读书不得其法，跑故事跑情节的多，从文学描写角度去分析的少。读没有文学价值的鬼怪、剑侠小说又浪费了我过多的时间。但愿爱好文学的青少年朋友们以我为戒。

读了一些文学作品，我跃跃欲试想写小说了。觉得自己懂得很多了。后来转学到广州读高中，我开始动笔，想一鸣惊人，写电影剧本。剧本叫啥名堂，忘了。故事大概是这样：一对贫苦的青年农民相亲相爱，海誓山盟，女方被一个凶恶的地主恶霸抢走了。男青年一把大火烧了地主的房子，投奔革命去了。后来是军号嘹亮，歌声动天，革命胜利了，这位革命战士回来了，斗倒了地主恶霸，把过去爱恋的人从水深火热中救了出来，抱头痛哭一场，然后高呼"万岁万万岁"，破镜重圆，皆大欢喜。我在一个厚笔记本上写了几个月，写完之后，相当得意，坐在我前排一位姓刘的女同学喜欢看小说，和我挺谈得拢，我便将我的"大作"请她读。她果真读完了，写了满满一页批评意见，指出不少漏洞。我很自负，自我感觉良好，不相信有什么漏洞，将剧本寄给电影制片厂。几个月过去了。连笔记本也收不回来。第一次"创作"失败了。我不气馁，长的不行，短的总可以吧。我根据在农村时一些生活感受写了一个短篇《五叔和五婶》，投给《羊城晚报》副刊，眼巴巴地望了一个月杳无音讯，我要当作家的信心开始动摇。一天黄昏，我在街头遛达，买了一份《羊城晚报》，天！我那篇小说登出来了，当时的狂喜心情难以言表。刚好碰见姓刘的同学，我神气地将手上的报纸一扬："看，登了！我的小说，登了！"这同学也为我高兴，我慷慨地买了几根冰棍，邀请她去附近的公园走走，分享我的快乐。我高视阔步，气度非凡。在公园里对这位女同学大吹牛皮，大讲雄心壮志，一定要在几年之内成为作家云云……这位同学文静娴雅，半信半疑地听我吹，后来我吹到什么地方自己也忘记了。

啊，青少年时代的无知和狂妄！

第一篇小说的发表，使我忘乎所以，不好好念书了，一心只想着写小说、当作家。写短的不过瘾，又来长的。我动笔写洋洋数万言的小说。写什么？修水利。我没参加过修水利，只在电影上看过，就雄心勃勃地写了起来。老师在台上讲课，我在笔记本上让我的"英雄人物"去开山爆石筑堤坝，"英雄们"当然是汗如雨落、干劲冲天、气贯长虹，还加上大红花和爱情之类的场面。在教室里"筑"了几个月"堤坝"，稿子寄出去，石沉大海。我不灰心，再写，长长短短一齐来。写了些什么记不清了。这样"埋头创作"的结果，到期终考试时，几门功课不及格，英语知识等于零。花了大量心血编造出来的"作品"连铅印的退稿信都没捞到几张。

回顾这段时期的生活，虽属可笑，但通过大量的练笔，也多少学到一点文字功夫，并非一无是处。

1958年，"大跃进"浪潮铺天盖地而来，使我这青年学生热血奔腾，我到广州市劳动局报名进工厂，当收到工厂的通知时，我心情激动：这下子我成了工人阶级了。其实，我对工厂生活尚无感性认识。我是从作家们写的工业题材的小说中认识工厂生活的。作家们笔下的工厂生活充满诗情画意，小说中的工人形象威风得很，而那些戴眼镜的技术人员就没有那么神气了，好像老要跟工人过不去，最后总是在工人面前甘拜下风。我怀着很强的自豪感去当工人。进了工厂，才知道工厂里的生活跟我们可敬作家们书上写的工厂生活相距很远。

我进厂时，工厂刚开始兴建，生活条件极差，在生活待遇上，学徒工是工厂里的"贫农"，买一瓶汽水喝都得考虑半天，培训科科长发现这些不安分守己的徒工每到月底就穷得到处向人借饭菜票。有些人则干脆想法子把人家养的鸡和农民养的狗（工厂附近是农村）弄到房里关起来宰了给伙伴们加菜。个别大胆的徒工干脆伸手向培训科长借钱。培训科长把我们召集起来训了半天，大讲长征中前辈们吃草根煮皮带艰苦卓绝的革命生涯，号召我们学习，并明确地告诫我们："国家每月发给你们十五元津贴，是给你们吃饭的，不是给你们喝汽水的。你们为啥不喝开水，偏偏要去喝汽水？"

工厂初建，集体宿舍连床都没有，我们铺一条草席，睡在地板上。几幢楼房只有两个安装了露天的水龙头，每当夜色迷茫，我们这些一身臭汗的徒工就脱得精光赤条地围着水龙头洗澡，对着新月浮云放声歌唱，女徒工们走过这马路边，总是别过脸去不敢看水龙头下的当代亚当们。我们白天修马路、筑铁路，晚上没有什么娱乐活动。后来，大跃进越跃越厉害，厂里的基建停了下来，去炼土钢铁，把好端端的钢窗铁门投进土炉灶里煮成一块块"乌龟"，还敲锣打鼓去"报喜"。在那"干劲冲天"的年月，连续十多小时的"苦战"，有时一坐下来就睡着了，自然没有心思去学文学这玩意了。当时，文艺也在放"卫星"，搞惊天动地的"民歌运动"，我们这批"钢铁战士"只对打瞌睡和清凉饮料感兴趣。

"大跃进"取得"辉煌胜利"之后，跟着来的是全国性的饥饿。饭堂成了矛盾的焦点，为多一两少一两米饭动起拳头来，那时的"最高理想"是如何弄到一把青菜和几条番薯，我和我的师兄弟也来过一两场阿Q式的"革命"行动——摸黑到农民的番薯地里偷番薯，连番薯叶也捞了一大把，几乎酝酿成工农之间的战斗。这个例子说明，后来当作家的人并不是都具有神仙气度和圣者高风，更不是从娘胎里爬出来到白发皓齿都是一块无瑕的白玉，也不像自己或别人吹的那么圣洁和高妙，至少我是这样。我常常自忖：我这个所谓的作家，缺点和劣迹恐怕比我的师兄弟们还多一些。

"大跃进"偃旗息鼓，我分配到中心试验室当分析工。

一个很偶然的机会使我又和文字打上交道。工厂一位领导干部不知从哪儿知道我在报纸上发表过一篇小说，就认为我是"秀才"，点名要我去厂工会搞宣传工作，编写墙报。不想去也得去。我告别了滴管、烧瓶，当了墙报的主编，后来转到厂宣传部继续搞这差事。由于工作关系，我较广泛地接触了工厂各阶层人物，开阔了生活视野，这有益于后来的创作。一个工人业余作者，如果老待在一个班组、工段，生活天地过于狭小，对创作并无好处。茅盾先生曾经说过：很难设想长期生活在一个生产队或一个班组的作者能写出长篇作品来。

接触人物多了，生活中的感受多了，我又开始搞业余创作，写得很杂，小说、诗歌、散文、小评论、通讯报导都写，还学作曲，写的一首歌曲还参加广东省职工业余文艺汇演，质量当然很差。不过，兴趣的广泛，对创作有好处，会使你涉猎的知识面广一些。我还参加了厂里的职工业余文工团，编写演出节目。似乎还扮演过反动派之类的角色。

1962 年，我写了短篇小说《部长下棋》，发表在《羊城晚报》副刊，后来被该报评为文学一等奖，我才似乎是被人看作是工人业余作者了。

1966 年，"文化大革命"一声炮响，我这写了几个短篇小说的工人业余作者也遭殃了。"文化大革命"一开始，我就被宣传科"扫"了出去。厂里第一批大字报的矛头冲我来了。被列为第一批"横扫"之列，其中主要罪状是因为我写了《部长下棋》，歌颂了一位党的工作者——宣传部长的形象。人家给我"上纲"上得离谱，说我写这篇小说是为了配合蒋介石反攻大陆。我百思不得其解：明明是歌颂新社会的新人新事，怎么会和蒋介石联系起来呢？原来，那些抓阶级斗争的"英雄"们用这样奇怪的"逻辑"进行"推理"：我这篇小说发表于 1962 年，据说那时是蒋介石叫嚣反攻大陆的年头，所以我这个时候写小说就是"为了配合蒋介石反攻大陆"云云。

大字报铺天盖地而来，厂里的许多熟人一下子对我变了脸，有些朋友像躲避瘟神般地躲避我，我所尊敬的党委书记在一次干部大会上痛心疾首地说："过去我们太麻痹了，看不出厂里出了这大毒草，看不到我们身边埋藏着定时炸弹。"我这个工人业余作者糊里糊涂地变成了"定时炸弹"。

二十来岁的我，第一次看见那种人为的"阶级斗争"是如何毒化着人与人之间的正常关系，看着世态炎凉、人情冷暖，心头那种压抑和痛苦是难以形诸笔墨的。

抓我专案的是我的一位同事。过去，我们感情不错，但此其时也，这位同事出于对"革命路线"的耿耿忠心，对我这"阶级敌人"冷若冰霜。他对我进行第一次谈话的情景，现在想起来还饶有趣味也颇为滑稽。

"揭发你的那些大字报你看了吧？"

"看了。"

"紧张了吧？"

"……"

"党的政策你是知道的：坦白从宽、抗拒从严。只要你好好交代你是怎样利用小说反党、怎样为了配合蒋介石反攻大陆去写《部长下棋》，把你的反动思想彻底坦白出来，还会得到宽大处理的。"

"说心里话，我写《部长下棋》时，只想到厂里的党委宣传部长，根本没有想到蒋介石，确实没有……"

"你还是老实些好。"

"我说的是实话。我确实没有想到写这篇小说是为了配合蒋介石反攻大陆。至少，我的动机不是这样……。"

"毛主席教导我们：动机和效果是统一的。你的这篇小说效果是配合了蒋介石反攻大陆，那么，你的动机也是这样。"他再次警告我："你还是老实些好！"

"您知道，我能发表几篇小说，是党培养我……"

"既然知道党培养你，你为什么要利用小说反党？！"他第三次警告我："你还是老实一点好。顽抗到底，只有死路一条！"

面对这样的局面，我只好闭嘴。

这次谈话之后，他们认为我的"认罪"态度很差，思想很顽固，就没人再跟我谈话，跟着来的是没完没了的交代检查，"革命群众"对我的"揭发批判"，进所谓"学习班"去"脱胎换骨"……每次"最高指示"下达，人们半夜三更敲锣打鼓去开大会迎接"指示"，山呼"万岁"时，我总是心惊胆战，因为大会之前总有一项"示众"的"仪式"：大会主持人领着大家"敬祝"完之后，就厉声宣布："牛鬼蛇神滚出去！"。我和那些"牛"们常常在众目睽睽之下，低着头"滚"出会场。在每双投向我们的眼光里都明明白白地写着："这是坏人。"

我"坏"在哪儿？"坏"就"坏"在写了几篇歌颂新人新社会的小说。

"写文章的人大都是坏人。"这种荒谬绝伦的仇恨文化的情绪，当初像瘟疫一样在社会上流行，毒害着中国人的心灵，这是民族意识向蛮荒时代的大倒退。

我原来学的是化学分析专业，在那"阶级斗争一抓就灵"的年代，我想搞自己熟悉的专业都不行了。我当了勤杂工，后来到饭堂当炊事员。在生活的最底层里，我接触了这些粗手大脚的工人群众。他们的文化水平都很低，有的还是半文盲的老工人，和他们一起劳动中，我感受到尽管一场毁灭文化，毁灭人性的"文化革命"正在社会上轰轰烈烈地进行，但这些底层工人群众对人却有着深切的同情，他们不以政治气候来看人，对我很关心。透过他们貌似粗俗的言行，我看到底层劳动人民精神上纯朴的美。这也是后来我执着地要表现普通劳动者的人性美，怀着无比的厌恶去鞭挞那些伪君子的原因。作者的爱憎不是从天上掉下来的，是生活中强烈感受的结果。

噩梦一般的年代过去了，"四人帮"垮台，我大难不死，又开始了业余创作。1979 年 10 月，作协广东分会创办文学院，我调去文学院从事专业创作，开始了职业文人的生涯，这就是我几十年走过的路。

回顾自己走过的这段曲折坎坷的生活之路，颇有一些感慨，特别是"文化大革命"这段疯狂的岁月，加深了我对社会、对人生、对生活的认识，深化了我的感情。我觉得，生活道路的坎坷，也许是构成作家成长的一个重要因素，在"文化大革命"前，我写的那些短篇，严格说起来，大多是光荣榜上的材料再加工而已。经过了"文化大革命"，自己真正痛苦地"触及灵魂"，看到形形色色的灵魂在战栗、在狂欢、在呐喊、在奋争……我才开始懂得用文学这把解剖刀对准人的灵魂。拙作《代价》就是一次小小的尝试。我认为，一个作家有勇气去解剖一个痛苦的时代，正说明他对党，对社会主义、对生活充满了信心。在当前开放改革的年代，十分需要描写改革者崇高形象和英雄之举的文学作品，但我讨厌文艺作品中"救世主"

的形象，历史已经证明，这样的文学作品只能麻痹老百姓的神经、培养
愚蠢。

创作需要严师 ①

陈国凯

有人说过："创作需要严师。"我想，这话是有道理的。特别是对一些青年作者，当他被一些显然有点过分的赞扬弄得飘飘然、昏昏然的时候，有一二严师来一下当头棒喝或者来几句严厉的批评，这会催人警醒，比给你唱一百句赞歌都有用。写文章的人往往对自己缺乏正确的估计，有句俗话："文章是自己的好，老婆是别人的美。"很多麻烦事就出在这里。假如能把这句话的意思掉过来，那事情就会好多了。

在学习写作的道路上，我常常以感激的心情想起给我以及时的批评和鞭策的严师。我认为：光给你说好话的人对你事业上的帮助是有限的，而能针对你的弱点给你以中肯的严肃的批评的人，才真正是你的良师益友。

在学习创作中，我有幸得到许多严师的指点。

说一个小故事：

一九七六年的一天，我来到梅花村去看望老作家萧殷。多年来，这位体弱多病的老人一直在关怀和指导我学习和写作，我们之间已经达到当时犯禁的话都说的地步了。关系自然是很融洽的。但是这一天，聊了几句之后，他忽然说："我最近看了你的小说《捉鸡记》——"

他说的这篇小说，是我发表在一本儿童文学合集里的一个短篇，内容是一群"红小兵"围绕着一群鸡，抓了一个搞破坏的"阶级敌人"（资本家的老婆）的故事，是那时"以阶级斗争为纲"的时髦题材，我当时觉得

---

① 本文原载《文学知识》1981 年第 2 期。

这篇东西写得还颇有生活气息，语言上还有点特色呢。

"很不好！"萧殷同志的眉毛拧了起来，他的表情很清楚地说明了他的失望和不痛快。

"假的。编出来的。你写的这篇小说，谁都不会相信！你自己相信吗？"他继续说道。

我默然。我很少见老人这样严厉过。和他的接触中，我知道他有这样的一个特点：很少正面批评人。对你思想上或创作上的弱点和缺点，他一般是用讲文坛上或生活中的一些人或事、经验或教训之类的东西去启发你的思路，从中引以为戒。如今，他不再转弯抹角，而是直言不讳地对我提出批评，这说明我的创作思想上出现了倾向性的问题，再"和风细雨"不行了，该用重锤子敲打了。

"不要写连自己也不相信的东西。写不出就不要硬写嘛，干吗要写这样的东西呢？创作是十分严肃的事……"老人大概看见我不是"死不悔改"的样子，又耐心地兴致勃勃地跟我谈起从生活到创作的道理来，谈契诃夫、谈果戈理，这天他重点谈了果戈理的短篇小说《外套》的创作过程，对我是很有启发的。

事隔多年了，对我这个神经衰弱的健忘的人来说，很多事情都忘记了。但是萧殷同志那次对我严肃的批评，却深深地烙印在我的脑海里，他那天批评我的话，在今天看来不过是创作上一条基本的原则——文学创作要忠于生活的真实。但是，那时"四人帮"尚未倒台，而"三突出"等模式又甚嚣尘上，在那样的社会环境和气氛中，萧殷同志为了一个工人作者的创作不至走上邪路，给予当头棒喝，这就很不容易了。这样的批评，当时听起来心里是不大好受的，但是当冷静下来，仔细想想之后，才知道这是老作家对一位青年作者的真挚的深厚的爱，是一种望铁成钢的实实在在的爱。这次严肃的批评对于我以后逐渐端正创作态度起了重要作用。

类似的情况在文化大革命前我还碰到过。那是一九六三年作协广东分会举办青年作者讲习班的时候，老作家易巩同志当我们的辅导老师。他看了我发表过的几篇作品之后，对我的一篇小说《穆桂英大战杨令婆》提出了严厉的批评，他认为那篇小说纯粹是生编硬造、无病呻吟。他说我写了《部长下棋》这篇有点影响的作品之后，再发表《穆桂英大战杨令婆》这篇东西太不应该了。他当着众学员的面对我说："当然，一个人不可能篇篇写出来的都是好东西，但是，当一个作者发表了有一定影响的作品之后，再发表出来的东西，起码要让人能够看得下去。老实说，你这篇《穆桂英大战杨令婆》，我就不知你写的什么东西！这样的文章拿去发表有什么意思呢？一个作者应该自己尊重自己……"易巩同志是容易激动的人，一激动起来，语言就像倾盆大雨般向我当头浇过来，当时听着心里是不舒服的。但是，年岁稍长，懂的事情略为多起来之后，才体会到这位老作家批评的中肯。十多年来，很多事都已成为过眼云烟，但是易巩同志这番批评仍然深深刻在我的脑海里。多年来，我对于在我学习创作的道路上给予我直率批评帮助的同志总是怀着感激之心的。因为我懂得，对一个青年作者来说，可怕的是庸俗的捧场，因为庸俗的捧场只能制造愚蠢和狂妄。而中肯的批评和引导却能催人警醒，使人变得比较聪明起来，这才是造就人才的正确途径。

严师不局限于有成就的前辈作家。"三人行，必有我师焉。"孔老夫子这句话我看还是有用处的。一个人要想有所进步，还得要善于从自己身边的同行和朋友中找寻老师。我在创作上还有个老师，他既非名家，也不是文人，他只是厂里的一个普通工人。他从来没有写过小说，但他是小说迷，看过很多小说。他是我的作品的最直接的批评者。我写完一篇小说之后，如果拿不定主意，我就把稿子送到他面前，请他审定。他对我是从来不讲客气话的，他的批评标准简单说起来就是这么几句话：人物真不真？事情可信不可信？写这样的东西有没有意思？等他看完之后，我得到的可能是一阵冰雹似的批评，或者是轻描淡写的一句话："我看还可以。"这就算是他对我的作品的最高评价了。有时我们对某些问题看法有分歧、争论得很激烈。有时，他简直像对我下达行政命令似的："你这篇小说不要改了，没有意思！"我当时很恼火，心想：你写过小说吗？知道创作的艰苦吗？……但是当自己心平气静下来，冷静地考虑我这位朋友的意见之后，我不得不承认：我在很多问题上的知识和见解是远远不及我这位工人朋友的。我这位朋友还有个特点，他不但直言不讳地提出我作品中的缺点，还主动帮我出点子，推敲某一细节如何改得真实可信，不是那种只弹不唱的"批评家"。于是，这个朋友便自然而然地成为我心目中的评论"权威"和指导我进行创作的严师。

由此，我想起，一些爱好文学创作的青年朋友们常常给一些作家们写信，要求老作家们介绍创作经验。这种要求当然是很正当的，如果能得到一些作家的亲自指点，创作上可能进展得更快一些。但是，我觉得更重要的是善于从你身边的朋友和同志群中找寻老师，你写好的作品，先让他们看看，最好找喜欢挑刺儿的朋友看看，多问问人家，你写的这篇东西可信不可信？他喜欢不喜欢？能不能引起对方感情上的共鸣？如果你的朋友们读起来或听起来都感到索然无味，或者认为你写的东西很假，那么，你最好不要先寄到编辑部去，先仔细想想朋友们的意见，和他们商量一下该怎样改。如果不能改的话先放下来。文坛上不是流传着这样一件轶事么：俄国的大作家果戈理有一次把写好的剧本念给著名诗人茹科夫斯基听，诗人听着听着就睡着了，果戈理看见这情况，便把稿子烧掉了。这样烧稿子，倒无须去效法。不过，多听听别人的意见，特别是多听听喜欢和你"抬杠"的朋友的意见，倒是很有益处的。有一位经验丰富的老编辑曾对我说过这样的话：要写一部较长的东西时，最好找一两个跟你"抬杠"的人，把你构思的东西讲给他们听，请他们跟你"抬杠"，这办法大有裨益。据说，上海有一位颇有名气的工人作家，采取的就是这个办法。他构思一篇小说时，有了一个大致的轮廓之后，就当作生活中发生的一件事不断讲给别人听，找人"抬杠"，这样讲的过程，其实就是对自己的构思的补充修正过程。到听的人都相信他讲的人和事是真实可信，而且听起来有味了，他的构思过程就算完成，可以下笔了。这个办法不妨试一试。总之，每个作者都有自己的构思方法和写作习惯，自己认为怎么样好就怎么样干，无须循此一例。譬如有的作家写一个短篇都要拟个小提纲，写中长篇时写作提纲就拟得更详细了。有的写作提纲长达数万言，但是有些作家就不习惯写提纲，如阿·托尔斯泰就说过这样的话："我从来不拟提纲。""把提纲看作是一座预先设计好的建筑物，分为部分、章节、细目等——这种想法是毫无意义的。"当然，这也只是阿·托尔斯泰的看法。他自己的习惯和经验并不能代替别的作家的习惯和经验。写文章无一定之规，各有各的办法。不过，写作之前或写好之后，多听听周围的人的意见总是有好处的。这就是创作需要严师的道理。如果你把稿子寄给那些很忙碌的作家们，不一定能得到满意的答复。而先在自己身边找"老师"，这种办法倒还是比较好的。这个方法是否可行，提供给爱好文学的青年朋友们参考。

我的更严格的老师是读者，一篇作品发表出去，如果读者毫无反应，那么，我认为，这篇作品基本上是失败的。这是我检验自己的作品的主要标准。

每个作家都有自己的读者群。一篇小说，一部作品出来，总有人喜欢，有人不喜欢；要所有的人都喜欢读你的作品是一种痴心妄想。当作品发表后，我最重视的是读者来信，特别是对作品提出批评意见的读者来信。从许多读者来信中我强烈地感受到这一点：读者是作者的最好老师和最严格的评判官。他们甚至对作品中某一微小的错误都不放过。我常常收到这样的读者来信：对作品中某一技术细节或某一词句失当之处都热心地指出来，最近就收到济南铁路局设计室的一位读者的来信，他对我前后两篇作品中有几句词意重复的文字都挑出来了，热情地写给我看。这种关怀，就是当初我在学校读书时，我的老师批改我的作文卷恐怕也没有这样细心。这些指出我作品中缺点错误的热心读者是我最好的老师。有一大批这样的读者做严师，对于一位作者来说，是应该感到幸福的。

1982 年

作家和文字匠 ①

陈国凯

有人称作家为"写家"，写作家之意，并非贬称，文学大师老舍先生就自称为写家。巴金先生甚至说自己不算是什么作家，这当然是自谦之词，以巴金先生著作之丰，学识之高，影响之大，称之为中国当代文学大师之一，是当之无愧的。

有人称作家为"写作佬"，这也是对的。这是俗称，这种称呼与职业同，非学者化语言罢了。"写作佬"是否都要学者化？这很可疑。

至于有的作家被称为"文字匠"，这个称呼就不大好听了。这跟"泥水匠"称呼差不多，其意是机械性的劳作多，创意甚少。这绝无轻视"泥水匠"之意。

作家跟文字匠是有区别的。

所谓作家，其实质在于下笔为文有创见，有新意，不鹦鹉学舌，不人云亦云，在生活中有独特发现，情结于胸，发之为文。作家当然要讲究文字——文学语言。文学语言是作家情感的载体，一个作家的文学语言趋于风格化之日，也就是这位作家成熟之时。世界上有许多大作家甚至不大讲究文法，成独家风韵，自成格调。果戈理就是一例。最讲究文法修辞的是学院派先生及其弟子们。翻翻文学史，学院派中人成为大家者不是很多。

所谓"文字匠"者，也可能挂着作家的招牌，也可能出版过不少著作，但匮乏创意，缺少新见，所写所言，多属陈词滥调。一位著名的作家曾经

---

① 本文选自《陈国凯作品选·杂文卷》，陈国凯，广州出版社，2007年3月版，第52—53页。

说过一段精彩的话："文坛上有些人写了一辈子，也发表文章也出书，但是写来写去毫无特色，文字匠而已。"

何为文字匠，大概就是这位老作家所说的那种人吧。

其实毫无特色也是特色，那就是平庸。平庸也是特色——文字匠的特色。

笔者见过这样一位作家，其写作不可谓不勤奋，写了几十年，出版了十多本书，写得多了，文字也自然是通畅的，还算有点儿文采。这位老兄大概还自视甚高，很有点"多才多艺"的样子，小说、诗歌、散文、评论、报告文学……什么都写。在很多报刊上甚至有些小报小刊上也能见到他的文章，但是天可怜见，写了几十年，人们还搞不清哪一篇东西是他的代表作。文坛上好些朋友谈起此人，都说读他的东西味如嚼蜡，他忙忙碌碌几十年，充其量不过是个文字匠而已。这是文坛上某些行家下的结论。如果一个文人忙碌大半辈子只混个文字匠的名声，不也悲乎？当然，钱是捞到了一点，如果光是为了捞钱，倒不如做生意去。

由此，我对"天才出于勤奋"一说颇有存疑。在文坛上，光靠勤奋是出不了天才的，起码还得有点天才的气质。如果本身的气质是个庸才或近乎奸商，那无论如何是成不了像样的作家的。

但愿文坛上多一些作家，少一些文字匠。作家和文字匠之间的差别，我看主要在于气质和人格力量。"器大者声必闳"，古之名言，不仅说人，也是说文章。整天为自己一己之利一己之私奔忙者，其为人为文也有限。

1990 年 5 月

三、作家谈陈国凯

我眼中的陈国凯

蒋子龙 ①

国凯老兄如一坛好酒，与其相识愈久，相交愈深，其味愈醇，其吸力愈强，也愈觉其神秘。

他是位隐者——文坛风光、热闹的地方绝对找不到他，素来文坛上少不了的是是非非，恩恩怨怨，新闻炒作，起哄架秧，也都跟他不沾边，他似乎立身于文坛之外。

尽管如此，文坛却从来不敢忽视他……

当年曾以短篇小说《我应该怎么办？》、长篇小说《代价》惊动文坛，一时洛阳纸贵。人们许久没有读到过他那种经历过大时代动荡的人生悲剧了，其内在激情和生命力破墨而出。严肃厚重、缠绵哀怨的沉郁风格，给已经习惯了"充满叫人倒牙的惊叹词，掩饰了对现实对具象的感觉，沉浸在一片甜言蜜语中"的文学以强烈冲击。

其后在人们认识了"文化大革命"的悲剧后，正当慷慨激昂，痛彻心脾地揭露"伤痕"，提出"问题"的时候，陈国凯又推出了《好人阿通》，风格骤变，以诙谐多智、舒放自然的笔触，塑造了一个在当时文坛上极少见的人物形象——阿通。他装傻充愣，又悲又喜，叫通实不通，不通又似通，一个真实可爱的活宝。

即便同是描写"文化大革命"的《荒唐世事》，其笔墨也与《代价》

---

① 蒋子龙，著名作家，中国改革文学的奠基人，曾任中国作协副主席、天津作家协会主席，多次获得全国优秀中、短篇小说奖，2018年获国务院颁发的"改革先锋奖章"，代表作品有《乔厂长上任记》《赤橙黄绿青蓝紫》等。本文原载《光明日报》1998年7月2日。

迥然不同了。再后来又是《文坛志异》《摩登阿 Q》《都市黄昏》……由严肃到幽默，再讥讽，再荒诞……文字奇诡夸张，故事错综纠葛，人物迂曲怪诞。或以巧胜，或以智传，陈国凯成了小说魔手。

他说，自己瘦小枯干，体弱多病，承载不了过多的现实。

于是，他用灵性激活自己的故事和人物，思想从现实的钳制中逸出，闲适放达，妙思古怪，充满诙诡之趣。而现实常常正是严肃的荒谬，荒谬的认真。文学表现现实原有多种手法，最困难也是最节省的手法是靠想象、变异和荒诞。

陈国凯得益于骨子里的那股幽默感。

甚至可以说他的存在就是一种荒诞——

二十年前，当人们称他为"青年作家"时，我看他就一点不年轻，不爱说，不爱动，身板单薄，弱不禁风，永远都是一副病病殃殃的样子，似乎从来就不曾健康过。可现在他的同龄人都步入了老境，有的还提前西归，他却还是那副老样子，并不显老。我怀疑，他从来就没有真正地病过，他的那些病痛也许并不是肉体上的……

他体魄瘦弱，却精神强健。瘦弱的体魄限制了他的行动，却有效地激发了他的想象力。生命内在冲动与外在虚弱的不协调孕育了他的文学世界。在这内强外弱的较量中，他痛苦，烦恼，充满疑悟，唯创作是一种解脱。当他放纵自己的想象力，进入一种广阔浩渺的创作状态时，变得空灵飘逸，疏朗旷达，他强大，健康，内外合一了。

写作正是他最好的健身运动，从还是个中学生的时候开始发表小说，写了四十多年，现在他的小说还时常被文学刊物推上头条位置。这也许就是他该年轻的时候不年轻，该老的时候也不显老的一个原因。

陈国凯是一个极端复杂的矛盾体。戴着深度近视眼镜，给人的感觉是闭着眼的时候多，睁着眼的时候少，摸摸索索，磕磕绊绊，一副迂腐的老夫子相。然而就是这位看上去连自己的生活也料理不好的老夫子，却多年主持着广东省作家协会的工作，是受人尊敬的主席。文坛尽知，广东省作家协会阵容庞大，实力雄厚，团结兴旺。谁能想象他主持行政工作时是什么样子，找市长要了二十四亩地建文学大厦时是什么样子。

也许他主持的诀窍就是尽量不主持或少主持，让别人去多主持。不管他是怎样主持的，能有这样的成效和口碑，就是成功的主持，是智者的主持。

见过他的人会很容易落入他外表的陷阱，无法把他这个人和他的小说联系起来。殊不知他的外表和他的内里反差很大，他是个兴趣极为广泛的人，写小说只是他多方面才能中的一种。除此他还精通电器，酷爱音乐，是高水准的现代"发烧友"，写一笔好字，喜收藏，谈吐机智风趣……然而在一些他不参加不行的严肃隆重的场合，而且他不讲话也不行的时候，就会出现大的幽默。只见他表情生动，郑重其事地从嘴里发出一串串流畅自然，抑扬顿挫十分悦耳的声音，至于这声音表达什么意思，没有人能听得懂。奇怪的是北方人听不懂，南方人也听不懂。如漫天音符，如一头雾水。越是这样，会场里越安静，大家聚精会神地在猜他说些什么，不错眼珠地盯着他的嘴唇，等到他的嘴唇不动的时候好鼓掌。

他是客家人。

可是，从我们相识的那天起，语言交流就没有丝毫障碍。可以彻夜长谈，也可以在电话里只言片语便把要说的事情交代得清清楚楚。小范围的朋友聚会，凡有北方人在场，无论是在什么地方，无论是碰到家乡人还是广东人，国凯都一律说让我们能听得懂的客家普通话。这一点格外让我赞赏，绝不像大多数的南方人，一遇到同乡，就迫不及待唧咕起来，好像有什么背人的急话要说，完全不顾礼貌地把别人冷落在一边。

也许国凯的人缘好就好在这种地方。文坛上的朋友很少能见到他，见到他就会喜欢他……

文人相"亲"

——记文友陈国凯

竹林 ①

　　北京的朋友告诉我，国凯兄的选集将在人民文学出版社出版。选集为三卷本，收进长篇小说《代价》《好人阿通》《荒唐世事》《都市的黄昏》以及一些中短篇小说。人民文学出版社是国内一家重量级出版社，能在该社出版选集，自然值得庆幸。我立刻拨电话祝贺。才拨了一个电话号码，即想到神经衰弱的老兄生物钟有些颠倒：我等常人起身时，他正好睡觉；而待我们打哈欠时，他则精神抖擞了。所以通话时间最好是午夜。果然改在午夜拨通电话，那边就传来美妙的音乐声——这位音响发烧友正遨游在他的精神乐园里呢，想来那是个超凡脱俗、没有人间烟火的绝妙境界！

　　岂料一提到出书，他竟张口大大地自嘲了一番：说自己的作品不过是"青菜萝卜"，纯粹是大众食谱，而且是一般的大众食谱，远没有"傻子瓜子"的名气；又说他写的都是"速朽的玩意"，保鲜期恐怕没有沙田柚长……我听得笑了起来。老兄一说话我就要笑。不过他也承认，在人民文学出版社出版选集是他的一个心愿；选集由该社三位高水平的文学编辑受理，无商业炒作嫌疑，他感到欣慰，也算是对自己的创作打个句号。我大叫："打什么句号！你现在不是还在写吗？"他笑道："我写什么都是

---

① 竹林，原名王祖玲，国家一级作家，1979 年发表小说《生活的路》，被称为"知青文学第一人"。本文选自《竹林自选集·生活的多棱镜——逝去的真实》，百花洲文艺出版社，2020 年 8 月版，第 99—103 页。

雕虫小技，无关紧要。最希望的是能看到广东有一批优秀的中青年作家脱颖而出。"说到别人，他便来了兴致……嗨！我这位老兄！

于是一些往事、已逝岁月的点点滴滴，便如清晨的柔光，在夜的深沉中闪现。

我最初认识陈国凯是在 1978 年 12 月人民文学出版社召开的"全国部分中长篇小说作者座谈会"上。我很久以后才知道，这个会与胡耀邦主持的全国理论工作务虚会几乎同时召开，是"四人帮"粉碎以后文艺界思想解放的最初春风。当时我因写作长篇小说《生活的路》受到批判，同时也因为写此书受到人民文学出版社的邀请及茅盾先生的鼓励。可我竟迷迷糊糊地不知道在冬天，北京的房间里是有暖气的。当我历经了许多曲折、穿着一身出自乡下土裁缝之手的厚厚的红棉袄，匆匆踏进友谊宾馆报到时，立刻热得汗流浃背；可我里面的衣服又实在寒酸得见不得人，因此便只好忍着。我的这副窘相，被旁边的一位男士看在了眼里，他操着一口广东普通话微笑着对我说："把棉袄脱了吧，没关系的。"语调亲切而真诚。我还是不好意思脱掉棉袄，但终于把前面的纽扣解开了几个……便匆匆闪到了房间的角落里。与会的全是全国知名的作家，而我在当时还只是一个前途未卜的小姑娘。我连抬头仔细看清对方的勇气都没有。但那位男士的善意我深深印进了心里。直到会议结束时，我才知道，这位男士叫陈国凯，广东作家；以后，还知道他在韦君宜老社长的敦促下，写了《代价》《我应该怎么办？》等长篇小说，在"文革"后的文坛产生了广泛影响，在文艺解冻的春风中新葩怒放。

1980 年春，我和陈国凯在北京朝阳区党校的文学讲习所再次见面。这时，他的长篇小说《代价》已经家喻户晓了。因为熟悉作品并对作品的喜爱而重新打量这位同窗学兄时，我突然为他的瘦而震惊：个子虽不算太矮，体重却只有 80 多斤，站在那儿一阵风就要吹跑似的。我那时尚在爱蹦爱跳的阶段，觉得业余时间打打羽毛球最开心不过了。但我却不怎么愿意跟他打，因为他太弱不禁风了，连打过来的球都是轻飘飘的。所以一见他站在我对面和我对打，我就故意又抽又扣，使他自觉无法招架而悻悻然退下。

这样的恶作剧不止一次，我自以为得意；而他却并不在意，总是宽容地笑笑，自嘲一番了事。

想不到没多久，他就成了我们许多同学、当然也包括我在内的好兄长。他宽容、仁慈，和蔼可亲；同时又机智幽默，俏皮得让人开心。有一次我陪他去看文坛前辈秦兆阳。秦老关切地问他四十几了？他那时不过四十才出头，也可能对岁月的流逝有一种伤感吧，竟故意眨眨眼，一脸茫然的神色："四十……几？我也忘了，这得问我妈去。"我坐在一旁忍不住放声大笑。秦老也笑出了声——那时秦老"文革"中被没收的住房尚未发还，住在一间自己搭的平顶小屋里。这笑声一扫这窄小空间里的郁闷气氛。

然而陈国凯却不笑，依然低眉垂眼，一副聆听前辈教诲的样子。原来秦老是约他去谈他那部长篇《代价》的意见的。见他这副少见的不苟言笑的模样我好不惊讶。然而他的这种态度确实是真诚地发自内心的——回到讲习所以后，他立即按照秦老的意见修改起来。因为白天要上课，写作只能在晚上。很难说他的生物钟是否是从那时开始颠倒的。有一个周日他把自己关在屋里整整一天，到下午五点还不出来打饭——那时周日只开两顿饭，再错过这顿就没了。我去敲门，只见满屋子烟雾腾腾，原来他以烟代饭已写了一万多字。想不到这病蔫蔫的身体里竟藏着如此超乎寻常的精力！

我那时处境不太好，有时会愁眉不展，可只要见他胳膊一甩一甩地迎面走过来，深度近视的眼睛在镜片后面一闪一闪，就晓得他要给我说什么好笑的事了；而我也不等他开口，就会一扫心头的阴霾预先笑出来。其实他的普通话很不标准，听起来也极为吃力，我常常会听错，却并不妨碍对他那懒洋洋的、用漫不经心的口吻说出来的连珠妙语的领略。和他在一起，我总是笑得很开心。

当然他并不仅仅是逗我笑，更重要的是为了鼓起我对生活的勇气。记得他最爱对我说的两句话是："走自己的路，让别人说去。""谁笑到最后谁笑得最好！"

这两句话说起来容易，做起来却不那么简单。他一向胃不好，神经也衰弱，却能在一些别人都怵头的场面挺身而出，表现出一种凛然的男子汉气概。他确实在走自己的路。他那些俏皮中带着锋芒的作品一部部问世，让人们一面看一面笑一面陷入深深的思考……

然而国凯兄却在电话里指示说，要我对他的作品"挖苦一番""嘲笑一番"。挖苦和嘲笑不是我的强项，况且读他的一些作品，我自己先被笑倒，哪里再有"嘲"的劲头？倒是他的自嘲，我以为是有振聋发聩的力量的。去年，在华夏出版社出版的一个中短篇小说集里，他在自序中写道："我编的这本集子是否也属于浩浩荡荡的文字垃圾行列？难说。但它的速朽性则是可以预见的。也许有一天我的孙子将来发现了这本书，会以很奇怪的心情对人说，'我爷爷怎么这么蠢，写这种弱智的东西？'……"

读至此我再一次捧腹，就跟当年在文讲所时一样。谁都清楚国凯的作品是机智而不是"弱智"。他的小说，在机智、幽默后面，包含着深沉的思想内涵。这也构成了他的作品与众不同的特色。自嘲其实是一种心智健全的体现。大凡当了作家，许多人都有点想"不朽"；其实谁又能不朽呢？只要人类社会在发展，人类的文明在前进，就没有永恒不朽的东西。唯有看穿这"不朽"，从"速朽"中完成现实生命的意义，我们的作品或许能传得更久远些。

1996年底去北京参加文代会时我又见到了多年不见的国凯兄。这时我已备有了应付户外寒风和室内暖气的两套衣服，只是青春不再了。但与故友相见的快乐是单纯而明亮的。在这样的会上我是一个闲人，因为闲而使我能有充分的时间享受友情。与国凯兄闲聊时发现，这个表面上病弱的人，依然有着当年在文学讲习所时被同学们称道的极漂亮的头发，还微微卷曲并闪着光泽，简直令我羡慕。于是我想，这头发体现了一个身心健康的生命的底蕴，所以他有那样的勇气和胆识来自嘲，准备迎接孙子的挑战，甚至随时愿意为子孙们让路。这头发配合着他那宽阔明亮的额头和善良聪睿的目光，显示了他不易衰老的内在个性；也因此，他又写出了《天道有情》这样洋溢着青春热力的中篇小说。

国凯兄向来反感"文人相轻"的行为。他告诉我，有位著名作家说过，文学创作是终身的苦役。他说既然大家都在服苦役，身心都很疲累，再相轻相贱，不是自己找死吗？"文人应该相亲才对。"他总是这样说。与国凯兄相处，能文人"相亲"、有共同语言，是因为他宣称和实行的宗旨——不赶时髦、不卖关子，做普通人、说真心话、写平常事——这观念于我心有戚戚焉！

在当今的商品大潮下，商品化法则波及到一切领域，文学也无例外。在这样的"劫数"面前，能否一如既往，淡泊为人为文，心灵上守住文学这一角洁净的天地？我愿与国凯兄共勉之。

诧 异

——且说陈国凯

杨干华[1]

　　我对陈国凯的作品，无论长篇短制，皆喜而读之。咀嚼把赏之余，除了佩服，尚有一事纳闷。那就是他"这一个"作家，跟他大量作品联系起来，有使人诧异的地方。且说二三如下。

　　陈的作品，写得细彻自不待言，单道着眼处之大，也很突出。他常说要有大家子气概，不想当大作家的作家，不是好作家。《好人阿通》计划写三部，第一部写大跃进，第二部写大饥饿，第三部写大劫难。可说部部都有"大"意。他要求自己通过三个大时期，塑造一个大的艺术典型，即阿通这个形象。他又说，要么写大悲，要么写大喜。或者从大悲中写大喜，以大喜来写大悲。《我应该怎么办？》，就是大悲之作，恨不得流尽天下的眼泪。《作品》月刊因刊此作，轰动海内外，曾一度纸贵洛阳。那时我在广州，就目睹过读者争购的大场面。

　　不少心仪他的读者，多揣测其必然威猛，否则，不会有这样的大手笔。及至终于一见，皆目瞪口呆，十分诧异。原来他是小小的个子，消瘦。如此身材，粤语称"奀细"。"奀"从不大，可思其形。俗一点说轻如腊鸭，雅一点说道骨仙风。我认识他三十年来，未见其胖，也未见再瘦。他自己

① 杨干华（1942—2001），国家一级作家，曾任广东作协副主席、《作品》主编，代表作有《惊蛰雷》《天堂众生录》等。本文选自《陈国凯文集·卷十·人书俱老》，人民文学出版社，2012年10月版，第391—393页。

不以为意，说是一贯苗条，无须减肥，也是一个优势。

陈的文学语言多有比喻，富于联想，又幽默，俏皮，辛辣，具穿透力。一般的事，低手写来枯燥干巴，他三拨两拨，却兴味十足，叫人忍俊不禁。白描不白，叙述亦灵动，全赖功力。铺陈开去，或高山飞瀑，或水银泻地。汹涌时如春潮乍起，宁静处似晨结露珠。驾驭娴熟，调遣从容，挥洒自如于开合，得心应手于纵横。所以我读其作，如漫啜白粥，并啖沙河肠粉；如畅饮啤酒，兼嚼南乳花生。大快朵颐，快事也。

然而，听其讲话，却截然两样。有人也作比喻，说是如吃芝麻糊，一团滚黑，一塌糊涂。"我一句也没听懂！"人如是说。原来他乃五华人氏，少年入穗，难免南腔北调。声音太小，分贝是低的。我长期静聆默听，化验分析，始渐谙规律。其话音素基本有三：客家、粤语、普通话。只要抓住其一，上下联系，左右串缀，亦能听个七七八八。比如他说"高尔基"，必是"高义基"。他叫安徽作家"高尔品"，呼为"义—品，义—品"，跟开春鸟的"布—谷，布—谷"的韵律相近，也是很有魅力的。只是初听这个"义品"，不知为何物。我曾多次听他声明："我说的是唐朝普通话。"

诗讲风骨，文要气节。陈国凯经常说："不媚俗，不欺世。"他讨厌势利，蔑视市侩。他热爱真善美的肝胆侠气，抨击假丑恶的浩然正气，贫贱不能移的志气，富贵不能淫的骨气……一化入他的才气和灵气，使作品的字里行间，不是气势如虹，就是气定神闲。读了令人吐气扬眉，荡气回肠。

可是，如读他"这一个"人，怎也想不到他会血气两亏，尤其中气不足。按中医有望、问、闻、切，单望诊就可断其胃气虚而纳谷少，肾气虚而尿量多，肝气亢而难寐，肺气弱而易喘。平日间我察其行听其言，见他神疲气短，内心难免酸楚，为他怎一介"疼"字了得。

其人与其文，竟有这种种的反差。所以我要说，发生在陈国凯身上的现象，是少有的，令人诧异的。一方面体弱多病，蔫蔫然如弱柳扶风；一方面又笔耕不辍，煌煌然数百万字，成就斐然。这造化简直不可思议。或曰：大象无形，大声若希，大气若无？又或者，上苍只晓得给他太多的文学细胞，却忽略了给他强健的体魄？也许上苍以为，有文学细胞也就足够可以战胜百病，延年益寿，不仅创作之树长青，而且生命之树长青。于是乎，就有了永远坚韧的陈国凯，如梦如幻的陈国凯。

陈国凯自称发烧友

刘富道[①]

　　上午十点多给陈国凯家打电话，接电话的是他太太，说他在休息，说他凌晨5点才睡。她问可不可以留下我的大名，我自报了家门，她说听说过我，就让我中午再去电话。放下电话，我老想十五年前在北京同学时的往事，那时他就天天失眠，加上胃病，身体十分消瘦。很不好意思的是，我同国凯兄住一间寝室，他彻夜不眠的时候，听着我又香又甜的呼噜声，越听越妒忌我的好福气，越听越睡不着。

　　同学期间，他给我留下特别深刻的印象。当时他的中篇小说《代价》发表，紧接着又出了单行本，在社会各界引起强烈反响，这在我们中国作家协会文学讲习所算是一桩大事。还有桩小事，很能看出国凯兄的为人。一位青年作家在文讲所举行婚礼，请他帮忙安排买糖果，给了他一百元。他觉得不够，自己添上二十元。当时二十元是一个可观的数额，相当一个小青工一个月的工资，可以在北京餐馆请一桌客。我记得那时我们凑份子送礼，每人才拿出十元，也有只拿出五元的。国凯工资也不高，稿酬也不多，他慷慨解囊，把同学的事情当自己的事情办，而且不让当事人知道，我觉得他做得太漂亮了，对他肃然起敬。

　　我在这个夏天参加了珠海笔会，又绕道深圳，准备再直奔广州去看看我的老同学国凯兄。我一到深圳，就同广州方面通过电话，得知国凯就在

---

① 刘富道，曾任湖北省作协副主席、《长江》文学丛刊主编，曾获全国优秀短篇小说奖。本文选自《刘富道文集2·散文随笔卷》，武汉大学出版社，2017年3月版，第172—174页。

深圳的家里,明天要去广州。我正好可以在深圳见他一面。中午,接通电话,国凯要来看我,我说住在朋友家,不好找,还是我去看他。

下午,我带了两位年轻朋友到了他家。他沏好一壶茶,却找不着茶杯,解释说侄女出去了。我让他坐下,不用茶了。他坐着不安神,又起身去找茶杯,又说侄女出去了。找了一会儿,不知道从什么地方找出来几个小茶杯。看来他不怎么过问家政。

还是那么瘦弱,还是失眠,还是胃病缠身。我看着已有10年不见的老同学的模样,心里有些感伤,文学这东西挺能摧残人的。

我们客人分坐在客厅两边的红木椅上,他坐在客厅中央的真皮转椅上。他坐的姿势和动作还是和当年同学一样,一双光脚丫子,盘在椅垫上面,交替接受着两手的抚摸,所不同的是当年坐的是硬木椅。他虚弱地仰靠在椅背上,向我诉说去年曾三次找过广东省领导人,郑重提出不再担任广东省作家协会主席。到第三次,领导人批评他了,也郑重地要他不再说这个话了。于是他又连任主席。国凯家住深圳,实行三不政策:一不开会,二不出头露面,三不上电视。他说,老同学来了,还是要见的。广东电视台要给他拍二十分钟专题片,被他一口回绝。他自认为形象不佳,上电视不宜,出头露面不宜。他还自认为活得很潇洒,我说不叫潇洒,可以叫超脱。

问起近况,他兴奋了,自称成了发烧友。随即起身带我们到一间房去看他收藏的唱碟,一看,好家伙,书架上竟陈列了三百多张唱碟,这是相当一笔财产呀。这个房间摆了小床,他就一个人睡在这里,他说欧洲人的生活方式就是这样,夫妇各有各的卧室。我故意问他是不是有分有合,何时合?他笑笑说,就不要问得这么具体啦。

谈起电脑写作,他更兴奋了,再度起身带我们去看他的写作间。一台486电脑,配上激光打印机,档次够可以了。他上机调出一份文件给我们看,是他为将要出版的一百六十万字的《陈国凯文集》写的后记。他说,刚就任时,有两年时间不能写东西,他接手的摊子,有百万元以上的外债,还有文艺团体常常有的那种纠葛,他就讨钱还债,调整各个方面的人际关系。他颇为自信地说,广东作家协会现在领导班子不搞窝里斗,像朋友一样在一起工作。他说，谁搞窝里斗，我就找他谈话，或者把他调离作家协会，谁搞窝里斗，我们就群起而攻之。他很开心地说："哪个省的作家协会领导班子搞不团结，可以到广东来，让我们的党组书记蔡运桂教授教教他们。"

第二天下午，我们同车从深圳到了广州。他先让人把我安顿下来，又让人把我接去见蔡运桂书记、廖红球副书记和常务副主席伊始。快到 6 点钟了，他还是以那个惯常的姿势坐在办公室里的皮椅上，对我说，他在两个多小时内，已经同机关几位巨头商量过工作，语气里充盈着驾驭全局的信心。他说，我不开会。

一腔真情著文章

陈荣光 ①

日前读到由广州出版社新近出版的《陈国凯作品选》，不禁再一次被他的作品深深感动。

我认识国凯先生是在二十世纪六十年代之初，记得当时他的短篇小说《部长下棋》大有石破天惊之势，在我就学的广州职工文学讲习班中引起了震撼。那时我们工人作者大都停留在"车间文学"圈子里，写些落后变为先进、大闹技术革新之类的题材。而国凯兄的作品，却已在广阔的社会背景上触及社会生活矛盾了。他已在广东文坛崭露头角，成为工人作者群中的佼佼者了。

《陈国凯作品选》（分小说、散文、杂文共三卷，下简称《作品选》）好读得有点令人爱不释手。国凯兄不愧是当今广东文坛之巨擘，《作品选》依然是格调明朗健康，人物个性鲜明，文笔泼辣老到，读之如沐春风，催人奋发。短篇小说《股王》，写的是生活在深圳经济特区的人和事，读来使人感到熟悉、亲切。深圳发行股票之初，人们还误以为它是资本主义的东西，不屑一顾，原始股送上门来也不要，只有一些在改革开放中发了点财的人，为响应政府号召，买下一万几千，扔到箱底发毛。若干年后，股票热得发烧时，才翻出来抛掉，一夜之间竟成了千万富翁了。"股王"就是其中的一个。他出身贫贱，原是小机关职员，后来大胆跳出行政单位，

---

① 陈荣光，曾任深圳市文化局局长，著有中短篇小说集《教授女儿的爱情》、小说散文集《特区的春天》。本文选自《陈国凯文集·卷十》，人民文学出版社，2012年10月版，第370—374页。

下海炒股，赚了个"盆满钵满"，成为万人瞩目的弄潮儿。这样的"股王"，深圳人都很面善，在身边都能找到。国凯兄善于塑造生活中常见的人物，他的高明之处在于见人之未见，写人之未写。"股王"的故事还未完，早年他曾醉心于文学，写过一些诗文，并在县级报刊上发表过。他一心想当个作家，但他穷得交不起二十元学费、被人从艺术研习所赶了出来。现今成了大富豪，就托人说项，要拿出二十万元来参加作家协会，弄个"作家"当当，以偿夙愿。在商品社会"写文章不如炒股票"的现实生活中，国凯兄既写出现代人有了金钱之后还要有文化的时尚，点出了"钱再多也代表不了文化"的道理，又对"股王"的要求，断然地答道："生活中有些东西是用钱买不来的，如果连作家都可以买卖，那我们社会像个什么社会呢？！"

中篇小说《离婚》，塑造了一个外表疏狂、性格率真，常以粗言滥语跟男人说笑打闹的女工张飞红。就是这个"粗线条"的张飞红，却有着一副不畏强暴、好打不平的侠义心肠。面对另一个女工被丈夫当众拷打凌辱，张飞红挺身而出，仗义执言，向打妻者大喝一声："你算什么东西！欺负女人算什么好汉？！"当对方要向她挥舞拳头时，她索性把工作服一拉，露出内衣，拍着胸口说："你够胆就往这里打，打嘛！""你当老娘怕你？！"就是这个张飞红，她要恨的，就强烈地恨着；她要爱的，又强烈地去爱，对于自己心仪日久、暗暗爱恋着的一流好男人——许文光，张飞红对他剖白胸臆说："如果……你愿意要我，我就是跟你去死也甘愿！"这个人物，对丑恶势力敢公开地恨，对真善美敢公开地爱，恨得强烈，爱得炽热，何等爱憎分明啊！她虽是其貌粗鲁，却是内心俊美。国凯兄把张飞红这个人物写得多么可敬、可亲、可爱！

长篇小说《美丽女人》是一部典型的都市文学题材作品，它及时而深刻地反映了商品经济大潮中的各色人物，写出他们或快乐，或苦涩，或清醒，或麻木，或迷惘，或振作等多种感受。作家倾情书写大都市的繁荣、喧嚣和混沌：到处都是来去匆匆的人群，到处可见时装、美容、饭馆、酒肆、卡拉 OK、进口化妆品和霓虹广告牌，到处响着港台明星、歌星的流行曲、摇滚乐，到处听到讨价还价的声音……这部长篇故事动人、情节跌宕、可读性强，尤其适合青年读者的口味。小说塑造了几位颇具特色的人物形象：秀外慧中，纯真高洁，柔情似水，最后却成为悲剧人物的大学中文系高材生徐素芹，主张"该爱就去爱"和"爱情万岁"，有"开放女郎"绰号的章曼菱，她经受了爱情的惨痛教训，最后清醒过来，努力创业，成为富甲一方的企业家、女强人。还有外表风度翩翩、儒雅大方、嘴巴甜蜜、装扮豪阔，其实内心虚伪、奸诈、阴险、狠毒的李少华，他看准了章曼菱、徐素芹的弱点，运用手段，一一把她们俘虏过去。这是一个典型的吃人不吐骨的都市流氓和衣冠禽兽！是和谐社会的蛀虫。

在市场经济的大千世界芸芸众生中，龙蛇混杂、良莠不齐。国凯先生写出了人性的复杂。

国凯先生主要是写小说的，他创作的小说，可说等身。而《作品选》中所写的散文和杂文，也是奇峰凸起，功力不亚于小说。国凯先生的文字，幽默俏皮、生动形象、洗练干净、言简意赅，具备古文学较深厚的功底，内涵博大而又好读易懂。

散文卷、杂文卷中写了一批文坛名人，其中有热心扶掖文学新人的散文大家秦牧；有虚怀若谷、谦逊厚道的文坛高士秦兆阳；有侠骨柔情、义薄云天、对朋友怀着金子般心肠的燕赵名士蒋子龙；还写到清荷出水般品格的作家老前辈萧殷。萧殷与刘少奇有亲戚关系，萧殷在《晋察冀日报》工作时，曾与张春桥共事，关系还不错的。在刘少奇任国家主席时，有人劝萧殷走走这门亲戚，萧殷愕然地答："我找他干什么？！"在萧殷脑海里找不到巴结"高官"的概念。在"文革"中，萧殷也难逃劫数，处境艰难，有人劝他给张春桥写封信，萧殷却淡然说："人家官大了，还认人？别天真了。"作家举出这两件小事，就将萧殷老先生的高风亮节、铁骨铮铮的襟怀向读者袒露无遗了。在今天热衷于沽名钓誉、争名于朝、争利于市的文坛里，写写萧殷这样的文人品格风骨，可以振聋发聩！

国凯还写到农民出身的著名作家杨干华。杨的遽死，人们对他有些避讳。在广东文坛上杨渐渐被淡忘之时，国凯先生的《怀念杨干华》，不仅充分肯定了杨对广东文学的贡献，还写出杨发奋成才、忠厚朴实、淡泊虚名、鄙薄势利、不随波逐流、不算计别人等高尚气节，而且在人们对杨干华的死因有点狐疑乱猜之中，勇敢地站出来，道明杨之死是苦于疾病的折磨，还他一个清誉，实是可贵难能！文中对老朋友真情着墨，眷恋、惋惜的挚意真情，洋溢于字里行间，读之令人心旌摇动。

　　"文章不是无情物"，人类历史离不开"情"字，古今中外文人们写来写去依然离不开这个"情"字。无论是气吞山河般壮阔的巨著，还是小桥流水般雅致的小诗，均无例外。国凯兄的散文、杂文，充满着对国家之情、民族之情、山川之情、南粤之情、爱恋之情和父子之情的炽热。为情而歌、为情而叹、为情而哭、为情而笑，无不是真情流露。例如《妻儿》，道出了先生鲜为人知的家事，他与爱妻在患难中如何相恋、结婚和新房如何简单、陋朴等等。对于妻子的心地善良、幽娴淑德、坦率热诚、勤俭持家、助人为乐等故事，娓娓道来，引人入胜。虽属"贫贱夫妻"，却是感情甚笃，家庭生活乐也融融，和谐幸福，弥足珍贵。在几十年风雨人生之旅中，夫妻携手并肩，互勉互助，踏过惊涛骇浪，闯过急流险滩，终能胜利抵达彼岸，迎来璀璨的曙光。这缘于先生夫妻彼此尊重、欣赏、理解和宽容了。文中国凯坦率地告诉读者："她（指妻子）像一个宽广的海湾，包容了我的固执、我的缺点、我的烦愁……使我的人生之舟能平静地驶入晚年。"真是感人心者，莫乎于情了。

辑二

陈
国
凯
论

陈国凯论

郭小东 [①]

一

我读陈国凯的小说，日渐强烈的印象是作家的忧患感，一种迫人的忧
心如焚而又善良与宽厚的忧患感；一种包裹于重重的时代生活与心理矛盾
之中，对人生、对社会、对现实与历史不断发问感悟、反思而后苦闷的象
征——陈国凯的创作，尤其是近年来的创作，在隐隐地透露着这种思想与
艺术的趋向，我不以为这种忧患，是出于知识分子本性的杞人忧天。或是
单纯的针砭时弊所能统括，"位卑未敢忘忧国"，这才是作家真正的根性。
它贯彻于作家笔下的生活、人物、题材的筛选与抉择，贯彻于作家创作的
审美活动、主题开掘和历史把握的全过程。陈国凯小说创作的得与失，盖
出于斯，都可以在这里寻找到根柢。复杂隐曲的爱与恨、褒与贬，由此而
来评价的公允与偏颇，艺术把握的精当与粗疏，都与滋生于这根性之上的
他的文学观念有关。而标志他文学观念明显转移的是《好人阿通》的问世。

把《好人阿通》当作陈国凯小说创作的制高点，理由是相当充分的。
这部小说尽管在评论界未引起强烈的反响，但与陈国凯在这之前的得奖小
说《我应该怎么办？》和《代价》相比，《好人阿通》在思想的新锐与艺
术的成熟上，都是属于更深层次的作品。它的高妙之处以及在他创作道路

[①] 郭小东，广东技术师范大学文学院教授、广东文艺批评家协会副主席，著有《中国知青部落》三部曲，获中国作协庄重文学奖、广东省鲁迅文学奖等。
本文选自《广东作家论》，广东作协创研室编，花城出版社，1994 年 12 月版，第 5—23 页。

上的重要意义，时到今日，我们已经可以看得比较清楚了。在这之前，陈国凯与许多中年作家一样，他们都经历了两个令人难忘的历史阶段。

"文革"之前，他们正当青年，正统的文化心理和革命传统教育，文学之于他的任务是纯粹的歌颂。他以欢快的、无忧无虑的调子歌赞着新人新事。他这个时期的作品，虽然显示了陈国凯作为一个工人作者起步不凡的许多优点；取材角度的新颖别致，富有生活情趣和实感，平中见奇的故事情节以及幽默轻松的语言表述等等。但是，时流的文学观念和政治状况给入世未深的陈国凯的笔，注入的是对现实的一般性认识，这种文学观念无情地隐去了现实中非理想、非浪漫的东西。他没有也不可能剥开生活的表象，去写出生活严峻的一面，展现善恶、美丑的尖锐对立。此刻，他对文学的忧患感更多地表现为一种单纯的社会责任感，义无反顾地去歌颂时代与人不同凡响的美质。与同时代的许多描写现实的作家作品一样，他凭直觉写出了生活的体验，写出了美得炫目的人。如得奖之作《部长下棋》，写一个善于做思想工作的宣传部长独特的工作作风。他的出身、经历与社会认识决定了他当时只能够跟着时代生活的脚印亦步亦趋，而无法超越和站在它之上。这是他那一代作家的遗憾，同时也是文学的悲哀。十年浩劫使无数人变得愚蠢也变得聪明。陈国凯自然是受害殊深的人物。但是噩梦过后的惺忪，并未使他从长期形成的文学观念和固有的文化背景中超脱出来。他仍然在惺忪中蹒跚。写于1977—1978年的《女婿》《家庭喜剧》《学生》《眼镜》《结婚之后》《开门红》等，仍然摆脱不了"好人好事赞"的束缚。虽然在思想艺术上有明显的进取。比如有相当影响的《开门红》，在塑造"典型"问题上所作的探讨，在捕捉南国时尚变化方面都有一种报春的信息感。但构成这一切的故事框架和生活基础却是一对青年男女除夕之夜去迎接"开门红"，这在创作动机上就未免过于牵强。作家的责任感轻滑于陈俗的文学规范。《龙伯》《家庭喜剧》也莫不如此。主人公余乐天与龙伯，依然难以用独特的丰彩挣脱大公无私、严于律己的老劳模范式。

《我应该怎么办？》《代价》的出现，使陈国凯的小说给人以豁然开朗之感。一切都回到了现实主义的轨道。现实撕开了赤裸的胸膛，展示了它淤伤已久的血肉模糊。如果说，文革前驱迫陈国凯创作使命感的，是过多地填塞着一种单纯得近于透明的对于文学的追逐的话，而此刻，民族的累累创伤和茫茫的前路是他产生无穷的忧虑与困惑的触媒，那么多的人间不幸，那么多的倒行逆施，如何能够平息他的忧患！他必须真实地记下这一切。他对现实观察的大胆与尖锐，他那从单纯朴素的笔风突转而为深沉、悲凄的愤懑，都来自他长期被压抑、被掩藏的良知的苏醒，来自时代生活的感应与文学的机缘。这种突变，其实是作家思想认识在一种新质基础上对旧我的延续，作家执着的使命感，是这种延续赖以存在发展的关键。这两部作品，以其现实性的撼人的艺术力量获得许多读者。在揭示特定环境下悲剧的社会原因的现实性上，在刻画人物的心理状态特别是在雕塑女性形象上，是陈国凯以往作品不可比肩的。也许是太拘泥于真实了，缺乏艺术的浸润，反使有的情节扭曲为艺术感觉上的虚假。《我应该怎么办？》，生活中实有其事，文学史上也有过类似的题材。但他还没能比它们处理得更好，更技巧因而也更真实一些——揭示特定时代生活中非凡的心灵扭曲下的人生的历史成因。他太愤懑，太急迫也太匆忙。他难以节制地喷发了。他这一声带血的嘶喊，应合了当时社会需要。为了惊听回视、为了悲剧更悲、为了取得"爆炸性"效应——这一切都达到了。而冷静一想，反而在一定程度上限制了作品真实性的极大涵盖面，这是"伤痕文学"普遍存在的问题。在《代价》中，女主人公余丽娜易嫁仇人的情节以及最后自寻短见，也与上述原因相同，显得悖于常理，影响普遍的沟通。

陈国凯这突发性的狂飙，还表现了他性格中豪勇与硬骨的方面。实证了他始终是把文学当作人民的喉舌，为弱者立言。但艺术终究是艺术，它需要冷静的客观。在狂飙过去之后，他写下了一些过渡性的作品：《无题小说》《三杯酒》《家庭纪事》《洪主任上岗》《你调不了我的心》。这些作品，思想上显得深沉成熟，艺术上回复到原先的单纯朴素和幽默讽刺，他的忧患表现为思考。"当我回过头来看看近年来写的这些幼稚的作品，我又开始意识到：应该冷静下来，不要滥用自己的热情了。"应当用"更多的时间和精力去学习、观察和思索""从零开始"（《家庭喜剧·后记》）。

于是，时隔一年，他写出了《好人阿通》。

二

如果我的艺术感觉没有错，比较接近作家的创作心境与实际的话，则我所感觉到的陈国凯的忧患，这种评论家们称之为社会责任感或历史使命感的东西，在陈国凯近年来的创作中，是以另一种更为含蓄深邃的方式运行的。他的创作，终于走进了历史的深巷，标志是长篇小说《好人阿通》的问世。

《好人阿通》是陈国凯在自己长期耕耘的题材领域中，对创作对象的一次从根部开始的总体考察。从他的成名作《部长下棋》等一系列写工厂生活的短篇，到《好人阿通》，他始终在探索的一个主题，便是工人阶级内部人的关系的合理性与均衡性的追求。他的小说针砭也好，歌颂也好，都立足在对人的关系的批判、调整与肯定上。重在揭示领导者与工人、工人与工人，在一种较为稳定的政治态势中的种种不稳定，乃至尖锐的矛盾冲突。这种追索一如既往，但程度不同地存在着深浅度，诸如《开门红》《眼镜》等等，矛盾的冲突更多地表现为对于时尚的冲击意义，而未较深刻地升华为对于整个时代启示的普遍意义。到了后来的几部中篇，作家已经比较明确地在种种人际关系中，注入了他的忧患，勇敢而犀利地表现了他对工厂改革进程种种弊端的深长思虑，甚至对于某些官僚主义的愤怒了。尽管他的愤怒，其方式是相当温和的。阿香姑娘之所以放浪形骸，如无羁野马；阿莲之敢于当众出了处长的丑，这些昔日弱女子的崛起，已经不仅仅是她们本身性格使然，已经让人感觉到愚昧时代的精神意识正在一点点的剥蚀、崩溃，而一种明朗的、蕴含着时代变革的新的性格力量，正在迅速生长，这正是改革的真正希望所在。虽然陈国凯在这几部小说中，还未真正掘发这种来自生活底层的普通人，作为改革家形象出现所应具备的种种素质，但是，他明确而犀利地诱发并形象地抒写了这种强烈的改革要求和呼声，这几部中篇，可视作是作家对处于改革中的工厂生活、工人精神意识的扫描，意味着陈国凯对于工厂改革的思索，一开始就有意识地进行历史的追究，改革事关工厂的兴衰与工人的命运，改革主要的、也是大量的工作，仍然是唤起民众，是对于诸如阿香姑娘般的青年工人改革愿望的尊重、珍视乃到谆谆的诱导。离开了这一工人主体的精神更新，改革是孱弱的。《好人阿通》正是在这一思索的基础上，进行较为深广的追索。

近年来工业题材的小说创作中，走出了一批改革者形象，以其磅礴的气势威震文坛，传导出了时代强人的气魄，和中国工业体制改革迅猛的足音。大刀阔斧，从上而下地推行改革方案，改革与保守之争，改革家们登台之后的分化、改革家的战场生涯与日常生活等等，给长期以来沉闷于"车间文学"和"证明文学"的工业题材小说创作带来了生机和新的突破。蒋子龙、张锲、水运宪等的小说，莫不如此。然而，毋庸讳言，描写改革及其改革家形象的文学，也似乎有了新的模式。我们的许多改革文学，似乎重在表现几个改革家的功绩，过分宣扬了个人在历史上的重大作用。我绝不否定个人在历史上的作用，但是，普及中国大地的改革，更是唤起民众的事业，更是民众的事。是一种民众觉悟的普遍提高，在这点上，我们的改革文学是回避的，忽视了这个民众觉悟的根本问题，无法展示改革的真正痼疾所在。由于执着于改革过程中产生的现实问题，着眼于改革的现状，"这当然是十分必要的"而未能超越现状，从民族传统思想的积淀上予以艺术的浸润，文学流于头痛医头，脚痛医脚，急于为改革难症开药方。这样的作品可能发聩于一时而难以滋润于长久。忽略了文学对于社会问题的更为深厚的意义，是对客体作历史的、社会的、文化的追踪溯源，揭示事物的本源而扬抑。这才是真正的"医治"。有生命力的艺术，如鲁迅的《狂人日记》。陈国凯的《好人阿通》，正是试图对当前澎湃于中国大地的工业改革浪潮的主体——中国工人阶级，作客观的历史考察，以此揭示中国改革的最根本的阻力，乃来自深藏于改革者本身的民族的痼疾的国民的劣根性，以及所面对的改革难题之中，蕴含着的民族文化素质的匮乏。

《好人阿通》是作家多卷本长篇小说的第一卷。作家整个创作的总体构思如斯。在第一卷中，虽然时间下限仅止于大跃进，但在"题叙"与小说主人公的已知命运之中，我们已能窥小说之全貌。已能预知小说所将展示的，那一幅令我们每一个从文革中走过来的人，至今仍然震栗与痛定思痛的画面。"从农村到城市"，这是小说主人公阿通的道路，自然也中国工人阶级的道路。我们不能忽视这种历史道路所提供给我们的历史经验。

　　作家无边的忧患，睿智与深长的思索是以这种历史经验为前导的。长期的基层生活和对于中国文化意识的关注，使他不无忧虑地意识到，先进技术的引进，工业体系和领导机构的种种改革，在工业建设中，无疑是头等重要的。但是，忽视基本队伍的思想建设，漠视工人阶级的自我改造，实现四化将是很难的。这个思索太重要、太有意义。他从历史的反顾中看到了中国工人阶级的复杂成分："那年头，从农村浩浩荡荡进城当工人的不计其数，产业工人队伍一下子激增二千万，他们成了中国产业队伍的重要构成部分，大量的农民意识、农民作风、农民的美德与缺点，带到工人阶级队伍中来了。这是中国工人阶级的重要特点，不了解这一点，就不可能正确了解中国工人阶级的现状和未来。"小说主题的这个思想焦点，是中国工人队伍实际情况的凝聚。中国是一个有着几千年历史的、幅员辽阔的农业国，小农思想根深蒂固，资本主义大工业来得很迟，血统的工人阶级不多。如今庞大的产业大军是新中国成立后才形成的。像阿通这样由农民而工人的人，有一定的代表性。他们有着农民的美德：质朴单纯、革命性强。但盲目性和小农意识也是非常浓厚的。这种思想状态，如果缺乏正确疏导，在极左路线与思潮的煽动和利用下，很容易恶性膨胀，转化为破坏力，危及革命事业。这种惰力，在民主革命时期曾经给革命和个人带来了损害，在当今日新月异的工业建设中，也不可轻视。作家正是将其深广的思索，凝聚在阿通这个艺术形象上来昭示。对于阿通的种种同情、批判、否定、肯定，目的都在于呼吁要重视人、了解人的历史与现状，进而教育人；在于指出阿通们不应该是革命的简单工具，而应该是革命的主人，应该使之具有真正工人阶级的思想与文明，作风与气魄。倘若我们一开始就意识并着力解决这个问题，则纯朴善良、革命热情勃发的农民阿通何至成为时代的悲剧人物，何至闹出许多害人及己的活剧。《好人阿通》虽未正面明确展现四化建设的矛盾冲突，但作品立意在未来，具有一种从悠久的历史深巷中绵延而来的文学警策与洞知。

《好人阿通》的追索，呈现了沉稳地切向历史深层的态势：现实生活的一切矛盾，都是历史文化与现象的延续，都受到传统的国民劣根性的制约与束缚。这种创作思想的自觉意识，是作家的创作发生质的转换的契机。到此，陈国凯的小说已告别了一般单纯文学意义上的范畴，而开始进入一种"半文化状态"的小说境界。也许从总体来说，我这结论为时尚早，但阿通的形象昭示了这种结论依据。

三

阿通形象塑造的基本思想，是作家近年来逐渐领悟而仍然为一些平庸的创作者忽视的问题：五四以来的社会革命，可以说都是先从文化开始的。不祛除厚重的文化传统的痼疾，社会改革无法前进一步。目前我们许多改革上的困难，正是由于文化积习所致。正是由于缺乏相应的文化意识体系的保护和引导，因而显得更加艰难，速度缓慢。文化现代化，提高人的文化素质，是改革进程中刻不容缓的大事。阿通形象从反面提供了这种历史的镜子。本来社会主义的每一次运动，都应该能起到积极合理改革传统文化效果，而使之获得新的生命形式，具体表现在对人的精神诱导上。但事实证明，新中国成立后历次政治运动，在这一点上大致是适得其反的，大跃进彻底地变形和改造了作为农民的阿通，把一个本来纯洁的流注着农民的缺点和优点的阿通，在种种奇特的革命口号和行动中，最大限度地恶性膨胀了他意识中的封建文化积习。启发了这种积习，并将其转化为现代内容的顶礼膜拜。陈国凯在阿通身上，比较准确地揭示了中国传统文化的愚昧与不文明以及中国旧式农民的种种缺陷。阿通认为阿良比自己小三岁，资历比他浅，锣敲得不如自己响，所以不应让他去敲锣。阿良只敲了一次锣，便被阿通挑剔了三天。大凡与官沾边的，阿通总是毕恭毕敬，而在老地主面前，他"手拎铜锣，摆起首长风度，开始对老地主作长篇训话。"

他对共产主义的认识可笑到了荒唐的地步："到了共产主义，大家都坐主席台，三顿干饭，每餐有块咸鱼、青菜和咸酸菜都是猪油的。一律穿中山装，四个口袋的……"不一而足。其间正顺证了阿通血脉中流着的来自农业文明社会的封闭与狭隘，以及起义后便去做皇帝的农民意识。调侃的描写里，有着刻骨的隐痛。中国传统文化强调共性至上的群体原则，以大一统为宗旨，以和谐为特色，人在数不清的仁、礼、君、父的规定中，受到层层限制而失却个性地位与权利，剩下的仅有依存、敬畏、盲从。这是构成阿通行为准则的核心内容，他由一般形态的唯唯诺诺、亦步亦趋的奴性变态为特殊形式的横冲直撞、天马行空。作家深谙阿通性格中这种文化传统的积习。通过阿通形象否定了这种压抑型的也是极不公正的精神遗产。它与时尚交合而造成阿通的畸形。长期以来，在中国历史舞台上，走马灯似的活跃着类似阿通的各式人等，这些愚昧而又忠心耿耿的人们，在为自身也为社会制造着种种的悲剧。这些人个人品质也许不坏，也许如阿通一般，一生都在"进取"，性格的河流从来都跟踪着时流的变幻。以时流的指向为自己人生的准则，一味的在欢歌中悲苦、在豪兴中愚蠢而自以为聪明地活着。陈国凯的这部小说，已触到了我们民族的国民性，在新的特殊的年月和政治风气下的新蜕变。以阿通的形象与面目，透视了非常政治境遇下的众生相。他用一种文化人的眼光，通透了为传统的文化积习所统治所奴役的没有文化的人的精神世界。

构成阿通悲剧性格的原因当然是相当复杂的。传统的文化积习是作为人物基本的、顽固的心理淤积层，一种易由外力诱发的触媒，也即国民劣根性而存在阿通的精神意识之中的。在他类似堂吉诃德的命运里，错误的责任并非纯粹在于他本身，而在于文化的、时流的弊端之中。作为一个人、农民，他毕竟是一个大好人，在某些方面甚至还是一个道德感很强，相当高尚的"圣人"。面对阿娇的诱惑，他晓以圣人之道，对小兰的爱情一如既往，对老支书撤职前后的忧虑与感情上的契合，对投机分子王英利的抵制、嘲笑等等，这些发自心底的人的良知，像一条涓涓清流，流贯于阿通混浊的人生历程之中。这些"好人"的素质，由于带着浓厚的天然色彩，同时掺合着农业文明贫困而愚昧的精神特征、也即中国传统的反功利的价值观念——"君子谋道，小人谋食"。是清心寡欲，存天理，灭人欲的行为规范在一个文化水准低下的普通农民心理中的反映。正因这种所谓"好人"品格有着极大的盲目性和不明确性，其转化的可塑度极大。作家正是在这一点上去全面把握阿通的性格发展。阿通作为一个翻身农民，自豪感与感恩思想激发了他的革命热情，他之"紧跟形势""关心社会活动"是一种纯正而又不明确的革命追求，是依存、盲从的结果。致使他对革命，对于共产主义的理解，简单庸俗到近于可笑的地步，其革命理想与内容是非常有限而又低级的。而不正常的狂热的政治运动，使阿通的革命欲望转化成了极左思潮的助力和工具，变成一根横扫一切的棍子。阿通这种低下的、愚昧的思想状况，决定了他在政治斗争中必然遭遇的悲剧命运。一会儿糊里糊涂地成了革命的力量，一会儿又成为了革命的对象，终于被遣送回乡，音信杳然。阿通的悲剧，固然是政治大风磨所碾就，民族文化积习更是不可忽视的心理媒介。产生阿Q的时代因素并非一去不复返了，作为一种文化的心理沉积，它在顽强地寻找时代谬误的契机，顽强地孳生阿Q式阿通这一类人物心理。假如我们面对的是大批由农民而工人的阿通们，纵有乔厂长的三头六臂，奈其何？阿通的形象，为实现文化的现代化，从根本上革新国民思想、文化素质，提供了参照。他是自阿Q以来，不少文学作品都企图努力表现的主题的延续，一个在阿Q精神土壤上萌生起来的，从宽广的历史文化范畴中揣摩、分析，从而明确的人物形象。一个当代文学中的阿Q的子孙。

四

陈国凯的小说创作，从总的审美特征上看，是属于传统审美体系的。故事、人物，在较为齐整的框架中，充实而明确，情节过程严格按照传统小说的戏剧式结构，呈和谐中正的小说格局。基本的表现手法纯粹是中国式的。他像许多五六十年代成长起来的中年作家一样，深受中国传统古典小说及五四以来左翼文艺的影响，大致有比较纯正而又并不完整的中国文化根底，也由于五六十年代我国对二十世纪世界文化的封闭，而妨碍了他们艺术视野的宏阔，借鉴与比较的匮乏，限囿了他们对于文学背景的思索。当然，因各人取舍不同，具体的文化背景有异，文化构成的差距自然很大。陈国凯是由一个乡村文化人向城市知识分子转化的作家，他气质中虽不可避免地兼顾了两种文化特征糅合，基本上还是一个未脱农民的质朴宽怀的村镇知识分子。乡土文化与民间文艺对之影响殊深。他属于对西方现代小说技巧借鉴并不热心的那一部分中年作家。所以他的小说风格自然是笃实而较少空灵的。在文学题材和表现手法多样化爆炸的今天，陈国凯对于固守自己创作的已就格局，似乎在艺术上给人以一种落伍的感觉，缺少一触即惊的异域光色。这看起来似乎是陈国凯小说创作在今天文学形势下的一种滞步——由于读者层次与审美趣味的差异——在一些读者看来，陈国凯的小说本身是对于传统审美的礼赞，夹带着封闭的色彩。我却以为，读者层次的驳杂包括生活的多样也便是文学要求多样化的缘故。何种审美自有其存在的理由。陈国凯的小说之能以传统的审美趣味而同样吸引了相当多的读者包括称之为"新潮派"的青年读者，主要还是取决于陈国凯创作本身的魅力。我以为最为主要的大约有二点。

陈国凯是站在一个属于他自己的独特的人生角度上去观察生活的。自《部长下棋》始，已见端倪：他在生活中发现了调整并加固党群关系的纽结点，属于"这一个"部长的独特的思想工作方法，把我党干部善于做群众工作的优良传统，在一个独特的背景上，给予脱俗的具体的浓缩——下棋。工作便是下棋，下棋便是他纽结群众，为之排忧解难的法宝之一。党群关系是在一种文化的心理交融中求得和谐之美的。这是陈国凯入世的文学观念对于现实的一种超越。对于日渐脱节的党群关系的一种正面的疏导与向往，而这一切的感光片是一个小小的办事员的眼睛、印象和感觉，此后，在这个大致的看取人生的斜角上，他不断地调整着、描述着属于自己的最佳角度。《我应该怎么办？》《代价》《两情若是久长时》《秀南峰轶事》等中、长篇，与同代的同类作品相比，表现手法并不属于出脱的那种，却仍然读来为之振奋、清新、奇警。这是为什么？在这些作品中，总是有一个紧紧地胶贴着小说矛盾冲突，却在冲突的漩涡边上为之苦闷、为之愤怒和反思、而又无能为力的有形或无形的灵魂，一个或者是未谙世事或者是正直善良的小知识分子，以及低微的身份而又睿智的人格，更能真实而又灵敏地感应着事件的冲突和各式人的心态，他是作家刻意固立的观察点的精神外化，也是作家以人物身份直接切入生活，作物我交融的体察方式之一。他或者作为小说中一个连结着整个故事框架的人物，如《工厂姑娘》中的大学生，《平常的一天》中的高山；或者其实便是潜游于作品始终的一种气质。如《好人阿通》，一种类似多血质性格的气质，像血脉一样流布于阿通与小说中所有人物关系的道德评价之中，流布于阿通的性格评判与艺术表述，使读者感觉到，阿通这个活物，浸润着一种较为明确的来自作家诱发的社会思想和文化心理。它以陈国凯独有的语风、有些超然物外却又十分逼近、十分关怀的叙述方式，通过情采、氛围与思辨的建构，不着痕迹地起着思想与艺术浸润的作用。这是一种糅合在字里行间，融化在人物性格表述与情节过程而弥漫全篇的审美趣味。如在《诱惑》一节中，少男少女炽热的情爱，微妙的难言的自我压抑、理智与感情的冲突等等精细的描写背后，让人强烈的感到有一个凌驾于这一切之上而又潜行于人物心绪之中的人，一个一会儿为阿娇辩解、惋惜，一会儿又为阿通忏悔的乡村文化人，他以他的典型的乡村文化观念幻化为一种难以言状的精气，在驱赶着人物的内在感情，在剥蚀着遮掩人隐秘心曲的假象。

陈国凯站立的角度，是一个对人生负有责任，感情纤细而不风雅的乡村文化人对人生的俯视，他站在历史的斜坡上，时时滑入他笔下的芸芸众生之中，与之歌哭，倾以多情。

其二，关于陈国凯小说创作的幽默、讽刺，人们已经谈论得很多了，至于把它归结为陈国凯小说创作的风格，以为陈国凯小说便是幽默、讽刺、喜剧、闹剧，我却不以为然，总嫌所论过于宽泛。固然幽默讽刺总必须有自己的东西与艺术的限定。何况他也有以严肃面貌出世的正剧、悲剧，如《代价》《我应该怎么办？》等等。作家有一颗复杂的灵魂。了解陈国凯的人，都知道生活中的陈国凯并不幽默，是一个书生气十足，秀弱而又甘于淡泊，一个典型的知识分子。然而他的作品又时时触痛敏感的社会神经枢纽。就讽刺小说言，《曹雪芹开会去了》，跃动着一颗何等坚韧的战士之心。这貌似分裂，其实是统一的。感时忧国是中国知识分子的性格传统，他未必幽默的性格，却有幽默的文学，归结为上述这个传统，驱使陈国凯去作文学的选择。他选择了正剧与闹剧两个方式。

他的幽默的个人特色，我以为是相当宽厚、善良、不辛辣、不尖刻，在笑里却隐含着无限的忧伤与思想，有一种旷达与看透一切的自信。他没有过高估计幽默讽刺的力量，并不期望他的幽默文学能彻底改造自己所针砭的对象，但他确信，只要尽改造的力，总有益处。所以，该大声控诉、呐喊时，他绝不幽默。如《代价》《我应该怎么办？》，激愤、直抒胸臆，改革社会。而对于一些属于精神形态的文化积习、陋习，不美不平的社会现象，他觉得幽默讽刺颇能与人为善地解决问题，或者给人以启迪，充分发挥文学的认识教育作用，他便幽默起来。这大约是他小说幽默的成因。当然，我意识到陈国凯的幽默色调是如此明朗，有一种通达的气息。他把幽默作为艺术的宣泄。如上所述，他是一个忧患感相当强烈相当敏感的人，多血质型的性格使他常常对社会变革过程中有着种种的"天问"。他便企图在自己的笔里为社会、别人也为自己的理想与现实的矛盾寻找心理平衡，为社会改革做一些舆论。于是，社会现象，事无巨细，都纳入了他的"荒诞的梦"里，醒来时至少出一身汗，首先是羞愧，然后是恍然大悟。"我不认为幽默是回避或者冲淡，幽默也是刺，是进攻又是自卫的手段，又是身心健康的精神平衡，也不赞成精神分裂式的悲观和激愤"（王蒙语）。这于陈国凯的幽默是切中肯綮的。

陈国凯的幽默，没有鲁迅那种贯染古今血泪，在极度激愤与压榨之中变换为曲笔的锋利、尖刻与挖苦。他是多情的宽怀的带着村镇知识分子的善良文弱，一个温情主义者的幽默。《好人阿通》中，他对阿通不无讽刺讥诮之笔，然而他是矛盾的，我总觉得他对阿通与时代有一种欲哭无泪的厚爱，在幽默的笑声里悄悄的抽泣，为阿通，也为产生阿通的时代与历史祭奠。

陈国凯的小说不是以技巧的新潮炫目，不是以审美的现代化特征获得它文学的位置，而是以一种阔大的忧患，一种诚实和多情的交流，唤起读者作为一个国民的灵魂、责任和使命。

他曾与阿通一起，从农村走向城市，他已经走过了46年的光阴，走得心力交瘁，靠输液坚持工作，从身体状况与工作精神上说，人们说他是又一个萧殷。仅仅为了阿通的坎坷的命运能完整的献给国人，陈国凯也必须节劳多逸。生命的灯，给它油吧！

五

本文1—4部分的写作时间是1985年末。距今将近7年。在这7年里，整个国家形势和文坛发生了很大的变化，经历了许多风雨。陈国凯的创作既是一如既往的，也即在文学的现实主义精神的贯穿性上言，其主调并没发生很大的裂变。但是，他此后的一系列作品，诸如连载于《羊城晚报》并得到广大读者青睐的两部小说《都市姑娘》和《摩登阿Q》，以及他的短篇小说系列《文坛志异》，在文学的主题视野的拓展深化上，尤其是对现实生活人心的辩析剔透，对知识阶层的本性和文坛异趣诸如《儒林外史》的马二先生之流的人物的评断和描状上，已经渗透着一种现代作家难得的自审和历史的自我检视精神。这种精神以陈国凯一以贯之的创作态度和对人生对灵魂的执着深悟，而显示了一种面对严峻的生活真实和灵魂真实的唯物主义的辨证。早期作品中那种乡村知识分子的幽默和对所评状事象的游移，在这些作品中由于注入一种深重的自审和历史检视，而变得客观变得庄重变得大度。

他的讽刺小说的锋芒，已经变得冷峻。充满着一种不妥协的明确和透彻。《摩登阿Q》虽然沿袭了鲁迅小说《阿Q正传》的人物、故事、时间、地点等套式，但是，它并没有沿袭和摸拟之感。他之假借，有如古代汉语词语的假借，不仅仅是一种形式的假借，字形的假借，且是一种精神的蔓延。他在阿Q身上所寻找的，所鞭挞的，不仅仅是阿Q其人，更重要的是借其躯壳和精神，来延展一种时代、历史的真相。严格说，是对知识阶层尤其是对文坛真相的一种评析，对文坛怪异谬种流传的批判。这种批判既植根于传统文化结构的弊端，又是紧紧扣紧时代生活的节奏与脉搏的。陈国凯既为文坛中人，他积四十余年的人生经验和30余年的文坛阅历，应该说对新文人新文坛有深刻的认识。由《文坛志异》而《摩登阿Q》，他在不同的作品中所表现的对文人的劣根性和文坛角落的伪饰，对文坛假洋鬼子和混迹于文坛以文章为敲门砖之徒，及至文坛受商品经济冲击不能如此又不得不如此的窘态等等的入木三分的描状，已经远胜于他在《好人阿通》中，对农民，对非产业工人阶级的弱点的抨击了。

这里的区别，在于陈国凯的文学的眼光，已经注视的是一片阔大的原野。表演其中的戏子，也已经不是《好人阿通》的那个幽闭的乡村，并不很开放的化工厂里的小角色，而是混迹于人生至境的"名士风流"。陈国凯朴素的笔调所勾勒所表现的现实主义精神，在这些人物身上获得一种文学的透彻。

陈国凯近期小说的贡献，是他自从发表《我应该怎么办？》所形成的那个文学里的现实观点，经过若干年的文学磨炼和人生观磨砺之后，在创作《都市姑娘》和《摩登阿Q》这个文学时期所达到的文学现实主义的深刻和犀利程度。从某种意义上来说，文学的非文学倾向对于文学的推进意义，已经不是当今时代的陌生与新鲜了。诸如纪实文学和新闻小说以及新闻报告对于现实的深刻意义，也非主张俗文学主张雅文学的人所能漠视。陈国凯小说中所表达的来自现实的荒诞色彩和人物的荒诞行为，那种人物历史背景的超时空超时代的组接和有意义的变形，与某些先锋派小说的区别在于，它异常明白地让人意识到这些荒诞和超时空超现实只不过是一种无可奈何的曲笔和有意的喜剧因素，一种来自现实事象的故意的调侃而已。读者非常明白在这些描状的背后，作家所要表达的东西，是那样深刻地显影于这些游动着的躯壳之中的。它的怪诞只不过是一种现实的变形折射，一种对难以一语道破或人人心中感觉了，可又依理性不能默许的东西的说破与戳穿。所以，陈国凯的调侃是负责任且不圆滑的。

此外，陈国凯这类作品还通达着一种机锋，也即知慧的狡黠。他的聪明之处，在于对现实对事象的抨击、挖苦和批判，都是适度的，有节制的。这也便是我在上一节中言，他的幽默讽刺基本上是宽容的。讽刺的偏狭且流于恶意的挖苦中伤，将使讽刺作品的品位几近下作，产生负面的影响。陈国凯的作品的优点在于他的基调是明白且奋进的。他的所有批判都立足于一种宽容和理解，一种对人类弱点的无奈又对这无奈取积极的态度。这积极的态度便是自审。不仅仅是对群体的自审，更是对个体的自审。诸如《都市姑娘》中"我"与阿莲阿香阿蓉等都市姑娘的比照，有鲁迅《一件小事》的风致。当然，那种近于原罪的知识分子的心态又另当别论了。

在本文作结之时，我抄录《陈国凯自选集·中篇小说卷·都市姑娘后记》的一段话：

"生活中的是非善恶是客观存在。但作为文学描写对象，不能仅仅停留在感情冲动的初步阶段，需要冷静的思索和深入心灵的笔墨，需要比较开阔的历史眼光，甚至需要从人物环境的考察中去寻找灵魂归宿地。仅凭一时的感情驱动很难形成文学上的血肉之躯。写作之难大概就难在这里。我写作容易患的毛病是往往没有经过缜密的思索和成熟的酝酿便匆忙执笔。没有认真审视漫上心头的创作冲动是真冲动还是假冲动。真冲动是心灵里流淌出来的活血。假冲动只是手痒痒时跃跃欲试的心态。……遗憾的是，我有些作品没有经过心灵的颤动而是手痒时写出来的。"

这篇"后记"通篇是陈国凯创作的自审。我无权去忤逆他的意志和对自己文学创作的心得体验，哪怕是一种谦虚。但是，我想已到知天命之年的陈国凯，他的文学创作和他的人生态度，都已经进入一个全新的境界。唯一的标志，便是人倘能进入自审的状态，则人便能走出自己。走出自己也就解放了自己同时解放了别人。

人最难的是走出你自己。

作家最难的是发自内心地批评自己的作品。

1985 年夏末初稿，1992 年秋订正

向着生活的深层开掘

—— 评陈国凯近年来的小说创作

陈剑晖 [①]

　　我国当代的工业小说，在 1978 年到 1984 年之间，发生了重要的且令人惊叹的变化。在这六年中，这块原先显得过于贫瘠寂寞的文学领域出现了新的转机，露出一派姹紫嫣红的春色：过去被人们叫惯并带上贬意的"车间文学"和"工厂文学"，已被全新的"改革文学"所代替；过去人们服从生产技术，听命于机器运转的不正常关系已被摆正。现在，人成了作家们描写的中心。人的感情，人的心理活动，人与人之间的关系被列为工业小说的第一要素。总而言之，新时期的工业小说已经从过去的"车间文学"的狭小圈子里跳出来，进入了一个全新的天地。而更令人欣慰的，是随着工业小说的发展，当代的文坛上涌现了一批优秀的中青年工人作家。他们以"开拓者"的热情和韧性，卓有成效地在工厂这片园地上开掘；他们立足大地，拥抱现实，从时代生活和时代潮流中吸取创作营养，从而使自己的小说创作不断长进，常写常新……

　　我将要谈论的陈国凯，就是这些工人作家中比较出色的一位。这位出生于粤东山区，成长于羊城的岭南中年作家，对于我们来说并不陌生。一九六二年，他曾经以短篇小说《部长下棋》而步上文坛，引起了读者和文艺界的注目，文艺评论家萧殷称他为"一株苗壮的，洋溢着生命液的新

① 陈剑晖，教授、博士生导师，著有《诗性散文》《文学的星河时代》《散文文体论》等。本文原载《海南大学学报》（社会科学版）1984 年第 2 期。

苗"。①一九七九年，他发表了轰动全国的短篇小说《我应该怎么办？》，不久又发表了长篇小说《代价》，于是，陈国凯从一个地方性的作者一跃成为全国有影响的中年工人作家。以后，陈国凯沉默了一段时间，一九八二年至一九八三年间，他的创作又出现了新的爆发期，他连续发表了长篇小说《好人阿通》，中篇小说《工厂姑娘》《平常的一天》《姐妹之间》《秀南峰轶事》《两情若是久长时》和一批短篇小说。笔者在这里要重点探讨的是：陈国凯这些新作与新时期其他工人作家的作品有什么不同，这些作品在当代工业小说中有什么价值和意义；陈国凯的作品在塑造人物上有什么特点；他的幽默风格的要素是什么。

一

与新时期别的工人作家不同（如蒋子龙、水运宪、柯云路），陈国凯的工业小说创作，走的是另一条创作途径——看起来容易，但实际上却是一条艰难的道路。因为这条道路尽管没有巨石兀立，遍布荆棘，但却寂寞荒凉，时有危崖；在这条荒凉小道上跋涉的行者既难找到同伴，更难获得知音的赏识。比较了解新时期文学的人大概都知道，我国近年来引人注目的工业小说，如蒋子龙的《乔厂长上任记》《开拓者》，张洁的《沉重的翅膀》，水运宪的《祸起萧墙》……这些小说反映的一般都是重大敏感的题材，展示的是开阔雄伟的生活画面，惊心动魄的故事情节，叱咤风云的人物形象。可是，陈国凯似乎不善于像上述的作家那样从宏观俯瞰社会，他的艺术个性倾向于从微观把握题材；他总是力图从生活的深层，从普通人的日常生活甚至琐屑的人生经历中，发掘蕴藏于其中的巨大社会意义和历史内容。

《工厂姑娘》和《平常的一天》，虽然矛盾的冲突也是改革与反改革之争，但在这里我们既看不到乔光朴式的企业领导者，也没有大刀阔斧的

①萧殷：《羊城一夜》序，载《羊城一夜》，陈国凯，上海文艺出版社，1979年11月版。

改革整顿；作者展示在我们面前的是一群无权无势，弱小卑微的工厂男女青年，他们为争取自己的生存权利而艰苦地、不懈地做着努力。小说用十分朴素真实的笔调，对处于改革前夜的中国企业的各种矛盾进行了细致而准确的描绘，于是，透过那貌似平凡琐碎的日常生活，我们看到了僵化、保守的官僚主义者对改革的冷漠压制，看到这些曾经是"赤脚的工人农民"的工厂头头，怎样置工人的生活于不顾。同时，我们还看到隐伏在庞大的生产机构里的懒散、怠情、臃肿现象，诚如作者所说，"每个齿轮之间都产生咬合不紧和脱节的现象。"自然，这里更多的是"创造的热情、出色的劳动和忘我的奋斗精神"。也许正是这种辩证的生活态度，促使陈国凯在最近写了中篇小说《两情若是久长时》，小说写某化工厂厂长刘振民，在体制改革中退下工作岗位，但他没有退出生活。他有痛苦，有一般常人的弱点，甚至还犯过生活错误，对工厂的改革抱保守观望态度，但生活现实的教育，新时期强劲的改革之风，终于重新鼓起了他前进的帆，使他认识到以往的盲目和愚昧。在陈国凯这些近作中，我们看到，作家总是极度忠实地记录下自己的所思所感：既不阿谀，也不抹黑；既把生活中一切美好的、鼓舞人心的东西展露出来，同时也不隐蔽它的丑恶的一面，而且，他从没有把这些丑恶当作独立的现象来描写，而是把它同当前改革的生活现状，特别是同传统习惯的惰性，同国民的精神弱点联系起来。这样他对不合理现象，对小生产者势力的批评，便不仅仅是尖锐刻薄，不仅仅是十足的真实，且具有一种不容置疑的历史感。别林斯基说，"现实诗歌的任务，就是从生活的散文中抽出生活的诗，用这生活的忠实描绘来震撼灵魂。"读着陈国凯近期的小说，我觉得需要进一步补充：革命现实主义文学的任务，不仅仅要以对"生活的忠实来震撼灵魂"，还必须以高度的历史感来提高文学的战斗职能。因为文学的历史感是一种更难掌握的东西，只有具备了历史感的文学，才是真正的文学；也只有这样的文学，才是真正诗意的、忠实的文学。

假如从更高的要求来衡量《工厂姑娘》等作品，我们感到它们的视野还比较窄狭，历史感还表现得不是很充分的话，那么，在长篇小说《好人阿通》（第一卷）中，作者的视野显然开阔了，历史意识似乎也加强了、自觉了。这是一部属于大手笔的那种作品。它展现在我们眼前的，不是工厂车间的一隅，而是一幅从乡村到城市的"全景式"画卷。《好人阿通》反映的内容，同样不是正面改革与反改革的斗争，它的主题应当是：通过"好人阿通"的悲剧，着重表现中国工人阶级在特定环境下的生活变迁、历史面貌及其思想演化过程，从而为今天的改革提供历史镜子的作用，让人们"从阿通的荣辱升沉的遭遇中去思索一些东西"。

由于陈国凯有着从农民到工人的生活经历，所以他了解下层工人的思想状况，他能从历史的反顾中看到中国工人阶级的复杂成分："那年头，从农村浩浩荡荡进城当工人的不计其数，产业工人队伍一下子激增二千万，他们成了中国产业队伍的重要构成部分，大部分的农民意识，农民作风，农民的美德与缺点，带到工人阶级队伍中来了。这是中国工人阶级的重要特点，不了解这一点，就不能正确了解中国工人阶级的现状和未来。"作家敏感意识到，先进技术的引进，工业体系和领导机构的种种改革，无疑是头等重要的，但工人阶级本身的思想建设和自我改造，同样是不能忽视的问题。由于中国是一个有着几千年历史的封建古国，长期的闭关自锁形成了根深蒂固的国民惰性和小生产意识，加之十年浩劫给我们的四化建设带来重重阻力和困难，这一切都决定了当前这场伟大的改革并不像某些作品所描写的那样轻松简单，而是一场举步维艰、严峻复杂的斗争；而这场改革的成败与否，很大程度取决于我们是否克服深藏于国民性格中的阿Q精神和小生产意识以及由此滋生的官僚主义作风。显然，作家这个思索是很有价值和启迪意义的，他从根本上接触到了当前改革斗争的症结。在新时期写工业小说的作家中，还没有人像陈国凯这样把文学的触角延伸到对国民精神弱点的针砭。这样，尽管《好人阿通》没有正面展开四化建设的斗争，但它却赋有某种新鲜的历史纵深感和睿智感。这是陈国凯对当代工业题材小说创作的一个贡献。

值得附带一提的是，在这部"全景式"的作品里，陈国凯创作中的全部特征几乎都得到了良好的展示。他那朴素传神而又明快简洁、略带诙谐幽默的叙述笔调，确实是属于岭南式的。而对岭南自然风光、风土人情的描绘，也超过了以往的任何一篇小说。自然，作为一部长篇小说，《好人阿通》的色彩还不够浓烈，缺乏一种震摄人心的感情力量。主人公阿通的性格总的来说是统一完整的，但对他的生平事迹叙述交代太多而赋予他的行动不足，这在一定程度上削弱了人物的立体感。此外，采用"编年史"的写法，也使作品略显得冗长沉闷。但即使如此，《好人阿通》仍然是一部不可多得的作品；在陈国凯的创作道路上，它具有里程碑的意义。

　　总之，敢于逆背时尚，甘于寂寞耕耘；不沉湎于一时的成功和表面的掌声，而是以冷静清醒的态度对待历史人生；执着地在历史的深巷中探索，勇敢地向生活的深层开掘，这是陈国凯近作显示出来的思想个性特征，也是他的小说区别于别的工人题材小说的地方。

二

　　陈国凯近作中这种向生活深层开掘的趋向，主要是通过人物的塑造表现出来。熟悉陈国凯小说的人都知道，他一开始创作，便比较注重写人，写人的性格和心理状态。萧殷曾为此称赞他"善于从平凡生活中捕捉并提炼具有典型意义的细节来表现人物，还善于用简洁的语言，写出人物在特定行动中的典型心理状态，并善于写人物自身性格的变化和发展，从而体现出人物精神面貌的复杂性。"[1] 读陈国凯的近作，我们感到他在这方面的才能又有了发展；他笔下的人物性格，似乎愈来愈多样复杂，因而也愈有个性和立体感了。

　　在陈国凯近作的人物谱系中，我很欣赏"工厂姑娘"阿香这一形象。虽然这一形象还不够完整，但她绝不同于那些单色调的人物。按照小说中"我"的说法，这是一个"魔鬼的化身"。的确，仅仅从外壳看，这是一个粗俗放荡、玩世不恭甚至还带点神经质的女人，然而随着小说情节的发

---

① 萧殷:《羊城一夜》序，载《羊城一夜》，陈国凯，上海文艺出版社，1979年11月版。

展，披在这个"魔鬼"身上的伪装外衣纷纷脱落。这时，人物才真正显出性格的本色，你才真正捉摸到一个率真可爱、正直善良的灵魂，"一个典雅端庄的圣洁女神"。《工厂姑娘》的独特性在于：作家不是表面化地去描写人物的所谓"个性"，他感兴趣的是刻画人物的内在性格美，而这种性格美的具体显现，就是人物的外部特征与内在美的和谐统一。由于作家始终通过行动和生活细节来体现这种性格美，这样"工厂姑娘"阿香便不仅仅具有多层次的复杂性格，而且具有一种立体感。总之，阿香，这是一个真正来自生活底层的南国女性，是一个洋溢着青春气息，充满着生命热力和激情的人物形象。她和孔捷生笔下的"普通女工"何婵，对于我们读者来说"都是似曾相识的不相识者"（别林斯基），但在性格上，她们又很不相同。何婵的性格特点是外柔内刚，表面看来她对生活逆来顺受："好好做工，好好教育儿子"，便是她平淡琐屑的全部生活内容和人生信条，但事实上，她是一个生活的强者。与何婵相反，阿香的性格则是外刚内柔，外表上她乐天颠狂，而心里实则在哭泣流血；她的身上，悲观厌世的色彩要比何婵浓厚得多。真正有才能的作家，即使写的是同一类人，也是不会雷同的。这就是作家的独创性，是一个作家成熟的可靠标志。

与"工厂姑娘"相比，《好人阿通》中的阿通，更是一个性格内涵丰富的形象，一个奇特的，在当今的工业题材小说中还很少见的艺术典型。尽管在小说中，阿通的性格还没有充分展开，但已经闪射出不同凡响的色彩。也许有人会批评作者写阿通的"阿Q精神"，会否认现实生活中存在着阿通式的人。我认为，问题的关键不在于现实生活中有没有阿通这样的人（何况现实中确有这样的人存在），不在于能不能写阿通的弱点，问题在于阿通的思想行为是否带有普遍性。鲁迅写阿Q，高晓声写陈奂生，未必真有其人其事，但他们写出了普遍存在于人类中的精神弱点，结果他们笔下的人物形象获得了巨大的思想内涵和历史意识。从精神特征来说，阿通有点像阿Q和陈奂生，但他又不同于阿Q和陈奂生。阿Q和陈奂生都是地道的本色农民，阿通则兼有农民和工人的身份。阿Q带有旧时代流氓无产者的油滑气，他欺负小尼姑，死到临头还不觉悟，一味坚持"精神胜利法"到底，结果是一败涂地，终生抱憾。陈奂生的性格特征是老实善良，刻苦耐劳，与世无争，但他身上也有"阿Q精神"的遗传基因。你看他上了一趟城，居然就神气起来；住了一夜五元钱的招待所，便觉到"身份显著提高"，头敢抬了，腰杆硬了。作为阿Q的子孙，陈奂生的同代人，阿通不似他的祖宗那样流气愚昧，也不像"漏斗户主"那样麻木糊涂。他是一个地道的"好人"，但决非一个完人；他具有一般中国人的美德，也有一般中国人的缺点。他听共产党的话，热爱社会主义，巴望共产主义，但他心目中的共产党就是穿四个口袋衣服的干部，共产主义则是"三顿吃干饭"；他善良纯朴、爱憎分明、乐于助人，但往往好心办错事，弄得被帮助的人哭笑不得；他"紧跟形势"，勇往直前，爱出风头，但盲从无知，头脑简单，性格复杂；他微不足道、貌不惊人，但却干了一番轰轰烈烈的事业，一度几乎成为"时代英雄"。陈国凯别出机杼，把这个"好人"放在万花筒般的人生舞台上，于是演出了一幕幕可歌可泣、可悲可喜的活剧。煞是好看，煞是热闹。

把人物置于特定的典型环境和历史发展背景中予以刻画，以显示人物命运的历史感和时代性，这是《好人阿通》在塑造人物上高出于其他作品之处。在这一点上，我不同意有的同志的评论，即认为《好人阿通》在思想艺术上的弱点，"最为明显的是小说所描写的典型环境不足。……我们所说的典型环境，主要是指人物生活于其中的社会环境，即与人物性格血肉相连的，纷纭复杂的社会关系。在阿通生活的这个社会关系里，区委书记的形象写得过于苍白，有简单化，脸谱化的毛病。"①在这里，评论者似乎把典型环境＝社会环境＝具体的人，我以为这样的理解是狭窄而且不正确的。其实，文学作品中的典型环境，一般是指典型人物所生活的，形成其性格并驱使其行动的特定环境，是一定的历史时代的社会生活包括生活场面和自然景物的总和。就《好人阿通》第一卷来说，它的典型环境是大跃进时期的社会生活和时代氛围，如果作家真实而充分地写出了这些，那

---

① 李孟昱：《一个奇特的艺术形象》，《南方日报》1983年10月21日。

么他所展示的环境便是典型的。至于区委书记的形象塑造得如何，作家为什么不写他"有抱负，有理想"，而是写他"自欺欺人"和好大喜功（顺便说一句，作品中的区委书记之所以"苍白、简单"，并不是因为作品写了他"自欺欺人"，而是因为作家没有充分运用艺术手段写好这一人物），这其实是与"典型环境"关系不大的，更不会因此"不仅影响了阿通悲剧性格的进一步深化，也在一定程度上影响了小说对生活的准确概括程度和反映整个时代的深度和广度。"只要对照小说，我们便不难看出这是不符合实际的夸大其词。凡是读过《好人阿通》的读者大概都会承认，这部小说在写人方面的成功，正在于作家充分而真实地再现了大跃进时期的特定社会环境，写出了当时人们的狂热盲目和"阿Q精神"的根深蒂固，特别是写出左倾思潮对人的精神的毒化和灵魂的扭曲，写出不正常的政治运动怎样使阿通本来很纯正的革命热情转化为破坏力，成了一根横扫一切的棍子。唯其写出了这些，才写出阿通悲剧性格的根源，这是陈国凯的深刻之处。

陈国凯说："我主张风格多变，也就是多几副笔墨，悲则大悲，喜则大喜。我追求强烈。"读陈国凯的小说，我们的确感到作家处处在追求一种强烈的艺术效果。只是，随着生活的发展，他的这种"大喜大悲"的写法也在发生变化。读者公众还记得，陈国凯写于"四人帮"打倒不久的《我应该怎么办？》和《代价》，正是以其凄怆、抑郁的"大悲"调子打动许多人的心灵。在这两篇作品里，喜的味道应当说是很少的。可是在他的近作中，这种"大喜"的味道越来越浓了。如《好人阿通》，写阿通一会儿糊里糊涂成了革命的力量，一会儿又成为革命的专政对象，被当作"牛"遣送回乡，音信杳然，这些都带着"喜剧"的强烈色彩。尽管在这里，喜剧性格只是阿通外在的表现形式，悲剧性格才是阿通形象的真正内涵。但是，这种喜中有悲、悲中有喜、柔中有刚、刚中有柔的写法，是符合生活的实际和艺术的辩证法的。陈国凯小说艺术风格上的这种变化，固然是由作品的内容题材所决定；另一方面，也是作家对生活的认识不断深化所致。因为现实生活是既有悲也有喜，既有恨也有爱的。作家这样写，不是以外表的热闹来取悦读者，冲淡悲剧的力量，而是以喜剧来反衬悲剧，加深悲剧。

除了上述两点，陈国凯近作还特别注意开掘积淀在生活深层里的普通劳动者的美德。在《好人阿通》里，阿通和阿良都是性格上有缺陷的人物，但在他们身上，更多的是普通农民的美好素质和感人品德。不过，在陈国凯笔下，写得最美好动人的还是那些赋有南国灵气的女性。像《好人阿通》里的阿娇，虽然长着一双"带着野性的眼睛"，爱和后生仔打情骂俏，然而在她的性格里，又不乏山村少女的单纯质朴。"工厂姑娘"阿香，在"一副放荡不羁的外型里隐藏着一颗善良痛苦的心"。《秀南峰轶事》中的疗养院清洁工阿莲，则简直是青春和美的化身，看见她"就像衰草枯杨中看到一朵耀眼的红花，使人心情为之一爽"。当然，写得最出色的还是《姐妹之间》中的几个女性，尽管她们地位卑微，但富于同情心和正义感，她们时刻记着自己是工人阶级的一员，懂得作为一个社会主义公民的责任感。因此，当她们中的一个姐妹被社会遗弃时，她们向她伸出了友谊的手，使她在逆境中尝到爱的暖流，人生的乐趣，重新振作了生活的信心。作家用充满温情的笔调，细致地描写这群普通女工不同的性格爱好，写了她们平日里龃龉，特别是写了她们相濡以沫的阶级友爱，这些描写，都很准确传神，既没有轰轰烈烈的场面，又没有歇斯底里的感情发作，一切都像日常生活那样普通平常。的确，对于这些普通善良的南国女子的性格，陈国凯算是摸透了，写活了。

三

促使陈国凯成为一个人们喜爱的工人作家，促使他的作品走向全国的，是他对塑造艺术典型的执着追求，是他对现实生活的独特认识和深沉思索；然而，作品的幽默风格也是不可漠视的一个因素。

陈国凯从一开始创作，就具备了幽默的素质，但他过去作品中的幽默，一般是用轻松愉快而又富于生活情趣的喜剧笔调，在揭示美好事物的同时，构成一定程度的幽默感。至于这些作品的矛盾冲突和故事框架，实际上并没有具备喜剧性因素，所以严格说来，陈国凯"文革"前的小说还不能称为幽默作品，只能说包含有一般性的喜剧成分。可是，读陈国凯近作，我们明显感到幽默的氛围越来越厚重了。它不仅渗透到作品的整个构思、情节、人物和语言运用之中，成了一种贯串整个创作的主导因素和美学特征，同时也是创作主体——作者的才华、性格、气质的充分显露。是的，幽默为陈国凯的作品带来了新的特色和魅力。

但是，由于生活经历、个性气质的差别，虽然同是当代作家，陈国凯的幽默却不同于王蒙的幽默，也不同于高晓声或陆文夫的幽默。在王蒙那些逗人捧腹的作品里，幽默更多的是和哲理情采、雄辩俏皮结合在一块，它充溢着妙趣横生的机敏和尖刻。高晓声的幽默，只有大辩若讷的特点，它表面看来诙谐笑谑，而内里却凝重厚实，这是一种溶解于生活风俗画中的乡村式幽默。陆文夫的幽默，则犀利冷峻又深切热烈，就像一幅幅讽意极浓的漫画，使人看后不得不猛醒深思。而陈国凯的幽默，与上述几位又不尽相同。这是一种既有乡村农民的质朴通俗，又有城市工人的聪明诙谐的幽默，是融敦厚善意、轻松与沉重、嘲弄与深情于一体的纯粹岭南式幽默。

陈国凯小说的这种幽默色调，首先由他的个性气质和生活经历所决定。从生活经历来看，陈国凯出生于乡村，自幼受到岭南秀丽山水和淳朴民风的熏陶，长大后他到广州氮肥厂当工人，由于长期生活在下层，经常与工人群众接触，他不仅意识到"真正幽默的东西在于底层"，而且不知不觉中感染了这种幽默。从个性气质来看，陈国凯虽然长得文弱，有着一个知识分子的外型，但又透露出工人特有的粗豪爽直，加之他平时爱读契诃夫、果戈理和马克·吐温的小说，"喜欢生活中轻松的、优美的东西，而不喜欢生活中有太多的悲剧"（给笔者的信），这样，他的作品，自然也就喜欢"用喜剧的笔调写悲剧"使人在悲中获得轻松愉悦的解脱。然而，陈国凯这种幽默特色的形成，更重要的是他对生活的睿智和深情，是他对生活一如既往的热爱。当然，不管是王蒙、高晓声或是陆文夫，他们都是立足大地，热情拥抱现实生活的作家。我们指出这一点，目的在于说明：任何对生活的冷淡或隔膜，都不可能产生幽默；同样，对生活失去信心，没有乐观主义的态度，也不会产生健康有益的幽默。陈国凯作品中那种温馨、深情、质朴而又尖锐辛辣的幽默，盖出于他对生活的热爱钟情。

纵观陈国凯的近作，我认为他的幽默可以分为两种类型。

第一类是"婉而多讽"的幽默，或者叫"温和的讽刺"。这类幽默是与"文革"前和打倒"四人帮"初期某些作品中的轻松愉快的幽默相对而言的。其特点是"把喜剧性的兴奋"与"深刻的悲哀之感"交织在一起，使其作品的美感特征呈现为带着苦涩滋味的"含泪的笑"（别林斯基语）。中篇小说《工厂姑娘》，从它的故事内容和揭露对象来看，应当属于正儿八经的严肃正剧，但是，在这严肃的正剧帷幕下，也有令人捧腹的喜剧。这里的喜剧因素就是工厂姑娘阿香和钟叔导演的那场戏：把厂里的头头们骗到污水池旁劳动，在他们累得精疲力竭，流着眼泪擦着鼻涕的时候，拿出改革方案让他们签字，结果这种恶作剧不但没有受到批评，反而感动了书记，使得改革得以实现。说老实话，读着这段幽默感和喜剧味十足的描写，我们开始会觉得可笑，会从心底赞同阿香的恶作剧，可是笑过之后，马上悲从中来，我们会为生活中竟然还存在着这样的现象感到黯然神伤！本来，改善工人的操作条件，保护他们的身体健康，是社会主义企业领导人的职责，但是现在，工人们为了改变非人的工作环境，竟然要算尽机关才能求得领导的支持，这种行动本身不就是对官僚主义作风的绝妙讽刺么？在陈国凯的近作中，应当提及的还有《好人阿通》和《秀南峰轶事》，这是两部典型的，各有千秋的幽默作品。前者的幽默感主要建立在荒诞的处境与滑稽精神状态的喜剧冲突之上。我们从作者在"题叙"中介绍阿通的生平所用的笔调，从阿通的出生，作者对他的阶级成分，头发的考证，从对阿通种种"豪兴中的愚行，欢歌中的洋相"的行动描写中，我们感到了一种善意嘲弄的幽默，一种温和的讽刺，一种"对于自己人的同情的苦笑"。比起《好人阿通》来，《秀南峰轶事》中否定性的幽默色彩要浓一些。顾名思义，这部中篇写的是一个疗养院里发生的"轶事"。在小说里，作者故意用充满诗意的笔调，处处突出这座疗养院的宁静幽美。然而，这种诗意只是一种表面现象，它们之所以存在是为了反衬、加深作品的讽刺意味，透过这宁静幽美的表象，我们看到的是院长头上的"孤城落日"图，是西大院里烟尘滚滚，黑糊糊的"煤雨"，是Ｎ局长对"我"这个"塑料协会"的作家的教训……这一系列的"轶事"，确实是够滑稽的，作家采用的笔调也是够诙谐风趣，足以引起我们发笑的；然而，这种笑却是这样辛酸沉重，有一种不可言说的痛感。作者以他犀利幽默的笔揭开了社会现实的一角，使生活里阴暗的一面现出真相，从而引起"疗救的注意"。像《秀南峰轶事》这样的幽默，在《平常的一天》《姐妹之间》和《两情若是久长时》等小说中，也不同程度地存在着，这些小说总是在严肃的内容里渗着揶揄的幽默和讽刺。尽管这些幽默讽刺总有一层苦涩、沉重乃至伤感的氛围，但它的内里凝聚着作家的温情，其轻微讽刺的后面是善意的规劝和对未来的热望，是作家对新的时代和新的生活充满信心的思索。

如果说，陈国凯的小说中的第一类幽默，从色彩学角度来看属于暖色，那么，陈国凯小说的第二类幽默则属于冷色，其特点是尖锐泼辣的讽刺寓于幽默之中，温和平静的善意规劝被无情的鞭挞，抑制不住的愤慨和鄙夷所代替。《一只汽油桶》就是例子。这篇不足两千字的小说，讲述了一个"天方夜谭"式的故事：某市建筑公司因一只废汽油桶没有从工地清理掉，于是与某厂打起了"牛皮筋"官司，后来局长把汽油桶蹬到水沟里，打了十几天的官司才告结束。小说虽然有点漫画化的夸张，但讽刺"坐以论道"的时弊入木三分，颇类契诃夫作品的犀利泼辣。《牙齿》也是一篇简洁短小的妙作。小说写某青年作家Ｃ请当代文坛巨子Ａ老吃饭，不料Ａ老吃到一半，吐出一颗烂牙。于是，Ｃ作家将牙齿认真洗涤干净放在盒子里，这之后，Ｃ作家耐心地向妻子解释这颗烂牙的价值，想象Ａ权威看到烂牙被当作宝贝捧着时的高兴神态。可是，当他晚上把盛着牙齿的盒子拿到Ａ老面前时，你猜Ａ老怎么着？Ａ权威半天睁着眼睛说不出话来，良久，才感慨万端地说了一句："我还有一双眼睛，你要不要挖出来做纪念呢？"小说戛然而止，干净利落，且出人意料之外，没有多余的说明，但犀利泼辣，讽刺入木三分。这是冷峻的一笔，这一笔足以令人警醒，促人思考。

陈国凯作品中这种冷峻沉重而又温和敦厚的幽默氛围，产生于作家（创作主体）对巨大的现实生活内容和历史积淀的思索，产生于作家质朴而又诙谐幽默的精神特征。黑格尔曾指出，幽默是艺术家的人格在按照自己的特殊方面乃至深刻方面把自己表现出来，幽默所涉及的主要是这种人格的精神价值。所以，真正的幽默要求其内容"要有深刻而丰富的精神基础。"（黑格尔语）这是幽默作为美学现象的内核，也是它与为玩笑而开玩笑的滑稽画的区别。为了说明这一点，我们不妨再看看《好人阿通》和《秀南峰轶事》。我始终认为，《好人阿通》是陈国凯迄今为止写得最有深度和思想容量的一篇幽默作品，其所以如此，主要在于它在一定程度上具备了黑格尔说的"深刻而丰富的精神基础"。这部作品真正的幽默，其实不在阿通的那些表面看来滑稽可笑的行动和语言，而在于作家赋予阿通这个形象的丰富而深刻的思想内涵，这才是不但引起我们笑，而且笑后引起痛感的真正原因。因为这里包含着生活的真实，包含着可贵的真理。在这里作家让我们看到了非常时期中的你和我，看到了我们自己身上残存的或多或少的"阿Q精神胜利法"和小生产者的意识；同时，还看到产生这一切因素的社会根源和历史根源。《好人阿通》的思想意义和价值正在于此。相对来说，《秀南峰轶事》就缺乏这种"深刻而丰富的精神基础"，所以这部作品中一些俏皮话和行动描写，如N局长为了一卷卫生纸告招待员阿莲的状；临出院时又进厕所巡视一番，将抽水马桶上属于他的几张草纸放进口袋，等等，类似这样的描写，就近于漫画式的滑稽和戏谑。虽然读时能博得读者一笑，但毕竟流于夸张和过火，缺乏真实的生活依据，所以不能算做真正的幽默。需要指出的是，追求细节的喜剧性而损害了真正的幽默感的例子，在陈国凯的作品中还可以举出一些，这就或多或少地削弱了他的作品的思想力量，显出了不协调的色彩。

陈国凯是当代有成就和影响的优秀工人作家。他的创作已经呈现出某些独特的个性和风格特点。但是，从事物发展的辩证观点来看，一个作家的长处常常就是他的弱点，他的个性有时也就是他的局限性。作为陈国凯来说，他的长处是对下层工人有着许多当代作家少有的了解，因此，他能够从特定的、不为别人注意的角度，向着生活的深层开掘，并通过朴实自然的表现手法来精微细致刻画人物，来表现自己对现实生活的所思所感；他的弱点是生活面比较窄，接触面不广，长期待在一个生活点上限制了他的视野和眼力，使他不能像蒋子龙、水运宪那样眼光四射，从更加广阔雄浑的社会背景上来表现工厂的生活，来反映当代人普遍关注的重大社会问题。因此，我们认为，陈国凯的创作要取得更大的成就，关键是进一步开阔生活视野和艺术视野，努力加强作品的"当代性"，加强作品时代气息和现实感。当然，一切事物都不是绝对的。也许，我们的要求适应别的作家，而对于陈国凯则成为多余的赘语。因为，一个真正有才能的作家，一个永不自满、了解自己创作长处和弱点的作家，他总是能够在艰苦的自我扬弃中逐步完善自己，他总是能够顺应时代的潮流而不断前进！

陈国凯新论

《广东文学通史》编写组 [1]

陈国凯（1938—2014），广东省五华县人。曾任广东省作家协会主席。代表作品有长篇小说《代价》《好人阿通》《荒唐世事》《大风起兮》；中篇小说《工厂姑娘》《姐妹之间》《摩登阿Q》《天道有情》；短篇小说《部长下棋》《我应该怎么办？》等。其中，《我应该怎么办？》获第二届全国优秀短篇小说奖。2010年获首届广东文艺终身成就奖。2012年，人民文学出版社出版《陈国凯文集》全10册。

第一节　陈国凯文学创作历程

陈国凯作品近400万字，其创作历程大致分为四个阶段：

第一阶段创作自1958年至1978年，当时陈国凯是工人业余作者，作品数量不多，大概十篇，以短篇小说为主，主要取材于工厂生活，反映工厂新人新事，赞美工人阶级的美德，歌颂新时代工人阶级忘我工作的精神，或者描写工人成长经历及朴素情感，文风轻松愉悦。代表作有《部长下棋》《总工程师》《相亲记》《新来的图书管理员》《大学归来》《主人》《眼镜》《开门红》等，其1977年11月出版的首部短篇小说集《羊城一夜》收录了这一阶段的作品。1962年发表的《部长下棋》从一个新人的视角描

---

① 《广东文学通史》编写组总主编为张培忠、蒋述卓，共五卷。第五卷主编为陈剑晖教授。本文选自《广东文学通史·第五卷·当代：1978—2022》，陈剑晖主编，人民文学出版社，2023年5月版，第48—57页。

绘新中国成立后工厂里的新人新貌，构思精巧、语言生动，人物神态动作描写细致，尤其是以棋论事、以棋喻人等场景描写，文笔流畅、角度新颖、主题鲜明，今天看来仍可亲可信，富有生命力，充分体现了陈国凯早年创作的艺术特色。

第二阶段创作自1979年陈国凯加入广东作协至1982年，这一时期属于创作调整期。面对"文革"后的百废待兴，成为专业作家的陈国凯开始自觉思考个人创作与国家意识形态的关系。此期所写《我应该怎么办？》《代价》等作品属于"伤痕文学"类型，也是陈国凯作品中少见的悲剧题材。这一时期出版的短篇小说集《家庭喜剧》开始改变早期歌功颂德式人物构思模式，转向批判"四人帮"罪恶及官僚主义作风，又如《洪主任上岗》《三杯酒》《你调不了我的心》《父与子》《厂长退休了》等。中篇小说《工厂奇人》《工厂姑娘》《平常的一天》《姐妹之间》，亦在批判"四人帮"遗祸及不良官僚作风。

第三阶段创作从1983年至20世纪90年代初期，这一时期陈国凯小说选材开始突破工厂生活，转向批判各种社会问题，对文坛丑陋现象的批判尤其尖锐。其小说人物也不再局限于工人及工厂领导，而更多关注作家、文人、教授、歌星等文化人士。其表现手法则超越传统现实主义，采用荒诞、夸张、超现实、黑色幽默等现代主义手法，探索一种幽默讽刺的文风。如作品集《荒诞的梦》《文坛志异》《摩登阿Q》等，从文坛内幕到官场现形，编辑、作家、歌星、局长、科长等各色人物，均被陈国凯拉下神坛，成为批判的对象。

第四阶段没有明确时间分界点，大概从20世纪90年代开始，陈国凯的创作回归中国传统知识分子审美倾向及价值判断，摒弃他在80年代热衷的现代主义手法，《相见时难》《周末》《都市奇谈》等当年获奖作品，基本不再荒诞、讽刺，更倾向于自然、诗意。这一时期较有代表性的作品《相见时难》采用一种抒情怀旧笔法，讲述一个已做高官的工人怀念工厂生活及其工人前妻的故事。小说情感描写细腻真切、余韵悠长。《周末》《天道有情》《丁一凡先生》等描写都市男女情感的作品，风格类似。甚至像《眼睛》《看病》这类有批判元素的故事也因为小说语言的抒情性而使其批判色彩淡化。长篇小说《大风起兮》正是在这种创作心境中构思出来的。

第二节　"伤痕文学"代表作《我应该怎么办？》《代价》

20世纪70年代末至80年代初，顺应全国文学解冻发展趋势，广东文坛兴起一股"伤痕文学"创作潮流，其中艺术水平最高、影响最大的当属陈国凯的短篇小说《我应该怎么办？》和长篇小说《代价》。

《我应该怎么办？》写工厂技术人员薛子君与李丽文，他们自由恋爱并结为夫妻，然而"文革"开始不久李丽文就遭到迫害，身怀六甲的子君被工厂专案组告知其丈夫是反革命分子并已畏罪自杀，悲痛欲绝的子君回到家中，没想到相依为命的姑妈也在"牛栏"暴病而亡，她回到工厂又被戴上"反革命家属"的牌子被派去扫马路，一连串的打击让子君欲哭无泪，她控诉："法律在哪里？公理在哪里？人民的民主权利又在哪里？"[①]走投无路的子君怀着尚未降生的胎儿扑向江中。所幸化工厂刚下夜班的刘亦民碰巧路过并救起子君，刘亦民是子君的高中同学，他将无家可归的子君安排住在自家木楼房里，并给她留下生活费，自己则住进厂里。子君早产下孩子，为了孩子，她决定活下去。工厂已将子君开除，刘亦民承担起照顾子君母子的责任。不久，子君与刘亦民结婚并再次怀孕。可是好景不长，刘亦民因参与天安门事件被抓入狱，子君又一次成了"反革命家属"。"四人帮"倒台后，刘亦民释放回家，一家人终于团聚。与此同时，一个陌生人敲开子君家的门，他戴着厚厚的眼镜，头发花白，脸上一道道可怕的疤痕，长得鬼一般模样，原来是李丽文，他述说自己遭遇，子君简直难以置信，但是回想往昔的夫妻恩爱，她一头扑到丽文怀里痛哭起来，就在这时楼梯上又传来熟悉的脚步，出去买酒庆祝的亦民即将回来，子君的心像一

---

① 陈国凯：《我应该怎么办？》，载《陈国凯文集》第6卷，人民文学出版社，2012年版，第166页。

下子给人撕裂了两半！她惊呼："天哪！我应该怎么办？"小说戛然而止。

《我应该怎么办？》的故事背景几乎还原真实社会，第一人称叙事更增强其真实性效果。小说叙事者子君的语言朴实直白，讲述真切感人，少女时代的平坦、舒心、明丽，恋爱时的羞怯、期待，失去丈夫和姑妈后的万念俱灰，与亦民在一起的纠结与感动、其情感经历让人唏嘘，悲怆义愤的呼声激起读者强烈的共鸣。除此之外，作者还借人物之口对"文革"进行评价："是万恶的林彪、'四人帮'给像我这样千千万万的普通老百姓带来深重的灾难！而且，也只有在这个时候，我才似乎意识到文化大革命的深远意义：这场大革命虽然由于林彪、'四人帮'的破坏干扰，我们的国家，我们的党和人民付出了沉重的而且痛苦的代价，但是深刻地教育和锻炼了人民，使人民大众掌握了在纷繁复杂的斗争环境中洞察变幻的风云，识别真、善、美的能力。造就了千千万万像亦民这样为革命事业敢于赴汤蹈火的大无畏的年轻一代。"① 在当时关于"文革"的评价还处于争议之中的语境下，如此鲜明的主旨，体现了陈国凯的胆识及政治觉悟。《我应该怎么办？》打破"文革"时期文学创作的假大空套路，关注普通工人个体命运及情感创伤，呼吁人道主义，爱憎分明、催人泪下，它通过道德批判介入政治批判，成为"伤痕文学"的代表性作品。

《代价》是陈国凯的第一部长篇小说，讲述工程师徐克文一家人的命运和遭遇，它浓缩了千万个家庭在"文革"中的悲惨遭遇。革命烈士之子徐克文是南方冶炼厂研究所的工程师，他的妻子余丽娜是造诣很深的分析技术员，两人生活上是恩爱夫妻，工作上是最佳拍档，共同致力于冶金试验。"文革"时面对亲如父子的革命前辈周仁杰遭遇诽谤和中伤，徐克文起草大字报为其辩护，结果被小人丘建中陷害入狱，其妻余丽娜被迫改嫁丘建中，大女儿成了流氓，儿子背井离乡，幼女小玲多年独自生活，幸好有李文玉老师的照顾。李文玉当年曾是丘建中的未婚妻，她用自己微薄的工资供丘建中读完大学，又为了照顾他的生活从闹市区调到冶炼厂职工子

---

① 陈国凯：《我应该怎么办？》，载《陈国凯文集》第6卷，人民文学出版社，2012年版，第179页。

弟小学执教，没想到丘建中一直以来都在利用她，工作后不久就抛弃了李文玉。他花言巧语骗取冶炼厂总工程师刘士逸及其女儿刘珍妮的信任并娶珍妮为妻，想靠裙带关系升官晋爵。但是刘总工看透丘建中学识浅薄、工作态度轻浮、为人自私自利，不给他挑大梁的机会，丘建中怀恨在心。"文革"期间，丘建中成为造反派高参，暗中陷害刘总工等人，刘总工自杀后，他又骗刘珍妮离婚，甚至举报珍妮，独吞刘家洋房及家产，掌握工厂实权。徐克文坐牢十年受尽磨难，容貌尽改，但是他信念不倒，平反出狱后第一时间投入研究所"新一号"研发工作，继续施展一个共产党员的理想抱负。徐家子女也逐渐回归正常生活，小女儿乖巧上进，大女儿徐惠玲与前恋人刘子锋尽释前嫌重新走到一起。此时丘建中又妄想进入研究团队窃取成果，却早已被人看破，其前妻珍妮也要求落实政策收回刘家洋房，丘建中意欲与余丽娜离婚以安抚珍妮，周厂长则暗中找人调查丘建中的恶行，清算这些残渣余孽，撮合徐克文夫妻团圆，然而余丽娜最终选择自杀，留下一封信诉说自己这些年的屈辱与遭遇。

《代价》与《我应该怎么办？》的创作主旨是一致的。小说采用传统的全知视角，叙事者时不时发表评论，对"文革"进行控诉。小说还批判了"文革"中的官僚主义，比如批评干部发言讲空话现象，讽刺丘建中的A、B、C三点式材料结构。这种批判的现实意义在于引导人们看清这场浩劫的惨痛代价和无法弥补的巨大损失，激发人们继续前进的力量和勇气。

《代价》塑造的众多类型人物形象，性格鲜明且具有一定典型性，给人留下深刻印象。如丘建中，这一人物几乎浓缩了"文革"时典型小人形象的全部罪恶，他打着工人阶级代言人的旗号，造谣生事、排除异己、陷害忠良，为满足个人私欲不择手段，用忘恩负义、巧言令色、厚颜无耻等词汇形容丘建中是再贴切不过的。徐克文和余丽娜等知识分子与丘建中形成鲜明对比，徐克文为人正直坚忍、工作认真负责，他经受十年牢狱之灾仍对党的事业初心不改，为"四化"建设贡献自己全部的才能和精力，体现了无产阶级知识分子的高尚品格，小说满怀敬佩之情塑造了徐克文这样一个新时期艺术典型，呼吁知识分子的主体地位。余丽娜这一人物形象所展现的美好心灵，也成为小说的闪光点，她为了保存实验数据放弃个人尊严委身小人，多年经受肉体和灵魂的双重磨难与摧残。

《代价》属于典型的现实主义文风，其内容紧贴社会现实，并集结多种叙事技巧。小说从主要人物平反出狱这个重要时间节点展开叙事，将人物出身背景、历史纠葛及"文革"经历等以回忆的形式穿插于主体叙述中，其主要人物的出场都有一定的烘托，营造故事悬念，逐步推进事件进程，情节设计巧妙，叙事节奏流畅，可读性强。相比于《我应该怎么办？》，《代价》的人物塑造及叙事技巧更为出色，作品内涵也更加丰富多元。

批判"文革"是陈国凯 20 世纪 80 年代小说创作的重要主题，除了《我应该怎么办？》以及《代价》，还有中篇小说《下里巴人》，通过直接描写"文革"中的暴力、血腥事件，控诉"文革"的罪恶；《"车床皇后"》从青年人恋爱经历及社会道德角度探讨"文革"对社会所造成的深层次影响；《三杯酒》中的兄妹离合，《平常的一天》《工厂姐妹》《离姬》中张丽珠、胡拾英、阿珍等女性的遭遇，其悲剧根源都与"文革"有关。1988 年创作的长篇小说《荒唐世事》也是"文革"题材，不过格调与《我应该怎么办？》《代价》已全然不同，小说以一种冷眼旁观的、玩世不恭的口吻讲述放浪形骸的"黑秀才"丁向东和"走资派""反动权威"、昔日的妓女、下台的造反派头目在伙房的荒谬生活，粗鄙的说笑打闹、性的放纵、游戏人生，对悲剧的喜剧处理，使小说呈现出一种类似黑色幽默的风格。这些小说都具有明显的批判意识，应和了当时的文学潮流。广东文学在中国当代文学史也因此有了一席之地，陈国凯则成为广东新时期文学的标杆与旗帜性作家。

第三节 别具一格的工业小说《好人阿通》

陈国凯对工人阶级及中国工业发展的长期观察与文学表现，促使他深入历史考察工人阶级的发展问题。在萧殷的多次鼓励下，自 1979 年冬天起陈国凯开始构思并于 1982 年发表长篇小说《好人阿通》，这部作品被看作是"对创作对象的一次从根部开始的总体考察"①。《好人阿通》以略带戏谑的口吻讲述阿通在"大跃进"及"文革"时代的悲剧人生，探寻工人阶级的历史面貌、思想状况及生活变迁，批判这一群体的国民劣根性及其文化素质的匮乏。阿通具有农民的传统美德，如勤劳肯干、善良正义、忍辱负重等。他积极投入各类运动和生产，不怕苦累，听从分配。他忠于爱情，自觉抵制诱惑。但是阿通不擅思考，做事不辨真伪，愚昧无知。小说在题叙中描述阿通的学习笔记，发现"其思想之混乱、内容之矛盾、词义之不清、文字之拙劣以及'最'字之多，达到'顶峰'的程度"②。阿通将共产主义简单地理解为平均主义，足见其文化素养之低，也暴露了他的小生产者意识。他对"上级领导"的盲从和狂热的愚忠，使其最终成为执行错误路线的工具。小说最后一章写阿通稀里糊涂成为工人阶级的一员，这一结尾给读者留下思考空间。"四化"建设需要先进的技术、工业体系和领导机构的改革，但是工人阶级能否克服历史遗留的阿Q精神、小生产者意识以及由此滋生出来的官僚主义作风，将成为工人阶级思想建设和自我改造的关键。

《好人阿通》被评论界赞为别具一格的工业小说，也是陈国凯创作生涯中具有里程碑意义的作品，该作获第二届广东省鲁迅文学艺术奖。小说明显受到鲁迅的《阿Q正传》《狂人日记》等作品的影响，阿通这一人物设定和鲁迅笔下的阿Q一样具有相对的普遍性，人物性格也较为完整统一，这是陈国凯小说中最接近现代文学经典的人物形象。但是小说对于阿通的生平事迹的概述和评价较多，表现人物性格的典型事件、场面的描写尚有不足，削弱了人物的感染力。尽管如此，在新时期工业小说中，陈国凯的《好人阿通》仍是较早较深入地从国民劣根性角度针砭时弊的作品，他对当代工业题材小说创作的贡献也在于此。此外，《好人阿通》采用一种诙谐幽默、舒放自然的喜剧笔调描写阿通的悲剧人生，将国民劣根性作为笑的对象从而将其幽默意识推向历史的深处，亦正亦邪的语言风格让

---

① 郭小东：《陈国凯论》，载《广东作家论》，广东作协创研室编，花城出版社，1994年版，第6、9页。

② 陈国凯：《好人阿通》，载《陈国凯文集·第5卷》，人民文学出版社，2012年版，第281页。

人发笑的同时更加深了小说的悲剧底蕴及批判色彩。小说最后一章写阿通初到广州城就被拉进工厂炼钢，没日没夜地工作最终昏倒在劳动现场，略带夸张的情节设计，恰恰应和"大跃进"的时代氛围，其中潜藏的荒诞性，也是当代工业题材小说中少见的现代性元素。

第四节 改革文学的别样书写

工厂改革、技术创新、思想解放等内容是陈国凯工业题材小说创作的常见主题。相比早年作品，陈国凯新时期改革小说创作不再简单歌颂工厂的改革举措，而是将其置于新旧观念的冲突或者官民矛盾中加以表现。一方面表现青年工人开展工厂改革和技术创新的热情，另一方面批评处于其对立面的旧体制或官僚主义作风，小说因此具有明显的批判色彩。代表作品有中篇小说《平常的一天》《工厂姑娘》《工厂奇人》等。其中《工厂姑娘》的构思最为巧妙，为了改善工人工作环境，阿香将工厂领导骗到污水池旁劳动，让他们切身体验污水池的糟糕环境，并最终同意改革方案。小说以喜剧的形式表现悲剧的内容，笑声中隐藏着无限的忧伤与思考，体现了陈国凯改革小说的独特之处。

20世纪80年代中期，陈国凯在深圳蛇口工业区挂职锻炼，一住多年。这段经历成为他十年后写作《大风起兮》的主要素材。"我试图通过这小小的工业区记录一点变革年头的时代风烟，记录一点广东大地当年独步神州的变革，记录一点广东人在新时期所建的历史功勋。"[1]《大风起兮》（初名《一方水土》）[2]是国内第一部全景式反映特区改革开放历程的长篇小说，2006年获第七届广东省鲁迅文学艺术奖。该作以深圳蛇口工业区改革为原型，描写广东省改革的缘起和创建特区的艰辛，表现了创业者的步履维艰，也弘扬了中国人的锐意进取精神。

---

① 陈国凯：《大风起兮·后记》，载《大风起兮》，作家出版社，2001年版，第496页。
② 本书前后四易其稿，第一稿在《羊城晚报》连载；第二稿以《一方水土》为名由中国青年出版社出版；第三稿修改后易名为《大风起兮》在香港《文汇报》全文连载；第四稿又大幅改动，增加若干章节，以《大风起兮》为名于2001年重新由作家出版社出版。

《大风起兮》的叙事形式非常独特，它有意淡化故事情节，突破传统叙事追求结构完整、矛盾尖锐的故事模式，小说较少正面表现大气磅礴的改革进程和宏阔的大事件，而是采用"交响变奏"的结构形式，将历史故事、都市风情、人物命运、家族兴衰等交织叙述，"陈国凯最重要的方式，是将改革题材进行了风俗化、人情化、幽默化的处理，这可说是这部书最突出的艺术特征，也是一个贡献。"①小说突破改革题材小说的传统视野——改革视野与经济视野，尝试以文化视野切入改革叙事，它通过生动、扎实、细致且极富象征意味的细节描写再现了中国改革开放的历史背景，表现了"广东人的性格、深圳人的活法、粤文化的特色"②。从历史文化角度思考改革开放问题是陈国凯改革题材小说创作的基本立场，这一点从《好人阿通》到《大风起兮》是一脉相承的。此外，从纯文学角度而言，该作将小说与散文笔调融为一体，树立了跨文体写作之典范，形成一种独特的写作风格，程文超说："写如此有内涵的时代惊涛、作如此重大的历史思考，却并不将声调抬高八度，而是那么舒缓、那么雍容；不是众人皆醉我独醒的自得，不是居高临下的训导，而是一种与读者交谈的方式、对话的方式。这是一种新的心态、新的姿态。"③舒缓、雍容、对话，身处世纪之交的陈国凯为"改革文学"的别样书写再作贡献。

第五节 陈国凯小说艺术特色

陈国凯成为专业作家之前当了20年工人，这段经历塑造了他的个性，也为他的创作提供了大量素材。他对工厂及工人阶级抱有深厚感情，尤其是"文革"期间的经历让陈国凯深刻感受到中国工人阶级的道德良知，坚定了他为工人阶级画像的初心，激发了他揭露社会乱象的勇气，为后来的创作打下思想根基。

① 雷达：《陈国凯的〈大风起兮〉》，《小说评论》2001年第5期。
② 胡平：《彪炳之作——读陈国凯长篇小说〈大风起兮〉》，《工人日报》2001年9月5日。
③ 程文超：《论陈国凯长篇〈一方水土〉的跨文体写作》，《学术研究》2001年第2期。

一、坚守工业题材，反映工人面貌

纵览陈国凯的文学创作，数量最多、影响最大的当属其工业题材小说，这些小说深刻反映了新中国成立以来我国工人阶级的精神面貌和生活状态。

陈国凯的工业题材小说充分展现了新中国工人阶级的美德及其成长经历，尤其是年轻工人孜孜不倦追求技术革新的干劲与热情。《相亲记》中的王大成，《总工程师》中的李阿三，《丽霞和她的丈夫》中的李丽霞，都是有技术的工人形象。陈国凯"文革"前创作的小说文风轻松愉悦，充满正能量，他正面赞美了工人阶级团结友爱、大公无私、勇于创新以及忘我劳动的美德，展现工人阶级当家做主的主人翁姿态及充满自信的精神风貌，反映了时代特有的"人人争上游，个个夺先进"的"大跃进"氛围。"文革"之后陈国凯转向表现工人阶级在历史磨难中体现出的优良美德，如《我应该怎么办？》中的刘亦民、《代价》中的徐克文、《眼镜》里的张伯等人。新时期陈国凯工业题材小说的批判色彩明显增强，《工厂奇人》《工厂姑娘》《平常的一天》等小说反映了工人与官僚主义作风斗争的智慧与无奈。

陈国凯的小说也反映了改革开放以来工人阶级社会地位及其心理的转变。《透亮的水晶》《惜别》《买菜》《李小虎》等作反映了工人阶级社会地位及经济状况的窘迫，李小虎为照顾家人多次打报告调动工作却行不通，他急得向人事科长下跪，小说写道："我不忍目睹一个工人——国家的主人——给人民公仆下跪的场面，悲愤地别过脸去。"[1]借人物之口，陈国凯道出了工人阶级政治地位变化的社会现实，工人阶级的自信心及自豪感正逐渐消失，类似张老三（《眼镜》），张小龙（《女婿》）这类具有抗争性的工人形象也越来越少。

陈国凯的工业题材小说基本形成自己的创作理念和艺术手法。他不是从工厂的机器设备、生产过程去观察人，甚至也不是从所谓的"先进材料"

---

[1] 陈国凯：《李小虎》，载《陈国凯文集·第6卷》，人民文学出版社，2012年版，第386页。

中寻找写作素材，而是关注工人作为父母、兄弟、姐妹、爱人的形象及其所体现的时代精神。"我从来不抱侥幸之心幻想着去垂手采摘什么完整的故事，而是着意从人们极其平凡的一言一行中去体会思索其内在含义，分析他们的生活习性和道德心理。"① 他与工人交朋友，了解工人的真情实感，研究他们对事物表现出来的立场态度、喜怒哀乐，他们的习性爱好以及每个人富于个性特征的生活细节等等。在他笔下的工人生活丰富多彩、生动真切、充满情趣，工人形象不是扁平的或者某个口号的代言者，而是具有鲜明个性特征和丰富情感色彩的时代产物。

二十世纪七八十年代，工业小说尚属主流文学题材。蒋子龙的《乔厂长上任记》《开拓者》、张洁的《沉重的翅膀》以及水运宪的《祸起萧墙》等作品都产生过全国性影响，这些小说通常反映重大敏感题材，展示开阔宏伟的生活画面，其故事情节惊心动魄，人物形象叱咤风云。相比而言，由于长期生活在较为单一的工厂环境，陈国凯的艺术个性倾向于从微观视角处理工业题材，他更擅于从普通人的日常生活甚至琐屑经历中挖掘具有艺术价值和社会意义的小说素材。陈国凯与蒋子龙创作上风格迥异，南北呼应；生活上则惺惺相惜，成为一生的朋友。蒋子龙性格外向，陈国凯称其小说拥有"雄浑的气势和铁火交融的画面"。蒋子龙则称赞陈国凯的小说"闲适放达，妙思古怪，充满诙诡之趣"②。陈国凯所创作的新中国工人阶级群体的时代生活图景，给读者留下宝贵财富。

二、坚持现实主义批判精神，塑造立体人物形象

"爱人民之所爱，恨人民之所恨。"每当有人问陈国凯为什么会写《代价》这样的作品，他说："我爱我们的人民，我憎恨那灭绝人性的'文化大革命'。"新时期以来，陈国凯小说创作最大的改变就在于现实主义批判立场的确立，无论是其工业题材创作还是其他类型文学，他始终站在广大人民的立场上，坚持现实主义创作原则，批判假恶丑。

陈国凯新时期创作的工业题材小说不再刻意营造和谐、积极的工厂风

---

① 陈国凯：《关于创作的随感》，载《陈国凯文集·第9卷》，人民文学出版社，2012年版，第305页。
② 蒋子龙：《我眼中的陈国凯》，载《陈国凯文集·第10卷》，人民文学出版社，2012年版，第299页。

貌,不再以正面歌颂社会主义建设为主,而是遵循现实主义创作原则,暴露工厂管理中存在的旧体制弊端、工厂官僚主义作风及贪污腐败行为,引起读者反思,如《洪主任上岗》《父与子》《三姨父》《你调不了我的心》《哨声》等作品。他着重批判"文革"遗留下来的两类干部,一类是思想僵化、缺少技术创新能力的工农兵干部,由于工作能力不足,思想僵化保守,导致改革无法推进。如《"看不惯"和"亚克西"》中的"看不惯"、《家庭纪事》中的"眼泪主任"。另一类是道德败坏、以公谋私、人格低劣的干部类型,如《工厂姑娘》中的车间主任刘超荣及《三杯酒》中的刘兴等人。陈国凯离开工厂成为专业作家之后,他的生活环境发生改变,小说题材也不断变化,但是现实主义批判精神一直贯穿始终。

在人物形象塑造上,早期陈国凯常采用白描手法,截取一个生活横断面,勾勒人物形象,用典型细节突显人物性格,佐以简扼清晰的场景描写,整体文风轻松、朴素、细腻、真切。新时期之后,陈国凯不再塑造单一的好人形象,而是好坏参半,他最擅长描写外表与内心有巨大反差的人物形象,这种写法让小说好看,也避免人物扁平化。《工厂奇人》刘树民外表嘻嘻哈哈、洋里洋气,却是一个勤学习、肯钻研、爱动脑、正直且有思想的年轻人。《工厂姑娘》中阿香又美又飒却行为粗俗放肆,然而粗俗背后却又心灵美好。"这里的女工却有一颗美好和极其敏感的心灵,一不合她们的脾胃,她们就会产生强烈的反感。"陈国凯借小丁之口表明了自己的价值观,赞美阿香等人真诚、不做作、不虚伪。短篇小说《路》中的三八红旗手简丽萍,简朴、随和、率直,没有丝毫的矫揉造作。《秀南峰轶事》中的阿莲、《姐妹之间》的阿玲、《平常的一天》中的梁丽芳,这些来自生活底层的南国女性一个个洋溢着青春气息,充满着生命热力和激情,她们真诚、直率、能干,既是陈国凯倾心塑造的南国女性,也寄托了陈国凯对真善美的追求。

三、追求幽默风趣的文风效果

陈国凯个性洒脱、爱开玩笑,敢于自我调侃甚至自我嘲讽,这一性格特征亦成为他的创作个性。幽默是陈国凯小说的一贯风格,这一风格的呈现形式丰富多样并且日臻成熟。《五叔与五婶》《部长下棋》《家庭喜剧》《眼镜》等作品以一种轻松愉快的语调描写人物，这是一种喜剧式的幽默，常见于陈国凯早期的工人题材小说，作家以年轻人特有的爱的眼光发掘工人生活之美。"文革"结束后，这种纯粹的喜剧式幽默一下子失去生长的土壤，陈国凯也面临创作思路的调整，虽然《我应该怎么办？》《代价》在新时期文坛一炮而红，但是这种悲怆风格并非陈国凯创作个性的常态，他很快又转向寻找释放其幽默个性的文学表达方式。

陈国凯早期幽默作品中的讽刺意味有时是隐而不发的，是那种温和且不着痕迹的批评。《洪主任上岗》相比于契诃夫的《变色龙》，前者的讽刺意味明显淡化。《眼镜》《"看不惯"和"亚克西"》《家族纪事》等作品中都有让人忍俊不禁的人物形象，但作者主要采用悬念、渲染、反转等情节设计营造幽默轻松的文风，而不是辛辣的嘲讽。在批评人民内部缺点及揭示社会问题的幽默作品中陈国凯始终保持着对工人阶级的宽容与理解。

大概从写《好人阿通》开始，陈国凯转向幽默讽刺小说，并试图使之风格化。从 20 世纪 80 年代开始，陈国凯小说的表现对象不再局限于工人阶级，其小说主角常为作家、官员、文人、教授、歌星等人物，这些人物有的连名字都没有，只有其职业身份或用字母代号，可见陈国凯已不再执着于塑造典型人物形象，而是转向批判转型时期社会各类丑恶现象，这一时期多采用讽刺式幽默的笔法。《开会》《难得糊涂》《谁来当科长》《我当了财政部长》《今晚有盛大演出》《明星哭了》《出国归来》等大抵属于这一类作品。中篇小说《秀南峰轶事》通过描写女清洁工阿莲与 N 局长的矛盾，讽刺后者表面公私分明、看似正派，实际上思想保守、行为古板、缺少人情味。陈国凯从契诃夫、马克·吐温、小库特·冯尼格、鲁迅、老舍、赵树理等中外名家著作中汲取养料，锤炼语言艺术，形成自己的幽默风格。

悲歌韀笑逐逝波

——陈国凯创作寻踪

宗鹰[①]

有的作家，作品颇有吸引力，而本人却似乎缺乏吸引力。乍一相见，看他的容态，听他的言谈，也许会认为他缺乏"作家风度"。可是，当你多了解他，多接触他时，就会有一种顿悟：他没有那种徒有其表的"作家风度"，却具有一种实实在在的作家风格。

我对当今广东作家协会主席陈国凯先生的认识和了解，就经历了这样的过程。

我一九八五年离穗移美前，完成了最后一篇论文，就是《陈国凯创作寻踪》。那时候，广东省广州市一些文学评论者和中山大学、暨南大学、华南师大等高等学府的一些教授、教员相聚在一起，探研广东广州的一些有成就有影响的作家。我非常惊讶，一些评论家、研究者，眼光盯住一些"一鸣惊人""先声夺人"的作者，而忽视了如同陈国凯那样细水长流地不断耕耘开拓的作者。于是，我试着对陈国凯作一番探研。

没想到，约了他几次，一听说要写他，评论他的创作，他就说忙，不肯见。我只好来个"出其不意"。得到他待在住处的确讯，硬是上门"闯见"。乍一见面，我觉得他谈吐讷讷，不像他笔下的小说那么风趣有味。他那很重的方言乡音，更增加了我和他的隔阂。可是一谈到别的人，

---

① 宗鹰，原名赵宗英，著有中短篇小说集《月曲情涛》、散文集《异国他乡月明时》。本文原载美国《侨报》1992 年 1 月 21 日。

就大不一样了，似乎语言也显得流畅了。他一会儿说，某某，某某的散文写得很好；某某，某某的小说写得颇见功力。慢慢地，我领悟他的意思，原来他千方百计把我的注意力转移到别的作家身上。他是真心赞赏别人的创作成就，而又诚心认为自己成就不如别人。告辞后，我一直在想，这位谦和诚实的作家，没有动人的容貌、动人的仪表、动人的言辞，却有动人的心地。那时候，广东有几位青年作家，稍有点成就，就自醉自夸，甚至自吹自擂。而他呢，有真实的成就，却从不满足已有的成就。因此，我明乎一个道理：要写他，但不要找他。在他身上"挤"不出我所需要的"油水"。

幸好，我有一位学生曾在作协当图书管理员，她领我到作协图书室，帮我找到了当时所能找到的陈国凯的作品集，包括上海文艺出版的《羊城一夜》，湖南人民出版社出版的《家庭喜剧》、《陈国凯中篇小说集》和人民文学出版社的《代价》。又找到了报刊上登载的尚未入集的作品。凭借这些作品，我完成了那篇论文。那时他在深圳市主办《特区文学》。收到我的论文打印稿，给我寄来一封毛笔书写的简信及当时新出的一本《好人阿通》。可惜，收入我那篇论文的评论集，是在我来美两年后才印出。

遗憾的是，一九八八年底，我在广州未能见到他，只知道他已出任作协副主席。又读到他几篇散文。这两年来，才得知他已荣任作协主席了。不过，我想，对一个作家的认识，还是着重于他的作品为好。

综观他已有的创作，既有欢歌，也有悲曲，更有悲欢交响乐。或者是欢中有悲，喜美中有悲美；或者是悲中有欢，悲美中有喜美；或者是悲欢相融，悲美与喜美交合。他笔下的喜，不是虚欢假笑，不是浅欢薄笑，而是由衷的笑，深意的笑。他笔下的悲，不是压抑不已的悲，不是轻生绝望的悲，而是振聋发聩的悲，愤然警策的悲。如果说这是他的总的创作特色，那么，这也有一个逐步形成、发展、成熟的过程。现在，我们试来探索一下这个过程。

晴光潋滟泛微澜

这位来自生活底层，浸在工厂深处的作者，讴唱着新人新事新生活的欢歌踏入文苑。他的长处与弱点均与此相连。

五十年代后期，以至六十年代前期的中国大陆，在阔步前进的同时，也潜伏着后来爆发"文革"的因素。生活中交织着种种矛盾。"左"的错误时而潜沉在生活海洋的深处，时而浮露出生活海洋的表面。但是，由于当时在国内建设和国际事务中确有不少方面在高歌猛进，因而在大多数人心目中，在常人的感受里，主要的还是"水光潋滟晴方好"。作为从自己的真实生活感受出发的一位文学新手，陈国凯并非是超凡入圣的人，他的基本感受与认识亦若常人一样。他不是无冲突论者，不能无视和回避生活的矛盾纠葛。但是，一方面他没有步那些人为地制造矛盾冲突、斗争漩涡的人的后尘，只是切切实实地写出生活中确有、个人实感的矛盾纠葛。这是他的长处。这长处帮助他摆脱和避免了当时创作上的某些流行病，没有追随"左"的错误指导思想，没有图解人为的"阶级斗争"，所以大体上经得起时间考验，至今仍可供人们阅读欣赏。另一方面，他也没能如同当时一些敏感的人那样，深切地感受到实际上已经进行着严重冲突、激烈搏击。这又是他的弱点。这限制了他创作的视点、视角、视野，妨碍了他反映生活的高度、深度和广度。

由于上述客观情势与主观认识的原因，这个时期的作品，以春和景明，晴光潋滟为基调、主调，以时泛微澜偶有风雨为副调、衬调。他着意去捕捉生活中令人欣喜的美，着力去欢唱和颂扬那些美好的人、事、物。从一九六二年至一九六四年的《部长下棋》《总工程师》《相亲记》《丽霞和她的丈夫》和《责任》，基本代表了这一时期的创作特色。《部长下棋》中那位通过下棋而密切联系群众，倾听群众呼声的"杂工部长"老余；《总工程师》中那位刻苦学习、努力钻研的李总工程师；《相亲记》中那一对为了工作而忘却相亲而终于"相"了"亲"的青年男女王大成与阿丽；《丽霞和她的丈夫》中热情尽责的丽霞与憨直可爱的杨小保等等，都令人喜爱，令人赞美。此时的陈国凯，全力以赴的是把生活中的美变为艺术中的美。他的作品也就多数具有颂扬性喜剧美的色彩。

他对生活中可歌可颂的人、事、物和与之相矛盾、相对立的可厌可笞的人、事、物都有着真挚的感受，或者情不自禁地放声讴歌，或者自然地微讽鞭挞。这都是受着他自己切身的生活经历、生活体验、生活见解、生活态度的驱使，真心实意地去颂扬或讽刺。因而写得情真意切，颇有生活气息。他虽然着意写的是好人好事，但又有别于当时某些浅薄之作。他不为事而造人，却为人而写事。绝不为奇事而舍真人，却为真人而撰妙事。这就初步形成了他朴实中见深沉，平淡处显奇巧的基本特色。

乍暖还寒试新步

为祖国尽情欢歌的人，同祖国一起历尽劫难；写惯了颂扬性喜剧的作者，却陷进了悲剧性境遇。生活的逻辑混乱了，生活的真理颠倒了。在"文革"的暴雪寒潮袭击下，陈国凯由于写了《部长下棋》而被扣上"配合蒋介石反攻大陆"的莫须有罪名，遭到无休止的批判。这真叫他难明、难解、更难平。

他陷于极度的痛苦与矛盾状态。热爱文学创作，明明并无罪过，却招来重灾；舍弃文学创作，虽然可以避祸，但又有割肉之苦。《家庭喜剧》后记中披露过这种心情，"在那乌烟瘴气的年头，我有过痛苦，有过哀伤，有过彷徨的迷惘。那时，我曾经告诫自己：以后不要再拿这多灾多难的笔杆子了，三寸笔杆不是好玩的"。这并非真正理智的"理智"在强迫他。但是，对文学事业已经有了深厚情感的人，又有什么力量能使他真正"戒笔"呢。

果然，在国情稍有了转机，生活稍有了转机时，他在一九七二年写了《新来的图书管理员》，一九七二年发表了《大学归来》。这两篇作品，也可以说是他过去的欢歌在新情况下的续唱。但与过去的欢唱相比，有两点显著不同：第一，过去的欢颂是他心底的主要感受，也成为他笔底的主要情调；此时他深藏在心底的主要感受是悲剧性的，而在笔底流泻的却是欢颂。因此，他所写的尽管也是他的实际生活感受的一部分，但不是他生活感受的全部，更不是他生活感受的主要部分。第二，过去他欢唱的人、事、物是出于真淳、自然，而此时他欢唱的人、事、物多少带有"高、大、全"的人为痕迹。这两者正是当时的时势、"左"的指导思想和"左"的文艺观点强加给他的弱点。这也就是他所说的"笔下有鬼"。他在一定程度上想挣脱那些框框，但毕竟无法完全挣脱。不过，坚持从生活出发这个基本思想还在起作用。因此，他笔下的阿桂，尽管不能不按当时"团结、教育、改造"知识分子的指导思想行事，但也还是有点"出格"，在那样的情势下敢为张总工程师说几句公道话，敢发挥他的作用，这说明陈国凯在困难情况下，并没有丢掉自己的长处，并没有泯灭了一个真正的工人作者的良心。不幸的是，他这篇虽然有些"出格"，但在总体上仍未能超出"文革"框框的作品，却成为"反文艺黑线回潮"的重点批判对象，作者也因而一再遭殃，几乎濒于绝望的境地。生活又一次强迫他进行悲剧性的"体验"。

　　暴雪终于收歇，寒潮终于过去。尽管时有倒春寒，但是暖流已越来越充溢着祖国大地。"残雪压枝犹有橘，冻雷惊笋欲抽芽"（欧阳修《戏答元珍》）。陈国凯的笔杆又在不停地摇动，从一九七五年写出的《主人》，到一九七七年写出的《女婿》《家庭喜剧》，到一九七八年写出的《学生》《眼镜》《开门红》《结婚之后》《龙伯》《在厂区马路上》等等作品，可以说是他在新的创作时期的试步与探索。经过了十年的打击、折磨、迷惘、彷徨，他在创作中难免有炫目之感。一方面是"余悸未尽"，另一方面是"阴魂未散"。由于"余悸未尽"，他不能不试探着前进。由于"阴魂未散"，他又无意中受到了某些框框的束缚与限制。但他终究是一个善于倾听生活呼声的作者。他所要遵循的，主要还是客观生活的逻辑和自己的真切的生活感受，因此，这些作品虽然还是雪后乍暖绽发的新枝，但既表明他在自己创作的道路上向前跨步，也多少给当时文坛带来一点新意。

他在个人创作道路上的跨步，突出地表现在两个方面。首先，他的颂扬性喜剧作品中渗入了讽刺性喜剧色彩，而且讽刺性喜剧越来越多地涌进他的笔底。如果说他过去惯于直接把生活美化为艺术美，那么这时他已经开始把生活丑化为艺术美，即用艺术美来揭示生活丑，鞭挞生活丑了。本来在实际生活中，真、善、美与假、恶、丑一直相比较相斗争而存在。但是，在"文革"前，陈国凯对生活中的真、善、美有较为真切的感受，并较为注重。相对来说，对生活中的假、恶、丑的感受还不那么深切，因而也未引起足够的注视。经历了十年动乱，目睹了亲历那些混乱、颠倒的生活，他在对于逆流中的真、善、美有了深切体验的同时，也对于那些假、恶、丑的人、事、物有了较为深切的感受。所以，他既要用自己的笔来直接颂扬肯定真、善、美，也要用自己的笔来揭露和否定假、恶、丑，从而间接肯定生活的真、善、美。而且在不少作品中，他力求把这两者结合起来。因此，他既写出了颂扬性喜剧作品，如《主人》《家庭喜剧》《学生》《结婚之后》，也写出了颂美与笞丑相结合的喜剧性作品，如《女婿》《眼镜》《龙伯》。如果说前者以《家庭喜剧》为代表，那么后者以《眼镜》为代表。这意味着作者在生活的观察、体验、研究、分析方面跨进了一大步，朝着创作的高度、深度跨进了一大步。

其次，作者更注意从生活出发去塑造真实而较为丰富的人物性格，又一次向着"高、大、全"之类框框冲击。当时引起了争论的《开门红》，虽然近乎生活的速写，但那位二十二岁当工段长的香水姑娘芳姐，在一定程度上冲破了那些脸谱化、简单化的人物框框，引人注目。《眼镜》中的小劳保仓库保管员张老三，无疑是个敢于以自己独有的方式和特点同"左"的东西作斗争的可敬可爱的人。他的音容笑貌，他的风趣个性，他的妙语惊人……都使他的性格显得丰富多样，栩栩如生，跃然纸上，给人留下了难忘的印象。当然也无可否认，此时陈国凯笔下也有一些人物甚至是重要人物显得"单"而"板"。《女婿》的故事情节颇有情趣，其主要人物张小龙不失为一位反"左"英雄，但是对于这个人物，作者突出了其"斗争性"，而没有写出他丰满的性格，缺乏立体感。从人物形象的思想倾向、实际意义来说，是反"四人帮"那一套的；而从其塑造人物的方法来看又有着"四人帮"的余毒未尽的印痕。不过从陈国凯这一时期的主要作品来看，毕竟是向着创造活生生的性格丰满的人物的方向跨步。

综观这一时期的创作，一方面在突破，一方面又没能有较大的突破。总体来说，是酝酿突破前的试步和探索。

风雨反思铸悲美

无辜而罹难，造成了极度的沉痛；深切的体验，酝酿着创作的丰收。

在徘徊中前行，在曲折中跨进，祖国终于迎来了又一个春天。对十年浩劫的积愤，获得了猛烈喷发的良机。从一九七九年发表震动社会和广东文坛的《我应该怎么办？》以后，陈国凯的长篇小说、中篇小说、短篇小说不断地喷射而出。正如他在《家庭喜剧》后记中所说："一旦热情被点燃，写起来就一发不可收拾。这说明一个人爱上了文学，想丢掉这个折磨人的癖好不是一件容易的事情，也说明我这个人有点不甘于寂寞。"

单纯用热爱文学是无法解释这种现象的。关键在于心头的积恨、积愤、积爱使他无法甘于寂寞。这真正是：积之弥久，发之弥烈。

作者在动乱与劫难之中，对社会、人生、世态、人性的观察、体验、研究、分析往往更为深沉、真切，对真、善、美与假、恶、丑的对立与斗争的认识更为分明，爱憎也更为诚挚、浓烈。这对于创作至为重要。陈国凯在"文革"中目睹种种情景，亲历种种磨难，"心里在滴血"。"我憎恨那种披着'革命'袈裟而鱼肉人民的大大小小的'红衣主教'。而对于那些无辜的受害者、勇敢的抗争者又有着深爱。""这种爱与恨在我心中积聚、燃烧。"有了这种深沉的生活体验与诚挚的情感体验，才能酿制出更多更好更感人的作品。从一九七九年到一九八〇年，他完成了长篇小说《代价》。一九七九年发表了《我应该怎么办？》《"看不惯"和"亚克西"》等短篇。一九八〇年发表了《洪主任上岗》《三杯酒》《你调不了我的心》《"车间皇后"》《家庭纪事》等短篇。一九八二年又获得了中篇小说的丰收，连续写出了《工厂姑娘》《平常的一天》《姐妹之间》等等。多产、丰收，固然是他创作新飞跃的重要标志，然而更为令人注目的是他向着创作的新高度攀登、冲刺，在作品的思想性与艺术性两方面都达到崭新阶段，都有着较大的突破。

最突出的是，他为自己的主要生活感受、情感积累找到了相应的突破口。在他心头既填满了对十年浩劫的旧恨，又充塞着对当前存留的"左"害遗毒以至一切妨碍四个现代化的陈旧、丑恶事物的新愤。"旧恨春江流不断，新恨云山千叠"（辛弃疾《念奴娇·书东流画壁》），用他过去习惯的欢歌或微讽的方式，都难以尽情倾泻。经过了几年的试步和探索，他终于找到了适宜的突破口。心底的愤流爱河，冲决了创作上种种人为的堤防，突破了创作上种种人为的禁忌。他把旧恨熔铸成悲美（悲剧美），借以启人深沉反思；把新愤提炼成讽刺性喜美（喜剧美），借以催人猛然警策。这几年间的作品，尽管还有一些颂扬性喜剧色彩的作品，但大部分作品或者是悲剧性的，或者是讽刺喜剧性的，或者是两者的融合。即使那些颂扬喜剧性的作品，也带着较浓烈的讽刺喜剧色彩，甚至染上悲剧色彩。

悲美（悲剧美）的创造处于显著地位。以《我应该怎么办？》《代价》为代表的悲剧性作品，是陈国凯这一时期最有影响的作品。即如《"车间皇后"》《工厂姑娘》《平常的一天》等等，从整体来看虽非悲剧性作品，但又确实渗透了浓重的悲美色彩。在十年浩劫中，作家与祖国、人民一同受难，积恨如山，积愤如焚。但是，在试步与探索时期，这种主要的生活感受、情感体验还只能像困压在地层的熔浆，未能倾泻出来，喷吐出来。这是当时客观情势使然。但他也确实一时尚未找到适宜于喷吐怒火的突破口。能不能、该不该写现实存在的悲剧？能不能、该不该谱写悲曲？经过几年的酝酿，他终于"破门而出"了。一曲《我应该怎么办？》，一部《代价》既尽情倾诉了作者心头的积愤，也拨动了千千万万读者的心弦。

这些悲剧性作品之所以能取得显著的成就，主要是由于他较准确地表现了悲剧冲突、悲剧性格、悲剧美感。

准确地把握悲剧冲突是创造悲美的前提。"文革"十年，全国在演着大悲剧。许多个人、家庭在演着无数小悲剧。悲剧已不是单纯的理论问题，而成为活生生的社会现实。亲见、亲闻、亲历无数悲剧的作者，内心有一种强烈的呼喊，要把这种悲剧的生活矛盾冲突表现出来。陈国凯不同于某些让盲目的情感支配的人。悲剧性矛盾冲突，是真正合乎历史发展必然要求的人生有价值、有意义的真、善、美的事物与违反历史必然要求的人生无价值、无意义的假、恶、丑事物之间的矛盾冲突，而且在特定时期、环境中，无价值、有意义的假、恶、丑事物暂时占了压倒的优势，有价值、有意义的真、善、美的事物受到打击、摧残以至毁灭。无论是《我应该怎么办？》还是《代价》都善于在时代大悲剧中捕捉典型的个人小悲剧，又通过一个个活生生的个人小悲剧去较广较深地揭示了当时的时代大悲剧。时代的大悲剧是个人小悲剧的汇集，个人小悲剧是时代大悲剧的缩影。

准确地塑造悲剧性格，是创造悲美的中心课题。悲剧性格是能够唤起读者、观众产生悲痛与同情的人物性格，这样的悲剧性格必须是价值定性与真实定性的统一体。一方面具有价值定性，即具有正面的素质，具有崇高或优美的内质，是真正于人生有价值有意义的角色。另一方面具有真实定性，即有特定环境中受到非正义的，无价值的力量的迫害、打击、摧残而陷于悲惨的境遇。陈国凯笔下的悲剧性格，无论《我应该怎么办？》中的薛子君、李丽文、刘亦民，还是《代价》中的余丽娜、徐克文……尽管可能有这样或那样的缺陷与弱点，尤其是余丽娜似乎还有"洗刷不掉"的污点，但他们都是有着内美的受迫害、受摧残的正面人物。陈国凯遵循写真实、真实写的原则，不回避这些悲角的真实的遭遇。曾经有人责怪他太残酷。子君已经够悲惨的了，为什么偏偏在她与刘亦民过上美好日子的时候，又让李丽文归来，使她重陷困境？余丽娜受辱多年已经够痛苦的了，为何还让她非自尽不可？其实，这恰恰是陈国凯注重悲角的真实定性。如果说"残酷"，首先是那场动乱、劫难本身太残酷，回避这种残酷的真实，只会使作者偏离悲角的真实定性。何况一个作者，有权利去构思悲剧的性格，却无权违反悲角的性格逻辑。陈国凯在努力遵循真实定性的同时，又着力依照价值定性去挖掘悲角的崇高或优美的内质。薛子君的善良与挚情，李丽文的耿直与正气，刘亦民的仗义与血性，徐克文的刚毅与倔强，都是崇高的或优美的内质。余丽娜的"自我牺牲"，似乎不好谅解，但是读了她给徐克文的绝笔信，谁不为她的至情至性所感呢？这样的悲剧不但写出了"幸存者的哀伤，将死者的痛苦"，而且揭示了他们美的灵魂。尽管这些美的灵魂或者负伤，或者被玷污，甚至扭曲，但都掩不住美的光辉。

悲剧美感发挥悲剧的审美效应。悲剧离不开悲，它以生悲的方式来表现美并给人以美的感受。社会悲剧的真谛在于以悲颂美、传真，让人们在悲苦中受到崇高的启迪和感召，激起对美的热爱与追求，对丑的憎恶与鄙弃；在悲苦中受到了真理的启迪与感召，激起了为真理、正义而斗争和献身的热情、勇气和信心。陈国凯敞开自己的情流，去真挚地写出悲角的悲遇与悲情。悲角的毁灭、遭难或他们身上的真、善、美遭到摧残，既激起人们沉痛的同情，也点燃人们对邪恶势力的怒火。人们越同情徐克文，越惋惜余丽娜，也就越憎恶丘建中之流的人物以及他们所代表的邪恶势力，越痛恨为丘建中之流的邪恶得逞提供了条件的十年动乱。难能可贵的是，陈国凯尽管敢于真实地去揭示在特定条件下在实际力量上邪压倒了正，假、恶、丑战胜了真、善、美，但又善于真实地去揭示在精神力量上正压倒了邪，真、善、美战胜了假、恶、丑。丘建中，不仅在最后失败时显出无力，即使是他最得意时，在精神上也是苍白无力的。他可以在肉体方面占有了余丽娜，但在精神上他无法征服余丽娜。如果说这种丑角、反角是外在的胜利者，内在的失败者，那么余丽娜、徐克文、李丽文、薛子君这类的悲角、正角，尽管一时成为外在的失败者，却永远是内在的胜利者。

陈国凯悲剧性作品之所以成为艺术美，其奥秘正在于此。概而言之，一则以真悲写真美，二则以外败显内胜。唯其如此，才能真正达到悲而不抑，即使有时较为压抑，也终归会转化为昂扬，转化为奋发。这就把生活的反思化为艺术的悲美。又以艺术的悲美，激起人们对浩劫的更深沉有力的反思。

亦笑亦颦融讽颂

阳光铺满的大道上，还有荆棘；滔滔奔流的长河中，时有回旋。生活在矛盾交织中破浪前进，又在前进中新结重重矛盾。航向拨正，祖国进步，建设四化，奋力改革，能不叫人欢欣笑吟？旧害未消，遗毒未尽，新碍处处，道路崎岖，又能不令人颦眉静思？人们更加成熟了，作家也更加成熟了。进入成熟时期的陈国凯，对生活亦笑亦颦，于创作兼融颂讽。

一个钟情于祖国而深切感受到生活进程、时代脉搏的作家，当然不能也不会颦眉冷对，老是皱着眉头看现实，陈国凯情不自禁地谱写新的欢歌，新的赞颂。但是，他再也不是当年唱着热情而单纯的颂歌走上文坛的稚嫩的天真的陈国凯了。生活的复杂教会他复杂地把握生活。他既没有被现实中尚还存在的某些阴暗事物挡住了自己观察生活的视线和视野，也没有被进军的鼓点遮掩了生活尚有的种种噪音、异调。在晴明中，他没有忽视时有阴雨；在昏冥中，他又看到了曙光亮色。锣声助兴，鼓点鼓志，然而并不能代替对生活的颦眉静思，深邃观察。在实际生活中，既有十年浩劫的"阴魂""阴影"，也有封建的"余阴""余毒"，还有种种新产生的歪风、邪气，这都成为向四个现代化行进的羁绊，成为改革的阻力。一个对十年浩劫进行过深沉反思的作者，也必然要对现实生活的种种矛盾纠葛进行冷静的观察、深入的思索。对于生活，他笑中有颦，颦中有笑。有时是欲笑还颦，有时是欲颦还笑，更多的是亦笑亦颦。在创作中，他除了铸造令人反思的悲美，还在铸造发人深省的喜美。或者把生活中的美熔炼为颂扬性艺术喜美，或者把生活中的丑提炼为讽喻性的艺术喜美，他的颂充溢着浓厚的讽刺色彩；他的讽，流泻着郁烈的赞美情调。如果说《家庭纪事》《春雨》着力颂美，《平常的一天》在颂美中渗入笞丑，《秀南峰轶事》在笞丑中融进了颂美，那么，《"看不惯"和"亚克西"》《工厂奇人》《工厂姑娘》《姐妹之间》等等则是颂美与笞丑相兼并重，相辅相成。即使是《两情若是久长时》这样的有正剧特征的作品，其中虽有令人心酸而反思的悲美色彩，但主要的是令人发笑而深省的喜美情调，而且融合了颂美与笞丑。他近年致力于创作的《好人阿通》，力图沟通历史与现实，以喜剧情调来写悲剧，亦是把颂美与笞丑结合起来。

如何准确地把握悲剧冲突，在总体上来说，是合乎社会前进方向的真、善、美事物与妨碍、损害社会的假、恶、丑事物之间的出丑可笑的矛盾冲突。讽刺性喜剧冲突是真出丑，那些落后、丑恶、庸俗、荒谬的无价值、无意义的事物呈现出某种假象，或披上某种伪装，自炫为真、善、美，而终于在矛盾冲突中被撕破，揭穿，而露出了真相、丑相，令人发笑。《秀南峰轶事》中的N局长，《"看不惯"和"亚克西"》中的"看不惯"洪工长，《工厂奇人》中的王书记，集自以为正确、革命的现代"左"的思想与封建传统的愚昧、荒谬于一身，是两者的畸形结合。尽管洪工长、王书记不失为好人，但是他们身上那种荒谬、落后的东西与我们时代格格不入，陈国凯用自己的笔墨给以揭穿和撕破。如果说，生活中那些有价值的事物的毁灭构成了悲剧性冲突，那么生活中那些无价值的事物的撕破就构成了讽刺性喜剧冲突。无价值的事物之所以成为喜剧性，在于它以假象出现，甚至以伪装出现。丑陋的自以为美好的或伪装美好的；邪恶的自以为善良的或伪装为善良的；不义的自以为正义的或伪装为正义的；注定灭亡的自以为或伪装为有力量有生命的……总之，本质上无价值的却自以为或装扮成为有价值的，呈现出有价值的假象或披上有价值的伪装。如果说N局长更多的是装扮，充当正确的化身，那么王书记、洪工长却是丑而不知丑，反以丑为美。颂扬性喜剧冲突往往是"假出丑"。颂扬的对象本身确实是真、善、美的，或者自身确有某种缺陷而"出丑"，或者并非由于自身的缺陷而"出丑"，只是由于误会、误解而"出丑"。写这种假出丑只为了颂扬真美。《"看不惯"和"亚克西"》中的"亚克西"沈秀文，《工厂奇人》中的刘亦民等处于这样一种假"出丑"的矛盾冲突之中。对于这些假"出丑"的喜剧性格，陈国凯或者微讽而重颂，或者虚讽而实颂，着力揭示他们"丑态"中的美质，"窘境"中的崇高。

陈国凯善于运用笑声达到喜美的艺术效果。无论颂扬性还是讽刺性喜剧，都是以滑稽可笑的喜剧艺术形象，以艺术的夸张"放大"并渲染喜剧人物的美或丑的性格，让人们在笑声中否定丑恶、庸俗、荒谬的事物，肯定美好、合理的事物。笑是喜剧有力的艺术手段。陈国凯的讽刺性喜美，把对生活丑的愤火化为嘲讽的笑声，让人们笑得心酸、心痛、心怒，在笑声中诀别旧事物，摒弃旧观念。他的颂扬性喜剧，把对生活美的挚爱化为赞赏的笑声，让人笑得心疼、心爱、心欢，在笑声中拥抱新事物，发展新事物。

在不少作者大写改革与反改革的热门题材的时候，陈国凯似乎绕着走，实际上在披荆斩棘，为改革充当"清道夫"。《工厂奇人》中的工会主席老彭，在"文革"中靠剃头刀表现出来的"革命坚定性"发迹。如今他为了完成王书记的重托，使劳动模范刘亦民"典范化"，准备不惜施用麻药来强迫"剃头"。诸如此类的可笑又可恨的闹剧，透露了作者对生活深沉思索的心声：人们，要警惕啊！在改革的时代，可不要忘记了那些"文革"中的闹剧，悲剧会变种。他的导师萧殷曾经写道："凡是优秀的作家，他首先必须是先进的思想家。在这一点上，陈国凯应当急起直追，当然我不希望他用议论的方式去表达这种思考，而是运用他习惯的形象手段去发挥他的思考。"讽刺性喜美与颂扬性喜美的创造，正是对萧殷期望所交出的"答卷"。

随着生活思考成熟，陈国凯在艺术造诣上也更臻成熟。这突出表现在他努力创造个性鲜明、性格突出而富有立体感的典型人物，他既没有让人物的主导性格掩盖、抹煞了性格的丰富性、多样性，也没有让性格的丰富性多样性冲淡、削减了人物的主导性格，"懒鬼"、长发的形象，并没有使刘亦民的富有深邃见解、勇于革新创造这些性格的主导方面失色，反而陪衬其主导性格。"亚克西"沈秀文的"野性"、调皮、活泼、爱美，并没有使她成为"癫马"，反而显出其"神马"光彩。《两情若是久长时》这篇触及体制改革的作品之所以别开生面，引人注目，很重要一点在于，它把改革与反改革的斗争化为人物内心的冲突，通过刘振民这个富有立体感的人物的内心冲突去从一个侧面反映了改革的进程。改革似乎使刘振民失去了他生活中真正的位置。到了该退的时候不退出，实际上是占着不该占的位置。但更重要的是，他在"位"的时候，尽管抓住了建设与改革的一些重要问题，但又没有抓住甚至忽视了建设与改革中的另外一些问题。在退位之前的刘振民，事业心、原则性是其性格的支柱。而家庭悲剧、爱情纠葛、工作失误等诸方面，又使得他并非平面人，而是像浮雕似的呈现在读者面前。"退位"之后，他有过自己的空虚、迷惘、气恼，但又终于冲破了种种生活的网与情感的网而找到了自己应有的位置，这使他具有立体感。

　　当然在成熟之中尚有不够成熟之处。依我粗浅的看法，陈国凯还需冲破两个难关，攀登两个高点。首先，在生活的观察、把握方面，需要突破反思与开拓统一的难点，更着力于开拓，使自己的视点更高，视野更广，视力更深，更加敏锐地把握生活开拓的潮头，又能更深地钻进地层的深处。其次，在艺术创作方面，需要突破形似与神似统一的难点，更着力于个性鲜明、独特的典型人物的创造，使自己笔下的人物真正成为"熟悉的陌生人"。他现在有些作品中的人物，或者形似多于神似，或者神似超脱形似。就以人物的语言来说，有时为了把人物的思想感情写出来，而未认真注意在什么特殊情况下，在什么特殊境遇中，在什么特殊的心绪时，人物以自己固有的什么特殊的方式去说话，因而语言的个性化尚不够鲜明突出。

大风起兮奏凯旋

——陈国凯文学事业成就概览 [①]

梁健辉

　　放眼当代广东文学大格局，陈国凯无疑是一位具有里程碑意义的作家。他长期从事文学创作，在国内外拥有较强影响力和知名度，其作品以思想深刻、人物形象鲜明、艺术感染力强烈而著称，当中不少作品脍炙人口，广为流传。数十年来他创作的一批长、中、短篇小说和大量文章，书写着新中国社会风貌变迁，伴随着一代人成长和广东文学发展。因为文学创作成就显著，他于一九九二年荣获国务院颁发的"有突出贡献专家"特殊津贴。他还长期从事文学事业管理工作，担任广东省作家协会主席达十八年之久。提起陈老，文学同行和后辈无不怀着崇敬的认同，在繁荣和发展广东文学事业、推动广东建设文化强省的历史进程中，他发挥了不可估量、不可替代的独特作用。

一、著作等身　经久不衰

　　从一九五八年一月发表第一篇短篇小说算起，陈国凯的文学之路，已经走了有五十二年。多年来，他善于观察，勤于耕笔，先后在《当代》《人民文学》《中国作家》《上海文学》《新华文摘》《小说选刊》《作品》《羊

① 本文选自《陈国凯文集·第10卷·人书俱老》，人民文学出版社，2012年10月版，第410—418页。

城晚报》《深圳特区报》等报刊发表了一批深受广大读者喜爱的优秀作品：《我应该怎么办？》《羊城一夜》《代价》《好人阿通》《荒唐世事》《都市的黄昏》《西西里女郎》《相见时难》《一方水土》《大风起兮》……提起陈国凯，有一定阅历的读者都能想起一连串耳熟能详的作品名称，回忆起当年如痴如醉追读的情景。

时至今日，陈国凯的作品和名字比起当今的网络文学红人依然毫不逊色，百度引擎依然有数万条关于他的介绍和作品的网页记录，"百度文库""新浪爱问"等读书平台依然收录其作品文本供网民特别是年轻网民查阅，而像孔夫子网这样的著名旧书收藏交易平台还有他的部分旧书籍的善本。

据不完全统计，他创作出版了长、中、短篇小说二十几部，四百多万字，其中有部分作品被翻译成英、德、日、法等国文字，在国外刊载和出版。共计有十几本国内外文学辞典都收录他的条目和小传。

二、抒写伤痕　观照现实

陈国凯在新时期文坛上以伤痕文学作家崭露头角。在树立"伤痕文学"这面旗帜方面，他的影响足以跟《班主任》作者刘心武、《伤痕》作者卢新华媲美。难能可贵的是，多年来他对现实主义文学没有固守于某种情感或套路，而是不断开拓新的视野、塑造不同的人物形象、尝试多种艺术手法，在许多读者中留下了难以磨灭的印迹。

陈国凯的伤痕文学代表作，也是他的成名作，当数短篇小说《我应该怎么办？》。这篇作品首发于一九七九年第二期《作品》杂志。杂志面世不久，编辑部便收到了许多读者来信，读者们倾诉他们阅读作品的感受，对作品中的人物薛子君、李丽文、刘亦民的命运遭遇倾注了极大的同情，有的读者把小说中的人物当做真人真事，要和薛子君等人通信联系，有的倾诉了自己类似作品主人公的遭遇，要求作者帮助她。小说更引发了文艺界对理论问题的激烈探讨，产生了可观的社会效应。《作品》杂志因此结合对《我应该怎么办？》等作品的讨论，组织作家进行笔谈，探讨文学作品中如何描写"文革"、爱情等当时敏感的题材。《作品》杂志也为此风行一时，在全国的发行量近七十万份。不久，《我应该怎么办？》便获得第二届（一九七九年度）全国优秀短篇小说奖；之后小说又被中央人民广播电台改编成广播剧，在全国范围进一步扩大了作品的影响。

陈国凯随后的长篇小说《代价》在一九八〇年第一期《当代》发表。这部作品感情爱憎分明，故事扣人心弦，使人在强烈的爱与憎、美和丑、真与假、悲和愤的交织搏斗中深受感染，更重要的是，它唤起人们对那个噩梦般的年代的深沉回忆。作品体现了作者对十年浩劫做出的较有深度和广度的艺术概括，足以让读者从悲剧中激发出愤恨和力量。小说后来获第一届《当代》文学奖，并被上海电视台改编成电视连续剧《流逝的岁月》，继续引起一阵社会热议。

如今重新审视伤痕文学当年在文学界的喷发，他的作品风靡一时、过目难忘的缘由，乃是由于人们许久没有读到像他作品中反映的经历过大时代动荡的人生悲剧，读者自然沉醉于其泼墨而出的内在激情和生命力，沉醉于其严肃厚重、缠绵哀怨的艺术风格。

《好人阿通》是陈国凯的另一部长篇小说。小说以"大跃进"为背景，主要写青年农民阿通在大炼钢铁及爱情生活中的种种际遇。陈国凯文风一转，以诙谐多智、舒放自然的笔触，塑造了一个在当时文坛上极少见的人物形象——阿通——他装傻充愣，又悲又喜，叫通实不通，不通又似通，一个真实可爱的活宝。陈国凯曾透露自己偏爱这部小说，还希望这部小说是作为系列长篇的第一部来写的。小说的贡献和独特性在于，横向而言，跟同时期的长篇小说相比，它独树一帜；纵向而言，与作家已有实绩相比，更推到了全新的高度，充分显示了作家旺盛而雄厚的创作实力。

随后，即便同是描写文化大革命的《荒唐世事》，陈国凯笔墨又与《代价》迥然不同了。他既充分发挥了"伤痕文学"的情感和反思，又不局限于控诉与回忆，而是伴随时代前进，不断发掘社会的精神风貌，不断探索文学的丰富内涵，推出当代城市文学，以《文坛志异》《摩登阿Q》

《都市黄昏》等一批现实主义小说观照社会。这批作品色调丰富，由严肃到幽默，到讥讽，到荒诞，包罗万象，蔚为大观，文字奇诡夸张，故事错综纠葛，人物复杂多变，几乎每一部都深刻见证了广东社会的某种真实状况。

三、记述改革　磅礴大气

当改革开放全面推进，陈国凯继续发挥其直面现实的写作精神，开拓着改革题材小说的新路向，以其深邃的社会洞察力和丰厚的艺术表现力，为广东新时期、新变迁书写历史。其中佼佼者，当数作者酝酿十年、苦著十年而成的长篇小说《大风起兮》。小说以现实为经，历史为纬，用恣肆笔墨、磅礴气势展现了一幅特区改革开放的宏大画卷。

小说以深圳蛇口工业区的发展为原型，却没有停留报告文学般的一般记录，而是以多条线索的叙事手法，使这场轰轰烈烈的现实改革图景，具有了观念的、历史的和文化的多重深度与广度。书中不仅将特区的创业史写得慷慨淋漓，还将特区的新时期写得瑰丽璀璨。小说以广东为根基，笔墨铺张到北京、上海、香港海内外各地，政经文史、风土人情，下至三教九流、妓寨尼庵，上至高层政坛、港澳巨贾，共冶一炉。小说主人公方辛、罗一民、凌娜、杨飞翔、曾国平、刘水芹等形象跃然纸上。可以说，这部"清明上河图"般的作品的出现，不仅使改革题材小说在新的时代有了新的发展，还对改革题材小说的艺术质量灌注了可观的内蕴。

小说对工业区的创建与发展的描绘，既没有巨细无遗地复述具体过程，也没有在征地建厂、修路盖房等琐事上滞留，而是通过将几个关键事件（包括了不拘一格地选贤、冲破现行管理体制、按国际惯例进行工程招标、出现问题主动引咎辞职、干部实行聘任制、住房全部商品化等）重点叙述，从体制改革和观念转变的层面，揭示了工业区改革的烈度与深度。方辛、罗一民、胡逸儒、董子元这些工业区的主要创业者，以其思想解放者、体制创新者的高大形象，栩栩如生地站立在人们面前，抓住要害，突出主旨，使读者看到无形而切实存在的工业区从无到有、由弱到强的内在推动力。

小说还发挥了作者叙事灵活多变的特长，视角如蒙太奇般的自由切换，使作品的生活覆盖面得以横向扩展，也使人物强化了个性，文本更显张弛有致、摇曳多姿，因而更耐人寻味，更手不释卷。

时至今日，深圳已经推行改革开放三十年，这是一段斗转星移、可歌可泣的历史。《大风起兮》以立于现实又高于现实的艺术手段描述了这一段历史，它为我国的改革进程留下了一份形象的历史档案，也为我省的改革文学留下了一部珍贵的扛鼎之作。

四、语言魅力 丰韵绵长

如何适当运用粤语进行文学创作以强化地方特色，一直困扰着广东作家，尤其是本土作家。陈国凯就专门研究过广东作家对语言艺术运用的探索，他总结到：粤地文人对如何运用书面语言一直在进行探索。新中国成立前，广东曾有些作家办过粤语的文学刊物，可惜无功而返。共和国建立后，南粤大家如欧阳山、陈残云、黄谷柳等人，在创作上一直没有停止这方面的探索。文学当然不只是语言问题，但语言作为文学的载体举足轻重。如何适当地运用粤语以强化地方特色，仍有待于广东作家去探索。文学在热衷于如何走向世界之前，还是先努力做好走向本土和民间。广东的人口相当于欧洲一个大国，粤人流布全国和世界各地，走向大众，流向民间，对继承发扬岭南文化有积累意义。

同时，陈国凯在创作上信奉感情的真诚，他把这点作为衡量作品高下的标准。他曾说："要搞'有情文学'，不要搞'无情文学'""心灵没有快乐的颤抖也缺少深沉的思虑，笔下的人物在自己的心中没有足够的感情酝酿，而仅仅把人物当做自己可以任意驱使的工具，抓一个，写一个，这样写出来的东西，纵使发表了，也没有生命力。这是我应该引以为鉴的。"他又曾说"画灵魂尽可能复杂些，于复杂中求统一"，这恰如其分地概括其小说人物塑造创作原则。

通观陈国凯多年小说和文章，始终贯穿着发扬岭南语言艺术特色和尊重真情实感的理念。倘若有幸阅读由广州出版社结集出版的《陈国凯作品选·小说卷》《陈国凯作品选·散文卷》《陈国凯作品选·杂文卷》一套三集，便能比较系统地看到他创作生涯的心路历程。作品选包含五部中短篇和一部长篇小说，近五十篇散文以及七十多篇杂文共计二百多万字，图文并茂，从不同角度贴近群众、贴近生活、贴近实际，不乏文学精品，其中近年抱病笔耕的一批新作，依然文采不减，情深意切，读来感人至深。

读陈国凯的文字，最适合细嚼慢咽。他文章中的粤语方言，既像信手拈来，又是浑然天成，文白结合，水乳交融，展现了深厚的古典文学功底。他幽默轻松的文字，处处闪烁出智慧的光芒。可以说，内涵博大而又好读易懂，这真是陈氏文风不同寻常的风格。

陈国凯的散文、杂文，包含着对社稷之情、民族之情、南粤之情、爱恋之情和亲子之情。为情而歌、而叹，为爱而哭、而笑，无一不是真情流露。他写到自己和一批文坛名人的交往，当中有热心扶掖文学新人的散文大家秦牧，有虚怀若谷、谦逊厚道的文坛高士秦兆阳，有侠骨柔情、对朋友怀着金子般心肠的燕赵名士蒋子龙，有清荷出水般品格的作家老前辈萧殷，无不娓娓道来，令人敬佩。他还在《妻儿》一文动容地讲述了自己与妻子在患难中如何相恋，家居生活如何陋朴，妻子如何贤良淑德等，读者见证他俩在几十年风雨人生之旅中，携手并肩、互勉互助的动人历程。

在文学日渐商业化和娱乐化的今天，纯文学的处境似乎越来越寂寞。但依然有理由相信，陈国凯的作品现在、将来依然受到有品位的知音的喜爱。因为在这些朴实的文字里，在平淡如清茶、如醇酒的闲谈中，读者掩笑之余会突然被感动；而在丝丝入扣的悲喜离合之中，又分明感受到了那力透纸背的惊涛骇浪，不由地嗟叹生命之复杂、时空之悠长。读者一旦进入他营造的闲庭信步的艺术空间里，自然而然感悟到诸种哲理妙思。

五、服务作家 不遗余力

除了以文学作品见长，陈国凯的另一部以身体力行方式创作的、也许更为影响深远的"作品"，则是他的作协行政工作。他自一九九〇年二月至二〇〇八年八月连续担任三届省作协主席，可谓是十八年如一日，为发掘扶掖新生创作队伍、发展壮大广东文学事业而孜孜贡献、不遗余力。在他带领下的广东作协主席团班子认真贯彻执行党的路线、方针、政策，勇于开拓创新，充分发挥省作协联络、协调、服务的职能，围绕"以繁荣广东文学创作为中心，加强党的领导，加强为会员服务"的工作方针，为广东文学艺术中心的建设和广东文学事业的发展做了一系列卓有成效的工作。回眸在其任内的历年，省作协可谓硕果累累：

1. 兴建广东文学艺术中心。一九九二年他提出建设广东文学中心的构想，在省、市领导的关心和支持下，大楼终于在二〇〇一年胜利落成，从此广东文学拥有一个兼备办公、培训、交流的条件优良的全新基地。

2. 大力培养和扶持青年作家。抓好复办广东文学讲习所，举办了多期诗歌创作高级研修班、小说创作培训班，召开全省青年作家创作座谈会，动员、鼓励和引导广大青年作家以更积极的姿态投入创作活动中去。

3. 解决作家出书难的问题。在九十年代初组建广东文学出版基金会，设立了"南天丛书"和"蓝带丛书"，为部分会员解决了出书难的问题。

4. 抓好文学创作职称评审工作。推动省作协在全国率先推行非专业作家职称评审，增强了作协的凝聚力，树立了作家的荣誉感，对促进全省文学创作有积极的意义。

5. 抓好广东省重点文学创作扶持资金和广东文学院的改革，发表、出版了一批优秀作品，先后有一批作品荣获鲁迅文学奖等国家级奖项，为实现"出作品、出人才、出理论"的文学目标做出较大的成绩。

6. 省作协与中国作家协会联合举办了"'三个代表'重要思想与文学创作""发展先进文化与广东小说创作理论""科学发展观与广东文学"等一系列重要研讨会，受到专家、学者的高度评价。

　　大师风范，泽被当代。区区数千字，自然只能对陈国凯文学事业成就作一番蜻蜓点水式的盘点。无论如何，陈老的地位和作品必将长久在读者和作家们心中占据沉甸甸的分量，广东文学史将永远为他留下笔墨浓重的一章。

辑三

作
品
争
鸣

一、关于《开门红》的讨论

关于短篇小说《开门红》的讨论 ①

编者按：短篇小说《开门红》在本刊七月号发表后，在读者中产生了各种不同的评价。现发表两篇观点不同的文章，希望能引起讨论。对作品有不同的看法是一种正常的现象，文艺创作中的是非问题应当用讨论的方法去解决。只有通过讨论才能分清是非，并逐步肃清"四人帮"在文艺评论活动中的流毒和影响，把创作和评论的质量都提高一步。欢迎读者积极参加讨论。

对《开门红》的两点意见

陈锦润

读了陈国凯同志的短篇小说《开门红》，有些想法，写出来请作者和同志们指正。

第一，关于小说的主题思想。

小说一开篇，写主人公马小明在除夕晚上九点半钟就起床，准备上零点班，"决心在今晚夺个高产量，夺取开门红"。作者的意图，似乎是要歌颂马小明为大干快上贡献力量的好思想，好作风。但是，接下去，作者

---

① 本文原载《作品》1978 年第 10 期。

的笔锋一转，又写马小明存在"脾气急躁，对同志说话太冲".的缺点，引出了"戒骄戒躁"的问题。于是，小说的情节就围绕这个问题展开，通过在公共汽车上一个"漂亮的姑娘"和一个"胖姑娘"的对话，使马小明受到了教育，意识到别人"职位比自己高，名气比自已大，但说话、思考问题比自己谦虚得多了。要是自己像她这样出名，尾巴早就变成旗杆子插到煤气炉顶上去了。"这样，马小明提高了认识，解决了思想问题，"甩开膀子，迈开大步向厂区走去，去迎接新年开门红"。这样看来，作者的创作意图又似乎是要赞扬马小明自觉戒骄戒躁的革命精神。

这里有两个问题：一，马小明并不是一个老革命、老模范，他只是一个二十二岁的小青年，才当了副班长，作者也并没有具体写出"骄""躁"如何妨碍了他的进步，造成了坏的效果，因此，硬写他戒骄戒躁，便成了无的放矢，缺乏针对性。实际上，在小说中，马小明的一言一行，表现出来的是"新官上任"的光荣感和自豪感，而这是不应受到非议的。当然，革命队伍中的每一个人都要谦虚谨慎，反骄破满，这是毫无疑义的；问题是这对于小说中的马小明"这个"人物，有没有典型意义。二，如果小说的主题是"戒骄戒躁"，那么作品里的许多章节便成了游离主题之外的多余笔墨，如"羊城之夜"热气腾腾的景色，以及马小明在汽车上想到如何杀"大头仔"的"回马枪"，以开门红来争口气的近八百字的大段心理活动的描写，等等。

第二，关于"调味剂"。

《开门红》中有不少细节的描写，失之于轻佻，让人看了感到不是滋味。马小明在汽车上一共看到四个姑娘，第一个是"带着一股香风和他并排地坐了下来"的"漂亮极了"的姑娘，第二个是车窗外坐在手扶拖拉机上的"挺神气的年轻姑娘"，第三个是售票员——"神气十足的姑娘"，第四个是坐在马小明前排的"胖姑娘"。这些姑娘，对马小明有着很大的吸引力。对每一个姑娘，他都要评议一番。对那个"漂亮的姑娘"，他竟"直瞧着"，以致人家只好"掉过脸""不睬他"。非但如此，马小明还莫名其妙地想开了："脸孔长得好看就值得骄傲么！你不瞧我，我还不瞧你呢！""现在的姑娘似乎都太神气了！特别是喜欢在小伙子面前装腔作势摆架子。""漂亮，有什么用，……有些人脸孔长得好看，其实是个草包，说不定身边这位漂亮的姑娘也是一个草包……"一个满怀豪情去上零点班，准备迎接开门红的年轻人，面对素不相识的姑娘，居然想得那么多，实在太"有点那个"了。揣摸作者的主观意图，似乎是要通过这些内心活动，去写马小明当了副班长后的骄傲，但客观上，这样写的结果，却损害了马小明的形象，让人感到他的精神境界有点低下，脑子里"花花绿绿"的东西多了点儿。

更有甚者，当汽车已经到站，"漂亮的姑娘飘然地向另一个厂的方向走了"的时候，作者写道："马小明望着她的背影，心头突然涌起了一种莫名其妙的怅惘……他自己也弄不清这是一种什么样的感情。也许是这姑娘外在的美和内在的美强烈地感染了这位年轻人，拨动了他孕育在心底的那种朦朦胧胧的感情吧，因为像他这样年纪的年轻人，对美，是特别敏感的。"很明显，作者在这里是采用了向"爱情"二字"逐渐缩小包围圈"的方法，告诉读者：马小明爱上了这个极其漂亮的姑娘！这就令人费解了：萍水相逢，素昧平生，坐一趟汽车便一厢情愿地"爱"上了别人，这个马小明副班长怎么这样如痴如呆，一见钟情呀？这些描写，究竟同小说"开门红"这个题目有什么关系呢？

"四人帮"把描写爱情列入"禁区"，凡有违禁者即兴师问罪，大加讨伐，这是"四人帮"践踏无产阶级文学艺术的罪行之一。今天，我们要冲破"禁区"，在文艺作品中正确描写爱情。这其中的道理，无庸赘述。但爱情不是作品的"调味剂"。如果不从作品的实际出发，硬要把男女之间的感情塞进去，以为一旦如此，作品便会生色起来，这其实是一种误解。从《开门红》的情况看，由于加了"调味剂"，反而使小说不伦不类，甚至流于庸俗。

一篇耐人寻味的小说

陈辉祥

陈国凯同志的《开门红》，是一篇生活气息浓厚，耐人寻味的小说。它用生动的语言，从生活的一个侧面，反映了新时期的青年工人的精神风貌。

一篇好作品必须具有鲜明的主题。《开门红》描写马小明在除夕晚上，回厂上零点班途中的所见所闻和由此而产生的内心活动，反映了工人们在大治之年决心大干快上，夺取高产，迎接开门红的革命精神。小说精心组织的一系列生活场景和细节的描写，都是围绕着"开门红"这个主题展开的。马小明不是什么"高、大、全"的"英雄人物"，而是一个成长中的青年工人，在他身上，难免会存在这样那样的缺点。作者写他刚刚当了副班长，就有点"飘飘然"起来，这在一般青年工人中是常见的毛病。显然，如果马小明不克服这种思想和脾气急躁的毛病，必然会影响他参加打好新年开门红这一仗。他父亲对他的教训就是一记警钟，但对马小明却触动不大。后来通过汽车上的"胖姑娘"和"漂亮的姑娘"之间的一番妙趣横生的对话，"漂亮的姑娘"的谦虚质朴，对自己高标准严要求的思想作风，同马小明那种"飘飘然"的态度恰好成了鲜明的对比。这种形象的对照，显然比他父亲对他的教训更有针对性和说服力，终于使马小明意识到自己的情绪不对头，从而放下思想包袱，甩开膀子，迈开大步去迎接开门红。作者通过一系列的细节描写和环境气氛的渲染，来揭示人物的内心活动，从人物性格和情节的自然发展中体现作品的主题。

这篇小说的另一特点，是能够破帮气、出新意。作者从侧面向读者介绍的那位学大庆的标兵、洒香水的"漂亮的姑娘"，使人感到异常亲切。试问：那些帮气十足的作品敢写先进人物洒香水这个细节吗？爱美是人的天性，爱整洁是人的美德。先进人物不是生活在真空里的，他们同样会有自己的生活习惯和爱好。作者能通过生活细节的真实描写，大胆地对青年女焊工的外表美和内在美进行形象的刻画，虽然笔墨不多，却给人留下深刻的印象。这样一位可爱的姑娘于无意中拨动了马小明心灵上的爱情之弦，使马小明产生了倾慕之情，这也是很自然的。正是这些细节的真实描写，使小说更富于真实感，增添了艺术的魅力。

如何评价《开门红》

楼栖①

短篇小说《开门红》，引起读者的热烈讨论，意见分歧，针锋相对。文艺评论出现这一新气象，说明文艺思想比较活跃了，对今后的文艺创作将会起到一定的促进作用。

从分歧意见看来，问题在于如何评价《开门红》。从作品的主题、人物以及典型意义等等，都有完全不同的分析和评价。有人肯定它"别具一格""立意清新，有浓厚的生活气息"；有人肯定它有鲜明的主题，反映工人们在大治之年，决心"夺取高产，迎接开门红的革命精神"。但也有人认为，主题"引出了戒骄戒躁的问题"，其它"许多章节便成了游离主题之外的多余笔墨"。在戒骄戒躁问题上，有人肯定它"给这一写'腻'了的题材以崭新的风貌"；但也有人认为，"写戒躁是不够典型的"。在人物性格描绘上，有人肯定它写出了"新的人物，新的风情"；但也有人认为，"马小明并非代表先进青年的典型人物，而是一个思想浮躁、感情轻佻、心地狭隘，甚至有点迷信的人物"。对阿芳这个"漂亮姑娘"，有人肯定作者对她的"外表美和内在美进行形象的刻画""给人留下深刻的印象"；但也有人认为，"阿芳的形象是苍白的，不鲜明的""她的内在美和外在美，使人感到不自然，同时也不真实"。对于马小明望着阿芳的背影，心头突然涌起"莫名其妙的怅惘"，有人肯定"这些细节描写，使

---

① 楼栖（1912—1997），原名邹冠群，著名诗人、作家、教授、文艺理论家。著有散文集《窗》、杂文集《反刍集》等。本文原载《作品》1979年第1期。

小说更富于真实感，增添了艺术的魅力"；但也有人认为，"由于加了'调味剂'"，反而"不伦不类，甚至流于庸俗"。这里所列举的是其中较有代表性的论点。还有一些分析，意见虽不尽相同，但都离不开上述的范围。此外，还有一些离题的指摘，恕不一一列举。

分析同一作品，评价这样悬殊，这是常见的现象。因为文学是以形象反映现实的。作者在处理题材、提炼主题、描绘人物、安排情节等等，都可以采用不同的处理手法。读者有不同的口味和爱好，因而也有不同的意见和要求。《开门红》由于在艺术构思上作了一次新的探索，肯定它的同志欣赏它有新意，否定它的同志却"感到不是滋味"。

《开门红》的探索，在于通过心理描写来展示马小明的性格，交织人与人的关系。这位刚上任的煤气炉副班长，好学习、肯钻研、干劲大，是厂里学大庆的积极分子，大伙称他是"炉前的一只鹰"；但脾气急躁，说话太冲。妈妈叫他"虾仔"，他不高兴；爸爸要他"戒骄戒躁"，他觉得"太晦气"。副班长不是"芝麻绿豆官"，他有自豪感，在父母面前也神气起来了。有人说他"戒骄戒躁""缺乏针对性"，其实他的骄躁早已露出了苗头。老班长的告诫，父亲的指点，"大头仔"给气得"直跳脚"，都是例子。工作上有点成绩就骄躁起来，这在实际生活中不是没有，而是不少。迎接开门红要戒骄戒躁，完全符合马小明的性格发展逻辑。这不是两个主题，而是一个主题的两面。文学作品不是思想杂谈，作品的主题是通过场面和情节来表现的。这样描写，不但无伤于马小明的性格，反而丰富了他的性格。"金要足赤，人要完人"，这在实际生活中是找不到的。想用"高大完美的英雄形象"去套马小明，未免找错了对象。许多读者对他感到亲切，说明他有一定的典型意义。

在公共汽车上，马小明的性格发展，是通过心理活动来揭示的。职业上的自豪感，使他神气得很。和他同坐的"漂亮姑娘"，马路上驾驶手扶拖拉机的年轻姑娘，连同汽车上的女售票员，在他看来都是神气十足的，"在小伙子面前装腔作势摆架子"，反映出他对年轻姑娘的敏感，其实这是自我神气的投影。他戴上煤气炉钳工的眼镜来衡量别人，未免有点可笑。他对阿芳洒了香水颇为反感。后来看见她在翻阅《外国科技动态》时，反感却变为好感了。这一心理上的微妙变化，揭示出他那复杂性格中的本质特征。

为了开展情节，安排胖姑娘在中途站上车，起了出人意料的作用，她那个大嗓门把全车乘客的眼光都吸引过来。作者用对比手法描绘两个姑娘：一个热情，一个冷静。大嗓门既标志着胖姑娘的"职业病"，又渲染了阿芳的动人事迹。于是阿芳成为全车注目的中心人物，作品的另一个主人公。这位给"报上吹得可神"的中学同学，使胖姑娘也沾了"光彩"，恨不得把她吹个"名扬天下"。

高音喇叭这一吹，马小明也给吹得热乎乎了，从开头时"脸孔长得好看就值得骄傲么"，一变而为"不但人漂亮工作漂亮，思想也漂亮"。作者用的还是对比手法。阿芳被提升为副工段长，她感到发愁，怕挑不好担子，做坏工作。这种精神境界，使马小明对照了自己："要是自己像她这样出名，尾巴早就变旗杆子插到煤气炉顶上去了"。阿芳的动人事迹，是从大嗓门播出来的；马小明的性格发展，却是从心理变化上展示的。阿芳的"外在美和内在美"，强烈地感染了他，拨动了他那"朦胧的感情"。作者处理人物关系，用的是心理结构手法，写得相当含蓄，笔触颇有分寸。有人挑剔它"不伦不类""流于庸俗"。要是认真分析马小明性格的来龙去脉，不应当下这样的结论。人物性格要是不考虑这些特点去进行分析，那就很难做出公允的评价。复杂一点好还是简单一点好？他的敏感引起的只是心理活动，为什么要把他的热情贬入"庸俗"的冷宫？他对她虽然素不相识，但从反感到好感到敬慕，为什么不许他有"一种莫名其妙的怅惘"？这"怅惘"情怀有复杂心理的交织，不要把它"简单"化了。

有人要求作者"更多更深地揭示阿芳灵魂的美"，从而"更多更深地开展马小明内心的激烈斗争"。话是说得不错的，但我替作者感到为难，因为这不是作品主题所要完成的任务，非得另写一篇不可。有人指摘阿芳的形象"是苍白的，不鲜明的"，甚至"使人感到不自然""不真实"。离开作品的主题和人物关系，不进行具体分析，随便下这样的结论，未免过于轻率。

《开门红》的艺术构思，不但突破了"四人帮"设置的框框，也撇开了常用的结构手法，因而具有新的特色。我们分析、评价作品，要有实事求是的态度，只要作品的政治倾向是正确的，艺术上又有新的突破，我们就应该爱护它，肯定它，帮助作者总结经验，提高信心。有一部分同志正是这样做的，对作品进行了具体分析，肯定它有一定的典型意义；但也有一些同志，指责多于分析，态度不够实事求是，会使作者感到无所适从，对读者也没有好处。当然，事物总是一分为二的，不能说《开门红》就没有缺点了。比方，作品的主题要再向深处开掘，确有较大的局限：人物关系，交织不紧，性格发展，不易回旋。虽有胖姑娘作为连结的纽带，从中烘云托月，但她所起的作用毕竟有限。车厢一角的剪影，未免太狭窄了。有人认为，"公共汽车上的环境，是不典型的"。把交通工具说成作品的"环境"，理解得过于简单。搭客正在奔赴迎接开门红的战场，车厢一角概括了现实的广阔环境，人物剪影概括了时代的革命精神。小说的特色在于：构思新颖，笔触入微，描绘心理，丝丝入扣。要是不考虑这些特点去进行分析，那就很难做出公允的评价。

革命文艺创作，既要有政治方向的一致性，也要有艺术风格的多样性。当前较为普遍的现象，是艺术风格式样不多。就以短篇小说来说，选择题材的角度，人物关系的处理，描绘性格的手法，有些作者惯走轻车熟道，给读者以似曾相识之感。《开门红》在这些方面有所突破，有所创新，但也带来了某些局限。这些经验，值得我们重视和总结。

列宁在《党的组织和党的文学》中明确指出：在文学事业中，"绝对必须保证有个人创造性和个人爱好的广阔天地，有思想和幻想、形式和内容的广阔天地。""四人帮"炮制的一套精神枷锁，硬要人们"坐井观天"，动弹不得。对照一下列宁的教导，可以充分认识到，"四人帮"的流毒，影响很深。有人用实际生活中的电焊工为例，证明阿芳的脸色"像国光苹果"，是"欠真实的"。不过，我们看过影片《黄继光》，当他扑向敌军地堡机关枪口的火舌时，按照实际生活，他胸前准是鲜血淋漓，但在银幕上再现的却是全身完整，毫无血迹。观众不但不挑剔这个细节不真实，反而感到英雄形象更完美。如果硬要用生活事实去要求艺术细节，将会把革命文艺创作带进自然主义的死胡同，那还有什么"个人创造性和个人爱好的广阔天地"呢？列宁还教导说："文学事业最不能作机械的平均、划一、少数服从多数。"这很值得我们认真深思。

　　文学评论中出现分歧意见，评论气氛开始活跃，这很值得我们高兴。有些分析不够实事求是，有时也是难免的，我不想作过份的苛求。但存在问题却不能不指出来，这是为了文艺批评的健康发展。一得之见，也可能有片面性。错误之处，请同志们指正、批评。

一九七八年十一月下旬

二、关于《我应该怎么办？》的讨论

《我应该怎么办？》及其他

江励夫 [①]

陈国凯同志的小说《我应该怎么办？》在今年《作品》第二期刊出后，受到了读者的热烈欢迎，许多人争相购阅；在我们工厂，就有不少人向我索阅这一期的《作品》，一个挨一个地轮着看；人们还在街头巷尾，在公共汽车上，在理发店，在办公室里谈论它。询问那故事是真的还是假的，作者是个怎么样的人；当它在电台广播时，又有那么多人守在收音机旁入神地听着……一个短篇，引起这么广泛的兴趣和议论。反应这么强烈，近年来似乎还是头一次。这真是一件值得向作者道贺的事情。

据说，作者在写这篇作品时，曾经很动了一番感情，我相信这是真的。这个"情"动得好！在这个短篇中，作者确实倾注了强烈的爱憎之情。他用娓娓动听的叙事笔调，设身处地的白描手法，第一人称的逼真的自述口气，向读者倾诉了一桩虽说有点奇，但在林彪、"四人帮"横行时又不算奇的悲剧故事，通过薛子君等人的遭遇，猛烈控诉和抨击了林彪、"四人帮"的封建法西斯暴政，揭露它在人们身心上造成的创伤。作品中人物的命运，紧紧吸引着、打动着读者的心，引人同情，激人义愤。敢于深入剖露人物的感情世界，让主人公直抒胸臆，感情深挚，以情动人，可说是这个短篇的一大特色。若非感同身受，我看是很难写得出来的。文艺作品不是无情物，写作品就是要动感情。作者自己不感动的东西，是无从感动读者的。我们现在有些作品，无产阶级的人情、人性，不是写得太多，而

---

① 江励夫，资深编辑、杂文家、评论家，著有《古今集》。本文原载《作品》1979 年第 6 期。

是太少了。

要使读者感动，首先要使人觉得可信。作者是注意到这一点的。在小说中，人物的思想行为，特别是刘亦民这个人物，他为什么要那样做，作了较合情理的设想和描绘。这样，人物的行为就有思想基础，故事的可信性也增强了。尤为有趣的是，很多真诚的读者告诉我，他们看了这篇小说后都以为真有其事，竟不相信这故事是虚构的……这种使人信以为真、不以为假的功夫，是小说艺术极需要和极可贵的。

这篇小说，无疑主要是以故事情节取胜（这故事有点奇特，又集中概括了许多人，特别是知识分子在文化大革命中的遭遇，给读者以强烈、鲜明的印象），但人物形象也出来了，性格还是比较鲜明的。薛子君固然善良、软弱，李丽文和刘亦民却都有很强的反抗性，而刘亦民尤甚。薛子君正因为前后两个丈夫都不甘向林彪、"四人帮"屈服而敢于起来斗争，才两番成了"反革命分子家属"……这样，构成作品基调的，就不仅是"悲"，而且有点"愤"了。现在有的人认为，"伤痕文学"（我不同意这个名称，姑以此名之）因为诉说林彪、"四人帮"肆虐下家散人亡、悲欢离合，以及爱情与婚姻的周折等等，读后难免使人觉得命运之难测，前途之渺茫，从而陷入伤感……这种担心大抵出于好意，这种忠告也确实值得警惕。但我以为，揭"伤痕"未必就会陷入伤感，问题是你怎么写，你的立场和感情如何，你是否从生活出发，是否从人民的利益出发。即如《我应该怎么办？》这一篇，我看就并未走入"伤感"的恶道，写的虽是悲剧，但读后并没有使人消沉。这篇作品并没有塑造刻画一个反面人物，但读者都感觉得出，那没有出场的反面人物就是林彪、"四人帮"。如果有人把造成这类悲剧的原因归咎于社会主义制度，那他不是恶意，就是糊涂了。也有的人把"伤痕文学"同"市民文学"等同起来，同"写工农兵"割裂和对立起来，那也未免失之于偏颇，因为"伤痕文学"里的主角不光有知识分子，也有老干部和工农。难道工农就没有"伤痕"吗？刘亦民不就是个工人吗？可见那是不正确的。为什么这类作品会有大量的读者？因为它们多少抒发了人民群众心中对林彪、"四人帮"的憎恨和愤懑之情啊！当然，一个作者，不应随意迎合、谄媚读者。如果人人都写"伤痕文学"，篇篇都是"伤痕文学"，而且竞相以"缠绵悱恻"来吸引读者，那就不好了。

　　这篇作品，在我看来，较之作者过去的短篇，还有一点新的突破，那就是敢于触及现实生活中较重大的问题。作者过去似乎是很少反映这么尖锐的社会问题的，思想也没这么解放，这么敢于说话，敢于提问题（这篇作品构思的一个巧妙之处，就是给读者出了一个"怎么办"的难题，引人议论和思考）。这是难怪的，因为过去动辄扣帽子、打棍子，"干预生活"曾使一些作者吃尽苦头，作家们于是只好绕路走，回避现实中尖锐的问题，掩盖生活中真正的矛盾，而文学的功能，社会主义文学的战斗性，也因此而大为削弱了。一个作家要真正说出人民的心里话，要不随风而摆、看风下笔，真是非要有绝大的责任心和勇气不可。就是现在出这么一篇《我应该怎么办？》，作者恐怕也要冒点风险，也有些好心人替他捏一把汗的……

　　末了，我想说，《我应该怎么办？》虽然获得广大读者的欢迎，但希望作者不要满足于此。现在，许多读者都期待着能读到《我应该怎么办？》的续篇，不知道作者写出来了没有？目前揭露"四人帮"的作品已经不少了，这类作品还应当大量写，但，再往下写，就应当写得深一些，不应停留在现在的水平上。作者是勇于探索和敢于进取的，希望他在下篇中又有新的突破。薛子君、李丽文、刘亦民等大难不死，当治好身上的创伤，奋起前进，投身于实现"四化"的雄伟事业，并且有所作为；他们和许多受过迫害的人一样，都会有一种还我青春、还我生命的更生感；他们抚摸昔日的"伤痕"，决不是徒然伤感，徒叹奈何，而是要向前看，面向未来，努力消除那些于人生毫无意义的痛苦，充分发挥自己的积极性和创造性，心情舒畅、奋发昂扬地走在撒满阳光和鲜花的大道上……

文艺作品必须坚持典型性和真实性

——对《我应该怎么办？》的一些意见①

咏华

　　《作品》一九七九年二期刊登的陈国凯同志的短篇小说《我应该怎么办？》，仅从艺术手法上看，情节曲折、文笔清新，在爱情的描写上思想解放、感情奔放，不失为一篇风格独特的新作。

　　但是，小说所叙说的情节，我们似乎并不陌生。记得去年夏季，在北京街头曾出现一张《xx，我应该怎么办？》的大字报，煞有介事地诉说了一个女人的离奇遭遇，除了时间、地点和细节上有出入外，大体的经历与陈国凯同志笔下的薛子君相似。不过，当时不少人就怀疑：这大字报是真人真事呢，还是虚构的故事？因为人们没有忘记，早在四十年前，戏剧界的老前辈夏衍同志曾经创作了著名的话剧《上海屋檐下》，所叙述的也恰巧是这么一女两男离合悲欢的遭遇。这究竟是偶然的巧合呢，还是有心的移花接木呢？因为它不是文学作品，大家也没有去管它。如今，这样一个基本类似的故事，又以小说的形式出现了，这真是无独有偶啊。

　　为了繁荣我们的文艺创作，作者不仅应该到群众的生活这唯一的源泉中去选取素材，而且也完全可以从老一辈那里学习、继承和借鉴有益的财富。在这里，我不想探讨小说与大字报、剧本是什么关系，因为作者自己很清楚。就算是源泉和借鉴的关系吧！那么，我们的文艺作品不仅要源于

---

① 本文原载《作品》1979 年第 6 期。

生活，而且应该对生活进行高度的概括和集中，高于生活，才具有典型意义。《上海屋檐下》正是对三十年代半封建、半殖民地的旧中国人民的苦难生活和革命青年的遭遇，进行了艺术的加工，因此它是典型的、真实可信的。然而，《我应该怎么办？》却以同样的题材和情节，塑造了一出七十年代的悲剧，却未免失去了典型意义和真实性。

在社会主义历史阶段，社会是存在阴暗面的，因为阶级斗争还存在，真善美与假恶丑每时每刻都在斗争。特别是在"四人帮"横行霸道的岁月，在我们党的民主生活被破坏，人民的民主权利被剥夺的时候，冤狱遍于国中，悲剧怵目惊心。无疑，在粉碎"四人帮"后的今天，无产阶级的文艺工作者，应该深刻地揭示这些阴暗面，反映我们的社会主义制度逸出常轨的这个历史时期发生的悲剧。它可以使人民正视这些血和泪的教训，使这些悲剧不再重演。

过去的一年多，已经有不少的作者在这方面做了大胆的、成功的尝试。这些作品告诉我们，"四人帮"所造成的灾难，决不是个别的、偶然的现象，而是普遍的社会问题，那个时期形成的乃是时代的悲剧、阶级的悲剧、社会的悲剧（尽管它们是以个人的不幸来表现的）。广大作者所选取的题材，正是建立在千百万人民共同经历的事实基础上的。所以，在经过作者的艺术加工后，才更能唤起群众的共鸣。比如《班主任》中的谢惠敏，这一"四人帮"愚民政策、极左路线的典型受害者，在我们的青年中何止千万？《神圣的使命》叙述了公安战士王公伯为了昭雪白舜的冤案，被"四人帮"的爪牙残酷地致于死地的悲剧，他的牺牲是必然的。正如一篇评论文章所说："他的悲剧是白舜悲剧的合乎逻辑的延伸，在当时的特定情境下，不是王公伯，换一个别的人去为白舜冤案的平反奔走，也难于逃出徐润成等人的魔掌。"这些作品的成功，正在于此。

那么，《我应该怎么办？》又是怎样的呢？它所借以建立的事实基础，只是一些偶然的、个别的现象。当然，像李丽文、刘亦民这样的无辜青年被捕入狱，这并不是个别的。然而，应该承认，构成小说主体的并不是冤狱。造成子君最终不幸的也并不是亲人蒙冤，而是这两个丈夫最后同时来到她的身边，并且两个人又都是与她恩重情深、血肉相连、难割难舍。她所痛苦的，已不是由于丽文入狱，而是出狱后她今后的生活怎样安排。全文七节，百分之七、八十的文字并不是用来揭露"四人帮"的倒行逆施，而主要是放在渲染子君与前后两个丈夫的感情发展上。很显然，离开这些渲染做基础，那么子君未来的生活道路也并不那么难以选择了。

为了构成这样特殊的矛盾冲突，作者确实挖空心思设计了（也许是从生活中选择的）许多纯属偶然的情节。这些情节已经远远超出了一般文艺作品为了故事的衔接、过渡的需要。试想一下：如果子君与丽文不是分居两地、鞭长莫及；子君家里不是只有老处女的姑妈；被拖到铁轨上的丽文没有碰巧被工人发现；从江水中救出子君的不是老同学；街坊组长既不面容和善更不是亦民的姨妈；亦民不是有一段辛酸恋爱史的单身汉，并且没有独用的房子……够了。显然，这根特制的链条哪怕有一个环节断裂，小说的结局就完全改变了，薛子君同志也就不会在粉碎"四人帮"后，大多数人都在笑逐颜开庆胜利的时候，独自发出绝望的呼唤了。

如果我没理解错的话，作者的创作宗旨应该是揭露"四人帮"的罪行给人们留下的创伤。经历过这难忘十年的人们，深深懂得："四人帮"给我们的国家、人民留下的有形和无形的创伤，是不可能在"四人帮"垮台后的一个早晨医治好的。因为它已经渗入到我们的政治、经济以及人们的道德观念之中去了。文艺工作者有责任大胆揭示它，唤起人们去医治它。并且，我们坚信，经过全党、全体人民的努力，是会迅速医治好的。但是，小说所展示的如果也算创伤，那实在是特殊的例外了。可以断言，即使最有经验的思想家，最高明的法律博士，也无法回答子君该怎么办。她问天算是问对了。她也许要痛苦一辈子了，而人民却要在医好创伤后，满怀豪情地创造幸福的未来。

二

《我应该怎么办？》同样缺乏真实性。这里我不是说细节的真实，（不能排除那些偶然的、特殊的现象在生活中有发生的可能）而是指社会的真实、历史的真实。文艺的任务，是以自己特有的方式，正确地反映社会现实，也就是对生活素材进行去粗取精、去伪存真的提炼和集中，用艺术典型化的方法，揭示各种社会现象的本质和历史发展的基本趋向。

那么，我们怎样认识"四害"猖獗时的社会真实呢？我认为，我们既要看到"四人帮"一伙乱党、乱军乱国，大搞法西斯专政，残酷迫害革命的干部和群众，疯狂破坏国民经济所造成的极其严重的恶果；同时也要看到我们的党员、干部和人民没有沉默，正如华国锋同志所说："表现出很高的路线觉悟，对'四人帮'的倒行逆施极为愤慨，采取各种形式进行抵制和反对，以无所畏惧的革命精神顶住了他们的压力。"（引语见华国锋同志五届人大政府工作报告第一部分。）

是的，纵然"四害"横行，然而有我们伟大的党在，有伟大的人民在，对他们的斗争一刻也没有停止，天安门广场爆发的伟大四五运动，正是这斗争的集中体现。即使在那黑云压城城欲摧的时刻，人民也没有失去信心，有党的领导，人民的团结一心，黑暗只是暂时的。同时，不管"四人帮"打出怎样"革命"的旗号，把亿万人民衷心追求的真理和美好目标歪曲、糟蹋得不成样子，人们仍然坚信社会主义好，坚信无产阶级专政不可少，坚信共产党伟大、光荣、正确，坚信马列主义、毛泽东思想必胜。不管当时的空气是多么压抑、低沉，人们仍然相信社会主义的中国会奏出自己的最强音。

那么我们再来看看《我应该怎么办？》吧。主人公薛子君，是作者选中的一个与世无争的青年，文化大革命中的"逍遥派"。这样的人物，当时是存在的。但是，她不问政治，政治却在找她，实际上她已经被卷进运动当中了。丈夫和姑母被迫害致死，自己也走投无路，险葬鱼腹，怎么逍遥得了呢？作为个人，她可以对现实无可奈何，谁也不会强求她单枪匹马地去反抗。不过，她总该有反抗的愿望吧！然而，在作者的笔下，她原先是"美好的愿望被扯得粉碎"，现在则更加麻木绝望、万念俱灰，投江遇救后，活生生的现实并没有使她觉悟，反而"对这场政治斗争的复杂背景，我没有去深入思考过。我只是一个普通的老百姓，我现在所关心的是我的孩子如何生活下去。"在和亦民结婚后，她又满足于眼前的"和谐幸福""把整个的心，全部的热情都交给了亦民"，甚至唯恐前夫的"痕迹"会给孩子的心灵留下"伤疤"。直到李丽文重现之前，她早已忘记了过去的仇和恨。这样一个浑浑噩噩的人物，我们怎么能承认她是一个中国普普通通的老百姓的形象呢？

至于小说中的其他人物，则更加令人遗憾。薛子君投江前后，几乎未遇一个好人。飞扬跋扈的专案组长、清查办公室负责人，是"四人帮"势力的代表，自不必说。接着我们又看到：新来的房客"砰"的一声把她关在门外；共事多年的设计组负责人喟然一叹，假意寒暄；投江后医生和护士又坚决地把她逐出医院；街坊组长幸亏是亦民的姨妈，否则难保不去揭发。一个个都是那样虚假伪善，冷酷无情，明哲保身。难道这就是七十年代我国人民群众的缩影吗？这里，我们不仅看不到中国共产党的真正代表者，连敢于斗争、顽强不屈、诚恳热情的中国人民的基本性格都没有了。不错，小说的后半部分对唯一的好人刘亦民作了褒扬的描写。但是，在救人的前前后后，也看不到他究竟有什么样的思想基础。面对那一大堆"芸芸众生"，不免使人忧虑：假如投江的是个老太婆，而不是"美得太过分"的子君，会不会有人救？救了以后，子君如果不是"没有摧毁"容颜，会不会受到那样的照抚呢？

反映在"四人帮"高压下的人民生活的作品并不少见。话剧《于无声处》既揭示了"四人帮"一伙的卑鄙、凶残，也鲜明地表现了我们的党和人民的力量。舞台上一个强烈的效果就是：真正孤立、虚弱的是何是非，而不是欧阳平母子。看后人们认识了这样一条规律，坏的只是一小撮，他们早已人心丧尽、众叛亲离，等待他们的只能是人民的审判和历史的惩罚。这就是历史的真实，社会的真实。然而，《我应该怎么办？》却只能使人得出相反的结论：在"四人帮"的淫威下，出卖灵魂的坏人多，坚持原则的好人少。等待七十年代中国人民的只能是妻离子散，家破人亡，任人宰割，死路一条。这不是对历史的篡改、对事实的歪曲又是什么呢？

我们坚信，只要用马列主义、毛泽东思想武装头脑，以唯物史观正确地观察、认识社会，我们的艺术家就一定会创作出反映党和人民真实面貌的好作品来。

一九七九年四月二十一日

子君悲剧的典型意义和真实性

——兼与咏华同志商榷

秦家伦①

　　读今年第二期《作品》上陈国凯同志的短篇小说《我应该怎么办？》，主人公子君的悲惨经历使许多同志控制不住情感的闸门：辛酸、深思、悲愤、仇恨，种种复杂的感情涌上心头。短短一篇小说，为什么会有如此巨大的艺术魅力？是什么牵动了我们的情怀，叩响了我们的心扉？我认为，是作者现实主义的描写。这幕社会主义时代的悲剧写得真，写得深，它通过子君、李丽文、刘亦民等人物的形象，反映了当年历史和生活的本质真实。

　　小说作者所摄取的，是中华民族遭受空前浩劫、生死攸关的历史片断；描述了祖国的年轻一代撕心裂肝的悲惨遭遇。这一悲剧的产生和发展，有其深刻的历史渊源，提供了极其惨痛的历史教训。小说好就好在通过子君的爱情悲剧这一线索，触及了中华民族的这一幕历史大悲剧，展现了当年广阔的社会生活画面。冤狱遍于国中，人民遭受荼毒，成千上万无辜的人们弄得妻离子散、家破人亡，这就是"四人帮"猖獗之日的生活和历史的真实，也就是悲剧主人公子君的遭遇的现实基础。因此，子君的血泪史不是凭空臆造杜撰出来的，而是有千百万人的血泪作为依据的。作者所描写的每一个场面、刻画的每一个情节，都与我们在当年的实际生活中所看到

---

① 秦家伦，《贵阳年鉴》主编，著有文学评论集《文苑一隅》、散文随笔集《谈天说地》。本文原载《作品》1979 年第 7 期。

的、听到的是那么相似、相同，神似、神同。其中有些是我们自己也曾遭受过的，有些则是我们的亲人、友朋、同学、同志所遭受过的。

然而，咏华同志在《文艺作品必须坚持典型性和真实性》一文中认为，《我应该怎么办？》"所借以建立的事实基础，只是一些偶然的、个别的现象。"作者是"挖空心思设计了""许多纯属偶然的情节"，因而不典型，不真实。

当然，文艺作品中所描写的生活事件，并不等于实际生活中的事实。作者需要设计和虚构一些故事情节，给人以更强烈的印象，使人感到更鲜明，更真实——这是读者们的常识所了解的，无可指责的。"艺术的真实非即历史上的真实……因为后者须有其事，而创作可以缀合，抒写，只要逼真，不必实有其事也。"（鲁迅语）问题并不在于是否真有子君其人其事，而是在"四人帮"的淫威下是否存在过或可能存在此种类型的悲剧。难道"四人帮"投无辜青年入狱，置人于死地，破坏家庭、惨杀人民的事件还少么？作为一篇小说，当然有自己的联系故事情节的"链条"，打断了其中一环，触一发而动全身，情节就不能合理地发展，结局就会改变。咏华同志对这根"链条"大加指责，是没有道理的。在咏华同志看来，假设子君与丽文不是分居两地、假设子君家里不是只有老处女的姑妈……子君的遭遇和结局就会是另一个样子，因而小说的矛盾冲突是纯属偶然的，结局也是失去典型性的。这种看法实在值得商榷。例如说，《祝福》中的祥林嫂悲惨的一生，代表着在封建礼教和宗法制度的重压下千百万劳动妇女的共同命运，有力地揭露了封建制度的吃人本质，这个典型人物的遭遇该是真实的、典型的吧？倘若我们也使用咏华同志的"假设法"去假设祥林嫂的第一个丈夫没有死；假设她的婆婆不把她卖进山里去，假设她的第二个丈夫未患伤寒病，假设她的儿子没有被狼吃掉……那么，祥林嫂的结局不是也完全改变了吗？难道能由此而证明鲁迅先生笔下的祥林嫂的遭遇是纯属偶然的，祥林嫂这个形象不典型吗？

即使在旧社会，像祥林嫂那样死两回丈夫、儿子被狼吃掉的妇女也很少；同样，七十年代的年轻姑娘也不会都如同子君那样曲折多难。表面上看来，祥林嫂、子君她们的遭遇似乎是偶然的，但这里面却包含着历史的必然性。旧社会吃人的本质决定了会有祥林嫂的悲剧——不是她，悲剧也会落到阿七嫂或阿八嫂头上去；"四人帮"反党反人民的本质则决定了要造成薛子君的悲剧——不是她，悲剧也可能落到张子君、李子君头上去。衡量作品真实性、典型性的标尺，只能看它是否反映了当时的历史和生活的本质真实，看在那个特定的历史条件下是否有发生作品所描写的事件的可能。怎么能用那种奇怪的"假设法"来论证作品有无真实性、典型性呢？

什么是悲剧？鲁迅先生说得好，悲剧是把人生有价值的东西撕破给人们看。见到美好事物的毁灭和破坏，使人悲愤，促人感奋，从而起来抗争。生活在新中国的子君是幸福的，而甜蜜的爱情，使子君本来就很美好的生活撒满了鲜花、充满了阳光。在阳光明媚的新中国，青年人谁没有过平坦、明丽、舒心的生活？谁没有过美好的憧憬和遐想？谁没有过理想、前途和爱情？我们同子君一样，享受着党的阳光，也有爱情、家庭、儿女、友朋。因此，当无理的暴力来到面前，爱情被毁灭，家庭被破坏，妻离子散身陷囹圄的时候，我们对"四人帮"的狰狞面目看得更清楚了，对他们的倒行逆施更产生了切齿之恨。文章本是有情物，爱美，爱生活，本也是人情之常。渲染子君与前后两个丈夫的感情发展，用来作为控诉"四人帮"破坏人民正常生活的铺垫，又有何不可！但现实生活中偏偏有那么一种人，他们自己也有爱情和家庭生活，却一提起这些来就斥之为"小资产阶级情调"啦，"人性论"啦等等，或者如咏华同志指责的，没有把小说的主要文字用来"揭露'四人帮'的倒行逆施"啦。文学作品的内容如果能由文字的百分比来判断其思想倾向，那么任何一个小学毕业生都可以评价作品的优劣了，还要文学批评家来做什么呢？有的人总是把无产阶级看作不懂感情的怪物，事实恰恰相反，只有无产阶级，才懂得什么是真正的爱。小说作者正是大胆地冲破了"情"字禁区，细腻可信地描写了姑母疼女之爱、子君与李丽文之爱、子君与刘亦民之爱。共同的事业和理想、患难和困苦造成了这些爱，作品在描写中充满了阶级的深情。这种感情是具体的，不是抽象的；是合乎生活逻辑的，不是生编硬造的，使小说有了更为感人的力量。在有了对美好事物的足够铺垫之后，作者才先后两次揭示"四人帮"那无情的逆流卷起的三尺浊浪，于是，令人悲愤的场面出现了：爱人被打成"反革命"而自杀的消息，亲人姑妈含冤屈死……孕着小生命的子君无法承受这突如其来的袭击，只好以投江自尽作为最后的归宿。生活中有价值的东西被撕破了，并展现在读者眼前。然而，这毕竟是发生在七十年代的社会主义中国的悲剧，有它的特殊性。如果说，悲苦无告的祥林嫂在旧中国所能得到的仅仅是"我"的无济于事的同情，那么，七十年代的子君则遇到了温暖有力的援助的手，刘亦民的诚恳热情、正直无私、慷慨仗义、敢担风险，不正是中国工人阶级和中国人民的基本性格的写照么？（至于咏华同志产生的如果子君"不是美得太过分""会不会有人救"的疑问，显然是背离了作品本身所提供的刘亦民形象而提出来的；评论者臆造出来的另一个性格的刘亦民，才有可能是因色救人）刘亦民使子君从绝望的生活中重新看见了人生有价值的东西，读者是多么欣慰呵！因而，当第二次巨浪打来，"四人帮"抓走了子君的第二个丈夫时，我们禁不住要拍案而起了！小说成功的地方就在这里，不但有悲，还有愤，能激励我们去抗争。"倾向应当从场面和情节中自然而然地流露出来，而不应当特别把它指点出来"。作者已经从情节中流露了自己的倾向和意图，还用得着干巴巴地进行说教吗？为什么把读者都当成笨伯呢？

无庸讳言，子君确有"两个丈夫最后同时来到她的身边"的痛苦，也有"今后的生活怎样安排"的矛盾。但这些矛盾痛苦正是"四人帮"的冤狱、倒行逆施所造成的恶劣后果。当然，谁也无法回答子君应该怎么办，作者的创作意图也极明显，是为了揭示"四人帮"所遗留下来的内伤外患的严重性，而不是为了给子君出主意——这也许只有幼稚的孩子才会发生误会。但是，我相信，即使确有子君那样的同志在，党和人民也不会让她"独自绝望地呼唤"下去的；也许，咏华同志也不至于自顾自地去"创造幸福的未来"而让自己的革命同志去独自"痛苦一辈子"吧！

现实生活是丰富多样的，文学作品也应该是丰富多样的。我们承认文学的典型化有某些基本的规律，但它并不等于各个作家创造典型都必定遵循着一条彼此一律的途径。由于作家的观点、经验、意图和给具体作品规定的反映现实的任务不同，所选择的题材、主题、形式和创作方法也不会千篇一律的。《于无声处》通过欧阳平这个典型人物的塑造，反映了广大人民同"四人帮"的斗争，揭示了"四人帮"的卑鄙、凶残、孤立、虚弱的阶级本质和它们必然灭亡的历史趋势，是一部好作品。然而，这并不等于说《于无声处》成了新的"样板"，大家都要像它一样塑造人物、提炼主题、安排情节。文学的天地是极为广阔的，"文学作品帮助人们认识生活，理解生活，它通过艺术手段使作品所包含的主题对读者起潜移默化的作用。当然有些文学作品也以它的主人公供人作为学习的榜样，但这只是文学作品的部分功能，并不是它的全部功能。"[1] 陈国凯同志笔下的子君，并不是无产阶级的英雄人物，她没有欧阳平那么高的思想境界。作者给读者提供的是活生生的、现实生活中看得见、摸得着的平常人。这些人物是平凡的，但他们的思想和精神也有高尚的地方——李丽文的事业心和钻研精神；刘亦民的耿直不阿、积极斗争；子君的善良敦厚、勤俭刻苦等等都是。这些人是高尚的，却也并非高不可及。作者没有把不是英雄的人物去"拔高"，去"英雄化"，而是通过他的主人公在风云变幻的年代里经历的喜怒哀乐，悲欢离合，矛盾痛苦，精神疮痍，写出了"四人帮"的可恶可恨，指出了对"四人帮"留下的内忧外患不可低估，而肃清其影响和流毒还有大量的工作要做。两部不同的作品，有不同的创作意图，各自完成不同的主题要求，塑造不同的人物典型，这本来是文学创作中很正常的现象。为什么硬要肯定一种是正确的、必要的，而另一种是错误的、不必要的呢？咏华同志好心肠地对子君提出了较高的要求，从而责备她不仅没有反抗的行动，而且没有"反抗的愿望"，这是咏华同志对文学作品所具功能的狭隘了解所造成的。我们并没有因为祥林嫂没有参加革命斗争而否定了祥林嫂这个典型，那么，我们今天又为什么要脱离当时的历史现实，要求所有作品的主人公都有欧阳平那样的思想水平和斗争精神呢？在

---

[1] 秦牧：《再次拆毁一座文字狱》，《中国青年报》1979 年 5 月 12 日。

现实生活中确实存在着欧阳平式的英雄，他们的确应当歌颂，但他们毕竟是少数人，更多的是其他各种各样性格的平常人。文艺的任务不仅要塑造欧阳平式的英雄形象，也要塑造各种各样的其他典型形象，否则我们的文学就只要一种或一类作品就够了。我们当然不能以是否写了英雄人物来作为作品有无典型意义的标准。像子君这种身受迫害还茫然不知其根本原因所在的，何止一人？反映这样的历史情况，更说明了"四人帮"具有极大的欺骗性，这段历史教训应当认真总结。我国社会主义制度下这段逸出常规的时期为什么竟达十年之久？"四人帮"为什么能得势于一时？难道不值得我们深思吗？我们的某些文学评论文章，为什么认为写了英雄才是好作品，没有写英雄的就不过瘾？为什么老是用典型的英雄人物的"框子"去套、去要求各种其他人物的典型呢？这也许正说明了"四人帮"在文艺理论上留下的创伤，也是不可能在它们垮台后的第一个早晨治好的吧！

当然，《我应该怎么办？》也有它的不足之处。不过这不是本文所要讨论的问题，因此就不必赘言了。我想说明的是，这篇小说的基本倾向是好的，是有积极的典型意义的，真实的。它符合文艺作品应当有真实性、典型性的原则，不应横加否定。也许，小说的情调似乎沉郁了一些，使有的读者流下了同情之泪。然而，读者们透过泪花，将会把昨天的历史看得更清楚；抹干泪水，将会更加信心百倍地去建设未来。

短篇小说《我应该怎么办?》及其反响

刘锡诚[①]

广东作协分会的文学刊物《作品》1979年第2期发表的陈国凯的短篇小说《我应该怎么办?》，第3期发表的孔捷生的短篇小说《在小河那边》，写的都是"文革"造成的人生悲剧，所以在读者中的反响甚为强烈。但评价却并非一律，无论在一般读者中还是在文学圈子里，都出现了不同的，甚至是对立的评价。影响比较大的是陈国凯的小说。因为他写的是一个无法回答的爱情难题。广州文学界的朋友给我寄来了一份1979年7月5日《广州日报》发表的陈衡撰写的报道《中山大学中文系中国现代文学教研室讨论〈我应该怎么办?〉和〈在小河那边〉》剪报。

关于《我应该怎么办?》，中山大学现代文学教研室在讨论时，出现了三种意见。

一种意见认为，这是一篇打动读者心灵的优秀作品。持这种意见的同志，理由有三：（1）小说通过薛子君的家庭悲剧和个人遭遇，典型地、真实地概括了"四人帮"横行时，中国人民遭受的灾难和痛苦，有力地控诉、鞭挞了林彪、"四人帮"的滔天罪行，激起了人们的爱憎情感。（2）小说塑造了李丽文、刘亦民这两个同"四人帮"做斗争的英雄形象。他们是中华民族的精英，我们党是依靠他们粉碎了"四人帮"，并宣告了一个时代悲剧的结束。（3）故事情节独特，艺术构思新颖，有艺术魅力。

① 刘锡诚，《民间文学》主编，中国当代文学研究会副会长，著有《小说创作漫评》《小说与现实》等。本文选自《在文坛边缘上》（上），刘锡诚，河南大学出版社，2016年12月版。

另一种意见则相反，认为这是一篇基本倾向不好的批判现实主义作品。持这种意见的同志，理由也有三：（1）小说的环境描写不典型、不真实。作者所反映的时代是中国人民与"四人帮"进行激烈搏斗，最终战胜了他们的时代，但小说中围绕着薛子君行动的人们，多数都是跟着"四人帮"走的，看不到党的力量和群众的觉悟，整个小说的环境描写没有反映出这个时代的本质和主流。（2）悲剧主人公薛子君的形象，跟旧悲剧主人公没有多大区别，没有社会主义的时代特点，体现不出时代精神，看不到打倒"四人帮"后的光明前景。（3）情节离奇，故事陈旧，艺术结局脱离主题。小说的主题很明显，是谁造成薛子君一家的灾难，但现在以"我应该怎么办"为结局，就变成几个人在爱情问题上的纠葛了。

第三种意见认为，这是一部基本倾向是好的、但有明显缺点的作品。持这种意见的同志认为，小说揭露、控诉林彪、"四人帮"的命意是好的，就作品悲剧根源来说是真实的，但悲剧冲突带有臆造的痕迹，悲剧主人公薛子君的性格刻画前后不一致，作者把一个原来具有一定反抗精神的女青年塑造成一个在"四人帮"的淫威下逆来顺受、完全屈从于命运安排的小人物，这是违背人物性格发展的固有生活逻辑的。小说所描写的故事，在过去文学作品中也是屡见不鲜的。而《我应该怎么办？》的结局，使人感到迷惘。有的同志提出，前人所解决的问题，为什么我们今天粉碎"四人帮"后却不能解决呢？

过去，我们比较注意《作品》杂志上的评论文章，文风泼辣犀利，不像我们这里要照顾各方关系，文章常常被磨去锋芒。现在出了两篇牵动读者情感的小说，自然也就成为我们编辑部文学评论组的关注焦点和谈论话题。我至今怀念那些同伴们的敬业精神和犀利眼光，凡是各地刊物上出现的好作品，大半逃不过他们的眼睛，或可自豪地说，没有从他们的眼皮底下漏掉什么好作品。在读到《我应该怎么办？》时，我们为它在读者中所产生的轰动效应而感到高兴，但从科学的文学批评的角度来看，也还感到有些不足，那就是故事及结构比较陈旧，有似曾相识之感。

经过一段时间的考验，这篇小说在《人民文学》杂志社举办的"1979

年全国优秀短篇小说评奖"中，经过评委们的慎重研究，被评为当年的优秀短篇小说，肯定了这篇作品的艺术成就。这也算是评委们对这场讨论所作的一个总结。

三、关于《代价》的讨论

评陈国凯的《代价》

杜埃 [1]

　　读完工人作家陈国凯同志的中篇小说《代价》，心绪久久不能平静，这岂但是因为书中故事扣人心弦，使人在强烈的爱与憎、美和丑、真与假、悲和愤的交织搏斗中深受感染，更重要的是，唤起了人们对那个噩梦般的年代深沉回忆。我读后的第一个感想，便是作者在可喜的程度上对十年浩劫做出了较有深度和广度的艺术概括，作品再现了那个年代生死搏斗的严酷现实。

　　小说通过某冶炼厂老厂长周仁杰、总工程师刘士逸——工程师、研究所副所长徐克文、造诣很深的且具有美好容貌的分析技术员余丽娜，以及——徐、余的儿女三代人的惨重遭遇，揭露了文化大革命中林彪、"四人帮"的弥天大罪。"文化大革命"一开始，在民主革命、社会主义革命中出生入死过的老干部周仁杰便被戴上"走资派"帽子，受到残酷的批斗和殴打，接着又一股恶浪扑来，这是南方的同志记忆犹新的事：即一九六八年林彪、江青死党策动了一个所谓"揪南方地下党叛徒集团"的清洗运动，周仁杰立刻升级为"叛徒"。在那"历史可以被人任意强奸，人们的档案可以随便改变"的日子里，总工程师刘士逸成了"美国中央情报局的特务"；而烈士也成了叛徒，烈士的遗孤、靠战友周仁杰教养长大的、科研卓有成果的徐克文，一夜之间变为"叛徒"儿子，戴上了"隐

---

① 杜埃（1914—1993），著名作家、评论家，著有《风雨太平洋》《论生活与创作》等。本文选自《谈生活、创作和艺术规律》，杜埃，人民文学出版社，1982 年 4 月，第 158—162 页。

瞒身份""反军""反革命"的帽子，还加上一顶可以置于死地的"现行反革命"重罪，使他"永世不得超生"。他们受尽了摧残、折磨，最后投进了监狱。而在空前暴虐的压力之下，为了保护丈夫的科研资料而忍辱负重的余丽娜也被打手强占，终于含冤死去。他们的儿女小的被抛在简陋的小木屋里孤苦伶仃过日子，大女儿被戕害成了流氓。林彪、"四人帮"所迫害的岂只是几乎全部老干部，而是整整的三代人。在那株连成风、草菅人命的岁月里，全国有多少的三代人受到洗劫、摧残甚至含冤而死，我们的人民和干部在这场巨灾中付出了无可估量的代价，难道这不是那个时候遍及全国的血淋淋现实吗？

小说写出了反面人物丘建中这样一个可憎的形象。他是个不学无术、善观风色、投机取巧、不惜用最卑鄙的手段去害人利己，一心向上爬的败类。正如作品里所说的那样，他像洞穴里的蛇，"文化大革命"风暴一来，感到气候在变化，使出了浑身解数，施展种种阴险计谋，成了掌握实权的"造反派"头头。他明里一套，暗里一手，构罪诬陷老厂长周仁杰，百般迫害老同学徐克文，整死岳父刘士逸，踢开了妻子刘珍妮，刘珍妮的档案被注明"父亲是美国特务，现行反革命""本人有敌特嫌疑"。那个时候正是林彪阴谋另立中央、大规模迫害城镇群众的所谓"战备疏散"，刘珍妮踏上了"流放"的道路，被遣送到偏僻的农村。丘建中从此夺得了花园洋房，强占了徐克文的妻子余丽娜。青云直上，成为新贵。这个师承他祖父"刮三刀"的坏到无可再坏的家伙，是从垃圾堆里爬出来的人物，时运一到，便要大捞一把的。

文化革命中做错事的绝大部分都是受骗上当的好人。但也确有极少数别有用心像丘建中这类丑恶的人渣。这个极少数的坏人，他的破坏性、危害性百倍地大过于这类人物的比例数。作者对丘建中的描写不是脸谱化的，而是写出了他表里两样的两面派。他是伪君子，熟悉厂内情况，知道从哪里下手，是个出谋献策，蒙骗群众，组织力量，专用棍子，五花大绑，打人害人，自己却躲在后面，不露声色。在他得逞之后，又扮出悲天悯人的样子，说的一套歪理，处处小心翼翼掩饰自己，步步勾心钻角构害别人，是一条吃人不吐骨的"化骨龙"。作者对这个人物的投笔是入木三分，锋利尖刻的，引起读者对他的无比憎恨。

如果对林彪、"四人帮"没有刻骨仇恨，没有对丑恶事物激起难于抑制的愤怒；如果对人民、党和社会主义没怀有深沉的爱；如果作者无视这场浩劫中党和人民付出的巨大代价，才取得今天的大好局面，是写不出这样充满激情、行文流畅、正反人物心理描写较为深透的作品的。如果作者不理解劫后余生的周厂长和徐克文对社会主义前途充满信心，把仇恨化为力量，是不可能写出这批干部抹干眼泪、昂起头来无私地重新投入四个现代化的战斗的。

作者也许心中有过闪念：写这样一部小说，会要得罪某些人，可能引来社会上的某些麻烦。如果是两年前，也还有人会说这是否定文化大革命；如果是在打倒"四人帮"之前，那就是"回潮""复辟""翻案"和"还乡团"了，坐牢、枪毙难于避免。所以至今仍有"余悸"的人也不是完全没有的。但是，作者为了贯彻党中央坚决拨乱反正精神，无私无畏，毅然决然，不回避问题，敢于正视现实，把锋利的艺术手术刀直插现实的里层，进行剖析，活生生地揭露了动乱年代的冤假错案，鞭挞丑恶的事物，挖出坏人的肮脏灵魂，歌颂了正面人物，把主题开掘得较深，激励人们在这场空前灾难之后，只有奋起直追，投入新的战斗，建设新的未来，才能补偿人民所付出的代价。

作者卫护真理，坚持美的事物，反对丑的东西，为了人民的事业，认识到社会主义文学的战斗任务，作家应肩负的职责，抛去一切顾虑和余悸，有了这样的胆识，才能写出这样感人的作品。

《代价》写的是一个悲剧，结局不是使人悲戚伤感，而是让读者从悲剧中激发出愤恨和力量，唤起人们牢记历史的惨重教训，鼓舞人民走上新的长征之路。这样的悲剧是值得赞许的。

也许有同志对作品里的丘建中和余丽娜这两个人物会有一些不同的看法，如果有，那是完全可以讨论的。但是，像丘建中这样的反面人物，在那魔鬼肆虐的年代不是没有的。尽管他在生活中占极少数，也还是存在的。

纵然生活中这一类型的人物不一定百分之百像丘建中那样，但可从其身上嗅到程度不同的恶味。正因如此，作家可以而且应该从这一类型的人物中去进行集中概括，使之成为典型。典型不是平均划一的，也不是数目的机械总和，不一定大量存在的事物才能提炼为典型。生活中有的，但不是大量的，然而它在一定的数量上有其某种社会性，虽然处于少数位置，也可以成为典型。至于艺术创作上的典型，那就更不用说了。

余丽娜这个女性，看起来觉得还缺少一点什么。作者对她的着墨不算太多，她时隐时现，但始终成为读者关心的一个被蹂躏的灵魂贯串全书，作者安排的笔墨是巧妙的，适度的。我们不是可以要求余丽娜更坚强一些吗？更直接一些进行搏斗吗？但生活中的人是复杂的，也不能平均划一，人是有各种不同的性格，有其自己的个性特点。在那"史无前例"的"政治高压"之下，我们可以要求每个人都作出同样的毫无差异的行动方式吗？更何况作者从典型环境出发，她所处的位置是悲剧的牺牲者，具体的情节发展的需要去处理这个人物呢？我颇赞成龙世辉同志说的余丽娜是在孤立无援的情况下不得不忍辱含冤、牺牲一切，以特殊方式进行斗争的弱者。她被糟蹋得那么苦，死得那样惨，付出了高昂的代价得以保存徐克文的珍贵科研资料，对社会主义四个现代化作出了她的贡献，她的灵魂是闪光的，是感动读者的。

但对上述两个人物，究竟如何看法，还是可以探讨、商榷的。

1980 年 8 月写于朱村

重评《代价》

龙世辉[1]

　　曾在去年《当代》第一期发表的中篇小说《代价》，经过作者陈国凯的修改增添，现在已经正式出版。它原来只有十三万多字，现在变成了十七万字，算得是一部长篇小说了。这部作品，自它发表之后，既反应热烈，又一直有着争议。广大读者纷纷来信，向作者表示祝贺与赞扬，不少人写下了感情洋溢的信件。制片厂、电台、剧团也争相联系，打算把这部作品改编成电影、电视剧、话剧或地方戏。但是，在《代价》发表后一年来的时间里，却很少见到公开的评论，全国各报刊几乎是噤若寒蝉。编者去年年初写的一篇评论，先后投寄全国南北四家报纸，都一概婉言谢绝。争议的意见时有所闻，却很少见诸文字。文艺批评中至今还存在这种现象，很难说是正常的。

一

　　《代价》所写的，是"文化大革命"中的一个极其悲惨的故事：有才能、正直的工程师徐克文被无辜陷害，搞得家破妻死，心身受到严重摧残。他的妻子余丽娜，一个善良柔弱的女性，被逼得走上毁灭自己的道路，忍辱含冤地活着，"四人帮"虽然倒了，她却仍然无法改变投河自尽的命运。

---

① 龙世辉（1925—1991），著名编辑家、儿童文学家，主要著作有《龙世辉寓言集》、长篇小说《蓝光》、文学评论集《编余随笔》。本文选自《编辑应用文选》，林慧文选编，山西人民出版社，1984 年 5 月版，第 179—189 页。

卓有成就和贡献的老总工程师刘士逸，活活被残酷的拷打和批斗逼死。德才兼优的女中学生，被反动的"血统论"逼得无路可走，被恶棍强奸后做了流氓。有父有母的小学生徐小玲，一个人过着孤儿的悲惨生活……作品通过徐克文、余丽娜一家的苦难遭遇，艺术地再现了那血腥十年的现实生活。余丽娜一家，包括周仁杰、李文玉、刘珍妮，每一个人都为这场"史无前例"的"文化大革命"，付出了血和泪的代价。作品原来叫作《活着和死去的灵魂》，发表时经过反复考虑，才改名为《代价》。题目易改，用意艰深。这个名字却改得好！"代价"的意思就是告诉世世代代子孙，二十世纪六十年代到七十年代，在咱们中国的这块土地上，咱们的人民，为这场所谓的"文化大革命"，付出了什么样的代价。也告诫万世子孙，决不能让这种历史悲剧在中国重演。

也许这个故事太悲惨了！作者写了一篇《我应该怎么办？》，就够惨的了，现在又写了《代价》，更惨，这样好吗？一位女青年读者在信中对作者说：你行行好吧！让徐克文和李文玉结婚吧！不然，我真受不了啦！善良好心的人们，特别是一些没有经历过"文化大革命"的青年人，在历史造成的悲剧面前感到窒息，受不了，希望作者给一点温暖，缓和一下情绪，这是可以理解的。但是，千千万万同胞，都是这场"文化大革命"的参加者和见证者，像徐克文、余丽娜一家这样的悲剧，难道见得还少吗？每一个正直的中国人，都希望自己的祖国，自己的人民，像方志敏烈士生前所向往的那样，光明代替黑暗，友爱代替仇杀。本来，咱们的祖国得到解放之后，正朝着这个方向前进。但是，十年浩劫，血腥十年，历史车轮出现了暂时的倒转，人民又遭受了苦难。历史出现了大悲剧，作家为什么不可以写呢！作家敢于创作这种悲剧，正是对生活，对革命、对新的党中央有信心的表现。揭示生活中的悲剧，正是为了今后避免再发生这种悲剧，正是为了创造新的未来。

二

悲剧当然要悲。不过，这个悲剧不是光叫人掉泪的。余丽娜忍辱含冤保存下来的珍贵科学资料，得以重新为"四个现代化"服务。徐克文没有被悲伤所压倒，没有只想到自己的冤屈，而是以劫后余生，重新投入科研工作，为"四化"继续贡献力量。徐惠玲和刘子峰恢复了毁坏了的爱情，恢复了她的本来面目，以新的姿态投身工作。……整个作品贯穿着悲愤的斗争，既有悲伤，又洋溢着向"四化"进军的激昂战歌。"多想想我们这些活着的人应该干些什么吧！"为建设新的未来，含着眼泪去战斗。哀兵必胜，这就是作者构思的焦点，下笔的重心，形成了作品的主旋律。

也许有人会觉得，徐克文遭受如此重大的灾难和不幸，特别是在爱妻自尽以后，能马上投入工作吗？这样写合乎情理吗？香港的一家报纸说，"故事的最后是'一片光辉灿烂'""这样的结尾，究竟有多少'写实'？"并把这叫作"半写实主义文学"。另一篇文章又说："所谓新写实主义文学，对那暗无天日的十年的记述全部写实，但一接触到现在，就不那么写实了。"这里一个是"情理"，一个是"现实"。作者这样写，符不符合"情理"，符不符合"现实"？当然，如果徐克文哭上三天五天再去上班，也决不会有人非议。不过，所谓"哀兵"，就是因为有着极大的悲痛，悲痛激励着斗志，迫切要求"必胜"。从"哀兵必胜"的逻辑来讲，就是完全符合情理的。这也就是我们常说的化悲痛为力量。至于是否符合现实，只要看看现实就不难得出正确的答案了。对于一个革命者来说，蒙冤受屈固然痛苦，最大的痛苦还是被剥夺工作的权利，我想这一点许多人都有过亲身体会。为什么许多老干部重新工作后，不顾年龄和身体条件，拚命地干！作家中一些错划右派，一旦改正，有了写作的权力，就一篇接一篇地写出好作品。他们为的什么？这不都是真实的现实吗？从这些现实来看，我们就不难理解为什么徐克文抛开悲痛（不是忘记），或者说，带着悲痛含着眼泪去工作。怀疑徐克文在悲痛中能努力工作的观点，至少是对一个真正的革命者的心情理解不够，对知识分子为祖国搞"四化"的迫切心情体会不深。作者这样写，正写出了中国人民忍受痛苦的巨大能力和建设祖国的志气，完全符合我国现时的现实，符合有理想、有觉悟的中国知识分子的情况。

三

洁如美玉、对丈夫和子女感情至深的余丽娜，为什么要去嫁给陷害自己丈夫的仇人丘建中？有的读者对这一点提出非议，觉得余丽娜无论如何也不能这样做。作者这样处理，有没有损害了余丽娜的形象？

余丽娜为挽救儿子不走上像大女儿那样的流氓犯罪道路，更重要的是，当她看到她和她丈夫研究整理的珍贵科学资料即将付之一炬的时候，时间急迫，不容等待，而又孤立无援，走投无路，只好咬下牙，横下心，答应丘建中的恶毒要挟，跨出这毁灭自己的一步。很明显，她是以毁灭自己来作代价的。余丽娜在非常情况下采取的这一非常行为，我们不能"用正常情况下的逻辑来看待这血腥十年造成的混乱、复杂现实"，如果忽略了当时的历史背景和特定情况，忽略余丽娜本人的柔弱性格，按一般常情去评论人物，给人物做鉴定，那就会脱离了人物的实际，也脱离了生活的实际。余丽娜是女性中的弱者，丘建中是条狼，余丽娜显然没有和狼搏斗的能力，只好毁灭自己，以忍辱含冤的方式达到目的。生活中有余丽娜这种人，有余丽娜的这种遭遇，作者写了这种人，这种遭遇，是为了揭露敌人。林彪、"四人帮"从老师到平民百姓都一律加以迫害，甚至不放过一个女性中的弱者，正无比深刻地揭露了他们残酷的本性和罪恶，这比写一般的冤假错案更来得深刻。余丽娜的行为虽不可学，但她所受的屈辱辛酸，却不能不引起世人和子孙后代的无限的同情。作者用一盆皎如素练、银花灿烂的白杜鹃花，象征着、比拟着蒙受屈辱辛酸的余丽娜的灵魂的洁美。恶人丘建中可以凭着一时的权势欺凌她，污辱她，林彪、"四人帮"可以夺去她的幸福和生命，但她永远留在浩然天地之间的，是她的洁白的灵魂以及后人的怀念与同情！

当然，作者对这个人物的刻画，并不完善，还欠笔力。如果对余丽娜宁肯忍辱含辛保存下来的那箱科学资料，写得更具体一点，详细一点，更强调一点；如果对余丽娜嫁给丘建中以后的屈辱生活，深刻披露其中的痛苦，余丽娜形象所产生的艺术效果也就会更好。一些读者对余丽娜的行为不能理解，或有非议，是不是和描写上的这种欠缺有关？

四

徐克文无疑是个极为坚强的人，但这个坚强而又酷爱妻子的人，却偏偏在对待妻子的态度上出了问题。对于妻子蒙受的屈辱辛酸，对于妻子难言的苦衷，对于妻子的所做所为，不去理解，不去问个明白，而又行动迟缓，以致在关键的时刻，未能挽救余丽娜于垂危！一直到妻子死了，看了妻子的遗书，他才明白过来，可是一切都已经晚了！这不能不说是一件极大的憾事。

请看看余丽娜死后徐克文一段痛心的自责吧！

妻子的死，虽然是十年灾难的结果，但是，他自己难道就没有过失吗？他为什么不能像小刘那样，冲破陈腐的观念，蔑视这十年不公正的貌似"合法"的东西，理直气壮地爱。他完全有理由公开大声宣布，余丽娜是他的妻子！应该属于他！但是他没有这样做，他把自己看得太清白，把余丽娜的品格看得太低下。他的错在于用正常情况下的逻辑来看待这血腥十年造成的混乱、复杂现实！不敢面对这种现实大声呐喊！而且，几千年遗留下来的封建道德心理还在他的心中留下深深的痕迹。在事业上，他不愧是个坚强的人；在个人感情生活上，他还是个懦夫！冲不破旧观念编织起来的牢笼！这一点，他远不及他未来的女婿刘子峰。……

在政治迫害面前不低头，在感情生活上却残留着几千年留下来的封建道德心理，表现得迟缓和怯懦。坚强战士身上的弱点，成了对敌斗争中的包袱和负担，这正是我们革命队伍中一些同志的表现，这一点值得我们深思！坚强者和懦夫，这似乎是水火不相容的，但却同时存在徐克文身上。

作者并没有给徐克文头上戴上一个光圈，而是按照实际生活那样去描写，文学作品就是应该这样地忠实于生活。徐克文的表现告诉我们：即使像他那样坚强的革命者，也不能"把自己看得太清白"了！要记取这个痛心的教训！

五

纯洁的女青年徐惠玲成了流氓，作品中提出一个问题："她们算不算社会的罪人？"

流氓罪犯，这当然是应该反对的。但是，徐惠玲是怎样成为流氓的呢？她原是个好青年，好学生，如果不是碰上"文化大革命"，恐怕她连"流氓"二字的确切含义都弄不清楚。反动的"血统论"把她撵出了学校，连想在农村吃口干净的劳动饭都不可得。她不顾危险英勇抢救耕牛的行为，反遭到横暴的践踏和污蔑，而且自己还被奸污。这对于一个十六岁的孩子来说，摧残、打击太大了，很难责怪她承受不住这么大的压力。一个家庭、理想、幸福一下子被完全破坏、饱受人世苦难的女青年，怀着愤懑、发泄的仇恨，把错误的行为当作报复，走上犯罪的道路，这究竟是谁之罪？谁才是历史的真正的罪人？印度影片《流浪者》里的拉兹，由于简单得多的原因而成为流氓，他的遭遇尚且为人所同情，那么我们应该怎样看待徐惠玲的堕落？怎样看待"文化大革命"中这一特殊历史情况下的特殊现象？徐惠玲一旦得到了温暖，回到了家庭，有了正常的工作和学习，她就恢复了本来的天性，恢复了泯灭的爱情，过着正常人的生活。这就揭示了徐惠玲这一人物的本质和她曾经一度堕落的真正原因。

作者写徐惠玲，并没有去描写那些流氓生活的具体行为，渲染那些可能产生不良社会影响的污秽行径，而是通过一个青年的堕落，揭露当时造成这种社会现象的历史原因，而且把重点放在徐惠玲后来的转变上。这种写法，应该说是比较"干净"的，也为对这种人物的刻画，提供了一个较为成功的先例。"让将来的历史学家和法学家研究了这个时期的历史真貌和这些青年人的道德心理之后，再去作出公正的评价吧！"作者在作品中提出的这个问题，是作者创造徐惠玲这一形象的原因，我想，作者的目的是达到了。

六

"文化大革命"一开始，各种势力、各种人物都登台表演，正如鲁迅先生说的，"恰如用棍子搅了一下停滞多年的池塘，各种古的沉滓，新的沉滓，就都翻着筋斗漂上来，在水面上转一个身，来趁势显示自己的存在了。"丘建中就是这种趁势泛起的沉滓。这个人物几乎集假恶丑于一身，看起来似乎显得有点堆砌，其实生活中比他更丑恶的也并不乏其人。这种靠政治运动改变自己地位的"暴发户"，特别狠毒，特别贪婪，也特别肮脏。为达私利，不择手段，什么人他都可以出卖，什么恶毒的事他都可以去做，是披着人皮的狼。他完全适应那种没有人情、不要人性的残酷斗争。对这种人的丑恶，艺术地进行集中或夸张，正生动地反映出此类人物的灵魂。我们习惯了老老实实的现实主义，看惯了更接近生活原型的比较平庸的作品，就可能对丘建中这种人物的艺术概括，反而有点不习惯了。

"文化大革命"中的"暴发户"丘建中，用最卑鄙的手段，轻而易举地得到了他多年来想得到而没有得到的东西。可是历史无情，曾几何时，他的官位、洋房和漂亮的老婆，随着"四人帮"的垮台，也一概化为乌有。又正如鲁迅先生所断言的："也因为趁势，泛起来就格外省力。但因为泛起来的是沉滓，沉滓又究竟不过是沉滓，所以因此一泛，他们的本相倒越加分明，而最后的命运，也还是仍旧沉下去。"鲁迅先生好像看到了他死后若干年后丘建中们的丑恶面目，预先为他们勾画了一幅兴衰浮沉的图画，真是到了维妙维肖的地步！

在作者笔下，"文化大革命"的过程，就是党和人民与林彪、"四人帮"作斗争的过程，也就是真善美和假恶丑的一场生死搏斗，不管林彪、江青如何得逞于一时，不管丘建中们如何猖獗，终究逃脱不了历史的惩罚，革命胜利了！人民胜利了！"好在历史是人民写的！"刘少奇同志在蒙受奇冤之后说的这句留言，道出了亿万群众的心音，道出了历史的必然！一部《代价》所写的人物和故事，正是这种历史真实的生动写照。

1980年春初稿同年年底修改

永远记住这沉重的代价

——陈国凯的中篇小说《代价》读后

胡德培^①

在中国共产党的领导下，全国人民正在认真思索和总结十年浩劫经验教训的时候，在各种文艺期刊上先后发表了一些中、短篇小说，从不同的侧面、不同的角度有力地表现出"文化大革命"这场"史无前例"的浩劫的血泪现实。在这批小说中，陈国凯同志的中篇小说《代价》，可算是反映生活、刻画人物比较成功，而且影响较大、质量较高的一部。它向人们惊呼，向大地高喊：记住这沉重的代价！历史不可重演！

反映十年浩劫的生活和斗争的文艺作品，我们见过不少。但是，像《代价》这样，反映如此集中、如此深刻，表现出我们党和人民所付出的代价之巨大、牺牲之惨重者，却是不多的。

小说主要是通过工程师徐克文一家人的命运和遭遇来写的。徐克文，是革命烈士的遗孤，党的乳汁所哺育，社会主义的大学所培养，工作上十分刻苦、认真，事业上成绩卓著，很快就被提升为工程师、研究所副所长。他的爱人余丽娜，性情温柔善良，过去是同一所大学里的同学，后来又是同一个工厂的研究所里的技术员。共同的事业心和对理想的追求，把他们结合在一起。婚后，有了儿女，生活是相当美满和幸福的。谁知，突然狂涛骤起，乌云铺天盖地。丘建中等丑类对革命老干部周仁杰进行诽

---

① 胡德培，著名编辑、作家，著有《〈李自成〉艺术谈》《艺术规律探微》《文学缘》《胡德培散文》等。本文原载《羊城晚报》1981年4月6日。

谤和中伤，徐克文看不过去，起而抗争，立即就被扣上一顶顶大得吓人的政治帽子，遭到刑讯逼供，打得遍体鳞伤；进而还被丘建中预谋陷害：强令他捧走毛主席石膏像，却让打手突然猛击他的腿关节，使他"栽倒在地"摔破了"宝像"，便立即以"现行反革命"丢进监狱，险些送掉了性命。接着，又发生了一系列极其惨痛的事情：大女儿徐惠玲下乡插队，为救牛反被诬陷，大队党支书奸污了她，被生活所迫走上了堕落的道路；儿子徐惠新也被逼下农村，他想为姐姐报仇，破罐子破摔，眼看着就可能走上一条毁灭自己的绝路；因此，他的妻子余丽娜，被逼得走投无路……为仇敌丘建中所强占——她不仅肉体惨遭污辱，灵魂也备受摧残，最后，又忍辱含冤地投河自尽；他们的小女儿徐小玲，刚刚六岁，就孤身一人，在一间破屋里与小花猫相偎为命。这是何等的惨剧？！什么样的人生？！这不仅仅是一幕妻离子散、家破人亡的罕见的悲剧，也不仅仅是青春被葬送，时间被荒废，人妖颠倒，是非不分，而且，人性被扭曲，真理遭践踏，我们光荣的党被污辱了，我们伟大的事业也给毁坏了。一时间，假恶丑代替了真善美，妖魔猖獗，鬼怪横行！

其实，在十年浩劫中，类似徐克文一家的命运和遭遇，真是岂止成千上万！《代价》运用艺术的雕刀，相当深刻地描绘了这一点。小说中写到的丘建中这个败类，经他的手，就曾直接毁坏了三个家庭以及他们的幸福生活。他不只是毁坏了徐克文、余丽娜一家；同时，毁坏了总工程师刘士逸和他女儿刘珍妮一家，一个被迫害致死，一个被抛弃，并且遭到陷害；过去，他还给小学教师李文玉及其一家带来痛苦和不幸；再加上革命干部周仁杰的坎坷遭遇，青年司机刘子峰的曲折经历……这些，都不是偶然的、孤立的现象，而是那些年月社会生活中极其常见、极其普遍的事实。作品通过这些人和事，通过这些家庭和社会的悲剧，为我们展现出了当时现实生活的广阔背景，使小说具有了相当普遍而丰富的社会内容和典型意义。

陈国凯这位年轻的工人作家，曾以短篇小说《我应该怎么办？》在一九七九年获奖而知名。如果说，在《我应该怎么办？》等短篇小说中，以艺术笔墨揭示人物灵魂方面是初露才华的话，那么，中篇小说《代价》，则是他创作上又一个新的发展：进一步显露出他在刻画人物的灵魂，特别是揭示人物灵魂的美这一方面的特异才能。

余丽娜，尽管从肉体到灵魂都遭受到极其严重的污辱和摧残，但是，在她身上却始终跳动着一颗多么美好的心！在备受污辱和摧残之前，她富有理想，事业心强，热爱生活，忠于爱情，这是自不待说的。在备受污辱和摧残之后，尽管原来的丈夫徐克文冷淡她，不愿意理睬她，她承受着思想上、精神上的极大痛苦，还为"新一号"科研的实验迅速地精心安装了一套最理想最成功的测定装置。这是以人物自身行动的白描手法，表现她对理想和事业的追求，对丈夫的支持和钟情；也可以说，这是她为四化的早日实现，在人世间留下的最后一滴心血。临死之前，她独自一人，在夜间悄悄地跑到丈夫和孩子们居住的房前，想最后"看一眼丈夫和女儿，哪怕是仅仅听一听他们睡梦中轻微的呼吸，摸一摸这里的门窗、墙壁和亲人们用脚踏过的地面……"这种细微的灵魂世界的描写，揭示出余丽娜当时极其复杂而矛盾的感情活动：她觉得"自己的心是干净的，灵魂是干净的"，但自己的精神和肉体却完全被毁于仇敌之手；她非常热爱自己的孩子和丈夫，但又觉得对不起他们，羞于再见到他们；她热爱党，热爱社会主义，热爱生活，渴望幸福，但却不得不走上一条毁灭自己的道路。……作品对人物感情的这种描写，是够真切、够细腻的；同时，从这种复杂而矛盾的感情描写中，使人们清楚地看到主人公精神的光泽，性格的火花，从而产生出一种动人心弦、令人信服的艺术力量。

小说描绘余丽娜复杂的性格和心灵的美，最集中的表现是她临死前写给丈夫徐克文的一封信。这封信，尽管存在集中地交代情节和艺术上的某种斧凿之痕，但是，以余丽娜内心独白的形式来刻画她的思想和性格，却有其独到之处。第一，写出了余丽娜不得不毁掉自己的具体环境和原因：丈夫被诬陷入狱，她尝尽了人世间一切苦辣辛酸；女儿被毁，等于摧毁了她那颗母亲的心；为了孩子的生存，为了丈夫的嘱托，为了事业，为了多年心血的成果（保护一箱科研资料），她才不得不走上出卖自己、毁灭自己的绝路。第二，写出了余丽娜思想感情上复杂的矛盾和斗争：明明知道丘建中的手上沾满了他们一家人的血和泪，却不得不去求他帮助；明明知道丘建中表面装人，背后做鬼，却不得不含垢忍辱地利用他的权势；明明知道丘建中早就打着自己的坏主意，却不得不答应嫁给他；明明知道这是出卖自己的灵魂和肉体，却偏偏走上了这条绝路；自己不忍离开儿女，极想再见见他们，却毅然决然地永远离去；内心始终向着自己的丈夫，怀着很深的爱情，却异常坚决地要另找自己的归宿……这些，都写得淋漓尽致，入木三分。第三，更为重要的是，小说深深地挖掘出这种精神的毁灭、人性的扭曲的社会历史原因：是林彪、"四人帮"的造孽，是魔怪势力的猖獗，从而给社会造成的惨痛后果，使人们心灵遭受了严重摧残。同时，作品通过刘子峰对徐惠玲坚定的爱情以及余丽娜死后徐克文内心的反省等描写，揭示出封建思想和传统观念的幽灵，也是造成这场悲剧的一个重要原因。小说正是在这种广阔的现实背景之下，深厚的历史内容之中，着意地塑造了余丽娜动人的艺术形象。她的灵魂虽然带着十年灾难的明显的血污，但其本质是圣洁的，美丽的，是在黑白不分、是非混淆、美丑颠倒的特殊年月的特殊现象，同时也具有相当普遍的社会内容和一定的代表意义。因而，当我们对主人公怀着深深同情的同时，也自然会激起对那个年月、那种罪恶的诅咒和痛恨。

徐克文，是小说中的另一位主人公。其性格的美和灵魂的美，也是描绘得相当真实动人的。他无辜地蹲了好几年监狱，险些儿被迫害致死，家庭也遭致了难以弥合的破坏，但是，他被无罪释放以后，一方面感激党和组织，另一方面，擦拭着一场浩劫给自己身心和家庭所带来的斑斑血污，同时，又立即全身心地继续投入艰巨的科研工作。作品从他出狱写起，尽管他经历了一系列曲折和痛苦（包括对过去经历的合理补叙），仍然迈着坚实的步伐，为四化贡献出自己全部的才能和精力。这是共产党人的可贵精神，无产阶级知识分子的高尚品格的颂歌，为我们塑造出今日中国的脊梁，新时期一代新人的艺术典型。小说的这种艺术构想和开头、结尾的着意安排，更有力地表现出主人公昂扬的精神，坚强的意志，写得动人心魄。

作品还对刘子峰和徐惠玲这一对年轻人思想的美和灵魂的美，进行了生动的描写。徐惠玲，本来是受尽欺凌和侮辱的所谓"反革命的狗崽子"，纯洁的身心惨遭蹂躏和残害，美丽的脸庞留下了几道十分刺眼的刀痕，左边的耳朵被割掉，少女的容颜完全被毁坏。因此，她异常坚决地拒绝了初恋时的情人刘子峰热烈的求婚。她决定不以自己形体的污秽去玷污恋人纯洁的身心，不以自己被毁坏了的身躯去沾染恋人高尚的灵魂。这是她对刘子峰真挚的情意，纯洁的爱，也是她宝贵的品格和美好的心灵的崇高显现。然而，更为可贵的是，青年司机刘子峰，他并不为陈腐的观念所束缚，他不做封建道德标准的牺牲品，以年轻人锐利的目光，及时拨开了迷雾，一眼就看清了情人被假象所掩盖的宝贵品格和纯洁心灵。于是，他一如既往地、十分坚定地要求和她结婚。这不是按照迂腐观念的所谓"自我牺牲"，而是一代新人崇高的新思想、新精神真实的描写，美好的新道德、新品质动人的闪光！

还有一段描写小玲玲的。那是徐克文刚被释放出狱，父女两人在小屋里重新见面时的一个情节：

"玲玲，爸爸不好，爸爸对不起你，使你受了这么多苦……"他的眼泪滴落在女儿脸上。

"不，爸爸好。我不苦，爸爸你苦。"女儿低声说完，忽然走进房去，拿出一个铁皮盒子来，郑重地交给父亲。

……徐克文打开盒盖，大吃一惊，里面放着不少钞票和硬币。为数相当可观。

"你哪来这么些钱？"他莫名其妙。"这些年存下来的。"女儿低着头说。

这些年来，小玲独立持家过日子，余丽娜每月给她的生活费并不宽裕……在这样的经济状况下，她居然能省下这许多钱！徐克文看着生气了："你身体这么弱，留这么多钱干吗！"

女儿讷讷地说："听人讲，你生活很苦。我想带钱给你，可是……"小玲没有说下去。

父亲的手颤抖了。这不是洋铁盒子，是女儿捧给父亲的一颗心呀！

这颗十一岁女孩的心，真是晶莹如水，洁白如玉，是多么纯洁，多么美好！读来实在催人泪下！

此外，小说还描绘了革命老干部周仁杰久历风霜、几经坎坷而仍然具有高尚的思想、美好的品质和令人尊敬的操行；小学教师李文玉虽曾被人抛弃和侮辱，却能以纯真的心热爱孩子、照护小玲的美好情操与品德……通过这样一些描写，我们可以清楚地看到：陈国凯这位年轻的工人作家，对生活强烈的热爱和坚定的信心，对真善美与假恶丑的鲜明态度和清醒认识，以及他在挖掘人物美好的灵魂、揭示人物灵魂的美这一方面的艺术功力与独特才能。可以说，这是《代价》这部作品取得成功的一个重要原因。

同时，我们还应当看到：作家的创作态度是相当严肃而认真的。他不仅巧于构思，而且安排故事和情节都比较合情合理。作品在《当代》发表后，当人民文学出版社出书时，作家又认真地校改过，增删了许多地方，添上了十九至二十一这三章。增添余丽娜自杀前夜复杂矛盾的内心活动和思想斗争，情词热烈而真挚，描绘悲切而动人。删去余丽娜拿起剪子怒向丘建中一节，使之与其柔弱的性格更加贴切。但增添对丘建中干坏事的调查等节，既有点落套，又使笔墨重复，在情节上则另生枝蔓，似乎有点多余。

《代价》在诅咒十年浩劫，鞭挞丘建中等丑类的丑恶灵魂与卑劣行径，使人痛恨那些丑行丑事的同时，也确实给了人们以激励和鼓舞，这是作品深刻的思想力量和艺术力量之所在。它是给那种形而上学的教条主义思想的一种清醒剂。它告诉我们：正视十年浩劫的血泪事实，深刻总结这场浩劫的经验教训，对于今天革命和建设的必要性和重要性。它证明了：血泪和伤痕不是不可以写，而关键在于作家怎么去写；站在正确的立场，以正确的观点去写，就不会产生消极的作用和影响。一部《红楼梦》写了多少血和泪，但它直到今天还能帮助人们认清封建专制的罪恶，从而产生批判封建思想的力量。丙辰清明天安门革命诗词，浸透了多少人的血和泪，但它有力地给"四人帮"敲响了丧钟，推动和促使人们开展对"四人帮"的殊死斗争。《代价》的革命现实主义的力量在于：它以徐克文、余丽娜这一家庭悲剧为中心，深刻地反映了十年浩劫的活生生的现实，使人们看清了这场浩劫的惨痛代价和无可弥补的巨大损失，激励人们继续前进的力量和勇气，在新长征的道路上，永远记住这沉重的代价，深刻的教训！

辑四

工
业
书
写

《羊城一夜》序

萧殷[1]

陈国凯同志将他准备结集出版的十八个短篇小说送给我，要我为他写序。这些作品在发表之前，大部分我都读过。今天能有机会集中地细读一遍，心里感到无限欣慰。

陈国凯是新中国成立后，党培养起来的优秀工人作者之一。他的作品，在南国的读者中留下了较深的印象。我认识陈国凯是在一九六二年，他发表了小说《部长下棋》以后，我们之间便建立了友谊。那时候，他是个二十刚出头的青年，近视眼镜后面闪动着一双发光的眼睛；他不善于谈吐，但所谈的却很有见地。仅仅几次接触，我发现他对工厂的生活和各种人物都极有兴趣，每谈起这些，不仅在外形上绘声绘色，且看得较深，能一语通透灵魂。后来，在他的习作中还发现他很注重写人的性格，并且在这方面露出了一些才华。我，作为一个长期从事文学工作的人，看到这样一株苗壮的、洋溢着生命液的文学新苗，当然是十分高兴的。这样，我们之间的交往就慢慢密切起来，他有时写信来，有时也顺道上门来找。我们无所不谈，谈革命、谈生活、谈创作，有时也谈创作中的欢乐与苦恼。偶尔，我也针对他在创作上碰到的某些难关给他介绍一些中外短篇名著，尤其是契诃夫的一些作品，供他参考。

正当他陆续发表了几个较好的短篇的时候，便遇上了"四人帮"的文

---

① 萧殷（1915—1983），文学评论家、作家，曾任《文艺报》主编、《人民文学》编辑主任，著有《谈写作》《习艺录》《给文学爱好者》等。本文选自《羊城一夜》，陈国凯，上海文艺出版社，1979 年 11 月版。

化专制主义。我竟亲自目睹了一位工人业余作者并不比老作家好多少的遭遇！他因为《部长下棋》被扣上"配合蒋介石反攻大陆"的莫须有罪名，而遭到无休止的批判。一篇六千字左右的小说，作者为此被迫写的检讨，竟达五六万字之多！特别是一九七三年发表《大学归来》之后，在"四人帮"搞的所谓"反文艺黑线回潮"的妖风下，他这篇小说被诬为"毒草"，并准备在报上重点批判。政治上的压力不仅使他无法继续创作，而且几次迫使他几乎走上绝路。这些情况，我是从他偶尔来信中"欲言又止"的破碎语言里面得知的。当时虽然我的处境也十分困难，但还是给他回了信，也用"破碎"的语言表示：绝不向邪恶势力屈服，光明一定会出现！

　　陈国凯和我，终于盼到了"四人帮"的覆灭。旺盛的创作活力，又回到了他的身上。一开始，也许由于来不及抖落"四人帮"在文艺创作上所散播的种种毒雾，因而，他写的作品还不可避免地带有某种程度的图解政治、模式人物的痕迹；但他很快发现了这种枷锁和镣铐，并在一次来信中大呼："下笔如有鬼！"一旦当他摒弃了这套"三字经"，真正从生活出发，从人物出发，较严格地遵循革命现实主义道路前进时，他的创作即出现了从未有过的盛旺时期。在工作任务繁重、不脱离生产岗位的条件下，他利用不多的业余时间，常常通宵达旦，奋笔疾书；就这样连续发表了十几个较为成功的短篇小说。其中《我应该怎么办？》虽然已在社会上引起了极其强烈的反响，但《眼镜》《龙伯》《家庭喜剧》《开门红》等等的感人力量，并不因此而逊色。

　　收在这个集子里的十八篇小说，都是反映工厂生活的。这些作品描绘了众多人物，我们读着它，如同置身于沸腾的工厂生活之中，一个个性格鲜明的人物形象，就出现在我们眼前。从这些短篇中可以看出，作者善于刻画老工人和青年工人的形象。同时，作者还为我们描绘了战斗在工厂的工程技术人员、领导干部和工人家属。从一般业余作者来看，能着重于写人，写人的性格，是陈国凯一个突出的优点。作者善于从平凡生活中捕捉并提炼具有典型意义的细节来表现人物，还善于用简洁的语言，写出人物在特定行动中的典型心理状态；并善于写人物自身性格的变化和发展，从而体现出人物精神面貌的复杂性。他的小说，风趣幽默，有工人的特点；富于工厂生活的实感，有生活情趣，而场景和气氛的描写也较传神，且有地方色彩。

这个集子所收的十八篇作品，其中粉碎"四人帮"以后写的占了十篇之多。可以说，它们无论在思想性和艺术性上，都标志着作者创作上的一个飞跃。这些作品的可贵之处是：再现了打倒"四人帮"以来工厂的战斗生活，以及广大工人的精神状态和思想风貌；提出和回答了人民群众普遍关心的问题。作者选取题材，刻画人物，提炼主题，都十分注意将它们放在这十几年来的斗争生活的广阔背景上去斟酌、推敲和琢磨，并且自始至终与广大人民的爱憎感情息息相关。正因为作者能与时代、与人民一起思考，并通过艺术形象给予说明或回答，所以，这些作品才能那么强烈地拨动了广大读者的心弦，产生了有益的社会效果。作者的这一成就，是同他自己长期的感情积累和深化分不开的。可以想象，在这十几年中，作者如果不是亲历其境，身受其害，是绝不可能写出如此令人激愤、如此激动人心的作品来的。

回顾陈国凯走过的创作道路，可以清楚地看出，作者始终没有离开过工厂生活。他十分注意在生活中观察和分析各种各样的人，又积累了丰富的素材，于是各具个性特征的人物也就越来越多地活现在他的脑海里。他整整在工厂生活了二十年，先后当过化学分析工、车间电工、仓库搬运工、清洁工、炊事员，还搞过工会、宣传等工作。他的小说中的人物，大都有作者自己、他的亲人、朋友以及周围群众的影子。

一个小说作者，无论在什么情况下，特别是在创作上取得一定成就的时候，千万要注意不要脱离生活。生活之树常青！只有牢牢地扎根在生活的沃土之中，并从中不断汲取养料，才可能在创作上不断出现新的突破和获致新的成果。

自然，陈国凯也有他自己的局限性和弱点，社会斗争中存在的一些较尖锐的问题——也即是广大人民群众所关心的、迫切需要提出、但又还没有提出来的问题，在陈国凯的小说中还反映得很不够。有些业余作者很善于思考，对斗争中的一些问题，经过反复的分析和判断，最后尖锐地向读者提出来，这是极其可贵的。凡是优秀的作家，他首先必须是先进的思想家。在这一点上，陈国凯同志应当急起直追。当然，我不希望他用议论的方式去表达这种思考，而是运用他所习惯的形象手段去发挥他的思考。

这个小说集的出版，是一件很有意义的事情。"文化大革命"之前，有影响的工人作者为数不多，现在，反映工业题材的作品也还比较少。本书的出版，对今后进一步反映工人的战斗生活，无疑是一次推动，对于广大业余作者，当然也是一个很好的鼓励。

1979 年 5 月于广州

性格的闪光

谢望新 [1]

接触陈国凯的小说，是从 1962 年《羊城晚报》发表他的《部长下棋》开始的。当时，这篇小说获得《花地》一等奖，受到读者和评论界的注目和赞扬。后来，在"文化大革命"中，又目睹了他写的《大学归来》所遭受的厄运。打倒"四人帮"后，他的《开门红》引起了人们的重视，在《作品》月刊上连续几期展开讨论。接着他发表的《我应该怎么办？》，满城争阅，不胫而走。《作品》也发表了争鸣文章。

陈国凯的一些作品，为什么会在社会上引起较强烈的反响？最近，重读了他结集出版的短篇小说集《羊城一夜》，感到这是一个值得研究和探讨的问题。

一

不少工人作者都有一个共同的苦恼：工厂生活单调枯燥，每天上班下班，干活吃饭，耳闻机器声，眼看机床转，工作隔行如隔山。一个业余作者长期蹲在一个岗位上，看来看去都是那么几张脸孔几个人，工厂生活怎样去写？读陈国凯的小说，却没有这样的感觉。他不仅把工人生活写得那么丰富多样，而且那么生动真切，充满情趣。他的作品里有许多各具风采、

---

① 谢望新，曾任广东省作协副主席、《花城》杂志副主编、《作品》主编，著有《落潮之后是涨潮》《谢望新文学评论选》等。本文选自《谢望新文学评论选·上》，作家出版社，2007 年 10 月版，第 3—13 页。

性格鲜明的工人的形象。读着他的小说，一点儿也没有单调的感觉。

一个作者，不论接触什么生活，也不论反映哪种题材，如果不会透过纷纭复杂的社会生活现象，去观察人，并且在进入创作过程中，着眼于人，写人的性格，那么，他的笔当然就会变得笨拙，甚至无从下手。即使勉强拼凑出东西来，其人物也必然是没有神经感应，没有体温，没有血肉，没有脉搏跳动的躯壳，只是一具活动着的木偶，而不是真实可信的人物。只有深刻地体察人，而且这种生活积累不断深厚，一旦拿起笔来，各具鲜明个性特征的人物形象，就会跳出你的脑海，走到你的眼前。陈国凯的小说在写人，写人物的性格上，作了艰苦的探索，并日趋成熟。

他的第一个有影响的小说《部长下棋》就初露出这方面的才华和特色。在这篇小说中，作者为我们塑造了一位工厂宣传部长余奕行——党的基层领导干部的生动形象。他性格热情爽朗，平易近人，没有那种官场上拿腔拿调摆架子的坏习气，"整天跟工人混在一起"，善于从生活的细微末节里隐藏的矛盾中发现事关生产的重大问题。并通过艰苦深入的调查研究工作，找出问题的症结，促使矛盾向好的方面转化。作者为我们塑造的这个善于做政治思想工作的宣传部长形象，今天看来仍然是那样的可信可亲，富有生命力，有着极其深刻的现实意义。对于那些在林彪、"四人帮"思想影响下，不关心群众痛痒疾苦，不过问生产问题，高高在上，只会讲大话、空话、假话的所谓"政治工作干部"，宣传部长余奕行的形象，确实是一面很好的镜子。

塑造宣传部长这样的形象，由于他所处的环境、身份和地位，往往容易将他写成令人生畏的说教者。难能可贵的是，作者没有把他当作说教者去崇拜，去描写，而是始终抓住部长嗜好与工人一起下棋这个特定的行动，来刻画人物的性格特征，表现他与工人群众的血肉关系，和做政治思想工作的本领。余奕行工作服口袋里的一副象棋，成了他联系工人的纽带。作品中的"我"与部长在路上偶遇，就发现他工作服的口袋特别大，里面装了副象棋，知道他准是个"象棋迷"。后来，他第一次正式去见部长，部长正在同工人刘师傅"重炮"入"宫中"，杀得难分难解，你看他，棋"下得十分入迷，两道浓眉吊在一起，敞着胸，腿盘架在一条条凳上。"正当"我"大惑不解的时候，部长居然还劝他也"培养起兴趣"，订师徒合同，到工人中去下棋。万万没有想到，部长正是在这场与刘师傅的对弈中，从刘师傅偶然流露出的一句话里，发现了藏在这位老工人心中的疙瘩和苦闷。部长亲自上门，终于剖开了这个"闷葫芦"：原来刘师傅的一项合理化建议，被有官僚主义作风的车间主任搁置了。到这里，部长下棋的"奥秘"便被揭开，这个人物形象的性格特征，也就自然而然地凸现出来。可以说，在塑造党的基层领导工作者形象方面，《部长下棋》是有新的创造的。

继《部长下棋》之后，陈国凯又写出了《总工程师》《丽霞和她的丈夫》《女婿》《家庭喜剧》《眼镜》《开门红》《龙伯》《在厂区马路上》《我应该怎么办？》等较有影响的作品，创造了许多有着鲜明性格特征、各具风采的人物形象。读了这些短篇小说，我们如同走进一座色彩鲜明的画廊，一幅幅工业战线上的人物肖像画，呈现在眼前。

陈国凯笔下的老工人形象，有诙谐幽默，嫉恶如仇，常常在嘻笑嗔骂中给帮派人物以嘲讽和鞭挞的仓库管理员张老三（《眼镜》）；有严于律己，严于待人，眼中嵌不得半点对生产不负责任的尘沙的老焊工龙伯（《龙伯》）；有风趣乐观，在家庭生活中唯老伴之命是从，但事关生产的问题却毫不含糊的起重队队长余乐天（《家庭喜剧》）；有纯朴善良，惨遭"四人帮"迫害，在关键时刻居然忘了自己"现行反革命"身份，挺身而出排除生产事故的老劳模黄伙金（《在厂区马路上》）；有感情细腻，见微知著，从一张借书卡上发现技术员思想苦恼的工人老大姐雪梅（《新来的图书管理员》）等等。作者是把这些人物作为生活的主人公来热情歌颂，精心刻画，赋予浓墨重彩的。即使那些在作品中不是主要人物的老工人形象，虽然只是寥寥几笔的勾勒，也栩栩如生。《开门红》中的马小明的父亲，作者只是简洁地写了他对儿子去迎接"开门红"前的一段"训示"以及在此前后两次大声读报，"仿佛整条街就是他一个人有学问似的"情景，这位关心国家大事的严父的形象很快就站了出来。马小明的母亲也着墨不多，只写了她在儿子升任副班长后，儿子不准她叫"虾仔"小名时生气的神情。在她眼里，儿子长到五十岁还是个孩子，"你就是当了厂长、省长，也是'虾仔'"。读到这里，马小明母亲带点"辣"味的性格就表现得比较充分。

陈国凯还擅长刻画青年工人的形象。无论是先进的、中间的、落后的，以致反面的青工，一到他的笔端，也都强烈展露自己的性格特征。《女婿》中的张小龙和《开门红》中的阿芳，年龄相仿，都经历过"文化大革命"，前者深沉冷静，勤于思考，对"四人帮"煽起的"反击右倾翻案风"敢于抵制；后者貌似高傲，喜爱打扮，但却勤奋好学，富有革命进取心，一个心眼扑在工作上。《丽霞和她的丈夫》中的杨小保，是个遇事惯于用"头颅担保"的人物，连谈恋爱表白心迹也是用"头颅担保"不变心，他工作有冲劲，却不爱动脑子，往往成事不足，败事有余；而《责任》中的李小刚聪明伶俐，"有气有力，又有文墨"，遇事一点就通，但喜欢在人前露两手，关键时刻只顾局部利益，而将全局利益丢到脑后。《在厂区马路上》中刻画了一个巧于投机钻营的风派人物马小刚：他"有一条祖传的灵巧舌头"，善于揣摸别人的意图。"文化大革命"前，他待人百般殷勤，百依百顺；"文化大革命"的浪涛一来，他落井下石，诬陷亲自培养自己的师傅，以此作为向上爬的"垫脚阶砖"。除此之外，陈国凯还为我们描绘了战斗在工厂里的工程技术人员、领导干部（从班组、车间、科室到厂级的、行政的和技术的）、勤杂人员等众多的人物形象。

陈国凯小说中的一些人物，之所以读后呼之欲出，历久难忘，关键在于作者生活基础较厚，能坚持从生活出发，坚持用形象说话。陈国凯是一个普通工人，在工厂整整生活了二十年。他先后当过化学分析工、车间电工、仓库搬运工、清洁工、炊事员，还搞过工会、宣传工作。他塑造的人物，大都有他的朋友、亲人，他尊敬的长辈或者他自己的影子。作者在谈到这方面的创作体会时，曾说过："要写出具有鲜明性格特征的人物，仅仅是熟悉生活还是不够的，还必须对人物进行细致深入而不是简单粗浅的观察和分析。纵使再高明的作者，也不会有一把能轻易打开人们心灵的万能钥匙，而只能像艰苦的淘金者那样去发现闪光的东西。"

二

陈国凯不是一个能够提出多少重大社会问题的作者，但透过他笔下的人物画廊，可以看出作者在刻画人物方面的功力。他的小说，一般没有完整的故事情节，也没有大段冗长的心理活动的描写，人物、事件和时间地点都比较集中，往往是截取生活中的一个横断面，用速写线条勾勒人物，并抓住人物性格特征着力渲染，写足、写透。看来，作者在学习我国古典小说白描手法的优良传统，和吸收契诃夫写人物的某些手法的基础上，逐渐形成了自己在人物性格刻画上的某些特点。

陈国凯的小说，不追求完整的故事情节，不需要大的事件，也没有很多的行动描写，而是通过精心选择的几个细小的生活事件，借助于富有典型意义而又个性化的细节来显示人物的性格特征，使人物形象跃然纸上。因此，他的小说在人物的刻画上，明显地具有朴素、细腻、真切的特点。生活中本来是细碎的，容易被人忽略的，甚至习以为常的简单的一句话，平凡的一个行动，他都能体察出它的内涵，着意从中找到与人物的思想、感情、心理和道德观念的连接点。这些东西一经抓住，就不让它飘散，经过艺术的概括和提炼，变成人物的有特征的言行。作者为了描写人物性格而去组织和运用细节，是那样地得心应手，恰到好处。在《眼镜》中，围绕张老三"喜欢听古讲古唱粤曲"的个性特征，通过人物具有戏剧性的几个行为，层层深入地展示出他的思想品格。张老三一出场，作者就以一个富有表现力的细节，把张老三妙趣横生的个性特征形象化了："你看他，拿着一副旧眼镜框在煤油灯上转来转去，一边转，一边拧着浓黑的双眉在唱：'骂一声贼高俅你心如蛇蝎……'"。接着，通过张老三和"我"关于这段戏文的对话，写了张老三从古典戏曲中的奸臣，骂到现代政治舞台上的"和林彪穿一条裤子的那类人物"，表现出张老三强烈的爱憎，和他评判现实的独特的方式。随后，作者写张老三与帮派人物面对面的斗争，始终抓住他爱唱粤曲这一个性格特征，反复进行渲染。当张老三因抵制批

《条例》学习班，而被宣传委员这个帮派人物赶出大门时，作者选取了几个细节，细致入微、绘声绘色地写出了他离开时的情景。宣传委员命令他出去，他从容地站了起来，"小的们，带——马——"唱了起来；接着，作者写他"蔑视了宣传委员一眼，一踢腿，一拂袖，一亮相，作了一个跨马扬鞭状"的动作；最后，"又转过身来，向宣传委员一拱手用老生腔说：'贤弟，后会有期，老夫告辞了！吓！骂一声，贼高俅……'"。经过这层层的细节铺垫，充分揭示了张老三敢于同帮派人物斗争的风骨气节。

像这种具有典型意义而又个性化的细节，在陈国凯的短篇里俯拾皆是。它们像一颗颗彩贝珍珠，在作品中闪烁着奇妙动人的光彩。《部长下棋》中，有一个精彩的细节：当党委召开会议，解决接受工人的合理化建议这个问题时，作者没有写部长在会上慷慨陈词，而是写他一言不发，"只是用短指甲小心翼翼地夹下巴上那几条'好出风头'的胡须"的动作。这个细节出人意料之外，又在情理之中，收到了"此时无声胜有声"的效果，深化了人物。在《总工程师》中，通过写"我"发现李阿三的手指头，由过去的粗而短，变得细而长这一细节，形象地表现了这位老工人成长为工程师的艰苦历程。在《大学归来》中，作者写青年工人小胖子对从旧社会过来的工程师，从不信任到信任的时候，只是写了"小胖端了一杯热茶轻轻地放在工程师面前"这个典型的细节，比用许多赤裸裸的语言来表白有力得多。

作者很讲究写人物的心理，但他不是离开人物所处的特定环境，离开人物的行动，离开人物在矛盾冲突中的特定情景，去孤立、静止地作繁冗、沉闷的叙述和描写。而是用最经济的笔墨，写出人物在特定的情势下和行动中的典型心理状态。这对于进一步深化人物的性格，往往起到画龙点睛的作用。比如，在《龙伯》中，写"迟到"了的尤伯，本来要找工长做检讨，但来到工地，"却发现地下有几支不锈钢焊条只烧了一半就丢在那里"，尤伯便忘了做检讨的事，而要去找工长"教训"。这时候，作者只用了一句话，写龙伯当时的心理活动："我今天来迟了一步，你们就大手大脚了！"一下子就点出了龙伯的精神状态和性格特征。《开门红》中，写马小明最初对阿芳的感觉时，作者是这样描写他的心理活动的："还是工人阶级哪！工人阶级也有洒香水的么？倒像个资产阶级。"后来，当马小明看见阿芳在读《国外科学技术动态》时，作者又写了马小明的一个心理活动："洒香水不一定都是资产阶级，香水不就是工人阶级生产出来的么！"这里，作者用简洁的描写，写出了阿芳的行为在马小明心理上所引起的变化，反映了这个青年工人对美好事物的喜爱。《在厂区马路上》，老劳模黄伙金被打成"现行反革命"后，有一次在扫马路时，见到对他落井下石的三徒弟马小刚，心想："他揭我的'罪行'，大概是形势所迫，而不是出自真心。"一段内心独白真实地点出了老劳模与人为善、纯朴善良的品格。

陈国凯的小说，还常常通过人物的外在形象与心灵的强烈对比来刻画人物的性格，把那些状似对立、不协调的东西，有机而又和谐地统一在一起，使人物形象产生立体感。《开门红》中阿芳这个人物形象的塑造，就是如此。开始，作者极力渲染她的外在形象：鹅蛋脸长得像国光苹果；一甩头上的辫子都显得"神气""洁白的素花硬领翻在工作服领口上，身上透出一股香水味"。后来，通过中途站上车的"胖姑娘"高音喇叭似的宣传，原来正是这位爱好打扮的"漂亮姑娘"，由于发明创造，提升了副工段长，先进事迹和照片还登了报。作者这样写，是为了让人像马小明一样，产生一种错觉，尔后更强烈地感受到人物心灵的美。当读者循着马小明性格逻辑的变化发展，也由对阿芳外在形象的反感变成好感时，阿芳的外在美和内在美就水乳交融在一起了。像这样来表现人物性格的手法，还见诸于陈国凯的其他一些作品。像《部长下棋》中写宣传部长余奕行外在形象的粗犷、豪放与内在思想的细致、慎密，也是这样。

三

文学作品写人，写人的性格，只有体现出强烈的时代精神，深刻的社会意义，从而帮助和推动人们认识社会和改造社会，才有极大的生命力和存在的价值。这就要写出典型环境中的典型性格。而促使人物思想行动的典型环境写得越充分，社会生活面概括得越广阔，生活的氛围写得越逼真，人物的典型性就越强烈，作品所体现的思想性也就越高，主题就越深刻。反之，如果离开典型环境的描写，人物思想行动的动机和根源就会朦胧不清，人物性格赖以存在和发展的基础就不真实，不可信，更谈不上会产生什么有益的社会效果了。

在处理典型环境和典型性格关系的艺术实践中，陈国凯走过一段小小的弯路。如 1972 年发表的《新来的图书管理员》，写了一个绰号叫"一寸半"的技术员叶子青。他原是一个"革新迷"，由于自己的一项合理化建议，遭到官僚主义的压制，便醉心于家庭副业，大搞养鸡。构成这个人物的思想矛盾和采取的解决办法，都与 1962 年的《部长下棋》中的刘师傅雷同。两个人物，相隔十年，看不出他们所处的社会环境有什么不同，时代特征有什么不同，造成人物思想上的矛盾的根源有什么不同。事实上，在林彪、"四人帮"对知识分子实行"专政"的"文化大革命"期间，知识分子被剥夺了政治权利，丧失了工作和生活的条件，"一寸半"思想矛盾的产生根源，绝不是官僚主义压制造成的，而是林彪、"四人帮"的知识分子政策所带来的必然结果。作者没有从当时广大知识分子所处的这种社会地位和遭遇，去认识和分析"一寸半"思想矛盾产生的根源，进一步开掘和深化主题。这样，促使人物思想行动的社会背景，就变得模糊不清，通过人物所展示的社会意义，也是不深刻的。当然，这也是受历史条件的局限。

从粉碎"四人帮"之后陈国凯写的许多作品来看，他在这方面有了很大的进步。作者选材，写人物性格，始终没有离开"文化大革命"动荡的社会生活，错综复杂的矛盾斗争，没有离开人民群众的喜怒哀乐和善恶爱憎。作品所体现的时代精神和社会意义，自然地从人物所处的典型环境中迸发出来。近两年来，可以说是陈国凯创作上的盛期。他在报刊上连续发表的十多篇作品，反映了"文化大革命"以来的几个不同历史阶段，工人阶级的战斗风貌和典型的精神状态，从中可以感受到时代脉搏的跳动。无论是工人阶级中的先进人物，还是暂时处于中间状态、落后状态，或正在转变和觉醒的人物，甚至是工人阶级中的败类，都各自体现出这个特定的历史时代一定的社会集团、势力的政治态度、意志和愿望，反映了这个历史时代生活的波澜和曲折。作者笔下的某些典型人物，之所以能在广大读者中引起强烈的感情共鸣，原因正在于此。例如《女婿》中的张小龙和《眼镜》中的张老三，这两个人物虽然个性不同，但从他们身上，都可以强烈地感受到一股不可抗拒的时代潮流："四人帮"搞的"反击右倾翻案风"，是不得人心的。张小龙在"文化大革命"初期曾是"造反派"，他从生活中的一系列反常现象，特别是"四人帮"利用批《条例》来破坏生产，使他看到了"林彪阴魂未散"。当帮派人物卖力地搞批《条例》学习班，并以此为借口拒绝支援兄弟厂的紧急生产任务时，他便奋起抗争。张老三由于有丰富的社会阅历，对复杂的社会生活有分析、鉴别能力，一旦帮派人物煽动停工停产时，他就坚决斗争。就连没有直接卷入这场斗争漩涡中心的人，如《女婿》中的工人家属李明山的老伴，时代风云的变幻，在她身上也有投影。她生怕自己的女儿，找的对象是一个"头上长角，身上长刺"的帮派人物。

《家庭喜剧》《开门红》《龙伯》等作品，写的是粉碎"四人帮"之后，工业战线的战斗生活。从一个普通工人的家庭，一个生产工段，一次上班路上车厢的一角，概括了现实的广阔社会环境，蒸腾着热烘烘的氛围；并通过在这些特定的环境中人物之间的相互关系及其性格冲突，反映了广大工人群众奋发向上的社会风貌。

四

如果说陈国凯过去几乎都是用轻松活泼的笔调、幽默风趣的语言来反映工人生活的话，那么，《我应该怎么办？》则是用深沉、悲怆的艺术之笔，为普通人的不幸遭遇和命运，呐喊呼叫！从这篇作品中可以看出，作者的视野更为开阔了，对生活的思考更为冷静了，对具有普遍意义的社会问题更为关注了。这篇作品是作者写作道路上的一大进步。这个作品发表时，短篇小说描写"四害"给人民带来的痛苦的主要对象，大都是老干部和高级知识分子，很少有人去写普通工人、农民的遭际。陈国凯不仅创造了这种形象，而且还比较成功。从这个意义上来说，薛子君形象的出现，是有特殊意义的。

《我应该怎么办？》中刻画的薛子君、刘亦民、李丽文这三个人物，虽然成就不一，前两个人物写得成功，后一个人物还缺乏鲜明的个性特征，但这三个人物互相关联的命运，都紧紧地和"文化大革命"的风涛雨浪交织在一起。作者写出了产生这种悲剧命运的特定社会背景，即代表反动阶级复辟愿望和利益的林彪、"四人帮"的猖獗横行。他们的每一次倒行逆施，都在千百万普通人的心灵上，投下浓重的阴影，烙下深深的创伤。作品通过主人公在"文化大革命"几场重大斗争中所遭受的打击，以及带给她先后两个家庭、两个丈夫、两次当"反革命家属"的悲惨遭遇，真实、深刻地揭示了造成她的悲剧命运的特定环境和社会原因。薛子君的悲剧命运，是"文化大革命"中千千万万普通人的遭遇的一个典型概括。所以，作品发表以后，在短短的时间内，在广大读者中掀起了巨大的感情波涛，产生了强烈的社会效果。

作者能够写出这个作品，并不是偶然的。陈国凯在谈写这个作品的体会时曾说："如果笔下的人物连作者自身都无法感动，那又怎能感动别人呢？将冷冰冰的石头捧给读者，谁去啃呢？"的确，作者是有一个长期的感情积累和深化过程的。"文化大革命"中，作者曾受到很大的冲击，他因《部长下棋》被扣上"配合蒋介石反攻大陆"的荒唐罪名，而遭到大会小会批斗，一篇六千字左右的小说，作者却为此写了五六万字的检讨。在"批林批孔"运动中，他写的《大学归来》被当作"文艺黑线回潮"、反对所谓"教育革命"的"毒草"，上报给当时"四人帮"控制的国务院文化组，并准备在报纸上公开批判。这给作者造成了极大的精神压力和痛苦。作者不仅无法继续提笔创作，而且几不欲生。这惨痛的经历和多年来被推到最底层的不幸遭遇，使他有可能理解像薛子君、刘亦民、李丽文这一类的普通工人、技术员在"文化大革命"中的思想、感情、心理和道德品质，熟悉他们的爱和憎。这些年来，作者积累了这方面的大量素材，但在进入创作过程之前，还没有能够找到一个"触发点"，经过筛选和过滤，把它们连结起来，找出其中的内涵，形成题材和主题。后来，当作者听到一个简单的悲欢离合的故事，便引起感情上的强烈共鸣，原来的这些生活素材，就在一个明确的思想周围活起来。这时候，作者进一步调动生活积累的库存，并经过感情的孕育，通过薛子君形象的创造及其悲剧命运的展示，把有着深刻社会意义的主题凸显出来了。薛子君不可挽回的损失，不可弥补的悲剧，正是引导人们去改造那造成其悲剧的环境的战斗动力。

陈国凯是在新中国成立后，党培养起来的一位有成绩的工人业余作者。他的成长，除主要是靠自己的刻苦努力外，还浸透着老一辈作家的辛勤汗水和心血。他的短篇小说，逐渐形成了自己的艺术风格。但也存在明显的不足。这主要是作品所反映的工厂生活面还不够广阔；题材还不够丰富多样；有些作品在艺术构思和表现手法上，还有雷同现象；有些作品中的人物，特别是某些反面人物，还显得单薄缺乏鲜明的个性和立体感，等等。这些，都有待于作者认真进行总结。我们诚恳地期望，陈国凯能坚定不移地继续扎根工厂生活，始终不要脱离工人群众，并在艺术实践上作出新的探索和创造。

1979 年 5 月 20 日

把握改革中矛盾的特质

——再评陈国凯的《两情若是久长时》

黄伟宗 ①

陈国凯的中篇小说《两情若是久长时》（下称《两情》），在《作品》1984 年 4 月号发表后，受到读者称赞；《小说选刊》于 1984 年 6 月号转载，编者赞曰："很好读，值得一读"，并指出在这小说里，"体制改革的新貌、刘振民感愧交集的细腻心理"，被作者"描绘得富有情致"。好些评论认为这是反映改革的好作品。我曾在《小说选刊》发表过评介这小说的短文，因篇幅所限言而未尽。现重读小说，燃起再评之热情。

在我们刚兴起不久的反映改革的作品中，出现了一种新的通病。有的人往往写的是改革与反改革的矛盾冲突，并以此将人物分为两个阵营或系列，彼此的矛盾往往是在某项制度或措施改不改，让不让位和选什么人接班之类问题上的冲突。这些矛盾，不能不说是现实生活中的普遍存在，写出来是有意义的。问题是写多了不仅乏味，随着改革的逐步深入，也就越来越陈旧了。文艺作品中出现的这种公式化的现象，恐怕主要就在于未能把握改革中的矛盾特质的缘故。

《两情》之别开生面，首先就在于不是直接去展现改革与反改革的矛盾冲突，而又深刻地反映了这种冲突，并在反映中体现了改革的深入和磅

---

① 黄伟宗（1935—2024），原中山大学教授、广东省珠江文化研究会会长，广东文艺终身成就奖获得者，主编《中国珠江文化史》丛书，著有《黄伟宗文存》。
本文原载《南方日报》1985 年 2 月 27 日。

礴气势。作者是怎样做到这一点的呢？明显的是在通常所认为的改革"对立面"，也即是所谓"反改革"的代表中，特别是在其内心世界中，剖析和体现这种冲突，挖掘出其中的要求改革的积极因素，并展现出这种因素克服消极因素的斗争过程。小说的故事情节，是写刘振民这位刚离位三天的厂长在一天中所遇到的事情。他从凌晨梦见工厂出了爆炸事故而疾起打电话开始，电话总机的不同语调才使他意识到是离了位，起床后所感到宽大宿舍的空虚，老工人送来早餐所流露的同情，在车间和原来办公室所感受人们的不同态度，在公共汽车和小食店里所受到的奚落，见儿女和在找前妻时所遭到的冷遇……这一系列从外及内、又是从内及外的矛盾冲突中，淋漓尽致地展现了这位"被改革者"的内心世界，又烘染了其所处的客观世界。这些内外交织的矛盾，是尖锐而又复杂的。有的是历史的继续，有的是现实的新问题，有的是思想和事业的分野，有的是生活与感情上的恩怨；这些因素又是彼此交织着，像蚕茧那样搅成一团。从每个矛盾的内涵意义分析，透出对这位改革退位者的谴责、埋怨或冷落意味，即使是表示同情的细节也含有某种退位后的悲凉，但作品的效果却将这些对立的因素推向了正面。这就是说，这一系列"被改革"后的矛盾冲突，从反面映现了刘振民这位本来就是改革者的本质和面目，他所以在退位后仍思其政，在子女和过去处分过的工人所给予的奚落中仍坚持原则、正气凛然，就在于他本来是一位刚正不阿的改革者；他过去在平地上创建了工厂，数十年的心血化成工厂的蓬勃发展；他意识到改革、退位，实质上也是他艰辛所创的工厂继续发展的必然要求和有效措施。所以，他不是将自己看作是"被改革者"的，也不是随和世俗所谓"改革"之见去看待改革的。小说所写的一系列矛盾，恰恰是将其看作"被改革者"，并以庸俗之见看待改革所产生的矛盾。也正是如此，反而显出了他这种内在的本质，体现出了这个改革"对立面"的内在积极因素，并在矛盾的解决中，体现出他克服内在的和外在的消极因素的进程。这种从俗见的"对立面"中发现出正面的本质、在消极的矛盾中挖掘出积极因素的慧眼，正是作者注意和善于把握改革中的矛盾特质的结果。

　　《两情》还成功地把握了人物的感情的矛盾。这是它受到人们欢迎、并认为"合口味""好读"的重要方面。小说题为《两情》，意指：对事业之"情"，家庭生活之"情"；人皆有业，亦皆有对事业之情；人皆有家，亦皆有家庭之情；故两情皆人之常情。中外古今文艺作品，很少不取材于此的。也许这是人皆有此两情之故，写之是唯其实在，更使人爱读。也因为如此，许多作品形成了俗套。生离死别，悲欢离合，常是文艺作品的主题和基本结构；作家本领之高低往往在对此的处理上比试出来。高低成败的分界，在于是否出新或出新的程度。而这，又取决于能否把握这种感情矛盾之特质，也即是这些"人之常情"在不同时代和人物身上的不同性质、内容及其表现形式。小说可以说是以刘振民"两情"的失而复得的曲折波澜为情节主线和基本结构的。它所以与其他小说有别，首先就在于刘振民这"两情"的矛盾，是特定时代而产生并具有特定内容的；从他对事业之情来说，他退了位之后看到工厂的迅速变化，他高兴而又自疚，经过几天仿徨之后，又发现了继续为工厂做事情的方式，从而更充沛地迸发他对事业的热情，这是改革中所产生并具有深刻改革内容的感情矛盾进程；从其对家庭之情来看，退位之后的生活冷清，他才感到"老年人比年轻人更需要爱"。这种感情冲突，与其说是生活或心灵缺陷之发现，不如说是发现了自己的过去和作为一个革命者在生活与感情上应该"改革"的一个内容。所以，这"两情"的矛盾是有时代特征的。

　　其次是具有人物思想性格的特质。刘振民这样一位自小参加革命、屡立战功、从创办工厂开始一直担负领导职务的老干部，一旦离位时的感情，自然是很微妙的，他既乐意退位而又有些抱怨。他的抱怨不是因为没有"官衔"或是个人损失了什么，而是对"无所事事的生活"不适应。这种感情，是他忠心耿耿地为革命奔波了大半生，在一旦清闲后所产生的，是他思想性格特质的表现。他的前妻在他被关进"牛棚"之后，与他断绝了关系，后来他尽父亲养育子女的义务，而前妻也不领情，不愿重归于好，他也不强求；当他就要与工厂秘书何玉倩结婚的时候，发现了何玉倩的违反原则的行为，他即断绝了关系，并将何调动工作。他是因为坚持原则才造成孑然一身的。退位后他为此感到空虚，感情矛盾；但并不后悔过去的坚持原则，也不离开原则去追求填补空虚，而是在经过认真负责地做过前妻及子女的工作无效后，在何玉倩认识和改正过去的错误的基础上，恢复了与何玉倩的关系，解决了这种感情冲突。小说将这些"人之常情"的矛盾，表现得富有普遍意义而又有时代内容，既有人情味而又有深刻的思想性，并由此而使这篇小说在反映改革的文学中别开生面。

陈国凯同志在题为《熟悉变革时期的老干部》的短文中谈到，他写这篇小说是由于近年来接触老干部较多，对他们有所了解，"觉得他们也是平常的人""严肃的外表里面隐蔽着一颗慈和的心"；他认为"画灵魂尽可能复杂，于复杂中求统一。尽可能不做黑白相片那类作者——我写'黑白相片'式的作品的时间已经太长了。近来开始有点觉悟。"这些体会，是可以给人以启迪的。

《两情》在把握矛盾特质上还有另一成功所在，那就是：着意从内心世界及其复杂性上去把握矛盾，于内心世界表现外部世界，于复杂中求统一。《两情》着意写刘振民离任后的内心世界。由于他具有自己的思想性格，又因地位的变化而面临种种新的矛盾，使得他对正在进行改革的现实的看法和改革的现实对他心灵所产生的作用，不可能是与别人完全相同的。例如刘振民回工厂看到一系列新变化的描写，无论是到车间岗位，还是进厂办公室，他都是先有一种新鲜的感觉，转而迸生一种自责的心情。这种内心世界的起伏转换，是他这样一个热爱厂而又能够正视自己的不足的人才有的。这是他思想性格的体现，同时又是改革现实在他身上引起的反响。小说写刘振民在一天之中所碰的和回忆的事情，是多种多样的，包含着多种矛盾而又纵横交错，可谓复杂之至。但无论是历史的、现实的、工作上的、家庭中的，或者是优点、弱点，又都是他的思想性格的产物或体现，这就是复杂中的统一。例如，当久别的儿子回到厂调度室工作后，向他叫了一声"爸爸"时，他真想走上前去将儿子搂在怀里痛哭一场。然而说出来的是一句很严肃的话："要努力学习，遵守纪律，好好工作，做一个正直的人。"这种矛盾的心态，是复杂的，但又是统一的，因为他本身是这样的人，他这样做人，也希望儿子做这样的人。这种复杂性和统一性，正是把握矛盾特质的表现。这样创造出来的形象，才是活生生的、具有独特性格的。这是刘振民形象的成功所在。

塑造工人形象的"雕刻师"

——谈陈国凯的小说创作

宋贤邦 [①]

陈国凯这个名字，初听起来似乎有点陌生，其实在广大读者中他是颇有影响的工人作家之一。如今他已成长为作协广东分会的主席，回首往事，成长路上不乏艰辛。自从 1958 年，他在《羊城晚报》发表小说《五叔和五婶》，连同后来的《部长下棋》获得一等奖后，人们便注意到这个名字。从这以后他连续发表了二十多个短中篇小说，引起了文艺界和广大读者的称赞欢迎。他的《眼镜》《女婿》《我应该怎么办？》《代价》等小说，曾经震惊文坛，引起了整个社会的强烈反响，收到了较好的效果。特别是《我应该怎么办？》震动更大，还获得 1979 年全国优秀短篇小说奖，一个一万九千多字的小说，能引起这样大的社会效应，在我国文艺生活中还是不太多见的。

陈国凯笔下出现的工人形象，无论是老工人还是青年工人，无论是工厂党政干部还是科技人员，职业尽管各异，但在你掩卷之后，这些不同个性的人物形象，都会栩栩如生地在你的脑里留下深深的印象，他真像是一个塑造工人形象的"雕刻师"。这就是陈国凯小说最可称赞的艺术成就。

陈国凯笔下塑造的老工人、老干部、老科技人员的形象，确实使人既

[①] 宋贤邦，广东珠海教育学院中文系主任，主编《魏巍研究专辑》，著有《弊帚集》。本文选自《敝帚集》，中国文联出版公司，1998 年 10 月版，第 114—121 页。

敬又爱，风趣幽默；像起重队队长余乐天，在家庭生活中，他可随便接受老伴的摆布，唯命是从地听她的"指示"饶有风趣，非常乐观，但遇到事关生产上的大事，他则是半点也不肯含糊，真是一个一心扑在生产上"人老心红骨头硬"的老模范（《家庭喜剧》）；仓库管理员张老三，为人正直，嫉恶如仇，常常用说古道今，指桑骂槐的方式，对那些帮派分子，嗔骂嘲讽，鞭挞抨击，是个既诙谐又幽默的人物（《眼镜》）；老焊工龙伯，既严于律己，又宽于待人。对那种浪费材料的不负责现象，他半点也不放过（《龙伯》）；炉长李师傅大公无私，见自己的养子高小刚干活有气力，有文墨，满以为"后继有人"了，但当他发现小刚私心很重，在战友遭难时，他薄情寡义，不予援助，致使李师傅大失所望，重返炉前，暂不退休（《责任》）；"杂工部长"余奕行，作风踏实，工作深入，平易近人，利用找工人下棋的方法深入群众，发现问题，及时解决（《部长下棋》）；老分析工李雪梅，因为工伤，组织上照顾她养病，调她到图书馆工作，她没有松懈自己的职责，而能见微知著，从一张科技人员借书卡上，不借专业书而借《怎样养鸡》的小册子，这反常现象，发现技术员思想的苦闷，从而帮助他解决问题（《新来的图书管理员》）；心胸能装下大海高山的张总工程师不记私仇，仍然把在"文化大革命"中批斗过他，带人抄他家的李雪清，提拔为设计组的组长，团结起来共同搞"四化"（《羊城一夜》）等等。这些人物，作者都是把他（她）们作为生活的主人翁来加以赞颂的。因而精雕细镂，浓墨挥写，重彩敷陈，使其形象特别鲜明突出，让人从中受到严肃的教育和启发。

作者笔下的青年工人形象，无论是写先进人物还是落后人物或是中间人物，只要是通过他的生花妙笔点染，都能显露出自己独有的性格特征。像《家庭纪事》中的阿珍，是一个身段苗条，面容清秀"挺有能耐的人物"，她当工段长时，确实干得不错，全车间数她的工段管理得最好，完成任务最出色，党委书记几次在大会上表扬了她，还把她的管理经验总结出来，印发全厂。因而在改选车间主任时，群众信任她，都投她的票，连支部书记也投了她一票。阿珍不是想当"官"，一心为群众服务，她当场宣布：要求把她的任期先定为一年，如果一年内车间面貌没有显著变化，她便辞职，让有能力的来当，她知道老车间主任（未来的家公）落选后，心中不满，她便亲自登门求教，并用实际行动加班搞技术改革，以此来感动老车间主任，团结起来共同搞"四化"建设。《女婿》中的张小龙，是一个俊美朴实，机敏睿智的青年，"文化大革命"使他变得深沉冷静，勤于思索问题。对"四人帮"煽起的"反击右倾翻案风"逆流，坚决抵制，不怕别人扣"思想反动"的帽子，为了社会主义建设，他主动要求，支援兄弟厂把生产搞上去；《开门红》中的青年女工阿芳，从外表上看，鹅蛋脸白里透红，美极了，香气扑人，爱打扮自己。但她勤奋好学，富于进取心。在公共汽车上还专心看《国外科技动态》，是学大庆的标兵，报纸上还登过她的照片，是外貌和内心都很美的社会主义新人。这些青年工人当然不是白玉无瑕，毫无缺点，有的身上还残存着严重的缺点，作者并没有神化他们：例如《丽霞和她的丈夫》中的杨小保，虽是一个剑眉大眼，虎背熊腰，性格豪爽憨厚，连表白爱情也拍胸宣誓："若有半点变心，头颅担保！"的人。但做起事来，却不太爱用脑子，经常是成事不足、败事有余；《责任》中的高小刚是一个干活有气力、有文墨的人，喜欢在别人面前露两手，出风头，关键时刻，自私自利，只顾自己"夺红旗"，全面利益丢脑后。但作者仍是把他（她）们作为接班人、生力军来塑造的。人物一经作者点画，面目清晰、个性鲜明、突出，具有强烈的典型意义和时代感，给读者留下难忘的印象。

陈国凯的小说，一般没有去捕捉社会生活中发生的重大事件，也不专门去追求完整的故事情节，多数是截取生活中的某一断面，抓住人物性格的主要特征，加以渲染，写深写透，给人留下深刻的印象。他在表现人物性格特征时，也不喜欢用大段冗长的心理描绘，采用速写式勾勒人物的方法，而人物的音容笑貌，个性特征便清晰可见。由于作者多半是抓住生活中那些轻松、活泼、风趣的事件，来揭示它的本质，让人从中受到教育、及时醒悟，因而语言也是幽默风趣、诙谐辛辣、妙味无穷的，作者对生活的观察力，是极其敏锐的，往往生活中的每一个细小环节，转眼即逝的瞬间变化，普通人看来是极其平凡的常事，以及一个最常见的行动，他都能悟出其中蕴藏的既丰富又有教育意义的内涵来，熔铸成篇，锻成佳作。作者为塑造人物而去选择和组织细节的能力是十分强的。在《女婿》中，张小龙的反抗性格就是通过李明山夫妻帮女儿摸女婿的底细，以及小龙对丘主任辛辣讽刺的细节表现出来的。又如《新来的图书管理员》中的李雪梅，她工作认真负责，对图书管理工作有正确的认识，并善于发现问题，解决问题这一普通知识分子的形象塑造，也是通过细节的描绘来表现的，绰号"一寸半"（他常爱看一寸半厚的大部头而得名）的借书卡上，出现了借《怎样养鸡》的书这一反常现象，而断定"一寸半"有苦恼，并协助他解决问题，从而赞美李雪梅的可爱。

陈国凯的作品里关于人物心理状态的描写，抓得很准，刻画得很活，先给人一种错觉，然后展示人物心灵的高尚，使人震惊，收到特殊的艺术效果。如《女婿》中先摆出张小龙"思想反动"这一吓人的罪名，然后通过岳父李明山的实地了解，张小龙所做所为是完全正确的，从而解脱了人们心头的悬念。又如《开门红》中的阿芳，最初给马小明的印象是鹅蛋脸白里透红，像国光苹果，身材娇小灵健，漂亮极了，清白的素花硬领翻在工作服领口上，身上还洒了香水，头上的辫子一甩，掉过脸不睬人，显得非常骄傲。马小明心想：漂亮又不能出煤气，有些人脸孔长得好看，其实是个草包，说不定眼前这位漂亮姑娘也是一个草包。当马小明看见阿芳看一本《国外科技动态》时，心里暗暗地原谅了她刚才甩辫子的骄傲动作，并认为洒香水不一定是资产阶级，香水不就是工人生产出来的么。再加上高音喇叭"胖姑娘"的宣传，眼前这位爱打扮的姑娘是学大庆的标兵，报纸上还登过她的照片，并由电焊班长提为副工段长，这样一来马小明对阿芳的反感立即变成好感。反映了马小明这类青年工人对美的向往。阿芳的外形美和内心美自然地统一起来了，更加增强了人们对这一人物的爱，收到了极好的艺术效果。

打倒"四人帮"后，陈国凯笔锋转向揭露"四人帮"爪牙走狗的罪恶方面，敢于正视现实，对"四人帮"造成的悲剧，及时严肃地揭露、控诉。语言和笔调也随之一变，使之深沉、悲凄、感人，为那些受"四人帮"迫害致残，致死的灵魂呼唤、长啸！这在《我应该怎么办？》《代价》中尤为突出。从这两篇力作看出，作者对社会生活中大家关心的重大问题，开始关注、视野比过去开阔。这是作者创作道路上的一大突破。值得庆幸。《我应该怎么办？》里的薛子君，"文化大革命"使她家破人亡，两次嫁人，两次都做了"反革命的家属""四人帮"被打倒以后，两个丈夫同时出现在自己的身边。从而真实地揭示了"四害"横行，是造成她悲惨命运的特定社会环境，强烈地激起人们对林彪、"四人帮"的愤恨，对薛子君等人悲惨命运的深沉同情。在《代价》里面，人们对余丽娜的命运悲剧，更是感动不已，让更多的人流下同情的眼泪。由于她长得漂亮，"四人帮"的爪牙丘建中竟要霸占她。丘建中施用各种狠毒卑鄙手段，把余的爱人定为"现行反革命"，她也就成了"反革命家属"，在那一人有"罪"株连九族的时代，她为了儿女们的生存，为了丈夫嘱托保存好"新一号"科研资料，她忍受了人间最大的屈辱，被迫与仇人丘建中同居。这一行动，自然引起了儿女们的愤恨，世人的白眼，丈夫的不能理解。因而造成她只能毁灭自己。从而达到了鲁迅说的，把人生有价值的东西撕破给人们看的悲剧效果。让人们眼见美好的东西遭到毁灭破坏，从而使人悲愤、激怒、起来抗争。这两篇作品在很大程度上激发了人们的感情，调动群众起来狠揭林彪"四人帮"反革命集团的罪行，起了积极的促进作用。

作者在塑造正面人物形象时，个性特征鲜明、突出，音容笑貌可视，而他笔下的反面人物形象，塑造得也很成功，没有脸谱化、程式化的痕迹。无论是《女婿》中的丘振文，还是《代价》中的丘建中，他们同属"四人帮"的爪牙帮凶，坑害善良百姓的刽子手。从他们本质来看都像狼一样残忍。然而各自的表现形式又不同。丘振文，年纪不大，可野心不小，整起人来，心狠手辣，有些老工人还挨过他的拳头、皮鞭，他既赤膊上阵，又善于扮两面派的角色。出于他反革命目的的需要，他可以把昨天还是"思想反动"的张小龙，一夜之间又封为理论人才、学习骨干。丘建中，则纯属伪君子，外表"仪态潇洒，衣履质朴"。而灵魂丑恶，是一个十足的色情狂。他不但骗取了李文玉的纯洁爱情；为了占有刘总工程师的高级洋房和小花园，他也可以和长相丑怪的刘珍妮突击结婚；为报情场宿怨，他不讲同学情份，心如蛇蝎般地暗害徐克文，夺取余丽娜，这些罪恶，都是他巧施毒计，借刀杀人，不需自己出面干的。作者把这些人物的活动，置于"四害"横行的典型环境中，让人感到特别逼真，因而更激发人们对"四害"的仇恨。作品的思想性越高，自然主题也就越深刻。

陈国凯同志的作品为什么这样深刻感人呢？这决非是偶然的。他是生长在新中国成立后，党培养起来的有成就的工人业余作家，他的生活基础相当雄厚。他曾做化学分析工、电工、清洁工、搬运工、炊事员等，还搞过工会宣传工作。一直生活在群众之中。与广大工人息息相通。"文化大革命"中，他的遭遇是十分惨的，因为写了《部长下棋》，被蛮横加上配合蒋介石反攻大陆的莫须有罪名，遭到无休止的批判，写了好几万字的检讨，在"四害"横行的日子里，他曾勇敢地拿起笔，写下了《新来的图书管理员》《大学归来》等作品，跟执政者唱了一曲反调。因而被当作"文艺黑线回潮"，是反对所谓"教育革命"的"毒草"，上报给"四人帮"一伙，并要大张旗鼓地批判他。政治上的压力迫使他几乎愤不欲生。"文化大革命"的不幸遭遇使他深深懂得薛子君、余丽娜、李丽文、徐克文、刘亦民等人的思想、感情、爱和恨，为他的创作积累了大量的素材。所以在"四人帮"倒台后，他能以火山爆发似的激情，灌注到自己的作品中去，奋笔疾书，在不长的时间里，接连发表了《眼镜》《我应该怎么办？》《代价》等有社会影响的作品，这不是没有原因的。

陈国凯的作品，当然也有不完善的地方，这就是如何把典型人物，置于典型环境之中，使人物的行为、动机更清晰明确。《新来的图书管理员》中叶子青的思想矛盾及其解决方法和《部长下棋》中刘师傅的情况非常相似，这两个人物相隔十年，而使人感觉似曾相识，原因主要是人物生活的典型环境没有交待清楚，叶子青的遭遇，主要是"四人帮"搞极左路线，轻视知识分子作用造成的。如能把这点写深刻些，作品的主题将深化得多。有时作者过份追求离奇、惊人的结尾，致使作品令人费解。《我应该怎么办？》曾引起了不同的社会反响，当然，对这一作品持否定意见的同志，未免对文艺的社会功能，理解有片面性，过份为子君的现实处境，难以圆满地解决而产生忧虑。当然，群众的这种忧虑不是多余的，因为子君在"文化大革命"中，受了那么多的磨难，当光明即将来临时，又重新陷入苦恼，而且是无法圆满解决的问题，怎能不令人为她的前途担心呢？这样的结尾虽然加强了悲剧的效果，激发人们对"四人帮"的恨。但不免总使人为了子君的前途而担心，心情沉重，削弱了作品的教育作用。好的结尾除了让人感到不落俗套外，更重要的，还是要让人们看到美好的未来，奋起前进！

陈国凯的小说，还富于工厂生活的实感，渗透着浓烈的生活情趣和幽默感，地方色彩迷人，场景和气氛的描绘也颇为传神，我们祝愿他保持和发扬这些优点，我们坚信他在保持和发扬优点的同时，一定会在"这鼓舞人心的伟大时代"扎根于生活沃土之中，不断进行艺术实践，写出不愧于时代的优秀作品来！

1990 年 12 月

观察人　表现人

——访工人作家陈国凯

朱光天 [①]

　　陈国凯同志是广东五华县人，一九五七年离开崇山峻岭之中的小村，到广州读高中，读了一年，就进广州氮肥厂当了工人。到前年调到广东省作家协会之前，二十多年来，他一直没有离开过这个工厂。一九五八年，他发表了处女作——短篇小说《五叔和五婶》。从那时到现在，一共发表了三十多个短篇小说、两部中篇小说，并出版了短篇小说集《羊城一夜》（上海文艺出版社）和中篇小说《代价》（人民文学出版社）。他创作的小说数量并不算多，但大多数篇什具有特色。其中，短篇小说《我应该怎么办？》被评为一九七九年全国优秀短篇小说获奖作品，中篇小说《代价》被上海电视台改编、录制成电视剧《流逝的岁月》，引起了强烈的反响。短篇小说《部长下棋》《眼镜》《龙伯》《家庭喜剧》等，也不同程度地拨动了广大读者的心弦。

　　陈国凯的小说风趣幽默，有工人的特点。他善于从平凡生活中捕捉并提炼具有典型意义的细节来表现人物，还善于用简洁的语言，写出人物在特定行动中的心理状态，人物性格的变化和发展，从而体现出人物精神面貌的复杂性。他的小说，除了《五叔和五婶》一篇外，其他都是以工厂为背景的工业题材的作品。

---

① 朱光天，曾任《广州文艺家》主编，著有诗集《爱的化石》、中篇小说集《黑手伸向金狮》等。本文原载《芒种》1981 年第 11 期。

陈国凯同志现在是中国作家协会会员、广东省文联副主席、中国作协广东分会副主席、广州青年文学会会长。

七月流火、酷暑蒸人的一天，我拜访了这位工人作家。他正在家养病，见我来了，便十分热情地接待我。在一番寒暄之后，我们开始了促膝倾谈。

我说：老陈，在编辑工作中，我常常接触到不少工人业余作者。他们都认为工厂生活单调枯燥，工业题材的作品难写，写不出什么有新意有分量的作品来。您的看法如何？

老陈沉吟片刻，便侃侃而谈：这是一个比较普遍的问题。在过去很长一段时间里，我也曾有过这样的感慨。确实，工业题材的作品是较难写的。工厂里，没有田园风光，没有大海涛声；这里有的是铁，是钢，是炉火的升腾，气流的呼啸，清一色的工作服，嘈杂的机器声。一个工人作者蹲在一个岗位上，看来看去就是那么几部机器，几张脸孔，写什么好呢？这实在也是够让人伤脑筋的了。

按理说，工人作者每天从早到晚都生活在工厂里，对工厂里的一切应该是熟稔的。然而，有些作者虽然也在观察生活，但目光只盯着厂里发生了一些什么情况，有哪些好人好事。他们看事、看机器、看生产过程多，看人少，这就无怪乎感到题材越写越缺，生活越写越窄了。这就牵涉到一个如何观察生活的问题。

作家主要就是熟悉、研究和刻画各具个性的人。一个作者不能只固定对着车间的一角，而应该侧重观察人与人之间的错综复杂的关系。当你的眼光从死的机件转移到活人的身上，并且把聚光焦距对准人的心灵、人与人之间的复杂关系时，反映在你大脑中的工厂生活就会丰富多彩，作品中人物活动的舞台也就宽广得多了。

我问：那么，您又是如何观察生活的呢？

老陈点燃了一支烟，接着说：我从生产过程中跳出来，研究家庭问题。家庭是组成社会的细胞。要观察社会、工厂和各种人物，熟悉家庭就是一条捷径。一个工人的家庭里，干各行各业的都有，比如我的妻子是炊事员，儿子是采购员，女儿是卖猪肉的，儿媳妇是医生，女婿是司机……深入到家庭中去，就可以了如指掌地熟悉他们的外貌、服饰、脾气、思想、工作……生活面无形中就扩大了。这样，了解人的性格、灵魂，就比较容易了。只要好好研究十个、二十个家庭，就会有许多可以写的题材。而写出来的工业题材的作品，也就会有社会意义，读者面自然也就宽广得多了。

如果把工人的生活想得过于单调，只看到在机台旁边操作的工人，而看不到作为人的父母、兄弟、姐妹、朋友、爱人的工人；只看到他们上班八小时拧螺丝、开机器、修设备，而看不到他们班后八小时的衣食住行和他们各不相同的性格、爱好、生活情趣；只看到他们在开会时一本正经的表态，而看不到他们的家庭、婚姻和每个人的喜怒哀乐、道德心理以及千差万别的命运际遇，那么，显现在我们眼前的工人生活，当然只能是单调枯燥的，而我们笔下的人物，也只能是某种概念的化身或是机器人了。

接着，我问他：您是怎样积累生活素材的？

他不假思索地说：我从来不抱侥幸心理想去唾手采摘什么完整的故事，而是着意从人们平凡的言行中去体会、思索、分析他们的生活、道德和心理等等。对那些使自己激动、引起共鸣的东西，一定抓住它，不让它飘散，使它逐渐上升为人物的特征。在我的书案头放着一本笔记本，取了个颇为别致的名字，叫"忽然想到"。生活中偶然涌入我脑子里的某些人物、场面、故事、细节……我都把它记在这个本子上。有时翻翻这"忽然想到"，几个月或者一两年前记下的某一人物、某一事件、某个细节或某个生活场景，甚至某句话，也会引起联想，很可能就因此发展成一篇小说。这个工作既帮助了记忆，也锻炼了观察生活的能力，还磨砺了自己的笔锋。在长期的创作生涯中，我于此中得益不小。

搞创作要从生活出发，要写自己熟悉的人。只有自己熟悉的人，而且是浸透着自己强烈爱憎的人，写出来才有血有肉，栩栩如生。但是，有时也有这样的情况，在生活中接触到某个人某件事，很有兴趣，很动感情，想写，可总是写不出来。

六十年代初，我在厂宣传部工作，宣传部长工作有魄力，有干劲，对新事物敏感，能联系群众。他的脾性、爱好和音容笑貌，我都熟，他还是个棋迷。我想以他为模特儿写一篇小说，但总写不成。后来，一件偶然平常的小事触发了我，使我以生活中的这位部长为模特儿，勾画出一个和工人群众血肉相连的党的工作者形象，写成了短篇小说《部长下棋》。

我又问：您觉得写不出好作品，是否仅仅是写作技巧问题？是否还要学习马列主义、毛泽东思想，学习党的方针政策？

老陈直截了当地说：除了观察和熟悉生活外，学习马列主义、毛泽东思想和党的方针政策，提高自己的思想水平，应当是作者的首要任务。我读过一些马列的书，学过哲学和历史，这对提高自己的思想水平和认识能力，对加深理解生活都是很有帮助的。学习中央文件、读报纸、听报告等，对自己也很有启发和益处。不学习理论，不熟悉生活，光靠技巧去写作，是写不出好作品的。

我说：老陈，您在创作中还存在着一些什么问题？

他凝思少顷，极缓说道：现在，我感到自己还不熟悉厂一级领导干部。不知道他们当前想些什么，做些什么。因而写到他们时就觉得很难，显得捉襟见肘，力不从心。在这方面，蒋子龙同志就不同。他是车间主任，接触厂长的机会很多，对他们比较熟悉。因此，他能塑造出众多的像乔光朴、车蓬宽、高盛武那样的敢想敢干的厂长，也塑造出像金凤池那样的随波逐流的"滑头"厂长，还刻画出像冀申、吴贻年那样的反面典型的厂长。我由于对厂一级领导不熟悉，因而写起厂长来就显得单薄、干巴，使人读来有似曾相识之感。

最后，当谈及今后的创作计划时，老陈负疚地说：原来打算今年写一部反映工厂生活的长篇，而且已经开了头。谁料到病了，住了两次医院，作协的领导叫我暂时不要写了，因此今年就写不成了，力争在明年完稿吧。

1981 年 7 月—8 月 14 日于羊城——海口

9 月 20 日二稿于翠云轩

辑五

儒士衣冠

文坛是什么?

——《摩登阿 Q》代序 [①]

蒋子龙

  盛夏读国凯兄的《摩登阿 Q》说不清是凉快了还是更热了,不论冷热都生出一种痛快感却是真的。想不到文坛本身也可"入戏",而且是这般有意思。想不到国凯兄还有这一手——他那样一个人怎么会荒诞得起来呢?

  个子不高,清瘦近乎枯干,高度近视,嗜烟成癖,怎么着都像个手无缚鸡之力的老实得发呆的夫子。文坛上的是是非非也绝不会找到他的头上,且长年躲在蛇口的一个角落里。也许不是旁观者的清才成全了他的《文坛志异》系列小说,这一批所谓"游戏文字"构成他创作的重要特色。评价陈国凯的创作无论如何少不了这一面儿,这一面儿给了他对文坛(也是对社会)的感觉的自由,启发和丰富了他的创造性想象力。文坛是什么?什么也不是,什么都是;什么都有,什么都没有。亏他想得出!

  时髦的阿 Q 当了主席,在土派、假洋鬼子派、尼姑派三足鼎立的形势下独钟情于小尼姑,想抛弃当初是下嫁给他的吴妈。文化局长不知雕塑为何物,市里叫他塑个牛,他竟买来一条活牛。某作家严重失眠,医生给他开的处方是睡前看自己的小说。画家用一张白纸糊弄向他索画的修马桶的工人,美其名曰"牛吃草"!草被吃光,牛已离开,故而一片白光光。一青年作者把老权威掉下的牙齿供奉起来,刺激得老先生想把自己的双眼也

---

① 本文选自陈国凯《摩登阿 Q》(代序),湖南文艺出版社,1989 年 3 月版,第 1—3 页。

挖出来。从少林寺下来的文武高手当主编，实在是文坛超人，居然被文艺界的"鬼眼"给算计了。还有"奇才"的奇遇，明星的眼泪……林林总总，五花八门。

出自文坛，升入幻境。地道的中国式的荒诞，决不是出自对老庄或西方哲学的膜拜而作怪诞状。作者是编故事的能手，而非"意念贩子"。现代生活里什么事情还没有发生过呢？还用得着作怪诞状、痛苦状和模仿荒唐吗？文坛的问题也是人间的问题，是社会出现了道德危机。陈国凯用来充塞自己的荒诞形式的是真实的细节。抑恶多于扬善，向尴尬的文坛开个"玩笑"，却未必能解除尴尬，也许能给处于疲劳期的文坛以微妙地一刺。

正常的文坛哪儿有呢！有人说："文坛无聊且险恶。"有人说："要面对文学，背对文坛。"对文坛感触最深的是文人。然而在未踏进文坛之前，哪一个人不把文坛视做高尚神秘的圣殿。重要的不是国凯兄笔下的文坛是个什么样子，而是他对文坛的独特感受，并有勇气把这一感受巧妙地表达出来。上下文坛原本就给人以虚幻的感觉，这虚幻在他的小说里却变得多姿多采了。

作者虚构一切，似乎唯他握有虚构一切的权力。有时甚至让我怀疑他本人是不是还真实？除去善于开掘自己的想象力，还得益于他的语言。笔法聪明而生动，嬉笑嘲讽幽默顺畅地流于笔端。加上厚实的文化底蕴，更开阔了他小说的意境疆域。

《文坛志异》的创作似乎是一种自发性的，即兴式的。因而挥洒自如，丰富而又轻松。国凯兄胸部缺少肌肉，却不缺少灵气，精神现象能不自觉地表现出变异性。写字台上就有个纷繁的文坛，可以清清楚楚地看见庞杂的文化众生相。让紧张烦躁的现代生命轻松一下——仿佛是他这一类小说的使命。讲究实际的人们不再轻易相信小说了，倒是这变态的真实反而能让读者发出会心地一笑。《广州日报》连载《摩登阿Q》的时候，每天报一出来买者排队。可见读者喜欢《文坛志异》或"志异"了的"文坛"。

李白有两句诗："空名束壮士，薄俗弃高贤"。当文坛上功利多于真诚的时候，"志异"一下又有何不可呢？何况文坛决不只此，比这更好，也比这更糟。令人艳羡的是国凯兄骨子里那股超脱飘逸的气质，我想这是学不来的，跟生他养他的水土有关。古人不是说："南方之地，水势浩洋，民生其际，多尚虚无。"面对当今这个本已够实际的物质世界，太实了难免发傻。能虚一下实在是一大福气，一大灵气！

与此书相比，我的序太实太笨。笨人为巧人作序今古不多，这本身不就是一个笑话吗？

读"文坛志异"之后

蔡运桂 [①]

陈国凯同志近几年发表了一批带点"怪味"的小说，他说这些作品属于"游戏文章"，故"统称为文坛志异"。他写这类小说，一来是为文坛增添一点乐趣，"若文坛都一本正经，也未免寂寞"；二来在作品中带点"荒诞"，说明自己并非"老土"，更不以"土"为荣。国凯同志这种富有幽默感的表白，与其说他的创作意图是为了游戏、逗乐，不如说是借助开玩笑来针砭文坛时弊。

在"文坛志异"的系列小说中，我特别喜欢《奇才》这篇作品，对文学界的某些怪诞现象的嘲讽是淋漓尽致、入木三分的。作品写某工厂男青工王京发作家梦，写了几十万字小说寄往刊物编辑部都如泥牛入海，连他认为最得意之作也寄出三个多月没有消息。同厂女青工阿芳，是一位如花似玉的美女，她建议王京将其得意之作的复写稿加上阿芳的名字并附上阿芳的照片，再投那家刊物的男性责任编辑。稿子寄出几天，终于接到责任编辑的约会信，会晤之后，这篇已被丢进字纸篓的稿子终于以头条位置发表了。此后，王京如法炮制，把木箱子里的复写稿都向全国报刊投寄，又废寝忘餐地写连自己也莫名其妙的"鸡肠文学"。所有寄出的稿件大都得到发表，而且被文坛誉为"创立了新的文学流派"的代表，尤其是"鸡肠文学"《月亮》发表后被译成多种文字向外国介绍，于是文坛掀起了一

① 蔡运桂，原广东省作协原党组书记，著有《文学问题争鸣集》《艺术情感学》《文学探索与争鸣》等。本文选自《文学探索与争鸣》，花城出版社，1992 年 12 月版，第 269—273 页。

股"月亮文学热",什么"现代月亮派""月亮爆炸文学""现代月亮主义""月亮魔幻现实主义"等等研究论文纷至沓来,王京、阿芳自然成了八十年代的文学新星。

《奇才》作为"怪味"小说,其虚构和夸张达到了荒诞无稽的程度,这种典型化的方法并非给广大文学编辑抹黑。说句公道话:绝大多数的文学编辑是严肃认真、为培育文学英才呕心沥血的。像《奇才》所嘲讽、鞭笞的人物,纵使有也是极个别的。但作者本意不在于嘲笑那些凭美女照片发稿的现象,而是嘲笑文坛曾经刮起的一股所谓"创新"风。这种近似于发高烧的"创新热",同报刊的编辑有一定关系。有些编辑热衷于发表一些人们看不懂的东西,以人们读不懂为高明,为奇货可居。如《奇才》中提到的那篇连作者也看不懂的《月亮》所引起的轰动,正是这种"创新热"的绝妙写照。

近年来文学创作中确实出现过《月亮》那样的"时髦文学",没有标点,颠三倒四,语无伦次,一派胡言,什么"方方正正的月亮像木头墩子砸在我的肚皮上肠子破裂心脏破裂脊髓摇晃着牙齿齿轮转动了牙髓神经……"正因为对月亮的描写超越了常规,才得到"新潮"文士们的极力吹捧。在他们心中,传统的月亮描写文字已经陈旧了,赶不上新时代"审美流"了,所以那种"方方正正",能砸得人们五脏俱裂的、残忍的"月亮"自然成了八十年代的"新月"。有人如此"创新",必然有人起劲地吹捧,不管这种"创新"是多么荒唐与无聊。比如前几年就有一篇题为《嘘,别开窗!》的小说,有三段描写垃圾堆的文字,最长的一段达五百多字,没有标点符号,把垃圾堆中的污秽物如数家珍般一一列出,是令人不堪卒读的"鸡肠文学"。但偏偏有人对此大加颂扬,说什么"有关垃圾箱的三段较长篇幅叙述删去标点符号,让读者在阅读中自行加注,更能表达'我'在叙述时的明快节奏与急剧情绪,颇具匠心。"有的还认为:"这种表现形式,正是适应了时代生活的需要!这是文学艺术发展的必然性……它将成为现代小说技巧探索中的一面惹人注目的旗帜。"这是在刊物上登载的赞词,三堆垃圾竟成了时代的"旗帜"。

在这种所谓"新潮"的催化下，文坛有那么一些人闹闹腾腾；想当领袖，纷纷树旗杆，但那旗杆像孙悟空的尾巴变的立在庙宇的背后，一看就认出是假的。那旗帜之上挂着这个"派"那个"派"，一张报纸竟扯起几十个"派"的旗子。什么"日常主义派""超低派""撒娇派""呼吸诗派""极端主义派""非义主义派"等等。"非义主义"还提出了所谓"三逃避""三超越"宣言，声称要"逃避知识、逃避思想、逃避意义""超越逻辑、超越理性、超越语法"。知识、思想、意义取消了，逻辑、理性、语法不要了，这将成什么样的文学作品呢？可是那种逻辑混乱、语句不通的作品也往往有人喝彩，说什么真实地表现人的"心理混沌"，揭示人的"深层心理结构"，在语言上善于运用"通感"等等。所谓"通感"者，即五官相通的感觉也，古今中外文学中确实有运用"通感"写出了好的诗文。但时下有的人所鼓吹的"通感"是超越逻辑、理性和语法的"通感"，是通向语言、思维、思想的混乱。如此"通"下去，"观日出""听音乐"终会变成"听日出""观音乐"了。因为前者已成为陈词滥调，为了"创新"，只好运用"通感"把"观"和"听"倒转过来，才富有"新意"，而且所表现的内涵要丰富得多呢！不是吗？"听日出"不仅看到日出，而且听到人们观日出的欢呼声，不是多层次、多角度，富有厚度和力度地把观日出的热闹气氛写出来了吗？至于"观音乐"就更妙了，现代化音乐厅，不仅闻音乐之声，还可观赏歌星的扭屁股、翻筋斗，能饱眼福呢！这样的"创新"和"超越"下去，总会有人叫你去"嗅音乐""吃音乐"了，因耳、鼻、口相通，音乐厅中演员和观众拥抱，既可嗅到脂粉的香气，还有茶座的美点可品尝，可谓声、色、味俱全，故"嗅音乐"与"吃音乐"更富有立体感地表现欣赏音乐者"多层次的心理结构"，比传统的"听音乐"的单一的、浅层的"心理结构"高明多了。将来，我们的学生若掌握了"通感"，把"吃花生"写成"听花生"，不知如何下批语。如批：句子不通，学生也许会理直气壮地反驳："我吃的花生，是粒粒清脆有声的，不仅尝其味，还能听其声，是真正的享受！"

在文坛旗帜猎猎，各领风骚数十天的形势下，一些搞理论的同志不甘寂寞,别出心裁地制造"爆炸性"理论,用所谓"偏激的真理""片面的深刻"去反对唯物辩证法。他们从哥白尼的"日心说"对"地心说"的胜利中受到诱惑,专门做"逆反题",以显示其观念的新和思维方式的独特。人们探讨文学的本质是什么,他就大写其"文学不是什么";人们提倡理论联系实际,他就说理论脱离实际,正是理论"自由实现的玄想状态",是"实现自身的知识游戏的自由";人们提倡文学批评必须联系作家和作品,他就反驳说:"批评之离不开作品作家,强调批评与两者的直接联系,倒是批评自身的不自觉的一种表现";人们主张继承优秀文化传统,他就叫嚷"中国文化传统早该后继无人";人们说诗是为读者而写的,他就说"为了读者而写,是一种大倒退"……上述高论,都白纸黑字见诸报刊。新乎、玄乎,不可知乎哉!

文坛需要创新,要实行百花齐放、百家争鸣,在争鸣与齐放中繁荣社会主义文学艺术。但"放"与"鸣"必须"笃志虚心""转益多师是吾师"的精神,而不是在"自我膨胀"中去"实现自身的知识游戏的自由"。歌德说:"找到谬误要比找到真理容易得多",为什么呢?卢梭早就指出:"通向谬误的道路有千万条,通向真理的道路只有一条。"那种无视前人的探求与建树,以自己的随意玄想为真理的同志是无助于真理的发现的。对于这些同志请听一听十七世纪印度女诗人泽布尼萨的忠告吧:"倘若智者的学识,不能使世界得到好处,那么智者和愚者,又有什么不同之处。"

在资本主义国家里,有人富得发愁,有人闲得百无聊赖,所以要求精神刺激。于是就出现了吃蜗牛比赛,吃鸡蛋比赛,举办猩猩画展、男女生殖器画展、厕所画展("把大张白纸贴在各公厕内,供如厕的'才子'们信手涂写,然后收集起来作一次新潮美展"——《羊城晚报》1986年3月18日)等等。我们国家正忙于社会主义四化建设,广大人民群众迫切希望提高物质生活和文化生活水平,没有那么多无聊之辈老在寻求精神刺激,即使有这类人,社会主义的文学艺术也决不能去迎合他们的需要。我们的"创新",应该是在为社会主义服务、为人民服务前提下的"创新",否则就不是社会主义文艺了。

　　国凯同志对文坛千奇百怪的"创新"不愿沉默，挥毫以刺之，这是作家社会责任感的强烈表现。也许有人说我们"老土"，不懂欣赏"现代艺术"。我想不懂也好，对这种所谓"艺术"不懂，身心也许会更为愉悦些。

1987 年 4 月

走出空漠①

郭小东

陈国凯有一手绝活，时时来篇令文坛尴尬也令社会瞠目的"志异"，名为"文坛志异"，其实是借文坛这方土地，排演些拷问魂灵的文明戏。忍俊不禁与捧腹之中，社会自嘲乃至嘲人的调侃式自我批判，是温情地撕裂了假面与虚饰的。从《曹雪芹开会走了》到新近的《作家出租》，他越来越圆融地面对诸多棱角的世界，越来越透彻着这个世界上黑色幽默的诞生原因。他把最神圣的与最粗鄙的、最观念的与最现实的东西对位，然后使其在原生的社会关系中去自说自话。到了作家也可以出租的地步，现实关系中还有什么不可以流通交易的呢？幸好陈国凯末了告知人们，这不过是一场空梦、一个骗局、一个借作家之名行骗的骗局。但是，意犹未尽的弦外之音，却着实包容着严峻的时代命题和警醒。

他无非就是写了一个发了财的经理王有财，玩转了金钱却让文学给玩倒了。严格说是让玩文学的骗子给骗了。他花了10万元企图买来"著名作家"的名分和桂冠，却竹篮打水一场空，怀了一个空梦，终于呼叹什么都可以玩得转，而文学是玩不转的。说现实很现实，说深刻很深刻。社会批判于调侃中实现了命题的严肃：物质满足之后，人的文明状态如何？这是南方文化的现代形态构成中一个毋庸回避的话题。撇开这篇小说中作家企望解决的种种问题，诸如文学与经济联姻、互动过程所产生的一系列非文学倒置与反弹，以及作为精神生产者的作家在经济包围中的价值取向等等

---

① 本文选自《走失的小酒馆》，郭小东，武汉大学出版社，2012年7月版，第329—331页。

命题不说，单就小说最直接也最浅显的方面说，它所制造的这样一个空漠地带——在玩转了一切获得了金钱之后的王有财，他企望的已经不再是金钱本身，他需要儒雅，渴求名士风度，崇尚文学桂冠。而对于这一切的欲望，却依然建立在他固有的基础上，却遵循着他原生的原则，用经济手段去捕获作为人的文明标格之一的作家桂冠，用经济方式和经济原则去实现文学的虚荣。这是一种也算典型的心态，王有财此举虽然荒诞，但是作家取意幽默。问题是这个空漠地带的出现，正意味着南方社会意识形态在经济迅猛发展的同时伴生着的危机，那就是经济发达与人的文明程度之间的冲突，王有财是意识到这种冲突的。只是他无法解决这种冲突，并真正填补他灵魂的空漠，这是一个极为普遍也极为难解的难题。

应该说王有财的欲望儒雅，正是他走向文明的标志。他的成为著名作家的理想自然有许多暗含的其他动机，但是他对于财与名的权衡，已经进入现代人精神追求的视野之中。这应说是一个获取大量金钱的人的良知启蒙。可指责的只是他的手段。这手段说起来荒唐，可是简化为一种通常的方式：用金钱去买文名，却又不足为怪。若由此辐射出去，它似乎又是建筑在同一个亘古不变的私有制定理上的，私有制的交换原则在左右着他的精神世界和行为方式。

由此我想到这个属于社会意识形态的空漠状态的填补，实在是一个极重大的社会课题，一个有关时代操守的命题。南方当代生活过于丰富炫目的色彩和激烈的经济活动，遮蔽了这空漠，它的苍白与失血的现状让霓虹灯变换为"丰富"，而文学自身的贫困，使它那样容易地受到经济的诱惑而不自觉地屈从于这空漠。我们于是忽略了这空漠的危机。陈国凯暗示了这一点，他调侃地写"作家出租"，而暗中强调的是作家不能出租，进而警告什么都可以玩，唯独文学不可以玩，事实上也玩不转文学。他在呼吁文学神圣职责的回归，回到它的圣殿上去，它不能产生金钱，不能诞生王有财及其财富，但是它有责任拯救自己同时诞生一个填补了空漠走向新的精神秩序的王有财。

生活里有许多王有财式的人物，他们并非不善良，他们渴望崇高儒雅名士风度等等，有出于虚荣，也意味着一种新的生活迹象，人生舞台上更为壮丽的卡拉 OK，是他们的下一个目标。我们没有理由拒绝这动机中良好欲望的诞生。

追求文明和崇尚文明，乃至幻想自身社会标格的提高，这都是当代人精神意识中宝贵的选择。我的一些企业家朋友，也常常为这种选择所困惑和苦恼，常常陷于上文所指的空漠之中寻找不到归途。于是他们几乎丧失了拼命工作以外的一切人生祈盼与精神追逐。他们希冀既是一个企业家又是一个有现代文明技能和现代精神感觉的文化人，于是我与他们一起追寻，追寻走出空漠的路标，这是下一篇随笔的话题了。

1989 年 11 月 14 日夜

在轻松幽默中导人向善

——评陈国凯喜剧性小说系列

何龙①

　　陈国凯的喜剧性系列小说，把文坛艺界中的种种怪异滑稽无聊悉数抖落展览。这里有以貌取文，热心于发现扶持漂亮女作者的编辑（《奇才》）；有把名作家的牙齿当作文物保存的拍马屁文人（《牙齿》）；有自我感觉良好的催眠小说作家（《处方》）；有名目繁多，专钻牛角尖的各种红学研究协会（《曹雪芹开会去了》）；有拉扯恐吓并行、市井味火药味十足的文学评奖（《评奖纪事》）；有哭求经费的明星（《明星哭了》）；有唱向棺材的明星（《今晚有盛大演出》）；有吹牛不脸红的文学爱好者（《并非笑话》）；有想租作家为自己写作成名的暴发户（《作家出租》）；有对生意人始而不屑终为兴趣的老教授（《儒士衣冠》）……把这些小说组合起来，就是一部《文林外史》，一部《文场现形记》。

　　几千年来，我们过于笃信"文如其人""知人论世"的古训，以为口头所喷发的笔底所流淌的都是内心的真实，一厢情愿地把操作与操守密不可分地联系在一起。通过陈国凯的哈哈镜，我们看到文与人的错位，述与作的分离，笔行与德行的断裂，对人与对己的龃龉。

　　也许这种比差本身蕴含着滑稽意味，因而陈国凯所采用的漫画笔法就

① 何龙，《羊城晚报》编委、资深评论员，著有《追踪文学新潮》《城里人》等。本文选自《追踪文学新潮》，花城出版社，1992 年 10 月版，第245—250 页。

显得甚为恰切了。有的评论者据此认为陈国凯这类小说属"荒诞小说"。其实从学术意义上说，荒诞小说主要是指黑色幽默小说，它与存在主义小说、荒诞戏剧等共同组成荒诞文学，其基本特征是非理性和悲观主义，通过极度的变形扭曲的荒诞手法来颠覆现实的生存观价值观。作为荒诞小说的基本艺术特征的黑色幽默与一般小说讽刺幽默有着根本的区别：前者对社会和人的讽刺是冷静的、残忍的和毫无恻隐之心的，因此被称为"绞刑架下的幽默""大难临头的幽默"，它所引发的笑是惨烈的绝望的；后者的讽刺幽默则大都是宽厚的和弃恶扬善的，即使是疾恶如仇的讽刺挖苦，也是为了张扬一种正面的价值观念，所以它属于喜范畴，给人的笑声是会心的和爽朗的。这二者的区别用最简单的语言来概括，那就是前者是恶作剧的，后者是喜剧性的；前者用的是"妖魔镜"，后者用的是"哈哈镜"。

确认荒诞小说与讽刺小说的根本区别，有助于我们对陈国凯的系列"文坛志异"小说的艺术把握。显而易见，无论是让古人还魂、借古讽今，还是让今人变形、现丑刺邪，陈国凯都是借导演一幕幕笑剧闹剧，把观者导向正途。

在《奇才》这篇小说里，陈国凯漫画了一种文学圈里人并不罕见的丑像，以貌取文。一个长得光彩照人的女工，凭着她的"玉照"和芳容，帮助一个男性文学青年攻克一个个冠冕堂皇的编辑部，成就了一个文学"奇才"，这对"以权谋性"时有所闻，有时显得"酸溜溜"的文学界无疑放了一下"酸水"。正是由于存在这种"貌取文坛"的现象，使得一些本来是以"才取文坛"的女作者蒙受许多不平的曲解。《成名之后》中的女作者因为发表了几篇小说而受丈夫邻里乃至居委会的怀疑监视。从一个角度上看，应该说这是文坛上不正之风的连带效应。无风不起浪，读者的猜测有时不尽是无聊的产物，而恰恰是一种文坛现实的投影，因此，当《特异功能》中出现了一个能看穿文人内心的漂亮女子时，她周围的那些文人就没有理由不诚惶诚恐了——他们的内心具有"不可公开性"。

在当今文坛上，既有一些如上所述的无行文人，更有一些无聊作家。无行文人缺失的主要是品行德行，但并不意味着无行则无才。在陈国凯的哈哈镜下，无聊文人则是德才两缺的。这些文人或者是靠粗制滥造骗取名利（如《处方》中写的小说可作"安眠药"的作家B），或者因为名利而大打出手（如《评奖纪事》中的几个作家），或者由于出不了名而嫉恨他人附庸名家（如《并非误会》中唆使小偷诈弄成名作家的B，《牙齿》中把权威烂牙当宝贝的青年作家C）。如此这般，无不痛快淋漓地映照出文场如情场，文场如武场，文场如商场，文场如名利场。

然而，这种文坛艺界"家丑"的外扬并不构成陈国凯此类小说的分量，只有当作家的笔触深入到社会的广阔背景和思想的纵深地带时，小说的分量才能随之加重。在文坛艺界的一串笑剧幕后，陈国凯找到了它们的隐身导演——商业意识。在这种商业意识的渗透下，名利思想膨胀，人格文格渐跌，走邪道者踌躇满志，操正步者路途坎坷，使得那些生活堪虑，操守不贞的作家艺人逐渐听命于商业意识这个隐身导演使唤，自觉或者不自觉地扮演起笑剧的角色来。

《明星哭了》是陈国凯为商业意识导演所编导的笑剧的较早"场记"之一，大明星胡苇在A市长面前声泪俱下，哭得感天动地，声称要捍卫"传统的优秀艺术"，要办一个"民族艺术遗产开发公司"，但闹了半天，市长才知道这涟涟的泪水都是为经费而流，而且所谓的"民族遗产开发公司"，在经营的项目里却包括发菜、牛皮、驴皮胶、交电器材、玉笋、鸡鹅鸭毛甚至卫生纸！

这种哭经费、办公司的笑剧到了《今晚有盛大演出》里已经变成唱经费、赞公司的闹剧了。K歌星为了给自己的腰包筹划"经费"，竟然为一家棺材公司引吭高歌，并且为了给腰包"增肥"而装病要挟，像这样为金钱而唱向棺材的歌星已经连江湖卖唱艺人都不如了。

如果说《明星哭了》《今晚有盛大演出》是商业意识导演的纯粹喜剧，那么《作家出租》与《儒士衣冠》则是商品意识导演的悲喜剧了。在《作家出租》里，作者的主要讯讽指向不是作家，而是想出钱借作家为自己写作出名的暴发户，然而既然有人有租作家的意图，则说明作家有被出租的可能，而且那些纯粹为金钱而挥笔操觚的作家实际上就是一种变相出租。

在《儒士衣冠》里，老学者从对学术研究的执着、对经商挣钱的不屑到对出书无门的叹息，对生意行情的兴趣，此间的喜剧意味已经被悲剧意识所笼罩。

从写文坛艺人的无行无聊到写他们的无奈，说明陈国凯并非以局外人自居来着意扭曲嘲笑文坛艺界，而不过是对文艺界的丑陋可笑的现象加以夸张性描摹，比之以局外人身份出现的荒诞文学和玩世不恭、幸灾乐祸的黑色幽默，陈国凯小说的理性和质实是非常明显的。

这种理性和质实还可以从陈国凯的艺术手法中得到印证。在艺术手法上，陈国凯无论是让过去的小说人物复活，使历史和现实交叉，历时与共时并行，还是让现实放大乃至变形，都没有破坏现实的逻辑和艺术的逻辑。《摩登阿Q》只不过让鲁迅《阿Q正传》中的人物变为文人，让末庄变为文坛。这仅仅是一种符号移植，可以有很大的随意性，借用阿Q等形象只是为了增强喜剧性服务现实性；《曹雪芹开会去了》尽管让曹雪芹穿越时空，请他观赏一下现代腐儒们在多如牛毛的各种"红学研究"中怎样迂态百出，但这种时空的移位叠合也没有扰乱小说的逻辑结构。即使在颇有卡夫卡《变形记》意味的《牛》中，仍然带有传统的因果报应观，一种与古代戏剧曲中世恶冥报、阳离阴合相类似的因果报应观。那个当年"以屠城的大笔，把文坛扫荡了一番"的G作家终于得到了"恶报"——变成牛。他变成牛后却不自知自觉，于是闹了许多笑话，这与《变形记》中普通人异化为甲虫有着根本的区别。

近几年，陈国凯似乎腻烦于那种作深沉状作哲学状的沉重，因此再三搬出一面面哈哈镜让人们照照看看，在轻轻松松的变形观照中驱丑求美，抑恶扬善。如果要从外国文学中寻亲找故溯本追源，那么，与其说这类小说像冯尼格像海勒的荒诞小说（亦即黑色幽默小说），不如说像莫里哀像果戈里的喜剧性文学。喜剧性文学在严肃有余轻松不足、严肃不起轻松无碍的条件作下有特殊的审美意味。它的审美效果就像作家用笔尖搔你的胳肢窝让你感到既痛且快。

陈国凯在许多篇中以英文字母代替名字。符号的使用意味着集泛于一，从陈国凯小说来看，则意味着集丑于一。丑的集中化典型化不等于丑的泛化。这似乎是把握这类小说的基本准则，不然，对文坛艺界的根本信念就要动摇。

应当特别指出的是，在陈国凯的系列文坛志异小说尤其是《摩登阿Q》这样的小说里，作者由于放任笔墨延展想像，使得小说过于随意以致失之敷衍。哈哈镜因其漫画扭曲变形性质可以不必遵循锻造分寸，所以锻造者似乎可以随心所欲毫无节制，这往往成了粗制滥造的借口和遮障，而轻松的东西也很容易流于轻浅和轻浮——这虽然不是特指陈国凯的文坛志异小说，但指出这一点对陈国凯及其仿效者也许不无裨益。

回顾陈国凯的"文坛志异"，还应当指出艺术创意问题。这不光是一个构思想像的出新问题，还是一个叙述语言文体的"脱臼"问题。陈国凯的幽默感正在渐多渐浓，但他的叙述系统却给人以锈蚀之感。尤其是对女性美貌女性吸引力的描叙，似曾相识的甚多，即便在"文坛志异"的哈哈镜前，女性仍然是"容貌端庄身材窈窕所向披靡魅力无穷"，叙述的招式显得古朴单调——不过这种批评本身可能已进入陈国凯照向文坛的哈哈镜的"有效照角"，还是赶快打住吧！

万顷江田一鹭飞

——陈国凯幽默讽刺小说谈 ①

李玉皓

《奇才》。

封面上，两个变形的大字夹峙着一个变形的作家。硕大的兰花指间，轻拈着一枚硕大的雪茄……

你当然知道，这不是标准化的作者。但是，这幅荒诞的肖像，似乎又让你看出点什么。那不羁的发丝，警觉的双眉，深度近视镜片后关注的眼睛，耸动鼻孔下抿紧的双唇，透出的不正是陈国凯的气韵，陈国凯的精神！

执拗而灵通的追求，热切而潇洒的笔调，不平的微笑，无谓的解嘲……

这，贯穿于他的整个创作，尤其是他的幽默讽刺作品。

万顷江田一鹭飞。

70 年代末，类同于其他中青年作家，陈国凯也是从悲剧崛起。

非常的时期，非常的际遇。

没有纯情到理性的变换，没有浪漫到现实的成熟，这块古老的东方大地，提供给缪斯子民的，不是舞榭歌台，而是一个刚刚闭幕的大悲剧。

陈国凯推出了他的作品《我应该怎么办？》与《代价》，在国人强烈的共鸣与唏嘘声中，戴上了荣誉的花环。

---

① 本文原载《小说评论》1990 年第 6 期。

骤然的变迁，巨大的伤痛，那些年份，无瑕雕琢，亦无须雕琢，作者匆匆地、满怀激情地写，读者匆匆地、满怀激情地读，在"血泪相和流"中，获得灵魂的净化与渲泄……

噩梦醒来，悲剧过后，陈国凯的创作开始向正剧过渡，喜剧因素的发展亦表现出不可遏制的势头。如果说《眼镜》《看不惯与亚克西》是两支轻松活泼的谐谑曲，《工厂姑娘》《有这么一个人》则是悲喜的杂糅。尤其是《有这么一个人》的主人公刘若其，塑造得颇有厚度。他让你想起俄罗斯文学中的"小人物"，果戈里"含泪的笑"。作为一名大厂工程师，他该不算个"小人物"了，可他分明又那么谦卑，谦卑得近于委琐；作为一个饱经沧桑，善于在逆境中平和心理，自我保护的人，他该是很通达了，可他分明有那样多的不平和委屈。那在夜半，独自用相机摄下他唯一一份表扬稿的场景，那一边抹掉嘴角的鲜血，一边向打手敬烟的细节，看了让人酸鼻。总在滔滔不绝，总在寻求意趣，可你怎么也笑不起来。饶舌中，你窥到的是被挤压的灵魂；寻乐中你感到的是一个健全性格的扭曲。他毕竟不是"小人物"，他遇到历史的转机，他是个不倒的强者。但小说中揭示出的社会对于人的性格的强大的影响力，难道不值得我们深思吗？

在陈国凯的作品中，《摩登阿Q》不必提了，《好人阿通》也很见得些与鲁迅小说，尤其是与《阿Q正传》的渊源关系。从文章的格调到文章的内容，从开端的题叙到阿通的发展，阿通的爱情，阿通的共产主义社会，莫不如此。即就是一些小的方面，例如阿通模仿区干部的把手用力一劈，想要吐出比右派分子大的烟圈，都可见《阿Q正传》的痕迹。类同于俄国的普希金、陀思妥耶夫斯基，鲁迅在中国文坛上，影响的绝不啻一代两代人。

模仿的成功与否，姑且不论，但选择阿通这样一个特殊的视角来反映中国历史上那风浪迭起的一段，不能不是作者的匠心。

阿通，一个最普通不过的好人。普通到无法将其归类，普通到生得不值一提，死得无声无息。但典型性也就在这"普通"中生成。正是这不具任何附加条件的"普通"，完成了对于荒谬时代的权威见证。他忠直善良，一味盲从；憨厚鲁钝，勘不破红尘。从而形成和尖锐化了目的与手段、内容与形式、环境与行为之间不相协调的喜剧矛盾。以阿通为代表的社会中坚们，辛辛苦苦地，却是在破坏自己的生存基础；虔虔诚诚地，却是在阻挠社会的进展。这是一个怎样的滑稽，又是一个怎样的悲哀啊！

阿通与阿良这两个难兄难弟，使人想起堂·吉诃德与桑丘·潘札那珠联璧合的一对。一样的狂热与冷静的互补，一样的沉速与清醒的交汇。一个风风火火地要到镇上学些"大跃进"的技巧，一个安安逸逸地打着小九九：到镇上啖些鲜肥；一个乐悠悠地砸锅炼铁，一个怒冲冲地跳脚叫骂——砸了锅吃什么？充满喜剧性的二重性格组合，无疑又给作品增添几许兴味。当然，阿通毕竟不是堂·吉诃德，他缺少后者的崇高；阿良也不是桑丘·潘札，他太多些工于心计的油滑。如果说，因此而失去了拓深喜剧内涵的悲剧感，那是作者的失误；可是如果因此更丰满了现代人复杂的心理，那却是作者的独到之处。

的确，阿通不是一个讨人喜欢的性格，他身上很有些封建桎梏的残余。他那足吃足喝的共产主义观还可以说是无知，是对温饱不继的现实的婉曲的抗议，而投身"运动"的热情中，却分明掺杂了跻身上层，挤进一只脚去的虎虎"雄心"。当他荣任"技术总管"时，他不是"一下子就按阶梯给这些人排好了位置，建立了理想王国中的一统天地"，他不是还细致入微地想到了"赏钱"和"掌嘴"吗？就这点而言，60年代的阿通与20年代的阿Q是一脉相承的。

阿通是幽默的。不是得力于他的睿智，得力于他对社会的渗透力，适得其反，是由于他涉入时那勘不破的鲁钝和愚昧。

遗憾的是，这有意味的幽默没有得到充分的发挥。多层面的性格刻画冲淡了他，人为的拔高议论影响了他，毕竟，欠缺点工力。

可是，它不是来了吗？那幽默讽刺艺术的汛期……

一本《奇才》，一个五彩缤纷的世界。

"从文坛内幕到官场现形，从编辑、作家、歌星到局长、科长、秘书……笔墨所及，无不令人拍案叫绝"。经过长期的积蓄与磨砺，陈国凯充分展示了他"笑"的天才。

单凭机智的笑，当然不能提供世界的整个画面，也不可能充分揭示生活中最普遍、最深刻的规律，但是，它能在某个剖面图上以特殊的方式抓住矛盾，反映现实，使得理性的思维与分析变得饶有兴味，这却是不言而喻的。

那么，为了这个目的，应该选择什么样的剖面，抓住什么样的矛盾，变换什么样的手法，不能不成为摆在幽默讽刺作家面前的重要课题。

正是由于这个考虑，陈国凯笔下出现了一个幽默讽刺的大观园。曲径通幽处，稻香藕榭，怡红快绿……

不能不佩服他巧妙的构思。

写文坛就写它个淋漓尽致——成名前的艰，成名后的险，"佳作"出笼的荒诞，"名作"考据的唬人；写歌坛就写它个"一矢中的"——神圣的艺术如何沦为金钱的婢女；写企业就写它个"奇"——踢皮球式的工作态度，赞助、摊派下的新酸辛；写机关就写它个"趣"——谁来当科长？如何开会？角角落落、点点斑斑地揭示出生活中的丑陋和不义。

写悲剧难，写喜剧亦不易。你可以命文为喜剧，却不能命人欣喜；笑，也许更需要剪裁的工力。

歌星漫天要价，这大约算得一个人所尽知的时弊了。可是，如果演唱是和棺材公司联系在一起，"棺材公司的总经理能如此体面如此荣幸地跟红歌星握手，而且在镁光灯闪烁之下，而且作为她的东道主"，这就给事件凭空添上了点滑稽。《今晚有盛大演出》一开始就以这种滑稽吸引住了我们。当然，这个滑稽毕竟是外在的，作者随即步步深入，全面地展开了他笑的攻势。不是因为情节，情节并不复杂，也没有多少引人发笑的东西，而是妙趣横生的叙述。"我"并不笑，作为一个忙忙碌碌、辛辛苦苦的棺材公司的总经理，丝毫感不到什么好笑。他庄重、严肃地行运着。按照他的性格逻辑，一忽儿窘、一忽儿急、一忽儿怒、一忽儿喜。一忽儿赞叹歌星的花容月貌，那歌声中"使你肚皮快乐得打颤"的魔力；一忽儿欣喜棺材生意的兴隆，雄心勃勃地准备取棺材胜地而代之；一忽儿又跳脚叫骂，暴跳如雷。他愈一本正经，你愈想发笑，事件内容与形式实质上的反差，制造出真正的笑料，真正的喜剧。

和《今晚有盛大演出》相比，《谁来当科长》更是一个精致得让人心忻的小品了。精致不意味着雕琢，它其实朴素、淡泊。而这朴素与淡泊又因了剪裁得当、叙述有致而熠熠生辉。

事情不大，也谈不上可笑。

群众无首的宣传科产生了一名科长，如此而已。

陈国凯看来也不想逗乐子，更不想复杂化。没有噱头，没有花采，区区四五千字的篇幅借科员之一，不足道的小刘之口，把事情的始末娓娓道来。

但不知怎么的，捧着这个小东西，就是轻松，就是愉快，就是止不住地想要微笑。

试看这一段：

科长走了。群龙无首。大家有点茫然，不知派谁当科长。中国人有个优点或缺点：渴望头顶上有块青天。如果新来的科长是随和的，大家工作都好做。要是来个左挑鼻子右挑眼的工作就难做了。王科长就很随和，工作很放手，他除了对某些特别敏感的材料较为认真，其余的事从来不像他下棋时那么专注。他背得出许多棋谱，是全厂象棋大赛的冠军。

你说，这里有什么？你说，这里没有什么？你不觉得"合情入理"的愿望中有怎样一个不合情入理的核？

传统观念、世俗心态，潜藏着怎样一个以笑意出现的、淡化了的悲哀？

你说对王科长是褒还是贬？

不负责任还是善弹钢琴？

活得洒脱还是活得放任？

你说不出，但你能体会出字里行间的深意和难解其详的幽默。

文学规律不能一概而论。悲剧可以一味严肃，一路悲壮下去，仍不失其高品位。喜剧倘只是嘻笑谐谑、插科打诨，没有一些历史的、时代的沉实蕴籍，似乎就和真正的喜剧拉开了距离。看来，陈国凯是深通其中之味了。

文坛巨擘的托翁曾对另一巨擘的莎翁颇有微词,认为他那絮絮叨叨的浪漫是塑造人物与意境的累赘。殊不知正是这些累赘,形成了莎士比亚艺术的特色和精髓。试把这些絮叨和浪漫抽取净尽,莎氏剧作还能剩下什么呢?干巴巴的几条筋。其实,托翁又何尝不絮叨呢?他那大段大段的议论,也许影响了情节的连贯,却增添了多少历史的、人类的博大、深沉。

不在于你使用什么手法,而在于怎样使。

陈国凯是深谙此道的。

譬如《出国归来》写一个副教授从下机到入宾馆的过程。情节可说是简到不能再简,也没有什么打破时空的复杂的心理流程。可是,六七千字的篇幅,你却读得津津有味,这不能不归之于作者讲故事的才能。

《摩登阿Q》更是这才能的记录。

阿Q一连串的报告及其反映,与假洋鬼子的笔战及勾心斗角,与小D弄钱门路的讨论,对小尼姑高超文学素养的介绍,无一不使你感到光辉的闪耀。

上述内容,按常规写法,不易;按喜剧笔调、更难。太真、太切,会失去笑的意味,太嘲、太谑,似又浅薄不足道。难就难在这"庄"与"谐"的火候,"是"与"非"的分寸。我们且看看阿Q讨"假"檄文的一段:

假洋鬼子先生说没有奶油就没有文学,这是一口否定中国文学传统,无视国情,数典忘祖。稍具文学知识者都深知,罗贯中不吃奶油而有《三国演义》,施耐庵没吃奶油而有《水浒》,蒲松龄不知奶油为何物而有《聊斋志异》,曹雪芹也不食奶油而有《红楼梦》。足见没有奶油就没有文学之说大谬!上述文学大匠都是吃黄瓜长大的。蒲松龄有诗为证:"豆棚瓜架雨如丝"。蒲松龄瓜架上种的就是黄瓜,"雨如丝"就是文笔如丝,文思奔涌,没有黄瓜,何来文学?谨此一端,足见先生立论之大谬。

被阿Q偷换了的论题自然是一个荒谬。用诸多名著来支持这个荒谬也是个大而不当的滑稽。可你不能不承认,这个论述还有那么些迷惑人的歪理。诸大家的大作与"洋引进"之间委实没有什么实质的联系——还不能说丝毫没有，《红楼梦》中分明涉及到一些舶来的洋玩意。到下面"吃黄瓜"云已近于胡扯。可竟也能扯得文采斐然，头头是道，颇有点文人笔战的意味，这不能不是作者巧妙驾驭"庄"与"谐"、"是"与"非"的能力。

掀过这一页，是一个颇费寻思的转折——《荒唐世事》。

从题材上讲，一个盘旋的接续。镜头又拉向那梦魇般的十年，那令人心悸的悲剧。

但是，格调已迥然有异，不是激情的倾吐，理想的呼吁，而是一种冷眼旁观，漠然置之。从某种程度上说，冷漠是面临高度刺激下的一种冻结，是对现实的一种逃避。

为了这冻结与逃避，或者，还可以加上忏悔，和《好人阿通》一样，作者选择了一个特殊的视角——清醒的放浪形骸者丁向东。

一般来说，在个人思想意识同集体或时代不相协调的情况下，超然与单人物角度的手法，尤其适于现代心理小说的创作。

在作者的笔下，在丁向东的眼里，整个世界是一个荒谬。

小说的典型环境，丁向东置身的工厂伙房，走资派、反动权威、昔日的妓女，下台的造反派头目，身体畸形的小矮人，包括他这个失势的黑秀才，构成一个荒谬时代的荒谬组合。

"杀气腾腾的时代，寂寞空虚的心灵""精神上沉重的苦难超负荷的叠加……"

哭的哭，笑的笑，死的死，疯的疯……

渲泄口是什么呢？嘲谑、性、游戏人生……

粗鄙的说笑、打闹、无谓的漠然、冷嘲，对悲剧的喜剧式处理，给作品平添了类似黑色幽默的基调：挑衅、好斗、虚无以及性。

当事业、理想、生活、爱情，一切原始生命力的堙壕都土崩瓦解后，性变成了最后一道防线。它可以逃避空虚与冷漠，证明自身的感觉与不死。

性，不等于情，更不等于美。

但是，这并不妨碍作者借丁向东之口对女性的赞美。

陈国凯笔下的女性是有特征的。

　　除去《我应该怎么办？》与《代价》中那两位传统型的温柔的妇女外，偌大的"阿氏姊妹"群，构成了一个女性的"梁山泊"。阿芳、阿香、阿莲、阿鸿……一个个精明强干、大刀阔斧、豪爽粗犷、玩世不恭。她们也许没有多少文化，但她们深谙人生至理，洞明人间至理；她们也许粗鲁、放荡，但她们灵魂洁净。阿鸿这个被钉在耻辱柱上的不幸的女人，在"荒唐世事"中，憎爱分明，机敏泼辣，保护得了自己，也保护得了别人。不错，在哭奠被冤死的"唐总"后，她失态了，意欲通过"性"来释放自己。但是，这又能说明什么呢？她不也是一般的女人，不也有权力软弱？《静静的顿河》中那个非凡的阿克西妮亚不也有过类似之举，可你能否认得了阿克西妮亚的魅力，阿克西妮亚的伟大吗？

　　有些作家喜欢抒写自己，自己的经历，自己的悲欢，自己的思考，自己的心理。有些作家喜欢通过自己的体验去反映社会。陈国凯显然属于后者。有些作家喜欢保持自己的风格，有些作家喜欢时时创新。看来，陈国凯仍属于第二类。

　　打开陈国凯的创作，逐一看去，总会发现一点新东西。新的构思，新的立意，新的人物，新的意境……

　　从最初的篇章到《好人阿通》，到《奇才》，到《荒唐世事》，可以看出一条鲜明的探索的轨迹。看到新的成就，也看到不可避免的错失。尤其是在《好人阿通》《荒唐世事》这些难度较大的篇目里。

　　比如，尽管是荒唐世事，尽管是荒诞手法，但漫画式的失真必然会与严肃的主题拉开距离。

　　比如，作者常常要站出来揭示一番。殊不知，意义的过分明确，会扼杀故事的价值，会破坏艺术应有的模糊，破坏神秘氛围，引入悬念，破坏透过面纱，美显示出的更大的魅力。

　　许多人物卓有生气，但也有一些，由于笔墨或火候的不足，略显扁平。就拿阿鸿来说，作者口口声声称她为"婊子"，可她其实没有任何的婊子行径。她的性格是一个毫无裂痕的同一。艺术自有它独特的规律。内在的平衡，往往使人物失去憾人心弦的力。设想一下，如果安娜·卡列尼娜的矛盾只在于和社交界，和卡列宁，和渥伦斯基，而不在自身，那么，我们还能有今天的安娜吗？

求新的道路，艰难崎岖。

据称，陈国凯正在致力于他的新篇章《都市的黄昏》，又会是怎样一个"新"呢？

我们拭目以待。

辑六

大
风
起
兮

陈国凯的《大风起兮》

雷达 [①]

　　陈国凯是我喜欢的作家之一，他的作品对我来说，因地域文化所形成的情趣上的差异有时会感到隔膜，但这隔膜有时又构成一种新奇的魅力。有次我在旧书摊上买回一堆书，其中有他的《家庭喜剧》，是本中短篇集子，真能给人带来笑声。在写法上作者属于正统的现实主义一路，但那叙事状物能力之强，那缘于生活化基础上的谐趣之多，让人忍俊不禁。应该说，引我发笑的主要还是珠江流域特有的文化性格，以及南人的幽默，那与北人的情调迥然相异。

　　作为一个工人出身的作家，陈国凯五十年代末由底层浮出，经历了六、七十年代，经历了文革，经历了新时期二十年，直至今天，尚能保持创作青春，实在不易。就像优秀的马拉松运动员，不管沿途多少人掉队，他始终坚持着。仅就审美意识上的调整与创新而言，任务有多艰巨可想而知。所幸他的作品是以生活的力量和丰厚的质感见长的。这一点帮助他度过了"观念危机"。由于历史的机缘，他给人印象最深的作品，还数伤痕文学代表作之一的短篇《我应该怎么办？》和在此基础上扩充深化的长篇《代价》。这两部作品曾广为流传，它们浓缩了千万个家庭在"文革"中的悲剧遭遇，笔墨爱憎分明，催人泪下，通过道德化批判达到政治化批判，有力地回应了当时的重大精神课题。它们无疑是伤痕文学的重镇，

[①] 雷达（1943—2018），曾任中国作协创研部主任、中国小说学会会长，获第四届鲁迅文学奖"优秀理论评论奖"，著有《民族灵魂的重铸》《蜕变与新潮》《重建文学的审美精神》等。本文原载《小说评论》2001 年第 5 期。

但应看到，陈国凯的才能实际主要还在描写日常生活方面。

长篇新作《大风起兮》（作家出版社）在结构方式上与他20年前的作品已完全不同了，完全摆脱了家庭视角，气势要大得多，但在思索时代风云与个人命运的问题上，与《代价》等作品却不能说没有联系。它们都强烈地表现出欲通过文学手段概括一个时代的使命感和责任感。《大风起兮》是名副其实写改革的文学，它写的是新时期第一个工业特区的诞生，也即大龙湾工业区的创建过程。不用说，背景就是震惊中外的80年代深圳特区创建这一伟大奇迹。我拿到新书的一瞬间想到，这个题材由陈国凯来书写是再理想不过的了：他是最早在蛇口挂职的作家，他最早参与了特区的建设，他又是工人作家，熟悉工业建设这一行，他更熟悉的是广东的风俗人情和历史流变，由他来写不是很理想吗？

不过，陈国凯是注重日常生活情趣及其悲喜剧的作家，正面表现大气磅礴的改革进程，表现大事件的宏阔，于他的创作个性未必协调，弄不好还会抑制创作个性的发挥。我认为陈国凯写这部作品至少面临两个难题：一是擅长生活化描写与展现大工业区建设进程的矛盾，也即人物与事件的矛盾；一是20年的间隔带来的审美距离问题，也即用什么眼光处理素材的问题。现在看来，陈国凯从两个方面克服了创作上的难题。首先是，在审美距离问题上，他尽力"还原"历史情景和历史氛围，没有像有的作家，强调站在今天的高度就可以随心所欲地主观化地任意涂抹，并以当代性自辨。陈国凯是个传统型的作家，他的人物与传统的联系最为密切。我们可以真切地体验到80年代初的时代气息。每一步路都是那么艰险，都会遭遇种种责难。那个年代的封闭，只有在陈的笔下，才会那样活灵活现。"摸着石头过河，过去好，过不去再爬回来"这样的名言和"时间就是金钱，效率就是生命"这样的口号，作为一种特殊语境，也只有在陈的笔下，才被我们更深切地感知其意义。如果说到不足，我以为，还是事件与人物的关系的处理上有失均衡，对事件完整性的要求（这一般是报告文学的要求），不时地要拉作者的后腿。

陈国凯最重要的方式，是将改革题材进行了风俗化、人情化、幽默化的处理，这可说是这部书最突出的艺术特征，也是一个贡献。关于民俗的描写是此书最赏心悦目的部分。由于这一特点，这本书甚至已超越了改革的政治化、经济化的视角，进入了一个文化的大视野。他的主要人物，例如方辛、杨飞翔、罗一民、凌娜、曾国平、吕胜利、张沪生等等，几乎也都是置于风俗史的背景下，用生活化的笔墨写就的。包括关跃进和阿笑等女性人物，之所以如见其人，栩栩欲活，也与作家特有的粤文化眼光和语言的关照分不开。总体而言，《大风起兮》不肢解、不提纯、不过滤，力图保存生活的原生态和历史的整体性，除了作为一部艺术品可供读者阅读欣赏外，它还具有某种宝贵的文献性，这是我要特别指出的。

"栏杆拍遍"之后

——关于陈国凯的长篇小说《大风起兮》

周政保 [1]

　　《大风起兮》是著名作家陈国凯的长篇近作，小说在结尾时这样写道："方辛依栏远眺，天高云淡，海鸥飞翔，抚今思古，心头不禁漫生出万里神州千古升沉的无边感慨。脑海里忽然闪现出辛弃疾的几句词——'把吴钩看了，栏杆拍遍，无人会，登临意。'"方辛何许人？他是《大风起兮》中的贯穿始终的重头人物。而这一番"无边感概"则是他在微波楼登高望远时漫生的。若按彼时某些领头人的"现成思路"，当在高处望见与自己的奋斗相关的工业区的辉煌业绩时，该是一种怎样踌躇满志的心绪啊！而事实上，用艰辛血汗换来的业绩也是值得自豪的——如此神速的进展：几十家工厂正在崛起；第一个码头已顺利完工；二十多层的工业区办公大楼已经封顶；海上乐园即将开业；坑坑洼洼的土路不见了，都铺上了水泥面，可谓四通八达；一片家属楼群及单身公寓楼也已落成，工业区即将告别铁皮屋的时代等等。当然，方辛的征战豪气还在，就如他写下的《水调歌头》中所记录的：

　　"……波涛岂阻，征人热血一腔满！自古瑰奇胜景，偏在巍峨险峰，世路总难攀。奋力挥身去，骇浪又何干！"但无论怎样说，方辛已在难攀的巍峨险嶂之中感受到了变革的不易，尤其是意识到了社会前行中所潜伏

---

① 周政保，作家、批评家，著有《小说与诗的艺术》《小说界的一角》《高地上的预言》等。本文原载《中国图书评论》2001年第11期。

的各式各样的危机……他"脑海里忽然闪现出"辛弃疾的"把吴钩看了"的词句，确是沉重而又绝妙地在结尾时给这部小说补设了真正的基调：辛弃疾抒写《水龙吟·登建康赏心亭》时不足三十岁，倾诉给"千里清秋"的，全然是报国无门的悲愤。而方辛的"忽然闪现"，内中虽有点儿壮志难申的惆怅，但涌动的终究是一腔热血；否则，也不会是"大风起兮"了！我想，此大风不是彼大风：它绝非降自天穹，而是与当时的中国人，特别是像方辛那样的革新者们的信念及精神相关的"大风"！

《大风起兮》的故事背景是中国新时期初的改革年代，其区域又是与香港毗接的那块土地。那确是一个"大风起兮云飞扬"的年代，但又不是一个群雄竟起的年代——中国正准备启开闭锁了很久的大门，或正值让人们感受到了曙光的开放改革的起步阶段，因而方辛在"栏杆拍遍"之后，还不至于"无人会、登临意"，更没有陷入那种"倩何人，唤取红中翠袖，揾英雄泪"的绝境——方辛们在经历了黑暗与劫难后所遭遇的，是一个值得庆幸的新时代：他与他的志同道合者们赢得了上下左右的支持，尤其是他们的关于创建中国第一个工业开发区的主张——作为一种极富象征性的构想，独领风骚地实现在他们早年流血战斗过的那片土地上。这是一种理想，也是一个梦，但又是一张充满了现实精神及必然意味的蓝图。

说起改革开放，如今的人们在提及时似乎很轻松，实际上，这一过程的艰辛烦恼及难言的苦衷，也只有身置其中的人才可能感受到。而《大风起兮》所传达的"故事"，就是这样一种充满了坎坷曲折的过程。当然，凡革新都不会一帆风顺，都可能遭遇阻碍或付出沉重代价。但方辛及其志同道合者们在实施他们的革新蓝图时，究竟碰到了怎样的坎坷曲折，大约也不是我的拙文所能罗列或复述的。或者说，只要我们读一读这部小说，那获益匪浅绝不是一句空话。在这里，无论是革新的艰辛还是历史前行所必然的阵痛，小说作出了生动、扎实、细致且极富象征意味及过程色彩的描写；作品的叙述姿态是诚恳稳重的，没有那种肤浅的"时尚小说"之于"新后"花样的翻弄或钟情；若说作品的魅力，我觉得主要来自叙述的高视野与故事性，以及与此相关的反思深度或"现实感"——从相对意义上说，小说的"故事"已经成为历史，但我们得承认，小说的思情传达之于轰轰烈烈的今日中国（甚至是明天的社会生态或征途），仍拥有强烈的或切切实实的警示性。

　　就革新过程而言，方辛们在初创时期所遭遇的某些艰辛烦恼，于今人看来确有点儿"淡如秋水，近乎笑话"，但还有不少坎坷曲折，在今天依然是难解的课题，或仍能让人生长出"无边感慨"……不过，小说叙述的重头戏，也是读者所推崇的，倒不在革新课题的"难"，也不在或不仅仅在"蓝图"的大胆及创造性，而是在于或主要在于革新过程中的人的精神，即那种"栏杆拍遍"之后的锐意进取，那种造就"大风起兮"的"看试手，补天裂"，那种"醉里挑灯看剑，梦回吹角连营"的悲壮！在这部小说中，方辛是称得上"当代英雄"的——就如作者在《后记》中所慨叹的那样："多少志士仁人披肝沥胆，为民族的振兴奋发图强。"所谓"弱水三千，取其一瓢"，在方辛的个性深处，我们可以感觉到走出黑暗之后的时代是怎样迈开自己的大步的。当然，也可以感觉到历史前行的艰难与必须承受的巨大阵痛。但方辛们执守信念的坚韧及探索强国之梦的果敢胆识，使我们从中倾听到了历史大幕开启时的激越雷声……实际上，方辛及其志同道合者们所面对的，绝非诸如住铁皮屋之类的创业之苦，而是与我们这块政治文化土壤息息相关的各种陈旧观念及已成惯性的"现成思路"——在我看来，方辛们的个性本色或英雄豪气，也是从这一"现实"中逐渐显露出来的。甚至可以说，倘若小说的人物个性刻画疏离了历史境遇中的尴尬无奈，以及冲突之后的苦涩烦恼，也就可能模糊"当代英雄"最本相的底色，恰如"悲壮"丢失了"悲"，那"悲壮"也就不成其为"悲壮"了。话说回来，方辛绝不是那种寂寞的"孤胆英雄"——小说就不同的人生状态或命运角度，还把不同的或相去甚远的人物推上了风起云涌的历史舞台，如罗一民、汪志杰、张沪生、倪文清、刘水芹等，都给人留下了难忘的印象，而且每一个人物都拥有相应的时代性或历史印记——他们不仅传达了中国人的过去，也从不同的角度体现或折射出中国人的今天或明天，其间隐含着耐人寻味的启示性：既属于历史，也与"现实"息息相关。譬如罗一民，他与方辛的个性差异在于：他一直作为底层官员生活在闭锁的国情之中，扭曲的社会生态也扭曲了他的判断力与感受力，而他之所以值得人们敬重，原因便在于他善于审时度势，在于他在"大风起兮"的过程中主动"改造"自己、重塑自己，在于他乐意接受新观念、新事物；而如汪志杰、张沪生这样的人物，其性格中不仅维系着中国仁人志士的热血传统，而且绝不计较个人得失或恩怨，尤其是那种忧虑民族前途及吃苦务实的精神品性，正是当今商品社会所特别匮乏的……我之所以把这些拥有不同历史烙印的人称为方辛的志同道合者，其间的缘由也正是基于此。

在我的印象中，读《大风起兮》最可能让人产生"无边感慨"的，是作品中所弥漫的那种忧国忧民忧前景的感情或精神——何谓"人性"或"人的过程"？我想，方辛们的所作所为、所思所虑，便是"人性"或"人的过程"的一种体现。《大风起兮》的结尾并不轻松，甚至在辉煌中不乏沉重的或忧心忡忡的色彩。而方辛之所以突然会想到辛词中的"把吴钩看了，栏杆拍遍……"，原因也在于他感受到了辉煌中的沉重，感受到了革新课题中的最艰辛最困难的、但又必须跨越的门槛，如经济变革中依然存在的对金钱权力的崇拜——的确，"搞开放，搞改革，扑面而来的不只是鲜花美景，也有污泥浊水"，而方辛"信哉斯言"的那一"警告"，绝非空穴来风，乃是一种让人痛切的"现实"……当然，这也是方辛再次想起辛词的最重要的心灵驱动。在"栏杆拍遍"之后，强国之梦只能说是刚刚开始。

大风扬起的深圳精神

——评陈国凯的长篇小说《大风起兮》

杨宏海①

当深圳这座现代化的文明城市奇迹般地矗立在这曾是贫瘠僻壤的滨海之地时，人们除了感慨改革开放的巨大魔力之外，更想探知的是这些特区人是如何来创造这片奇迹的。而陈国凯的这部《大风起兮》就给我们揭开了这个谜。陈国凯，80年代伊始就担任《特区文学》主编，并受深圳市委重托，深入基层，去感受特区改革开放的巨大变化。可以说，陈国凯是特区改革的见证人，而这部经过十年酝酿，四易其稿才完成的《大风起兮》正是记录改革开放的创业史。小说以新时期我国第一个工业区的创立、发展为背景，用近似于新闻与历史、纪实与报告文学虚实结合的文体，展现特区改革开放的艰辛曲折历程。作为特区人，读这部小说，印象最深的是小说中所张扬的深圳精神：开拓、创新、团结、奉献，而这恰恰是打造这个神话的法宝。

开拓创新是80年代以来深圳的代名词。小说中大龙湾工业区的建设者进行的这项前无古人的改革事业，是一场没有硝烟的战争，之所以能成功闯出一条康庄大道，凭借的是他们那股开拓创新的勇气、大刀阔斧进行改革的气魄。为了创业，这些改革的弄潮儿虽举步维艰，但他们有着敢冲敢闯，

① 杨宏海，曾任深圳市文联副主席、深圳市文艺评论家协会名誉主席，出版《文化深圳》《打工文学纵横谈》等等。本文选自《我与深圳文化——一个人与一座城市的文化史》，杨宏海，花城出版社，2011年5月版，第347—349页。

敢为天下先的精神，从而为特区创造出一个又一个的全国第一：第一个冲破人事制度禁区；第一个冲破经济禁区，实行工程招标；第一个实行住房改革；第一个实行聘任制；第一个引进国外先进技术；第一个向香港买电；第一个建微波通讯站；第一个叫出"时间就是金钱，效率就是生命"的口号……这些体制上、观念上的创新在今天都已成为久违的历史，但当年的改革走的每一步都惊心动魄。没有先例可援，纯属"摸着石头过河"，每打破一个老框框，每迈出一步都需要付出很大的勇气。如拿钱向香港买电，动不动就盖个"有失国格，关系国家主权"的大帽子。一个三朝元老，"凡是派"人物的副部长过来视察，认为特区搞的不是社会主义，是资本主义，这个小老头"一回去就骂开了，骂特区，说深圳除了市政府门口那旗杆是红的，其他都变了颜色了"。面对这些极左政治言论，改革者得承受多大的压力！更不用说仅为招个清华大学"二进宫"的高材生，把深圳市政府的有关领导都惊动了。可以说，如果没有远见卓识的眼光、前瞻性的先进观念、大胆开拓创新的气魄，是无法冲出那层层的阻隔，特区的改革也只会是胎死腹中。而这种开拓创新的精神使得现今看来是如此平凡的小事有了划时代的意义。

特别是为首的改革者方辛，在他身上不仅仅有第一个敢吃螃蟹的勇气，更重要的是他的那种改革的胆识和气魄及开放的胸襟和气度。这是一个富有时代气息的人物，也是作者浓墨重彩刻画的一个角色。他高瞻远瞩，站在时代的前列，敢于冲破思想的禁锢，做出了一项项在当时的政治气氛下人人不敢想不敢行动的决定，为特区建设开辟了新的道路，体现了其英明与果断。虽然这是一个虚构的人物，但今天的深圳却切切实实是由无数个这样有胆魄的方辛开创出来的。他那种开放的胸襟和气度更是其他人无法比拟的。在这个大龙湾工业区里，藏龙卧虎，一个个人才都是他破除旧观念不顾一切从全国各地挖过来的。在这里，香港的富家女、"二进宫"的清华高材生、问题背景的技术工汇聚一堂。独具一格的用人理念加速了特区的建设。

特区人的开拓创新打开了特区改革的新篇章，而抒写着特区创业史的是他们那种团结奉献精神。为了给国家实实在在做点事，工业区的开荒牛们艰苦创业、团结奉献，在艰苦的条件下挥洒着血和汗。如方辛，不计个人得失，一心为公，"既然死过一次，再死一次也无所谓。不敢为人民为国家做点实实在在的好事，要这条老命干什么，当行尸走肉？"他放弃了一切可能给自己带来利益的机会，体现了一个老共产党员廉洁、公正、忍辱负重的精神。宝安县老县长罗一民，默默奉献，甘当幕后英雄，在大龙湾工业区里，他就是一个大管家，也许在思想上有点保守，但他任劳任怨，把工业区管理得井井有条。但他又不失变通，冒险创建工业区第一个渔民街、菜市场，首开市场经济的先例，而这也恰恰是他站在人们所需人们所想的立场上作出的决定。作家倪文清当知道在特区搞开放意味着什么时，仍坚持："成也好，败也好。只要能实实在在做点事，也不算虚度此生了。"此外如港方人员凌娜、杨飞翔，技术骨干张沪生、吕胜利等工业区的建设者，他们施展才干，齐心协力来搞好特区开发和建设。在他们内心深处，这里已经成为了自己的家。大龙湾从最初的荒凉之地辟为繁华热闹的工业区，外商投资的觊觎之地，正是这群开创者们团结奉献的成果。

　　一个民族，没有振奋的精神和高尚的品格，就不可能自立于世界民族之林。一个民族的精神如此，一个城市的精神亦是如此。陈国凯的《大风起兮》超越表层对特区改革开放史进行盘点，再现了特区创建初期广大建设者在深圳这片改革开放热土上艰苦创业的宏大历史场景，让我们窥视到这个城市深处流动的血液，也让我们读懂了真正的深圳速度、深圳精神以及深圳人的使命感、历史感。深圳改革开放的20多年历史也正是书中所张扬的"开拓、创新、团结、奉献"的深圳精神的历史。

改革文学的"交响变奏"

——论客籍作家陈国凯的《大风起兮》

李国栋 杜昆 ①

陈国凯在当工人期间进行业余文学创作，于 1962 年发表成名作《部长下棋》，1979 年发表伤痕文学代表作《我应该怎么办？》。1986 年，陈国凯到深圳蛇口工业区挂职，获得了改革前沿的大量素材，为创作长篇小说《大风起兮》积累了基础。《大风起兮》先后四易文稿，第二稿曾名为《一方水土》。该小说以宽广的视野、磅礴的气势对新时期第一个工业特区改革的历程进行全景式书写，展现了大龙湾工业区的改革进程，以及岭南本土的风俗文化，赋予了改革文学不同的面貌。这是一部描写深圳特区的创业史，也是极具特色的广东风俗民情文化史。

陈国凯对这部小说酝酿十年，因不想模式化、近距离处理改革题材而迟迟未动笔，直至听到英国现代著名作曲家埃尔加的曲目《谜的变奏曲》才获得对小说结构的灵感。"听这部交响变奏启发了我的思路。我想，能不能采取散点透视的写法，不着急结构完整的故事，让一个主题导入，把工业区改革开放初期的情景写成'交响变奏'？"② 显然，《谜的变奏曲》对陈国凯这部小说的影响是不容忽视的。小说整体的风格表现为紧凑与疏朗交融、激昂与平淡交织的特征，而各章节着重描述一个人物或一件大事，

---

① 李国栋，四川师范大学文学院硕士研究生；杜昆，嘉应学院文学院副教授。本文原载《嘉应学院学报》（哲学社会科学版）2023 年第 4 期。
② 陈国凯：《一方水土》，中国青年出版社，1999 年版，第 514—515 页。

这些人物或事件水乳交融，也具有很强的混响特征，统合起来便组成了工业区改革的宏大叙述。小说的主题、人物、风格、语言、文化都形成了独特的"交响变奏"。

一、南方改革历史的赞歌与忧思

新时期以来，随着改革事业的持续深入发展，作家们敏锐地感受到改革的时代浪潮，其关注重点逐步从"伤痕""反思"转向了"改革"，歌颂与呼唤改革也成为改革文学早期的主题。新时期"改革文学"从诞生之初就区别于其他文学类型而具有鲜明的特征：淡化文学的审美自主性，致力于表现文学的社会功用与职责使命。①改革文学初期的作品通过塑造一批锐意进取、大刀阔斧的改革实践者群像，实现了对改革的呼唤与歌颂，如《乔厂长上任记》《开拓者》《沉重的翅膀》等，都反映了现代化进程中的改革生活，与此相应，反映农村改革的作品也丰富多彩，如《腊月·正月》《龙种》《陈奂生上城》等。

广东是中国改革开放的先行示范区和缩影。1979 年 4 月，中共中央允许在毗邻港澳的深圳市开办出口加工区。1980 年 8 月，全国人大常委会审议批准在深圳、珠海、汕头、厦门设置经济特区，并通过了《广东省经济特区条例》，这标志着中国的经济特区正式诞生了。广东作家直接感受到改革开放的巨大成就与变化，以紧跟时代步伐的态度绘制了一幅幅现代化与城市化的改革风云图，从而使广东改革题材创作在全国文坛独树一帜，并成为广东文学突出的标识。② 陈国凯就是广东改革文学的代表人物，他潜心书写曾生活过的工业区，肩负起书写时代的历史使命和社会责任。《大风起兮》故事时间是中国新时期初的改革开放的 1980 年，小说具有鲜明的时代印记及地域特色，取材于招商局全资开发的中国第一个外向型经济开发区——蛇口工业区。

---

① 赵耀：《理想的召唤与现实的羁绊：关于"改革文学"的批评实践》，《文艺争鸣》2022 年第 3 期。
② 李海燕：《繁华·自由·激情·英雄——新时期以来广东改革文学中的现代乌托邦想象》，《佛山科学技术学院学报》2018 年第 5 期。

　　小说描述了以方辛为主的开拓者接管香港大华轮船公司之后在深圳大龙湾区的奋斗历程，着力展现中国新时期初的第一个工业区的创建和改革，以宏大的叙事视野及故事性赋予了改革文学不同的面貌。小说不仅对改革领导者的思想和行动加以肯定及呐喊，也流露出对未来发展的隐忧，呈现出深切的关怀。

　　小说开篇写到故事开始的时间点：公元一九七九年初春。这在众多小说中是一个具有象征性和转折意义的年份。改革前，方辛一行人从香港到深圳寻求发展空间，在考察过程中目睹了通向深圳镇满目泥泞的土路、破败的九龙海关、臭气熏人的小深圳河、简陋的国营饭店、荒凉的海滩等。而改革后工业区的面貌焕然一新。小说中方辛、董子元这些改革开拓者面对凋敝的香港大华公司"走马上任"，属于传统改革小说"新官上任式"的叙述模式。福山对社会主义体制下的改革有这样的认识："他们既能够对其人民强制推行一种比较高度的社会纪律，又能给予他们足够的自由以鼓励发明和应用最现代的技术。"①小说中的改革境遇与此相似。大龙湾工业区在董、方的努力下得到了部党组给的政策优势，董、方二人上任之初，勇于打破公司旧制度、旧管理模式，改革实践者先后报告建区、集资办厂、建设设施、引进人才，通过革新管理机制、工资分配制度、人事变动手续、运营方法等措施，使工业区取得重大发展，并成为改革创新的典范。

　　与其他改革文学作品一样，《大风起兮》也书写了开拓者面临的艰难曲折和问题，但本部小说所涉及到的"问题"比其他改革文学作品更加广泛而复杂。如封闭的经济环境，僵化的官僚体制和经济体制，个别官员的贪污腐败，以及工业区建设者低下的素质与学识，混乱的管理制度，低劣的核心技术等问题。可以说，《大风起兮》反思历史、展望未来，具有理想主义倾向，较好地把歌颂与反思改革两个主题融合在一起，其反思之广，用力之深，在改革文学史中并不多见。

　　方辛等人从香港到深圳找到时任县革委会副主任罗一民，但是接

---

① 〔美〕佛朗西斯科·福山：《历史的终结及最后之人》，黄胜强、许铭原译，中国社会科学出版社，2003年版，第140页。

待港商在当时是不合适的。"按照惯例，香港那边来人还是不能单独接见。""港商就是资本家，资本家就是反动派""经历过文化大革命的年头，港商这字眼比狗屎还臭。前些年，广东'革命政权'大搞'反策反'运动。"① 这些陈旧的思想和规矩导致当时的国人行为普遍受限。当罗一民看到深圳当时的写照"十室九空人南遁，家里只剩老和少"情景时，内心充满了同情，同时也对非法越境逃出去的人加深了理解与反思。因为"政治边防"政策，民兵违反规定开枪扫射偷渡分子导致一尸两命。罗一民想到当年参加游击队出生入死是为了老百姓，而现实生活依然艰苦，他为此感到惭愧。这些对历史、社会、民生的书写和反思，在文学史中是罕见而震撼人心的。小说还对法制制度进行了反思，作者借人物之口表达"我看，中国的改革开放，关键在于法治。要去掉极左、官僚、腐败，只能靠法。中国要现代化，必须走向法治。这是中国拖了几千年没有解决，到现在必须解决的问题。"② 正是因为当时的法制制度不健全，工业区才会出现贪污腐败、玩忽职守等官僚问题。除此之外，小说还涉及到工人劳动保护法的保障。开明玩具厂无视工人的权益，工厂随意加班，对员工采取"锁厕所"违规行为。工人权益受到侵犯，但工人对加班缺乏相关认识并形成服从命令式的习惯。工厂对此也有恃无恐，因为中国尚缺少完善的劳动保护法规。

《大风起兮》描写了工业区改革的初期社会转型，并对未来的发展产生隐忧，改革者们展示出十分强烈的忧患意识。工业区到处贴着"时间就是金钱，效率就是生命"③ 的口号。董子元和方辛早年就跟随老司令曾广生参加革命纵横在粤海地区，等到他们负责改革发展的重大任务时年岁已高，正是因为这种时间焦虑而产生的紧迫感使他们在改革过程中能够大刀阔斧地实施新措施，如工程招标、建房制度、工业区选举制度等。"中国的改革开放刚刚开始，而这些扛起改革大旗的领导者却'英雄迟暮'，表现出

---

① 陈国凯：《大风起兮》，作家出版社，2001年版，第43页。

② 陈国凯：《大风起兮》，作家出版社，2001年版，第249页。

③ 陈国凯：《大风起兮》，作家出版社，2001年版，第405页。

强烈的时间焦虑。"①中国改革开放的历程也是中国社会现代性成长的过程，集中体现在时间和效率上，"现代性是一种关于时间的文化，十九、二十世纪欧洲哲学是这种时间文化的重要组成部分。"②工业区的重大事件中都透露出改革者们对时间的把握和对效率的重视。这些大公无私、勇于献身的精神在改革英雄身上体现得淋漓尽致。另外，改革者的忧患意识还在于他们对改革附带后果的警惕。虽然工业区取得巨大的收获，但也出现了权力崇拜和金钱崇拜的问题，如农村青年到酒楼捣乱、企业干部贪污受贿等。小说中汪志杰与张沪生二人也谈论到工业区改革的偶然性及对未来发展中对权力依恋的担忧。面对工业区发展的未来和前途，方辛登高望远，滋生出万里神州千古升沉的无限感慨："把吴钩看了，栏杆拍遍，无人会，登临意。"③

二、个体与群像的交相辉映

陈国凯有长期的工厂生活经历，对工人的生活非常熟悉，他又曾在蛇口工业区挂职锻炼两年，因而其笔下的厂长、技术工、青年女工等工人形象丰富且栩栩如生。正如作者所说："我尊敬那儿的艰苦创造业者。那儿有我熟悉的朋友。脑海里常常浮现他们的音容笑貌"④。陈国凯和官员、商人、工人、文化工作者等各类人物都有交往。陈国凯在《大风起兮》中描写了许多人物形象，他们彼此构成了参差对照的关系，其中着力塑造的改革者形象最为出色，比如以方辛为代表的改革者群像，拥有务实、开放、精明而世俗的共同特征。而一些人物又具有独特的个性特征，如罗一民、曾国平等，体现了改革者形象的立体性和复杂性。小说突破了单一的歌颂改革英雄的范式，人物形象更加复杂生动，丰富了改革小说的人物画廊，这在很大程度上是其文学史意义之所在。

---

① 李馥：《"改革文学"时期工人英雄形象塑造模式研究——以〈乔厂长上任记〉〈开拓者〉〈沉重的翅膀〉为例》，《文艺争鸣》2021年第7期。
② （英）彼得·奥斯本：《时间的政治》，王志宏译，商务印书馆，2004年版，第5页。
③ 陈国凯：《大风起兮》，作家出版社，2001年版，第494页。
④ 陈国凯：《大风起兮》，作家出版社，2001年版，第495页。

《大风起兮》中既有男性改革开拓者，如方辛、董子元、罗一民等，也有秦素娟、凌娜等女性锐意建设者；既有方辛为代表的正面形象，也有以交通厅公路工程处处长这个反面典型。值得注意的是，小说对叶剑英、习仲勋、杨尚昆、邓小平、江泽民等中央和地方的高层领导有真实而简约的描写，显示出不凡的胆略。"广东和工业区的开放改革，离开他们的领导和支持是不可想象的。写到他们，都简之笔墨，以史料佐证。"①工业区的改革发展离不开方针政策的支持，小说虽然没有对这些领导人的行迹和故事进行大篇幅的描写，但是都以史实为依据，折射出时代的风采。

陈国凯注意突出改革小说中人物的平民化和世俗化，这是当代广东小说的一大特色。对于 90 年代以来的广东改革文学而言，平民意识的凸显不仅源于时代语境与都市经验，岭南文化的平民化更影响着他们平民话语体系的建构，地域文化与时代文化语境的契合使得其平民化和世俗化倾向尤为明显。②早期改革小说中也有普通人物形象的出现，如《乔厂长上任记》中的杜兵、《沉重的翅膀》中的杨小东等，但作家并没有浓墨重彩地描写他们的世俗生活。而《大风起兮》对笑笑、张沪生、吕胜利等平民化的人物进行了多方面的描写，展现了普通人物的日常生活及爱恨情感，展示了人物精神生活的多样性。此外，小说对女性人物的描写十分细腻，如凌娜、倪文清、秦素娟、关跃进等人，风采各异。作为知识女性，她们对工业区的建设和发展都做出了一定的贡献，这在某种程度上表明了女性意识的觉醒和女性社会地位的提高。此外，传统的改革小说在人物的塑造方面存在着明显的善恶二分法，如《乔厂长上任记》中的乔光朴和冀申、《开拓者》中的车篷宽和潘景川、《沉重的翅膀》中郑子云和田守诚，等等。但是《大风起兮》抛弃了对人物简单的善恶二元划分法，刻画了个性鲜明、丰满立体的人物形象，也展示出了人物性格发展的流动性，较为典型的人物就是曾国平和罗一民。曾国平在小说中出场时与方辛一行到深圳考察，其人物

---

① 陈国凯：《大风起兮》，作家出版社，2001 年版，第 495 页。
② 李海燕：《南方春讯：广东改革文学论》，《江汉论坛》2019 年第 4 期。

性格有一定的展现，虽然心胸狭窄、嫉妒心强，但在工作上灵活务实、兢兢业业。随着曾国平接受意外的"横财"到工业区合资开厂，其人物性格就发生了很大的变化，在工厂里无情地压榨工人，在生活中风流浪荡，私欲和贪念在他身上体现得淋漓尽致，这时的曾国平是作为反面形象存在的，也是"国民性批判"在改革文学中的发展与延伸。正如论者所说："他（曾国平）的这副嘴脸早在鲁迅的文章《上海文艺之一瞥》中已加以批判。"①

《大风起兮》运用多种艺术表现手法，突出人物的性格特征。首先，小说在人物的出场方面进行了艺术构思，主要人物的出场及个人介绍都集中在小说的前三章。自香港来的方辛一行人刚踏入深圳的土地便为眼前的破败与落后感到无比震惊，引发他们建区、改革的动力。罗一民出场的身份是县革委会副主任，彼时的他还因为各种限制而显得呆板、固执。小说采用倒叙的手法回到董子元、方辛的经历，刚从监狱放出来就临危受命。其次，小说常常把人物置身于重大矛盾冲突中突出人物的性格特点。如方辛和董子元，他们从狱中出来后没有反复诉说个人身体和精神上的创伤，而是将国家的建设和利益放在首位，接到任务后立即到凋敝的大华公司赴任。在工业区建区和改革的重大过程中，他们从起草建立工业区的报告到工业区获得批准，然后从部里、省里、直到中央的层层审核和质疑，他们的人物形象是在解决矛盾中逐渐清晰。

方辛的个人形象是在行动的过程中渐渐丰富起来的，也集中体现了马克斯·韦伯所谓的"卡里斯玛型"领袖人物②："卡里斯玛"（Charisma）这个字眼在此用来表示某种人格特质；某些人因具有这个特质而被认为是超凡的，禀赋超自然以及超人的，或至少是特殊的力量或品质。这是普通人所不能具有的。他们具有神圣或至少表率的特性。某些人因具有这些特质而被视为"领袖"。③方辛作为改革的"英雄"，致力于工业区民主氛围的构建，经过多番努力，使工业区上上下下充满了民主的气息。比如，方

---

① 贺江：《论鲁迅对陈国凯创作的影响》，《名作欣赏》2019 年第 30 期。

② 李海燕：《繁华·自由·激情·英雄——新时期以来广东改革文学中的现代乌托邦想象》，《佛山科学技术学院学报》2018 年第 5 期。

③ 马克斯·韦伯：《韦伯作品集（第 2 卷）》，康乐、简惠美译，广西师范大学出版社，2004 年版，第 353～354 页。

辛给企业办公室打电话，结果碰了一鼻子灰，发现工业区缺少民主气氛，下属有意见不敢提，于是他规定工业区的干部应该有民主作风，"要鼓励群众敢于对领导干部提意见"，要"开民主生活会"。此外，企业报纸《大龙湾消息报》主要在工业区流通，还举办各种座谈会，员工们对工业区的事评头论足，说三道四，搞得气氛很活跃。这份报纸首开先例，发表了批评方辛的文章。方辛就是想通过这小报倡导一种民主气氛。"工业区的职工敢于批评自己的领导人，说明我们这儿已经有民主风气民主作风。"① 方辛向中央领导同志提出了大胆的改革设想：让群众投票选举工业区的领导干部，进行住房制度改革。这些在国内的"创举"得到了中央领导同志的认可。于是方辛召集工业区领导层开会，反复讨论形成决策并实施改革。工业区后来又实行了一项民主措施：新闻发布会。这也是工业区独创的大会形式：大庭广众中职工跟领导人直接对话。方辛的立论是：工业区大会的制度不必搬内地那套。内地的会议太多了，会议多则废话多。开会的形式也特别：提前发个告示，让大家知道开什么会。……开会时听得高兴就听，听得没意思可以中途离场，谁也不干涉你。"② 这些民主氛围的创建确实是当时工业区的真实反映。正如作者在《见证蛇口》中提到的："开会的都是头头脑脑，来了一个陌生人。可没人问我是谁。那些会，听得有意思就听，听听没什么意思就走。这些，看起来是个小事，我却从中感受到工业区开放的氛围。不像内地开个会都弄得神神秘秘的。"③ 在后来的新闻发布会中，工业区全面实行聘任制，领导人员受群众投票，票数不过半则另选新人。这个措施充分体现了民主，也对权力腐败起到一定的监督作用。在工业区的民主举措也是蛇口精神的体现。"蛇口人最宝贵的，是他们在封建传统根深蒂固的中华古国敢于冲破各种藩篱，努力去营造一种民主的氛围，民主的环境。我想这就是蛇口精神。"④

① 陈国凯：《大风起兮》，作家出版社，2001年版，第337页。

② 陈国凯：《大风起兮》，作家出版社，2001年版，第465页。

③ 陈国凯：《蛇口随想》，《见证蛇口》，花城出版社，1999年版，第254—255页。

④ 陈国凯：《蛇口随想》，《见证蛇口》，花城出版社，1999年版，第255页。

三、跨文体建构中的抒情性与本土化

曾有论者认为：《大风起兮》最突出的艺术特点是"融多种文体于同一个长篇，是运用多种文体来表达情感事件的'变奏'，是大胆而成功的'跨文体写作'的艺术尝试。①这里所指出的"跨文体写作"具体表现为陈国凯将散文的笔调融入小说创作。散文是叙述最自由的文体，作者通过散文这种高度自由的文体，巧妙地避开了小说中集中又紧张的矛盾冲突，将笔墨延伸至岭南的风土人情，社会的三教九流，鱼龙混杂的人物以及他们的经历和爱恨情仇等，这些"故事之外的'闲笔'"，使小说"漂亮的'交响变奏'景观出现了！"除了论者所指出的散文化倾向，《大风起兮》还着力展示了人物创作的诗词，这些诗词是人物处于特定的情景下的真实情感抒发，不仅仅丰富了人物的形象，也增强了小说的抒情性。

小说的抒情性首先体现在音乐的书写上。陈国凯是一位十足的古典音乐"发烧友"，"一排复杂而气派的音响设备占据了大半个客厅，后面垂挂着各种型号各种颜色的电线，粗粗细细，结成发，扭成一团。"②小说中方辛遵从港人风俗第一次上门拜访凌娜的父亲带了手信——两个老唱片《余侠魂诉情》《客途秋恨》，甚得凌永坚的欢心。小说对其家中高档听音室的描写，如音响器材、室内装潢设计等，看得出陈国凯现实生活的影子，也是作家将音乐融入小说创作的"发烧情结"。凌永坚播放了《我的祖国》，作曲家对祖国的深情表达得淋漓尽致，方辛领略到了"音乐的神髓"和浓郁的抒情意味。杨飞翔在歌舞厅偶遇当年学校的同事黎杏群，他们跟随着广东音乐《春风得意》边跳边说话。董子元出狱后在颐和园听到民间音乐《雨打芭蕉》《喜洋洋》。《雨打芭蕉》是广东音乐的代表性曲目，具有清新流畅活泼的风格，极富南国情趣。《喜洋洋》节奏欢快轻松，充满喜庆氛围。这些曲目以环境氛围式的描写呈现了董子元出狱后的欢快、

---

① 程文超：《论陈国凯长篇〈一方水土〉的跨文体写作》，《学术研究》2001 年第 2 期。

② 蒋子龙：《国凯师兄》，载《2011 年中国散文精选》，长江文艺出版社，2012 年版，第 221 页。

欣喜的心境。黄钟大吕之声到了广东变成了广东音乐《沉醉东风》《柳娘三醉》。方辛的姐姐出嫁时伤心难过而哭，唢呐手给姐姐唱起了即编即唱的客家山歌"阿妹今晚入洞房，阿哥一想就心凉。阿妹哭到眼都肿，阿哥行到卵都长……"这首山歌的吟唱渲染了出嫁的气氛，作者借客家山歌表达了客家人对生活的热爱与珍惜。正如蒋子龙所说"音乐和旋律既能把生命引向深奥，又可以让人的感觉和理解力变得奇妙而迅捷，我忽然觉得国凯师兄仍然有一个豪华的精神世界。听着曼妙的西方古典音乐，我走进他的书房。"[1] 小说中穿插着音乐的书写，使其整体具有丰富的精神世界和浓郁的抒情性。

浓郁的抒情性还体现在小说中点缀的古典诗词上。小说的题名"大风起兮"出自刘邦创作的一首诗歌《大风歌》。全诗体现了踌躇满志、意气风发的豪放胸怀，也透露出对前途未卜的隐忧与惆怅。以方辛为代表的改革者对大龙湾工业区的改革措施立竿见影，改革成效硕果累累，立下了汗马功劳，但对于工业区以青年农民为典型的金钱崇拜和领导干部中出现的权力崇拜这两项核心问题，方辛感到惆怅并吟诵了辛弃疾的几句词"把吴钩看了，栏杆拍遍，无人会，登临意"[2]，抚今追昔，生发出无限感慨，表达了他对改革前景的复杂心情。在小说的文本中镶嵌多处古诗词，抒发个人情志，塑造个人形象，对整体小说叙事节奏延缓，也增强了小说文本的浓郁的抒情性。如董子元和方辛出狱后到司令家，他们相互唱和古诗，"又听雄鸡报好音，宏涛捧日照胸襟"表达了他们多年未见的欢心以及爱国之情，还带有时代气息，无疑是对国家要发展起势的呼应。董子元和方辛在司令的病榻前与司令的主要交流就是两行诗"鸡犬升天终畜类，麒麟伏地亦雄才"。这正是司令内心深处的真实写照。方辛的诗词中含有悲壮的意味。工业区的建设初见成效，处处生机勃勃，轰鸣的工业区建设拔地而起，将不知姓名的荒坟野冢掩盖，方辛感受颇深，在醉意中写下"梅

① 蒋子龙：《国凯师兄》，载《2011 年中国散文精选》，长江文艺出版社，2012 年版，第 221 页。

② 陈国凯：《大风起兮》，作家出版社，2001 年版，第 494 页。

经狂雪花方俏，月照缁衣胆不寒"。工业区的建设步履维艰，但他们顶住了压力也取得了成就。倪文清翻开了方辛写的《无病呻吟集》发现"日理万事仍嫌短"，在有限的时间内为工业区做更多的事，这体现了方辛因时间的焦虑而产生"英雄迟暮"心境的情感抒发。方辛给关跃进看词作，映照了方辛的人生经历，其中"奋力挥身去，骇浪又何干！"这是何等自信、豁达、无畏的精神刻度！

小说中"散点透视"的写法，即是在展现深圳大龙湾区的建设和改革过程时，对重大的改革发展事件作阶段性、横切面式的反映，并不全景描写改革过程中的困难与矛盾冲突。许多矛盾都很快得到缓解，并未构成惊心动魄的冲突，比如劳资冲突有所描写，但小说并未对改革派与保守派的矛盾进行渲染和强化。这种构思一定程度上加快了小说的节奏，使其超脱了常见的情节性结构。"陈国凯最重要的方式，是将改革题材进行了风俗化、人情化、幽默化的处理，这可说是这部书最突出的艺术特征，也是一个贡献。"①小说具有浓厚的岭南民俗色彩，是一部浓郁的广东民俗史。陈国凯带着对岭南地域特色的情感与认同，以巧妙的艺术手笔将岭南独具特色的民俗生活融入其小说中，使小说中的民俗异彩纷呈。正如作者所言，"我生于斯，长于斯，自然对这片热土深有感情。"②《大风起兮》特别注重本土风味，第二稿的篇名为《一方水土》，表明了作者对本土风俗文化的建构意图。对岭南文化的重视和表现，使这部小说在改革文学中显得独树一帜。"广东改革文学深植于岭南文化的土壤里，岭南独特的人文环境与地理精神品格塑造了广东改革文学与众不同的面孔。"③这种本土化的建构区别于其他改革小说仅仅聚焦于改革前后的路数，使《大风起兮》的创作视野更加广泛，展现了现实主义创作方法的多种可能性。

小说主要表现的地域是与香港相邻的深圳宝安大龙湾区。作品开篇从外部环境描写入手，时间初春，万物复苏，且春雨润物，一切都是鲜活的

---

① 雷达：《陈国凯的〈大风起兮〉》，《小说评论》2001 年第 5 期。

② 陈国凯：《大风起兮》，作家出版社，2001 年版，第 496 页。

③ 李海燕：《南方春讯：广东改革文学论》，《江汉论坛》2019 年第 4 期。

亮色，这是方辛一行改革前的考察，预示着万物勃勃生机。随后转入对香港、广东的方言介绍，广东的客家话、广府话（也叫广州话、白话）、潮州话三大语系构成了香港土话的洋洋大观；广东的地理环境塑造了广东人的"短小精悍""灵动活泼"，北方姑娘在广东长时间居住会逐渐向"黄脸婆"转化，这些"奇妙的人文景观"就是"一方水土"的体现。之后通过凌娜与杨飞翔的对话介绍香港文化、广东文化及其文化联系。广东的早茶民俗历史文化被融入小说之中，"喝早茶是广东人的传统习俗，喝出了独树一帜的茶文化，远播东南亚，是粤文化的一大景观。香港沿袭广东的生活习惯，到处是茶楼酒家。"潮州人喝功夫茶，上茶时还有诸如"关公巡城""四郎探母"等名词，也反映了潮州人精细机灵的性格，相比之下，广州人喝茶比较大气。这种茶文化承载着当地人的风俗人情，还承载着特殊的文化意义。而饭后行街，是广州人一大乐事。广州人好食在世界有名，一向有"食在广州"之说。此外，按照客家人的风俗，姑娘出嫁离家一定要哭。"一哭难忘父母养育之恩；二哭故土难离；三哭舍不得离开乡亲父老。"① 这种极具特色的风俗是客家人对婚嫁文化的情感情结展现，哭不仅仅是仪式，也是一种当地的民俗艺术。

陈国凯为人幽默，正如蒋子龙印象中的陈国凯，"只听到从他的嘴里发出一串串的音调、音节，以及富有节感的扬顿……有人说他讲的是汉语，有人说他讲的是正宗客家话。这也正是国凯的大幽默。"② 作者对小说语言和人物语言进行了幽默化的处理。有论者专门分析了陈国凯和王蒙、高晓声、陆文夫的"幽默"不同之处，陈国凯的"幽默"是"一种既有乡村农民的质朴通俗，又有城市工人的聪明诙谐的幽默，是融敦厚善意、轻松与沉重、嘲弄与深情于一体的纯粹岭南式幽默。"③ 又如郭小东认为陈国凯是"多情的宽怀的带着村镇知识分子的善良文弱，一个温情主义者的幽默。"④

① 陈国凯：《大风起兮》，作家出版社，2001 年版，第 242 页。

② 蒋子龙：《国凯师兄》，见《2011 年中国散文精选》，长江文艺出版社，2012 年版，第 219—220 页。

③ 陈国凯：《陈国凯文集·第 10 卷》，人民文学出版社，2012 年版，第 328 页。

④ 广东作协创研室编：《广东作家论》，花城出版社 1994 年版，第 19 页。

如小说写到的"国际笑话"。罗一民接待英国剑桥大学来工业区参观时，向外国客人问出"你们都是建（剑）桥的。请问，你们建的桥有多长？"的问题，遂引起英国学者发笑，也被随行的香港记者将此事以《大龙湾工业区的国际笑话》为标题刊登在香港报纸头条，一时成了国际笑话。陈国凯的幽默体现在小说中并非贯穿式的，而是点缀式的。小说叙述风格表现为紧凑与疏朗交融、激昂与平淡交织。"国凯在小说的每一章都有些手法变换，时而轻舒幽默，时而森然凝重；时而急管繁弦，时而清溪泻水。"①这指出了小说每章不同叙述风格的组合形成"交响"。

总之，《大风起兮》是陈国凯对深圳蛇口工业区作改革个案的总结与书写，视野开阔，内容丰富，涉及了政治、经济、文化等各领域，上到国家领导人，下到工厂工人，人物复杂繁多，地域描写广阔，具有史诗性倾向。作者以多种写作风格形成了这部小说的"交响变奏"，具有浓郁的抒情性和岭南文化所散发出来的独特蕴含。小说整体以社会广角式的宏大叙事与生活风俗的精微记录相结合，形成了宏观的惊世骇俗与微观的毫发无伤相统一的审美效果。有学者认为：在世纪之交的改革文学长篇小说中，体现为社会主义现实主义的修辞特征："以戏剧性冲突组织起来的问题性事件、以'英雄'形象负载某种价值功能的典型人物、以具有地域色彩或社群特征的具体空间作为基本环境。"②《大风起兮》也基本如此，反映了经济特区创建过程中的重大事件，是反映改革艰难和阵痛的现实主义长篇力作，其重要的文学、美学、历史价值都值得重视与关注。

---

① 左夫：《国凯和他的〈一方水土〉》，载《一方水土》，陈国凯，中国青年出版社，1999年版，第516页。
② 贺桂梅：《人文学的想象力——当代中国思想文化与文学问题》，河南大学出版社，2005年版，第230页。

为改革开放树碑立传

——陈国凯长篇小说《大风起兮》北京研讨会纪要

温远辉①

2001 年 8 月 9 日，中国作协创研部、作家出版社、广东省作协、中国社科院文学研究所、《文艺报》社和《文学报》社六家单位联合主办的陈国凯长篇小说《大风起兮》研讨会在北京举行。会议阵容鼎盛、气氛热烈。著名作家、评论家、编辑家、新闻界朋友共 60 余人出席了研讨会。中国作协党组书记金炳华，作协书记处书记金坚范、吉狄马加，中国作协副主席、著名作家邓友梅、张锲、蒋子龙，作协主席团成员、著名作家李国文，著名作家、评论家吴泰昌、阎纲、雷达等出席会议并作了精彩发言。新华社、中央电视台、中新社等近二十家新闻机构记者参加研讨会并作了相关报道。

为改革开放树碑立传

金炳华在研讨会上，对陈国凯创作出《大风起兮》给予充分肯定和较高的评价。他说："国凯同志长期深入改革开放的火热生活，关注着时代风云。《大风起兮》生动刻画了方辛等一批与时俱进的新人及其所处的伟大时代。""他写出了历史发展的总趋势，但又直面矛盾，没有回避历史进程中泛起的沉渣。通过主人公与丑恶现象的斗争，表现了共产党人和社

---

① 温远辉，曾任《作品》副主编、《中西诗歌》执行主编，著有诗论集《诗必须有光》、评论集《身边的文学批评》、诗评集《善良与忧伤》。本文原载《南方日报》2001 年 9 月 15 日。

会主义制度代表人民根本利益的主题。"

张锲发言认为："这是当前长篇小说创作当中非常值得重视的一部力作，也是国凯创作当中的一部扛鼎之作，标志着他在文学创作上又进入一个新的阶段。"邓友梅认为："这是近年来我所看到的写改革开放时期，写邓小平理论指导下中国人民从经济崩溃边缘走向提高综合国力这段历史时期所不可代替的一部作品。国凯刚好写这段最关键历史时期的最关键、最典型性的人物，最有典型性的地区事件，我觉得他在这一点上功不可没。"雷达说："我认为国凯的作品达到了历史的真实，留下了文献的意义。是一部有独特价值的作品。国凯是试图回答我们这个时代重大精神课题的作家，他特别充满了生活的激情。"刘锡诚指出："陈国凯是经过了二十年的思考与沉淀之后付诸笔墨的，在这个漫长的创作过程中，淘汰掉了那些曾经在生活中汹涌而至、但毕竟属于泡沫一类的不反映生活本质的东西，他选择了从小到大从弱到强、具有无限生命力、代表着历史前进方向的东西。""最重要的，是写出了体现着历史前进方向的那些人物的复杂个性，因而就使这部小说显得更具有文学作品反映现实的应有的客观性和历史深度。"

具有与时俱进的品质

大家在发言中不约而同地指出，《大风起兮》具有与时俱进的品质。李国文说：党与时俱进，文学也要与时俱进。"现在要了解二十年来广东珠三角新冒出来的城市发展过程中最完整情况的，我觉得应该看国凯的这本书。他准确地描写了这二十年来珠三角城市的发展。""这书好就好在大的题目、大的思想、写大历史同时反映岭南大的文化。所以说这本书是一部与时俱进的，反映当代改革开放的小说。"邓友梅指出，文学就应当反映出时代的进步，他说："我觉得国凯这部作品，首先是人物写得好，好在生动。他写了几个人物，这些人物的性格只有在中国共产党的领导下中国进行改革开放、拨乱反正，建设有中国特色的社会主义时期才能展现出来，才能展现它的光彩。"程树榛认为，这部作品是贴近时代、贴近群众和贴近生活的。确实是与时俱进的。阎纲认为，小说说尽了特区春色，重现了时代风雨。吴泰昌说："《大风起兮》这部好作品体现了党中央和广大读者需要的东西。这部小说是国凯创作的一个非常高的飞跃，也是广东这几年来抓创作的一个硕果。"周政保认为，《大风起兮》是同类题材中非常有深度的一部作品。小说贯穿忧国忧民的精神。另外，小说好就好在将歌颂与批判的隔墙推倒了，既歌颂了方辛和一批志同道合的改革者，但是在歌颂中也带有很大的批判。这部小说把历史前行的"阵痛"表现出来了。

大气磅礴举重若轻

雷达认为，陈国凯创作的特点是"把时代的荣辱和人物的命运交融得非常好"。他说："这部作品由陈国凯来写最合适不过了，只有这样写，才能写出历史本质的真实。他对广东人的理解是其他人不能代替的。"他认为这部小说超越了单一的小主题，进入了文化的大视野。李国文评价，《大风起兮》有几个特点，"第一，在国凯所有的作品中一贯以来的是百姓的心态。他始终以人文的关怀去关注老百姓的生活，这是他创作的一种风格；第二，他的作品发扬了一贯幽默、机俏、讽刺的笔调，读起来非常生动；第三，写了许多外乡人所想象不到的南北交汇地区所发生的人员冲突的生动细节。另外，这部作品写了许多闲笔。这闲笔不闲，看起来非常生动。"程树榛说："这部小说是改革开放的编年史，从粉碎'四人帮'写到改革开放大潮，作品表现的是大气。再就是写了改革开放中人们心灵的变化，很多人适应了改革开放，很多人适应不了改革开放。作品中的人物不是高大全的，都是非常生活化的人物。"白烨用了两个成语来表示他读了这部小说之后的感觉，一个是"狮子搏兔"，一个是"游刃有余"。他说："给我很深的印象是作品虽然写工业区的经济改革、经济建设，但是作家并不着重写这些，而是写这些背后人的观念的变化，包括体制的改革等等，作家抓住了根本，写深层次，超越经济

259

写人的精神。"蔡葵认为,《大风起兮》是典型的改革文学的路子和题材,但写法完全跟以前的改革文学不一样。它反映的是五光十色的平民社会的生活。所以,这部小说最值得我们重视的就是对主旋律作品的突破意义。它最成功最值得注意的就是创作观念从政治化到生活化,叙事模式从图解生活到还原生活,这是国凯创作的真正意义。

一部广东民俗风情史

与会者对《大风起兮》的艺术风格、特色以及表现技巧,进行了多方面的探讨,许多人认为,作品成功就在于避开了改革文学的套路,写出了一方水土的文化趣味。程树榛指出:"这部作品生动地展现了广东民风史。看了之后,对广东的民俗民情有很深的认识。"雷达说:"把重大的政治经济事件转化成一种民俗化的描写,这是他的特点。""所以,我们常常在小说里看到的是一种风俗的文化的和很诙谐的生活场景。"蔡葵认为:"《大风起兮》真正集中发挥了陈国凯的创作优势。他的优势就是南国乡土情结,幽默风趣,健康乐观的生活态度。"李炳银也认为《大风起兮》把一个很庄重的很深刻的话题生活化了。《大风起兮》是大风在刮,给人看到的是卷起生活的漩涡,生活的浪花。他说:"国凯对改革的理解和感受是非常深刻的,他对生活的理解和感受也是很深透的。他对广东对香港对特区理解是北方的作家包括京城的作家都不可能企及的。所以他对改革理解得深透,对广东的生活,对人的心理的历史和文化的理解很深透,所以举重若轻。"他还指出,小说的成功还在于把"大"和"小"结合得很好,大的背景,小的人物,大的事件通过小的事件反映出来。马相武认为,"陈国凯的写法跟很多人不一样,他是把改革当生活来写,当人的心理变化,人性的演变,感情的经历来写。""写小说最关键是要写出人的精神的变化,这是最根本的东西。这就是《大风起兮》给文艺界带来的最重要的启示。"

陈建功最后总结说,这是一次很好的会,大家对国凯的新作给予很高的评价，对其参与生活的姿态，忧国忧民的情怀，与时俱进的品格，鲜明生动的人物形象，独特的结构布局，幽默风趣的语言，还有雄浑与细腻、张弛有致的叙事风格等等，都作了充分的肯定。会议开得非常成功。

辑七

管中窥豹

难能可贵

——读小小说《学生》所想到的

易准 [1]

　　小小说要求短小精粹，以小见大。取材于现实生活的小小说，往往能通过生活的一鳞半爪，触及时代的脉搏，反映时代的精神，成为激励群众战斗的鼓点。但要在短小的篇幅中，撷取生活的一个片断，塑造出生动的艺术形象，体现令人深思的主题，却不是容易做到的事。陈国凯的小小说《学生》[2]，可算是写得较好的一篇。

　　这篇作品，摄取了工厂业余技术夜校的一个镜头，真实地再现了一位年已花甲的老干部勤奋学习科学技术的动人形象，从一个侧面反映了当前向四个现代化进军的时代风貌。它篇幅虽小，却通过具有时代色影的人物形象，反映了时代的脉搏，传出了时代的心音，揭示了一个今天人人关心的富于现实意义的主题。读来扣人心弦，引人深思。

　　像《学生》所反映的这一类日常生活的题材，在今天的工厂生活中是到处可见的，也有不少作者试图反映，却往往不易写好。问题的关键，在于是否能对题材深入开掘，在思想上有新的发现，在艺术上有所创造。《学生》的出色之处，正在于作者观察敏锐，能透过这种常见的生活现象，发

---

① 易准，作家、批评家。著有评论集《创作随谈》《熟悉的陌生人》《艺海浪花》，报告文学《勇敢的黎族姑娘》（合作），散文、随笔集《海外游踪》（合作），主编《典型、批评方法及其他》。本文选自《创作随谈》，广东人民出版社，1981 年 4 月版，第 118—120 页。
② 陈国凯：《学生》，《南方日报》1978 年 4 月 16 日。

现生活中闪光发亮的东西，既赋予他的题材以时代精神，又使时代精神化为形象的血肉，体现于生动的艺术形象之中。这是《学生》之所以具有较大的思想容量，具有较强的时代色彩的根本原因。

小小说由于篇幅短小，主题单纯，不可能写较多的人物，只能集中笔墨勾勒主人公的思想性格的某一点。《学生》就只写了两个人物，作为学生的党委书记张平和作为老师的丁技术员，而写丁老师也是为了写张平。作品的情节都是由这两个人物的思想性格及其相互关系产生的。作者只截取了夜校生活的一个片断，在这个片断中，又精选提炼，舍弃了一切与张平无关的情节。开头用白描虚写，以丁老师的亲身感受对张平作了形象的评价，接着是夜校上课的场面，但作者却不写上课，而写张平的缺课。由"张书记今晚缺课了"，引出了张平请假的纸条，和他冒雨回来交作业本、要求补课的情节。这样构思布局，是出于表现主题和人物性格的需要，既避免了平铺直叙，又省略了其他的枝蔓，使焦点集中，始终对准张平。这种对人物、情节"精兵简政"，把艺术构思的着力点，把有限的笔墨全部集中到主人公身上的表现手法，对于小小说的创作，尤其重要。

文艺作品的主题思想不能抽象地表达，只能通过艺术形象来体现。对小小说的要求也是如此。《学生》的主题，正是从张平这个"老学生"的艺术形象，从他与丁老师的关系所构成的生动画面中显示出来的。在小说中，张平这个人物看似平凡，实则崇高；他是个别的，又是具有普遍意义的。在厂里，他是声望最高的党委书记；在夜校，他是年纪最大的学生；在学生中，他又是担子最重、工作最忙的一个；但他却一点也不显得特殊，处处以普通学生的身份出现，并模范地做到了一个好学生所应做到的一切。这就从平凡中显出了不平凡，典型地概括了我们从老干部身上常见的那种优良传统和作风。作者以饱含感情的笔触，不是只从表面上描写他做了些什么和怎样去做，而是通过他的言谈行动，披露了他的精神世界，揭示了他为什么要这样做的内在因素；而这种内在的支配人物行动的积极因素，正是张平思想性格中闪光的东西。作者并没让他讲过一句向科学技术进军的豪言壮语，但读者透过他那朴素的语言和扎实的行动——对自己的严格要求，对老师的尊敬体贴，对学习的谦虚好问、一丝不苟，却看到了他向科学技术进军的坚强毅力和雄心壮志，从而受到强烈的感染，产生了内心的共鸣。以二千字的篇幅，而能产生这样的艺术效果，是难能可贵的。

在向四个现代化进军的新的长征中，希望有更多的作者拿起战斗的笔，重视和运用小小说这种轻武器，迅速地反映新时期的新生活，热情地歌颂在各条战线上为实现四个现代化而奋斗的新人物！

1978 年 6 月

灵魂雕塑的艺术探求

——读陈国凯的《代价》及其他小说

李孟昱[1]

鲁迅在《俄文译本〈阿Q正传〉序》一文中说过，他的创作就是为了画出"国民的灵魂"。我们欣喜地看到，陈国凯在他的近作，特别是在中篇小说《代价》中，对于各种人物灵魂的雕塑、性格的刻画，都有了长足的进步和明显的突破。《代价》的问世，标志着作者的创作进入了一个新的发展阶段。

陈国凯过去所发表的作品，多是透过平凡的生活现象，努力挖掘社会主义的新人、新品质，着力揭示蕴涵在人们精神中的心灵美。所以，他的作品犹如生活长河中的一片微澜，时代凯歌中的一支插曲。这是陈国凯早期创作上的一个突出特色。例如，《部长下棋》塑造了一个诙谐风趣，把下棋作为密切联系群众桥梁的工厂宣传部长的形象，讴歌老的革命传统和新的革命风格融为一体的闪光品格。《女婿》娓娓动听地讲述了李明山与未见面的女婿邂逅的故事，闪现了青年工人张小龙开阔明朗、乐观进取、敢于斗争的性格光辉。在《龙伯》里，通过龙伯退休后第一天生活的真实描写，展现了老一辈工人身上的传统美德。由于作者致力于探求生活中的美好事物，使得他的作品充满着社会主义的激情，洋溢着新生活的诗意，具有欢快、明朗、幽默、富于生活情趣的艺术风格。

---

① 李孟昱，曾任《南方日报》主编、《南方日报》副总编辑，著有报告文学集《春之韵》等。本文选自《作品》1980 年第 9 期。

《代价》和《我应该怎么办？》除继续保持并发展了这一艺术特色外，作者的主要注意力和笔墨都集中在对各种人物灵魂的雕塑上。作者经受过"文化大革命"带来的各种磨难，对生活的深入思考，使他的眼界更为广阔，认识愈加深刻。他懂得：生活不仅有他过去作品所描绘的那样春光明媚、飞花点翠般美满的情景，而且还有着浊浪翻滚的逆境、沉渣泛起的时刻。在逆转的噩境里，有的人的心灵在复杂的磨砺中会更加净化，焕发出真金般的光辉；在特定的气候中，有的人思想里的污秽会加倍膨胀，露出他邪恶灵魂的灰暗本色。因此，通过剖析和再现某个特定时期人们灵魂的美和丑，以达到干预生活、推动社会前进的目的，已经成为陈国凯在创作上所热切追求的目标。他的作品也随之出现了平易而又隽永，自然而又凝练，明快而又深沉的新特点。

这两篇作品，都是取材于十年浩劫的动乱年代。《我应该怎么办？》通过薛子君、刘亦民、李丽文三个人物悲欢离合的境遇，揭示了产生这种悲剧命运的历史原因。《代价》则在更广阔的社会背景上，揭示了"文化大革命"中以及粉碎"四人帮"后，科研战线上正义与邪恶、崇高与卑鄙、爱情与仇恨的激烈的灵魂搏斗，人们在事业上、精神上，甚至肉体上所付出的血的代价。作品形象地向读者表达了一个明确的思想：人们在这场浩劫中虽然付出了不可估量的代价，但它换回来的是革命者的磨炼成长，党组织的进一步纯洁，科学的受到尊重。而这，正是我国实现四个现代化的力量和希望所在。

《代价》塑造了一系列显露着时代印记和具有鲜明个性的人物形象。例如：知人善任、具有远见卓识的老厂长周人杰；知识渊博、正直严厉的总工程师刘士逸；饱受凌辱、敢于反抗的徐惠玲；淳厚坚强、忠于爱情的刘子峰，等等。而作者着力刻画的徐克文、余丽娜、丘建中三个人物，给人留下了更为深刻的印象。

作者笔下的徐克文，他学养深厚、品德纯正、胸怀坦荡、意志坚毅。是那魔怪横行的年代，把他抛进了充满血污的悲惨境遇之中。他仅仅为工厂党委书记说了几句公道话，就遭人陷害，银铛入狱，几乎赍志而殁。四凶覆灭，他带着心灵和肉体上的累累伤痕，从监狱回到了冶炼厂研究所。可是，摆在他面前的是更为错综复杂的局面：组织上要求他主持"新一号科研项目"的试验，他的上级就是昔日陷害自己的仇人，而改嫁给仇人的爱妻、掴过自己耳光的同事，都将成为自己不可缺少的助手。这使他的心灵又陷入了爱与恨的激烈冲突和微妙的人事纠葛中。徐克文面对着这错综复杂的关系，丝毫没有退缩，他燃烧的胸膛里迸发的"个人是渺小的，事业是永存的"掷地有声的语言，表现了以大局为重，强压住仇恨烈火，不计较个人的恩怨，倾心于党的事业的宽广博大的胸襟。徐克文这个形象，典型地概括了某些中年知识分子所经历的生活道路和生活命运，艺术地再现了惨遭迫害而又不屈斗争的革命者的精神风貌。在粉碎"四人帮"以后，他并没有沉湎在昨天的悲痛和刻骨铭心的仇恨中，更没有用无穷无尽的埋怨或无休止的空谈，来消磨党和人民艰苦地夺回来的宝贵时光。他透过泪光，坚定地望着未来；带着伤痕，顽强地奔向明天。

余丽娜写得另有一番深意，无论从形象蕴含的思想还是从艺术感染力来看，都比其他形象更为丰满生动。在徐克文身系囹圄，大女儿惠玲堕落为流氓后，为了挽救也已陷入了绝境的儿子，更重要的是为了保护"新一号"科研项目的成套资料，作为一个弱者，她被迫以自己的特殊方式继续和丘建中进行着一场屈辱的也是顽强的斗争。她被迫违心地改嫁给陷害丈夫的仇人，在苦痛的熬煎中度过了数年。徐克文出狱后，她面对着自己付出的精神和肉体的代价，内心的苦痛达到了顶点。终于，她在帮助"新一号"安装好试验用的测定仪后，给徐克文留下遗书，告知埋藏"新一号"资料的地址，便含着无穷的悲愤和血泪，跳河自杀了。这美的毁灭的悲剧，既是对林彪、"四人帮"极"左"路线的强烈控诉，同时也显示了余丽娜为真理而献身、为事业而殉职的灵魂美。余丽娜用生活和屈辱给人们保留下来的，不只是一箱科研资料，而是她那颗热烈跳动着的赤诚的心！余丽娜的形象有着鲜明的个性，柔弱温存与勇敢坚韧、忍辱负重与挺拔高尚，和谐地融会在她纯洁的灵魂之中。

丘建中的灵魂是丑恶的。在"风度翩翩、豁达大度"的外表掩盖下，包藏着一颗伪善、邪恶和阴暗的内心。他靠陷害徐克文等革命者，登上了研究所所长的宝座；以卑劣的手段，借刀杀死岳父刘士逸，夺得了老工程师的洋房；无耻抛弃妻子刘珍妮，威逼余丽娜同他结婚。正当他为自己已经获得的地位、洋房、美妻而自我陶醉的时候，"四人帮"垮台了。他失去了反革命的政治支柱。他仇恨党中央，仇恨四个现代化，因为这阻碍了他的野心和欲望；他也悔恨自己，当初"没有置徐克文于死地"，没有把刘珍妮"搞掉"，以至"留下心腹之患"。眼看已经攫得的地位、洋房、美妻就要失去，他像一个输光了的赌徒，疯狂地挣扎。丘建中的艺术形象，具有一定的现实意义。他概括了我们革命队伍里已经下台的或尚未下台的一小部分渣滓人物的思想、作风和品质。

《代价》《我应该怎么办？》写的都是悲剧，但从徐克文、余丽娜的美好心灵里，人们看到的不只是境遇的悲惨、眼泪的哀伤，而感受更多的是人格的伟大、力量的不朽。这其实也是陈国凯过去作品致力于描绘我们生活中美好事物的创作特色在现阶段的发展和创新。而《代价》比《我应该怎么办？》又有了新的突破。《我应该怎么办？》主要通过人物苦难的厄运，血泪的控诉来揭示主题，对描绘人物的心灵美、性格美虽已注意，但仍嫌不足。在《代价》里，作者更着意发掘和牢牢把握住每个正面人物积极的、进取的、美好的心灵，而这是任何丑恶势力所毁灭不了的。所以，读了《代价》，令人悲怆，而它又调子高昂，催人泪下，能激励人们奋发向上。它不仅在灵魂雕塑上获得某种程度的成功，还在创作社会主义时期悲剧作品方面提供了某些有益的经验。

灵魂，是人物形象的生命。而这，必须通过人物性格的刻画才能实现。作者善于运用不同的艺术手法，全力刻画人物性格的内在特征。

陈国凯早期的小说，多是通过平凡的生活现象和典型的细节来揭示时代的脉搏和人物的风貌。比如《部长下棋》，仅描写了老余利用"棋盘子""把老工人心里话都掏出来"的两个场景，下棋中旁敲侧击的询问，风趣盎然的对答，以及棋势与人物心理的天然巧合，勾勒出一幅幅具有人物个性的速写画。《"看不惯"和"亚克西"》，细节的描写也真实、准确而又传神。沈秀文分配工作时的嬉笑、平时穿着的花哨、大姑娘爬树的"野性"、以及最后为排除故障而受伤等细节，都是作品从人物的特定性格生发出来的特定行动。在《代价》里，作者对刻画人物性格的细节更加运用自如，准确地揭示出人物内心深处异常细微的复杂感情，凸现出人物的个性特征。例如，作品写余丽娜改嫁后的屈辱生活，只描写了她把心力都放在花草上的一个细节。作者借丘建中的心理活动写道：

"……她花了几年的时间，嫁接了一代又一代杜鹃花……到了今年春节后，终于出现了一盆皎如素练的纯白的杜鹃花。她把它爱惜地捧在窗台上。他第一次看见，余丽娜望着这盆银花灿烂的杜鹃花，脸上绽出了一丝笑容。……但是她一看见丘建中，笑容便消失了……"

这个细节简练而含蓄，既是托物喻人，用纯白的杜鹃花来比喻余丽娜心灵的洁白，象征她对徐克文爱情的忠贞，又表现了她在这场特殊的斗争中因暂时未被人理解，而只能对花寄情的难言的痛苦，从而揭示了她的内心矛盾和独特的表达方式。又如作品对丘建中威迫余丽娜，余丽娜愤怒地"从枕头下面抽出一把剪刀来"的细节描写，传神而又深刻。她"牙咬着嘴唇"，手拿着剪刀，但是双手抖动着，随即，"突然又瘫软地趴倒在床上，忍声压气地痛哭起来"，既披露了她长期压抑在胸中的复仇的怒火，又展示了她性格中柔弱的一面。再如作品对余丽娜在安装分析装置时，见到徐克文来到身边，她双手颤抖，捏碎玻璃管，鲜血直流等细节的描写，也细微地展示了余丽娜内心的悲苦，并为她的性格发展及其悲剧结局，埋下了一抹有力的伏笔。

人的性格是复杂的。只有充分描写人物性格的复杂性和丰富性，才有利于揭示人物内心深处的灵魂世界。在《代价》《我应该怎么办？》里，作者尝试把人物性格放在背景更广阔、更复杂的生活场景中去，融合到更为奇特曲折的故事情节中去描写。这就为刻画人物性格提供了更多的典型细节；而细节的描写，又丰富了人物的血肉，使个性特征更加鲜明，给作品带来了引人入胜的艺术魅力。陈国凯的这种尝试是经过一个探索过程的。《我应该怎么办？》由于过于侧重了故事和人物命运的叙述，而对如何从情节的发展中去全面展示人物的性格，则注意得不够。在《代价》里，作者用粗线条勾勒曲折奇特的故事，用工笔重彩去描绘人物的性格和心灵，使人物性格在小说的每一个细节和情节里都得到充分的描写。小说对余丽娜性格的刻画，采用先抑后扬的手法，先是埋下伏笔，引起读者的悬念，然后随着情节的发展逐渐向人物性格的纵深发掘。直至最后，小说情节奇峰突起，才把她心灵深处美的闪光奉献给读者。

陈国凯刻画人物性格特征的另一手法，是善于从人物性格的矛盾冲突中描写性格的发展，使人物的性格对比得更加鲜明生动。陈国凯的小说，大都具有不同形式的性格矛盾冲突，如《丽霞和她的丈夫》中的丽霞和杨小保，《责任》中的李立山和高小刚，《女婿》中的张小龙和丘振文，《"看不惯"和"亚克西"》中的沈秀文和洪铁山，等等。在《"看不惯"和"亚克西"》中作者为沈秀文、洪铁山安排了层层递进的性格冲突、互相映衬的鲜明对比，一个聪明活泼、敢作敢为，一个古板浮躁、因循守旧这两种不同的性格特征，便从对比中鲜明地显现出来。在《家庭喜剧》《结婚之后》《家庭纪事》等小说中，我们看到的是另外的格调。作品虽然没有激烈的、锋芒毕露的冲突，却将性格矛盾寓于家庭的嬉笑怒骂、欢语喧闻之中，读来如闻其声，如见其人。作者表现这种人物性格冲突时，很注意典型环境的描绘。在《代价》中，作者为三个主要人物设计了一种颇为复杂的关系。他们是老同学、老同事，有友谊，也有嫌隙。他们之间，原来就有爱情纠葛上的恩怨，也有由于事业上的成就而招致的嫉妒。这十分微妙复杂的关系，在真理被踩躏、正义遭践踏的动乱年代，由于残酷的政治斗争和个人嫌隙纠缠在一起，更发生了深刻的、悲壮的冲突和演变。粉碎"四人帮"后，昔日的仇人、爱人、同事又聚集在一起，共同参加"新一号"科研项目的试验。他们之间的矛盾又有了新的发展，较之以前更为错综复杂。他们每个人都面临着严峻的考验，都必须在相互的关系问题上作出自己的抉择。作者正是冷静地以他曲尽幽微、鞭辟入里的笔触，描绘出这样一个典型环境，并把人物置于这错综复杂的矛盾斗争中，去刻画他们的思想性格和矛盾冲突。在正义与邪恶的每一次较量中，都勾画出徐克文的正直、坚毅与崇高，余丽娜的善良、高尚和某一程度的荏弱，反衬出丘建中的卑鄙、伪善和狠毒。作者不仅充分描绘了人物生活及行动的特定环境，而且将这特定的环境置于整个时代的历史背景之下，使徐克文、余丽娜和丘建中之间的矛盾，同当时整个社会的阶级矛盾和复杂斗争融为一体，使徐克文、余丽娜的高尚行动，和社会主义现代化的伟大事业联系起来，不仅写出了人物在这种典型环境中形成的自己的独特性格，还描写了人物（特别是徐克文）努力改造这种环境的能动作用。这就使得正面人物的精神境界和作品的主题思想，都得到进一步的升华和深化。

作者在刻画人物性格时，学习、继承我国古典文学的传统手法，描写人物的内心活动，不是借助于静态的、冗长的心理描写，而是从人物的相互关系和行动中去描绘人物细微的心理状态。《代价》对徐克文、余丽娜的内心活动的描写，就采用了这种表现手法。比如，描写徐克文出狱后同余丽娜重逢，小说首先写徐克文在去研究所的路上，见到那棵高大的枇杷树，"一下子勾动了他的情思。"他想到了余丽娜。但是，他又"警觉起来"，觉得"不能让这种缠绵悱恻的感情干扰自己"。随后，在楼梯口和余丽娜不期而遇，两人"都怔住了"。徐克文"内心感情的波涛猛地一下子翻腾起来，真想扑上前去，抱住她，抹干她的眼泪"。但是，他"终于约束好自己，低声地然而是坚定地说：'丽娜，忘记过去吧！我们可以成为好同志……'"这些深沉的内心描写，非常真实地表现了徐克文当时复杂的心理，它使读者触摸到了徐克文那颗受了深重创伤的痛苦的心，那颗决心为了事业而抛弃个人一切恩怨的高尚的心。这段文字简洁凝练，情发于中，字字泣血。而余丽娜，作者只写了她"脸色煞白，一阵痉挛""像傻了似的"，淌着无声的眼泪，她那无可言状的悲苦便已跃然纸上，这既进一步展示了余丽娜那刚柔相济的性格特征，又为她的死，作了应有的铺垫。小说多处描写徐克文对余丽娜的情感，委婉细腻，真切入微，时而奔放，时而抑制。奔放时表现出他对余丽娜感情的真挚，怀念的深切；抑制时，凸现出他忘我工作，把党的事业放在第一位的高尚情操。在人物的微妙关系和波浪起伏的感情节奏中，徐克文的形象就显得更加真实丰满，光彩夺目。

刻画人物性格，不管采用何种技巧，都必须从生活出发，根据人物性格的内在逻辑，写出性格的发展来。在这方面，陈国凯也有着自己的探索。《代价》中余丽娜的死，就是她性格发展的必然结果。作品赋予余丽娜最大的性格特点是柔中存刚、弱中蕴强。柔弱的性格，使她不可能毅然冲破世俗的观念，果断地将事情讲明白，重新回到丈夫的身边；而刚强的秉性，则又决定了她在丈夫回来后，不愿再忍辱生活下去。作品为余丽娜设置的特定环境，充满着人们对她这种屈辱斗争产生误解和不信任的氛围：邻居、儿女鄙视、憎恨她，徐克文因世俗的观念和不明事实真相而不理解她，丘建中则在继续蹂躏和威逼她。如果说，她在拼力争斗中，为了事业，为了丈夫，为了儿女，还有一股力量支持着她顶着压力苦熬下去；那么，在粉碎"四人帮"后，眼看别人在胜利欢乐中前进，而自己仍然要承受着如此沉重的社会压力和内心痛苦的折磨，这时柔弱的她，是再也没有力量能支持这种压力和痛苦了。她只能带着一颗对事业、对亲人赤诚的心，用死来结束这一切。余丽娜的死，是她性格发展的最高峰，是她灵魂深处性格矛盾合乎逻辑的发展，既出乎意料之外，又在情理之中。余丽娜的悲剧，说明作者的探求是严肃的、清醒的。但是，作者在对反面人物丘建中的性格刻画时，却没有注意从人物性格的内在逻辑出发。小说是将丘建中作为阴谋家、两面派的形象来描写的，但对他的政治野心，对他玩弄一切阴谋手段追求权力和私利，似嫌揭示得不够。特别是小说后半部分对丘建中的反扑和挣扎，过多地强调了洋房的因素，这多少妨碍了作者去深挖丘建中野心家的本质，去揭露他最肮脏、最丑恶的灵魂，在一定程度上削弱了丘建中形象的典型意义。这恐怕也是丘建中这个形象比起其他人物稍为逊色的原因。

对于人物灵魂的雕塑，正如鲁迅所说，这实在是一件难事。在这方面，陈国凯正一步一个脚印地在探求着。作者是一位严肃地探索着生活，也严肃地探索着艺术的中年作家。由于他生活积累的丰富，思想的解放和创作上永不满足的精神，使他的创作在粉碎"四人帮"后，有了较大的进展。这是很值得高兴的，我们期待他取得更大的成就。

《家庭喜剧》编后小记

弘征 [1]

　　"不高的个子，文弱的身材，戴着一副深度近视眼镜，说话细语轻音，一个知识分子的外型，而又分明透露出一种工人特有的气质。"记得去年在一篇为报纸写的小文中，我曾这样描绘过国凯的形象。但此刻，面对他这一大叠作品，虽然其中每一篇我都曾经读过多遍，却怎么也不能用几句简略的话把它们的特点概括出来。

　　国凯同志是一位有名的工人作家，十几岁就进了工厂，在工厂里生活了二十多年。翻开他的集子，几乎全部写的是他所熟悉的工厂生活。从车间到家庭，无不在他的笔下得到反映；从男女青工、老师傅、技术人员到厂长、书记，都是他作品里的主人公。老作家萧殷在给他的小说集《羊城一夜》写的序言中说："我发现他对工厂的生活和各种人物都极有兴趣，每谈起这些，不仅在外形上绘声绘色，且看得较深，能一语通透灵魂。"

　　国凯曾经对我说过："在文学这个'大厨房'里，我不能像那些新老名厨那样做出脍炙人口的山珍海味，只是个拿擀面杖的普通角色，制造出一些大饼油条。这些东西，虽无惊人之处，不能让人回味无穷，但也许会有人天天需要。"他还认为：每个作家都有自己的读者群。他把那些文化水平不甚高的工农群众、青年小知识分子作为自己的主要读者对象，在创作中着力追求一种比较通俗化和民族化的文体。故他的作品，具有浓郁的生活气息，不以"巧"胜，而以"真"传；不追求情节的离奇，善于从复

---

① 弘征，曾任湖南文艺出版社社长、《芙蓉》杂志主编，著有《弘征词翰》等。本文原载《南方日报》1982 年 2 月 12 日。

杂纷纭的现实生活中捕捉富有表现力的典型细节来刻画人物；继承了中国小说中一些传统的表现手法，没有累赘的景物陪衬和大段的心理描写；行文简洁，颇见诙谐，使人在轻松的阅读中得到思想上的启迪和美的享受。我以为，这正是他作为一个工人作家所特有的风格，也使他的一些作品成为人们传诵的佳篇。

这个集子里的作品，从他六十年代初期写的得奖作品《部长下棋》到去年底写的《工厂奇人》，可以清晰地看出：他的起步就比较踏实和具有自己的个性，一步一个足印，在向着新的境界攀登。是黎明时汽笛的长鸣，是车床高速切削出来的旋律，是加热炉反射出来的火焰，是电子计算机清脆的歌声。其间，有纵情的欢笑，也有痛苦的沉思。讴歌足以动人心弦，鞭挞亦可促人深省。揭示矛盾是为了清除前进中的障碍，亮出伤疤是为了愈合肌肤。作者勤于观察，也善于思考，故其所作，能从朴实中见深沉，从平淡处振聋发聩，具有较强烈的感染力和经得起时间考验的生命力。

在我受命编这本小说集的时候，国凯同志曾一再嘱我为之写几句话。自度学薄才疏，真是不胜惶恐！但国凯同志有他一个颇为奇特的想法：想开一个由责任编辑或仅是友人而又是不见经传之辈写序的先例，这也许又表现出他的工人性格吧！从这两条加上我自己也曾经在工厂里待过二十多年，对他的作品又有偏爱，再三请辞不允，只好遵命呈拙。不敢言"序"，算是一个"编后小记"吧。

在这里要附带说明的是：这虽是国凯的一本小说选集，但并未包括他的全部优秀作品。如他那部引起广泛注意的中篇《代价》因已有单行本大量发行，一九七九年的得奖短篇《我应该怎么办？》也因已在好几种选本中入选，为避免读者迭见，这个集子中就都没有收入。

1981 年 11 月 1 日

为新时期的改革擂鼓

——读《陈国凯中篇小说集》①

赵雅瑶

陈国凯的小说以鲜明的思想性和幽默的风格，吸引了许多读者。

陈国凯是以写工人题材为主的作家。工人阶级在资本主义社会是一个受剥削、受压迫的阶级。今天在我国，工人阶级已经成为国家的主人。但是，我国经过长期的半封建半殖民地的社会，经济不发达，新中国成立后的三十多年来又走了一段曲折的路，工人队伍的发展、壮大、成熟，还面临着许多复杂的问题。因而，一个作家注视工人的命运，发掘并表现他们美好的思想品质，反映他们的成长过程，这无疑是有深远意义的。陈国凯的小说，就包含着这方面的价值。

最近，湖南人民出版社出版了《陈国凯中篇小说集》，内收他的四个中篇小说：《工厂姑娘》《平常的一天》《姐妹之间》《秀南峰轶事》，前三篇都是取材于南方工厂的日常生活，触及了当前工业战线正在进行的改革这一课题，几个作品均塑造了具有时代气息的工人形象，这些人物经过生活道路上的种种艰辛，有着种种不寻常的经历，他们是生活中的强者，他们有共同的特点，品德高尚、心地善良。他们给人以一种向上的鼓舞的力量。

《工厂姑娘》中的阿香，是一个普通的做粗活的女工。她聪明能干、

---

① 本文原载《南方日报》1984 年 7 月 20 日。

嫉恶如仇、热情如火；对于想欺压玩弄她的车间主任敢作坚决的斗争，毫不妥协，对于威胁着女工们的健康的骇人听闻的劳动条件（石灰飞扬，硫酸气味弥漫），则想方设法带头去改变，对于知识分子则善于合作，搞好技术改革，改善劳动条件。在阿香身上表现了普通工人的优秀品质。

《平常的一天》塑造了先进工人王高山的形象。王高山的先进不但表现在忘我劳动、工作出色、搞了发明创造方面，而更重要的是他有强烈的主人翁感。没有人向他提出要求，他主动地研究了将要用大笔外汇进口的特种焊机，并从中发现了厂长等人以进口机器为幌子，实质是想谋取私利的不正之风。他为了维护国家的利益，坚决地与这种不正之风作斗争，直至冒风险向上控告。王高山自觉地做工厂的主人，做生活的主人，他始终泅泳在生活的激流中，这是一种极可宝贵的品格。

《姐妹之间》塑造了一组普通女工的群像，表现她们之间的美好关系和崇高品德。大姐秀云是一位令人敬佩的人物，她对带着私生子的处在困境中的阿珍热诚帮助，她和一位普通男工真诚相爱，患难与共，无论是政治上的歪风浊浪，还是生活中的邪规陋俗，都不能动摇她。阿珍和"我"等人物，也都各具美好感人的品德。作家通过一系列形象的塑造，写出了生活中的矛盾，揭示的改革是新时期历史发展的必然趋势。

陈国凯的这几个中篇，还用了犀利的笔锋，批判、讽刺了那些阻碍改革、妨碍社会前进或者在生活中起消极作用的人物。例如思想狭隘、保守、僵化的N局长；革命意志衰退，以权谋私，损害企业利益的张厂长；把自己负责的部门当封建领地，顺我者昌，逆我者亡，凌驾于工人群众之上，扼杀群众创造性，但又卑鄙无耻地摘取改革果实的车间主任刘超荣；还有沾满资产阶级思想，沉醉于个人恋爱天地，选择对象只考虑金钱、地位、房子，终于吃了苦果的阿梅，等等，作者运用他那一支形象的笔，揭示出他们污秽的灵魂，读后叫人警醒。

《中篇集》把生动的形象描写同对生活的深沉思考较好地结合起来，在一定深度上反映了我们社会正在进行的改革现实。《中篇集》几乎每篇都触及到领导班子的调整和改革问题，作品中塑造的一些不称职的领导者的形象，确实令人深思。如 N 局长，是投"文化大革命"之机爬上来的僵化人物，他处处用"左"的眼光看待和处理人和事。如张厂长，是思想蜕化变质，追求享受，以权谋私，官僚主义十足的人。如车间主任刘超荣，思想上浸透封建毒素，把个人管理的单位看作是封建领地，为所欲为，还无耻地侵吞工人的改革成果。这些人的共同特点是：思想极左、不懂业务，有的甚至把人民交给他的职权当成达到个人私利的手段。因此他们不会支持改革事业，而且常常为了维护个人利益而反对、阻挠改革事业。作者以这一类严峻的现实告诉人们，改革中必须首先解决领导班子的问题。

作品还反映了改革中知识分子的作用。《平常的一天》中的刘工程师，有学问、有才能，还有丰富的实践经验，但厂领导却对他不屑一顾，被冷落一旁，他有才能无处发挥。《工厂姑娘》的大学毕业生丁强被放到毒气弥漫的只需做粗工的污水岗位，他虽冲破种种阻力用自己学到的知识进行改造，为工人改善了劳动条件，但他的成果却被车间主任窃走了。这两个人的遭遇说明，有的地方"左"的思想仍然妨碍着知识分子政策的落实，知识分子的价值还未被某些人所认识。作品所揭示的这一问题，在当前有深刻的现实意义。

《中篇集》中的作品大都生活气息浓郁，作家善于从看似平凡的工厂生活中去开掘其中蕴含的深湛的思想内容。因此能引起人们的思索。作家铺排故事能做到波澜迭起，引人入胜。结尾处往往出人意表，仔细一想又合乎情理，给人以回味。《中篇集》还继续保持了作家善于选取细节的优点。

显得不足的是，几篇作品中有的人物有雷同的毛病。如阿香（《工厂姑娘》）"我"（《姐妹之间》）、阿莲（《秀南峰轶事》）这三个人的性格特点颇为相似，削弱了作品的感人力量。陈国凯过去发表的一些短篇，也有这一毛病。希望他注意克服。

深刻　丰满　独特　平实

——评《两情若是久长时》的人物塑造

游焜炳^①

　　读罢陈国凯的中篇小说《两情若是久长时》，不禁感叹道：人就是这么丰富复杂，生活就是这样五光十色。那小说中的人物，就像是从生活中走来，一个个神态各异，血肉丰满；那小说中的场景，一幕幕就像发生在我们眼前，有声有色，变化多端。而掩书沉思，透过人物丰满独特的外表和生活画面的斑驳色彩，我们又仿佛能感受到作品沉实的分量，得以认识现实中的许多社会问题，体味到人生的种种奥妙和哲理，触摸到跳动着的时代脉搏。

　　男主人公刘振民，原是个大型现代化工厂的老厂长。小说在工厂和社会正大行改革之风的背景下描写他一天的日常活动。与别的小说不同，作者没将他写成要么是个改革的闯将，要么成为改革的阻力。他自觉地与中央保持一致，拥护改革，主动让贤，支持新厂长工作，但身上又确实存在不少不适应新形势的思想作风和工作作风。他十六岁投奔革命，走南闯北，戎马倥偬；革命胜利后又投身建设事业，立下汗马功劳。他党性强，信念坚定，兢兢业业，廉洁无私，又有魄力，无疑是作者很喜爱的领导干部。但作者却无意将他装扮得完美高大，也没将他变成某种政治观念的化

---

① 游焜炳，曾任广东作协创研部主任、评论委员会主任，著有《文学思考录》《解读与选择》等。本文选自《文学思考录》，花城出版社，1992 年 12 月版，第 275—279 页。

身。作者将笔触深入到他的私生活和内心世界，向我们展示了他的性格的多个侧面和层次：既有自觉的党性和献身精神等高贵品质，又不知不觉染上脱离群众、独断专行的官僚主义作风；既有在官场待久了养成的威严、刻板，又有正直善良的老人常有的不泯的童心；既有普通人的喜怒哀乐，凡夫俗子的七情六欲，也有自己的脾性、嗜好、生活习惯和特殊遭际。他不乏慈父之情，但也有作为鳏夫的难于摆脱的孤独感和寂寞感，以及对男女之爱的渴求。甚至于年近花甲，身居高位还干出了未经登记便先行"结婚"的"荒唐"事来。人们不能不惊服作者的现实主义勇气和功力。正是由于作者写足了性格的丰富复杂性并把握好了分寸，他便活了起来，读者也便仿佛已经认识他、了解他，并对他油然而生好感，信任和敬意，因而写他干出"荒唐"事体的一笔，非但没给他的形象抹黑，反而增添了人的光采。

　　作者写出了主人公性格的丰富复杂性，却不同于近年来不少盲目追求"性格复杂"的作品，将毫不相干的优缺点胡乱堆砌在同一人物身上，以至变成"好起来比谁都好，坏起来比谁都坏"的分裂人格。我们看到，主人公性格的多侧面、多层次之间，虽各存在对立或差异，却又都是紧密相联，相互影响渗透的。无论失去了哪一方，另一方便不可能产生、存在。因而整个性格气血相通，血肉相联，浑然一体，毫无割裂之感。而且，在这多重性格里面，有一个贯穿始终，在矛盾冲突中制约着、决定着其他性格面的主导性格，因而整个性格便具有明确的定性，而非混杂的、模糊不清的。当刘振民陷入温柔之乡而又猛然披衣而走，我们便清晰地看到这个立体形象中最坚定、最突出的一面。

　　尤为可贵的是，作者向我们揭示了主人公丰满独特的性格并非没来由的个人品质，而是在复杂的历史条件下和复杂的现实诸社会关系中形成的。因此，他的性格便富于历史感和时代感，折射出现实生活的五光十色，凝聚着丰厚深刻的社会内容。在他身上，我们看到了党的力量和党的丰功伟绩，也看到了整顿党风的必要；看到了十年浩劫的伤痕，也看到了改革的硕果和振兴中华的希望；看到了不少社会政治问题，也看到了种种人情世态以及爱情、婚姻、家庭方面的人生哲理。这样，主人公的性格便达到了高度的典型性。

由此带来了作品主题的多义性。我们的确很难用一两句话来概括作品的主题。写改革？写爱情？写人情世态？写伦理道德？写事业和爱情的关系？写爱情和婚姻的关系？都有。反正是充满生活情趣并饱含着丰富的思想。

其他人物也写得很有光采。他们有些尽管着墨不多，但都不是跑龙套的，也不是专为陪衬、铺垫主人公或演绎主题思想的。他们都有独立的生命，独特的个性，丰满的血肉和人情味，并都有一定深度，因而各自都有独立的认识价值。

厂长秘书何玉倩，"一个聪明绝顶而又有点愚蠢""热得像一团火又冷得像一块冰的女人"。她精明能干，工于心计，善于交际，常打着厂长招牌发号施令，最后甚至假冒厂长签名接受投机倒把分子的贿赂，几乎走上犯罪道路。在别人笔下，她恐怕只有当"反派人物"的份儿了，可是作者却让她与厂长"终成眷属"，而读者也觉得合情合理、满心欢喜。这缘故也在于作者准确而又完整地把握了她的性格的矛盾复杂性，并突出了她的主导性格——对厂长真挚强烈的爱。因而她的一切好处和坏处及它们之间的转化，便显得奇妙而又自然了。这是个很独特的女性，作者将她写活了。由此亦显出了作者擅长写女性的特点。那位老财务科长王芸生，只出场一次，在老厂长面前大发了一通牢骚，然而他不是跑来烘托厂长的高大正确；当我们看到他眼里涌出的泪花，我们还感到了他的可爱之处。那位劳教释放分子刘顺昌，看着他油腔滑调、肆无忌惮地向刘振民示威，我们并不会简单地得出"阶级斗争新动向"的印象。相反，这个"怪腔"，倒是促使我们清醒地认识到改革中的复杂现实以及引起对某些青年发生"三信危机"的思考，进而痛感到整顿党风的迫切性和重要性。还有那位刘振民的前妻李玉珠，她虽未露面，但我们除了知道她的背弃行为，还仿佛见到了她那哀怨的面容，从而得到关于爱情、婚姻、家庭伦理方面的某些启示。

总之，小说的人物塑造是成功的。人物形象丰满、独特、平实、深刻，完全摆脱了雷同化、类型化、单一化、概念化、理想化等诸种通病。几个人物都是作者自己的生活发现和艺术创造，从未在别的作品里出现过。我们亦根本无法说他们是属于哪一种类型的人。他们都有程度不同的丰富复杂性，不是作者用来图解某种观念的脸谱，也没有矫饰之态和人为拔高、装扮的痕迹，平平实实，且都有深度。

这种成功，首先来自严格遵循现实主义原则并采取"写实"手法。陈国凯一向注意写人，善于写人，练就了一种善于从平凡的生活中摄取富有特征的细节来塑造人物，并注意将人物放在历史和现实的广阔背景下加以表现的本事。这一优势在这部小说里得到了进一步的发挥，读者只要细读上一两遍，就不难体会到作者的匠心所在。这部小说的构思还另有其独到之处，即以主人公刚离休后一天的日常活动和心理活动为经，以台上——台下、过去——现在、家庭——工厂——社会的场景为纬，纵横交织，如此便十分利于展示主人公性格的诸多侧面和心理层次，也利于揭示一般人平时看不到的社会现实的许多侧面和层次，这样主人公的性格就尤为丰厚、深刻了。

不无遗憾的是，小说题目：《两情若是久长时》，然而写情却不够细腻而有力，结果，以情动人的力量便弱了些。而作者在小说中的议论、评价，尽管许多处有画龙点睛之妙，但亦有些则显得多余，过于直露，还不如不说出来，让读者自己去想。还有，小说虽不乏富于个性化的人物对话，但亦有些人物语言，与作者的叙述语言过于接近，以致好像都在用同一副腔调说话。当然，这里有个矛盾，一方面整部小说的语言风格要统一，另一方面又得注意人物语言的个性化，这矛盾本来就不易解决好的。

1984 年 4 月

对阿通形象国民性的探析

——评《好人阿通》中的阿通形象 [①]

黄丽萍

别林斯基曾经指出："民族是一种思想个性，它正像一个个别的人一样，拥有它的特殊天性，它的气质，它的性格……"但在我国近代、现代思想史和文学史上，"国民性"这个重要的概念，却变成了"国民的劣根性"这样一个特定的含义。鲁迅的一生，就为了改造"国民性"进行了持久的韧性的战斗。在新时期里，我国又有一批作家在这方面作出了新的贡献。陈国凯的长篇《好人阿通》就是其中有特殊魅力的一部现实主义力作。

一、阿通——时代的畸形儿

占我国人口绝大多数的农民，他们像老黄牛一样吃苦耐劳、忍辱负重而坚韧不拔。但是，两千多年的封建专制制度和小农生产，却给他们带来了沉重的精神负担。他们掌握不了自己的命运，总把希望寄托在某一"青天"人物身上，而仅把自由作为一种附属。这本身就具有很大的悲剧成分。《好人阿通》中，作者为我们谱写了一出"悲剧时代的一个喜剧插曲"。正当分得了土地的农民怀着对党的无限热爱和信赖，满怀激情准备大干社会主义的时侯，历史却跟他们开了一个很大的玩笑；1958 年的"大跃进"

---

① 本文原载《广东社会科学》1986 年第 3 期。

运动，给他们带来的只是精神上的迷惘和生活上的饥饿与贫困。然而，面对这一现实，他们的态度又是怎样的呢？

作为一个刚挣脱封建压迫和剥削的普通农民，阿通对生活充满了炽热的追求。出于对党的热爱和对"共产主义"生活的憧憬，他理所当然地接受了"大跃进"精神的鼓舞。为了早日出钢，他一连在大炉边不分昼夜地干了二十四小时，"眉毛都焦卷了""满头波浪式的头发在滴着汗"也无半句怨言；为了保住老支书和社长的党籍，他毫不犹豫地把祖父老秀才留下的"传家宝"——一口大铁锅砸了，而唯一希望得到的报偿就是要求社长把抬"钢帅"到区里会师的"光荣任务"交给他——换了别人，这是谁也不愿意干的苦差事；他路见不平，棒打王英利，使阿娇免遭欺凌；……总之，在阿通身上，凝聚着我国农民阶级的许多传统美德。然而更存在着非常严重的思想弱点及小农意识的狭隘性。阿通理想中的"共产主义"只不过是可笑的"平均主义"而已：大家都当干部，大家都坐主席台，大家都吃干爽的白米饭，顿顿有"猪油""咸鱼"……这就是阿通的"最高理想"了。我们暂且撇开他由于愚昧无知而带来种种可悲可笑的短处不提，阿通最大的弱点在于总是盲从性。一切都顺从地遵命于"上级领导"，甚至区干部讲话时的一个劈手动作，在他看来也是那样的"非凡"，百学不厌，把自己完全变成了一台"驯服工具"。

阿通之所以成为阿通，正是由于他的优点往往同他的缺点并存。他勤劳敢干，但不善思索，他嫉恶如仇，但不辨真伪。在他身上，畜生似的盲从和孩子般的赤诚已融汇为一体，这使他的性格带有一种盲目的献身精神。这种精神在不同的历史环境中，使他"既可能成为无产阶级的勇敢战士，也可能被转化成为推行错误路线的工具"。阿通就是属于后一种类型，是错误路线生产出来的畸形儿，他的盲从性，在一定程度上概括了新中国成立以来占我国人口绝大多数的农民在许多的政治运动面前所表现出的茫然情绪，为我们探索、认识我国当代部分工农群众的生活道路以及他们在特定历史环境里的生活和心理的变迁，树起了一面镜子。

二、阿Q与阿通

鲁迅先生笔下的阿Q，集中地暴露了"国民的劣根性"，给人们以极大的启示和教育。细心的读者不难看出，陈国凯笔下的阿通形象，在很大程度上带有阿Q的影子。

无论是阿Q还是阿通，他们都具有农民式的质朴与直率。然而，却又是极其不觉悟、浑浑噩噩的，简直到了愚蠢的地步。因而在无情的、病态的不同时代的特定环境中，他们都各自与其时代产生了一种微妙的关系，导演了一出出悲喜剧。在他们身上，极相似的一点，可说是"精神胜利法"了。阿Q的"我总算被儿子打了""你还不配"及至"用力在自己脸上连打两个嘴巴"，使自己"转败为胜"等等，都是人们熟知的精神上获得胜利的法宝。与阿Q相比，阿通也绝不会逊色多少。那是一种想当然的"精神胜利法"。开大会时，他总喜欢坐在前边——仅以为能显示自己的重要；他本人不会抽烟，只因在他面前怡然抽着烟的是"右派"，他心里便老大不舒服；但当他想到自己如果有烟抽，吐出来的烟圈准比"右派分子"大时，烦恼倾刻间竟也烟消云散……这种种行为，无一不表现出阿通的愚昧无知和为精神所奴役的弱者地位。"幻想是弱者的命运"，不论他们如何把自己当作强者都是无济于事的。无情的生活不断地嘲弄着阿Q和阿通这两个自负的"强人"，伴随着他们的也总是倒霉和失败。且看《好人阿通》中一段关于阿通"事迹"的描写：

"有一次大街上一群人和流氓打架时，他奋不顾身地投身进去干了一场，他是完全出于正义感的，但是结果发现他打错了人，把好人当作流氓打了，终于被抓到派出所去教育了一番才放了出来。在'文化大革命'中，阿通也做出了贡献，为了'捍卫无产阶级司令部'，他成了煮浆糊的一等好手。在武斗时，为了捍卫'革命路线'，他几乎被流弹打穿了屁股……"

总之，在阿通的每次遭遇里，结局都几乎是倒霉别扭的。阿Q自然更不用说了。

然而，阿Q和阿通这两个艺术形象，无论从他们生存的历史时代、社会地位、思想信念以至一生经历等方面看，他们性格的表现形式及其对生活所做出的反应，其差异性又是十分明显的。这些差异性构成了他们各自的特殊性格，反映了社会历史、思想政治和道德观念的不同，这便是他们之间不可替代和混同的主要根据。

阿Q生活在半封建半殖民地的旧中国，是个一无所有的雇农，处在被压迫被奴役的地位，他喊出了广大贫苦农民的革命愿望和要求，但是，并不清楚革命的意义、目的，只是浑浑噩噩瞎闹一气，直到被平白无故地当作强盗送上断头台，他还不明白是怎么回事。与阿Q相比，阿通的社会地位较前者已有了翻天覆地的变化，而且，他也亲身经历了这场变化。朴素的阶级感情使他对上级领导"坚信不移"。但是，由于中国农民所经历的漫长的封建专制制度而形成的特殊性，又使得他对党的崇敬逐步转化为一种神化的盲目崇拜。阿通是自觉地寻求革命的，是在社会地位改变以后，自然而然地要求改变自己的经济生活，在这种情况下，"大跃进"运动的掀起，无疑给他带来了一束"理想生活"的光芒。出于一种绝对的信任，他把自己的整个身心都投入到这股"洪流"中去，而且处处表现出争强好胜的"对自己对社会的强烈自信"。然而，阿通的"自信"又是完全服从于"上级意志"的，根深蒂固的封建愚忠思想和小农意识的狭隘性，使他最终摆脱不了精神奴役的束缚。他这种对社会的绝对"自信"和病态的狂热，如果是表现在社会主义建设走上正轨之时，或许会对社会产生极大的推动作用。但无情的、扭曲了的现实，却偏偏同他开了个极大的玩笑，他充当的只不过是个执行错误路线的可悲的工具，直至最后稀里糊涂地成了那个"红彤彤的年头里"的牺牲品，还是那样的不明不白。由此看来，他的命运的悲剧结局，与阿Q又是何等的相似。

从辛亥革命时期的阿Q到中国社会主义建设时期的阿通，相隔了近半个世纪，经历了两个截然不同的时代。然而，他们的悲剧命运却如此相似，这不能不引起我们的深思。他们的失败，虽说主要是由生活本身的不合理造成的，但也不能看到问题的另一面，即由于自身的不觉悟和愚昧无知。它说明了清除农民落后思想意识中的污秽，是一个艰巨而长期的任务，不能不引起人们的充分重视。农民的觉悟一天不唤起，愚昧与无知一天不排除，新的悲剧还可能产生。

三、阿通形象的现实意义

《好人阿通》的成功，主要表现在对阿通这个人物形象的塑造上。这个人物十分生动、活跃，而且恰如其分。他纯朴、正直、善良，完全有可能成为社会的进步力量。那么，又是什么原因使他最后成为"悲喜剧和滑稽剧在人生舞台上轮转的年头"的可悲的牺牲品呢？马克思说："不学无术（似应译为"愚昧无知"——编者注）是一种魔力，因而我们担心它会造成更多的悲剧。难怪最伟大的希腊诗人在以迈锡尼和忒拜的王室生活为题材的惊心动魄的悲剧中都把不学无术描绘成悲剧的灾星。"任何一个富于社会责任感的人，看完《好人阿通》后，都会从"阿通的荣辱升沉中去思考一些东西"。

"金无足赤，人无完人"，党作为一个组织，也是由社会的"个人"组成的，并非神仙下凡。而由愚昧无知产生出来的愚忠和盲从，只能使错误路线滋长，给社会和个人带来不幸。试想想，如果不是这么多人的盲目听从和狂热响应，又如何会造成"文革"如此严重的损伤面！《好人阿通》所提出的社会问题是非常尖锐的，发生在我国二十世纪中后期一出出悲剧性的闹剧，之所以有其演出的大舞台，除了领导思想方法上的严重失误而被林彪"四人帮"之辈钻了空子外，当然还有其更深广的社会根源。农民中落后的思想意识，亦即"国民的劣根性"，在一定的程度上，可说是左倾错误和现代迷信得以生根发芽的肥沃土壤。陈国凯塑造阿通这个形象，重点刻画了他的盲从与狂热的愚忠，目的就在于唤醒人们认识它给社会造成的严重后果。这在建设社会主义精神文明、清除封建思想残余的今天，无疑具有积极的现实意义和认识价值。

一个真正的现实主义文学家，他负有崇高的职责，就是让人们透过自己笔下的人物命运去窥瞰一定时代的历史风云、社会动向。陈国凯所塑造的阿通这个悲剧形象的价值首先就表现在这一方面。通过阿通的际遇，我们可以透视到历史重压下整整一代人的命运，那是窒息了的民族生机和污染了的国民精神。从而激起我们对阿通悲国的同情和对国民"劣根"的深恶痛绝，对左倾错误的强烈义愤。看完《好人阿通》后，我们必然地得出这样一个结论：农民阶级要做到自身的真正解放，除了首先要发展经济外，还有很重要的一点，就是必须在意识形态领域中对封建荼毒的污泥浊水作一次彻底的大清除，从精神奴役中解放出来，用现代科学武装自己的头脑。

陈国凯对农民意识的改造，是抱着坚定信念的。他不仅暴露了他们落后的一面，同时也歌颂了他们的种种美德。但是，由于生活环境的局限，他更多地看到农民中普遍存在的弱点，而忽视了他们作为一个革命阶级对社会所起到的巨大推动力。因此，他对"农民问题"的探索，看消极面多了些。但是，作者向我们提供的认识价值，大大盖过了这些不足，《好人阿通》的问世，不仅是作者的又一新成就，而且也可以说是广东文学界在问题小说的探索上的新突破。

淡扫蛾眉　大巧之朴

——陈国凯的《雾》①

王国全　关仪

中国古代微型小说，最见素朴洗练美，而其一，在于背景的粗粗勾勒，或淡化，甚至于求"无景见景"。如志人小说《佯眠藏诈》——

魏武云："我眠中不可妄近，近辄斫人不觉，左右宜慎之。"后乃佯冻眠，所幸小儿窃以被覆之，因便砍杀。自尔莫敢近之。

小说只是见人、见语、见行为，背景的交代，环境、气氛的渲染一概省略，但情节的推进，以及曹操为人之奸诈阴险、毒辣无情都跃然纸上。故此惯以短篇写作的鲁迅先生便从传统旧戏的不用背景、及新年花纸上的人物，悟到了小说白描的手法："只要觉得够将意思传给别人，就宁可什么陪衬拖带也没有。"这种朴素洗练之美，在当代微型小说中，也是常有所见的，如前面欣赏过的《书法家》《修车》等。

这里再特意举出《雾》来欣赏，正想说明，即如一些也有若干环境描写的微型小说，也不失其素朴洗练之美。

《雾》是介绍了天真纯洁的小萍与自负狭隘的阿才这对恋人的一段感情波澜。"雾"的题目与爱情罩上浓重的雾的题旨，会使人意想到小说中描景状物，渲染气氛一定重彩浓墨的了。然而，这种长、中、短篇小说使惯了的洒脱豪放，在微型小说中却显得严格的吝啬，但却又"寓华于朴，

---

① 本文原载《中外微型小说欣赏》，王国全、关仪编，花城出版社，1992年9月版，第155—156页。

寓绚于素"，在那洗练的景物白描之中，竟可得其"凌空遣字，求弦外之音"之美。

《雾》既要写雾中一对恋人性格和理想冲撞所带来的感情波折，一开始，自然要对雾的浓重氛围来番烘托了，但见锤炼出来的只是这样简单的一句："清晨，大雾"，而有限的笔墨却为了去借景融情。因为这淡淡的背景，对于公园中约会的这对爱恋中的情人来说，"这不是雾，是晶莹温暖的初雪，是撩动情肠的万缕情丝。"至此，景物描写仍不过像人物中国画中，淡笔若隐有意无意的轻轻一抹，但景语即人语，景语即情语，已足见雾与情、雾与人不可或分的了。很快，不及一刹那，一切都戏剧性地结束了，他们之间，沉默：笑声消失。"浓重的雾像一张网笼罩着她。好大的雾啊！"这颇有呼应开头的简朴景致结尾，实际上已成了"人化"的自然景物，在悄悄地点题结意了：雾，不再是爱情的象征，而恰恰是爱情蒙上的阴霾。

可以说《雾》中的景物白描未见浓墨重彩、工笔细描，它既求简笔点染、淡妆轻抹、分散落墨；但又并非粗陋残缺、一洗无色、空荡泛白。真正是"一笔作百十来笔用"，所体现的正是微型小说中这种景物描写的素朴美：宜朴不宜巧，然为大巧之朴；宜淡不宜浓，然为大浓后之淡。其实，就算在诸如《醉人的春夜》《秋天的怀念》《月照南窗》这类略算较多的景物环境描写的微型小说中，我们同样可以欣赏到这种洗练美。而"朴素和单纯，恰恰合乎现代生活和现代人的心境。"（贾平凹语）

意重形轻的象征意象

——读陈国凯的短篇小说《当官》

刘介民 [①]

　　陈国凯的小说总是熔铸着他对生活的评价和命运的思索，因而在感情的具象中显现着一种普遍意义，构成象征意象。在《当官》中，作者更多地在审美意义上强制性地但又很和谐地规定了人物形象的特写寓意，因而简化了情节和人物，意重形轻，使人物和情节只成为鉴别思维读解各个象征画面的线索。我们可以从这些有姓无名、有名无姓的人物身上，了解到在官场、商场上人们心灵的扭曲和变形。想象凝固而给读者以美的印象的，是作者对人物事物印象陶冶的再现，是探索事物现象背后所隐藏着的真实，触及有深长意味的内在。这就是小说《当官》，把一种无形的抽象的理念借着有形的具象而表现的艺术。

　　小说从"专门负责吃喝"的副市长、"酒精考验的干部"等人物，写到"酒水衙门""国际鸡毛招商恳谈会"之类的社会环境，人物形象在超现实中变了形。人与人之间各种病态和畸形的"吃"，乌烟瘴气的场面，是极富深切意味的艺术表现。这超常的象征性意象具有特殊的意蕴、特殊的力量，构成形象体系的各种场面、人物，对小说的根本意旨的领悟依赖于这些意象的象征意蕴。其思想内容、潜在内容是由人们对生活现象的

---

① 刘介民，广州大学人文学院教授，著有《比较文学方法论》《中国比较诗学》等。本文选自《陈国凯文集·卷十》，陈国凯，人民文学出版社，2012年10月版，第423—425页。

认识而达到理念世界的。陈国凯自创的这种意境式象征小说，更注重把人物、情节和寓意溶注于一种渗透着作家强烈审美情感的艺术，如"肖""子民""诸葛""李铁钉""烟囱处长"……就有一种特殊的外在特征和内在意蕴。它体现了作家的意向观念，而作为一个符号出现在小说中的人物，又表现在以下几种形态：

一、人物一般没有鲜明，具体，生动的外表肖像、语言、行为特征，也没有较完整的心理活动。作为一个感情丰富、性格独特的"这一个"的形象所具有的人物标志、时代的规定性也常常处于虚幻、若有若无之中。甚至人物的名字也趋于简单，以至于无。外貌的简约与性格世界的单纯，使得原本应该生动具体丰富复杂的人物形象简化了。简化了的人物的具象仅仅是外壳，而他的实质是抽象，即摆脱了作为"这一个"的具体意义而获得了一种充当符号的新的功能，因为抽象的目的和必然的结果是象征，象征的含义正是作者的意念所在。

二、人物形象模糊、扑朔迷离、荒诞新奇，从而具有歧义性、个别性的特点，通过个别性之特点获得蕴含于这个人物身上的创作主体——对外部世界的内心体验。出场人物"儿子""肖""子民""烟囱处长""李铁钉"等都不是精确的形象，塑造形象的语言也不是精确的语言。即使像秘书小姐"诸葛"，也多用比喻，所谓"沉鱼落雁之容，闭月羞花之貌"，虽能表现这位"丽姝佳人"的个性特征，但如此"沉鱼落雁""闭月羞花"究竟是什么样子，只得靠读者借助想象，才能形成审美表象。由此，可见作者使用概括性语言常常导致意义模糊，具有夸张色彩的审美诗意。

我们从小说塑造的人物形象看，它更好地表达了物、象、意三层面，因之有生活实存的物，使读者感到真实可亲；因之有加工提炼过的象，使读者获得生动可感的形象；因之有暗示和包含的意，使形象值得回味咀嚼。三者直观联系，人物意重形轻。作者在浓重的哲理、人生、社会意义的支配下，赋予人物以象征意蕴。当作家能够精心地把握人物与其象征的哲理内涵的平衡时，一方面是对人生、社会的独到精辟的认识和理解，积极健康的审美理想，一方面是深厚的生活基础和脑海中丰富的表象，善于从具体表象出发在酿造审美意象时融汇进哲理的思考。作者突出了一些形象、调动了一些情节，从人物出场、走马上任、诸葛小姐巧安排、"养食客"的学问、"吃务"的繁忙……挖掘了某种社会荒谬现象、社会灾乱，这是无法抗拒的。作者直面现实，具有深刻的责任感，显示出要振兴文学的焦灼呼唤。因此，小说《当官》有强烈的生命力，给读者以审美享受和思想、感情、哲理方面的启迪。

作家艺术思维方式和表现手法的创新也是人物意重形轻的重要因素；陈国凯善于将自己高度理性化的意识加以发散，这是他对现实生活长期静观默察、烂熟于心之后，在一定的思想倾向的审美理想和审美情趣关照下，对现实中的某些客观事物或社会现象的原有形态予以扭曲夸张，使之放大、变形地处理，造成主体审美意识对现实的介入，对客体的偏斜，从而凝固成意蕴深厚的意态人物。同时，小说人物的意重形轻，也向小说家和理论家提出更高要求。对小说家来说，需要掌握多种思维方式、创作方法和艺术表现手段；对于理论家来说，要深入重新认识小说人物，在小说观念的演变中去考察和理解，探索其中的规律，丰富小说创作理论，给予小说家以切实可靠的理论借鉴。

关于《肖娴闲话》

李玉林 ①

那天心情坏极了，心情不好也不能不工作。我随手拿起《肖娴闲话》的二校样，原以为会看不进去，看也白看，何况又看过那么多遍。

目光落在那些如粟如豆如山林的文字上。我看，并未怎么强制自己，没多一会儿，思绪便随着目光渐渐进入一个神奇的世界。我曾不止一次进入这个世界，不止一次在这世界里倘佯。这世界我太熟悉又太陌生，总是那样熟悉又总是那样陌生。它总是令我兴奋，总是使我新奇，总是催我思索。我刚刚的不快好像已经没有了。这世界太大，在这太大的世界，我自己小得都快看不见了，我的"不快"哪还有容身之地；这世界又太小，小得处处能发现自己：一个让我脸红的自己，一个催我审视的自己，一个使我振奋使我耳目一新的自己。

我在这世界里感受、思考、发现。

这个世界太让我流连，太让我喜欢。

我要感谢描绘这个世界的肖娴先生，由衷地感谢，代表着我们《城市人》杂志众多的读者。

肖娴是谁？

好多读者问过我，向我打听他的一切，因为他们和我一样太喜欢这个世界。

---

① 李玉林，曾任《城市人》社长、《慈善》主编，著有小说集《鼠精》、散文集《别一个蓝天》、摄影散文集《镜头的述说》等。本文原载《肖娴闲话》，肖娴，百花文艺出版社，1996年7月版。收录时，将题目改为"关于《肖娴闲话》"。

肖娴不愿意公布他的真实姓名。为什么呢？我想他一定是不想让他过去的成就和影响干扰他的新读者的评判。

肖娴先生是三年前把他的"闲话"陆续写给我的。我翻开这语录体的随笔，看这角度新奇、透视深刻的社会人生、文化艺术、家庭婚姻、自然宇宙。我想这正是我们的读者所需要的。于是，便在我们的《城市人》杂志上开了一个"肖娴闲话"的专栏，一开就是两年。

两年来，我总是不断地接到谈"肖娴闲话"的读者来信。他们都很喜欢这些精辟的，具有隽永的哲学审美意蕴的形象化的议论。许多人把这些"闲话"抄录在自己随身带的小本本上，随时看，随处看，随时感受，随处感受。一天晚上我在一个图书馆讲课，学员中许多人都跟我谈起"肖娴闲话"。那股热情，那种追求着实让我感动。

我忽然明白了，我之所以喜欢肖娴为我们描绘的世界，是因为《城市人》的读者也喜欢的缘故，我们的心都是相通的。

"肖娴闲话"专栏开辟两年之后，肖娴写来信说，时间太长了，不必再刊登了，免得让大家腻烦。

我尊重了肖娴先生的意见，倒不是因为我相信读者真的会腻烦。我一向不愿违背作家的意愿。

这之后，许多读者向我问起不再刊登的"肖娴闲话"。

我也遗憾过。现在好了，因为我们终于能把这些闲话集成一本书，编印出来，为了关注这个世界，喜欢这个世界的那许多《城市人》的读者。

谢谢。

让我代表我们的读者向大家本来就很熟悉，很爱戴的作家表示由衷的谢意。

国凯和他的《一方水土》

左夫 [1]

　　跟国凯兄是多年的朋友了。他高度近视，视野朦胧，一丈之外，看不清侬为阿谁，对人"视而不见"。人家以为他高傲，其实他平易近人。跟朋友更是直言快语。他笑道：大千世界，我是雾里看花。看男人都像云中高手，看女士都是绰约花枝。在我眼里，很多事物都是朦胧诗。唯其朦胧，才有诗意。

　　国凯为人淡泊，深居简出，除了广东作协有些场面上的事非出面不可，他很少露面。这位弱不禁风的人物，在主持广东作协工作期间，却有惊人之举。他带领同僚，知难而进，在省委和广州市的支持下，在广州天河区宝地兴建十五层高的宿舍楼和二十三层的广东文艺中心大厦。去年秋天，中国作协一些朋友参观工地，看着建设中的巍峨大厦和身边这"广东小子"，大为诧异："贫寒的文学界有如此大动作，不可思议，大概全国仅见。这说明广东省委对精神文明建设高度重视。广东作协能办成这件大事，了不起！光此一件，你们已无愧于后代。"

　　国凯说，这主要是手下的人干的。他只是搭桥拉线动动嘴巴的角色。他特别提到省委宣传部部长于幼军。说如果没有他亲力亲为全力支持，广东文艺大厦搞不起来。

　　国凯考虑得较多的还是广东的文学队伍和文学创作。他认为，广东的创作队伍虽然受市场经济的干扰甚大，但已有一批富有才情的中青年作家

---

① 左夫，原《羊城晚报》文艺部主任，著有诗集《都市的夕阳》。本文原载《深圳特区报》2000 年 5 月 5 日。

在闹市嚣尘中潜下心来，埋头创作。在省委支持下，广东作协正在进行文学专业体制改革，采取措施，组织新军。

我曾经问他创作上有何打算。他淡淡一笑：老夫常病，已过了争长论短的年纪，精力大不如前。写写随感，敲敲边鼓也就可以了。

去年仲夏之后，见不到他的踪影。一问，才知道他躲了起来。躲在何方？除了广东作协少数人知道秘而不宣，别人不知他的行踪，这广东作协主席真是"无为而治""大隐隐于市"。

这古典音乐发烧友是不是躲起来"烧"？国凯在文坛忙碌大半生，身无长物。他引为自豪的是有一套可称为名器的音响器材和许多唱片。他不为名缰利索所困，云来鹤去，与文字为伴，与音乐为友。他有个"高论"：只有古典音乐是俗世清流，可以使人心醇气和，治疗百病——尤其是那些歇斯底里的文坛综合症……去年十一月间，我终于"逮"住他了，在为一位深圳作者召开的作品讨论会上。这个会由广东作协和广东省检察院联合召开。广东作协的同志只好搬他出来，要他说几句话。他很少出席这类会议，只是"偶可为之"。

朋友见面，自然高兴。相知已深，无话不谈。一番深聊，才知道这几个月他谢绝一切应酬，把自己关起来，写一部长篇小说。他说，写长篇本来不是我这年纪的人干的。有朋友说我傻。既然开了头，就傻下去吧。

看着这仙风道骨体重不满百的老兄，想到长篇创作是冗繁的重体力劳动，我想起人们常说的名句："衣带渐宽终不悔，为伊消得人憔悴。"真正要搞点文学，大概还得看透世俗浮华，置身云山雾外，有点坐冷板凳的精神。

我追问下，他简单谈了创作这部小说的缘起：

八十年代中期，深圳市委聘请他当《特区文学》主编。后来，省委副书记谢非同志找他谈话，要他下基层挂职深入生活。他到了蛇口工业区，一住多年。

蛇口工业区是新时期第一批工业开发区，创立在当年沙滩陈尸的地方。工业区创业者是新时期第一个吃螃蟹的人。工业区负责人袁庚等人，面对荒凉的大地，"欲哭无泪"。他们割袍断袖，率领一批来自各地的创业者，勇敢地挣开"左"的绳索，不管姓社姓资，大胆引进世界先进的企业管理体制，开创新区。工业区开办，深圳特区还未成立。在重重困难面前，他们义无反顾，开拓创新。后来推向全国的许多改革措施，如工程招标、人才招聘、住房制度改革……就发端于此。工业区创业者敢于向旧体制挑战，在新时期吹响一曲响遏云天的开放改革战歌。

说到工业区，他感触颇多。他说，早年就想写一部小说，但是，对这段生活还来不及很好品味，广东作协换届，他主持作协工作。作协是穷单位，全国差不多。工作很难。有一段时间，作协如何生存下去都几乎成了问题。为了作协的稳定和发展，就没有心思写作长篇了，只是偶尔写点短文。

他笑："你老哥就这样糊里糊涂一晃许多年，把时间晃掉了。一觉醒来，已华发满头，工作没有做好，创作又丢了。有人说我是傻仔，也确实像傻仔。文学界许多人比我聪明。"

近年来广东作协的工作上了轨道，一批中青年干部干得挺好。他对作协工作就很少管了。有了闲心，脑子里常常浮现当年工业区生活的情景，就想写点东西了。

国凯深有感慨地说，作为一位广东作家，没有写一本反映广东开放改革的长篇，心头总像欠着一笔债。这二十年，我觉得广东的开放改革事业了不起。广东人了不起。我说的广东人当然包括所有入粤的人。广东是全国的广东。邓小平为何最先选择广东？他洞悉广东的人文地理，风土人情。广东人胸怀广阔，最少保守思想。中国一向重农抑商，社会发展缓慢。广东历史上就有重商主义。宋明以来，广州就是中国最大的外贸中心，也是亚洲最大的贸易中心。延续到鸦片战争之后十年，广州外贸排行第一的位置才被上海取代。许多朝代兴亡迭替，广州南大门的地位基本没有改变。珠江河畔，万商汇聚，大舶参天。香港这世界名都，也是以广东人为主体干起来的。广东人四海为家,华侨遍于世界。邓小平目光锐利,看准了广东,一声号令:干特区,"你们自己杀出一条血路来"。广东人不负历史重托,冲破左的樊篱绳索,真的"杀出一条血路",为中国开放改革大业奠定了根基。

他说:"我生在广东,目睹这场巨大的变革,经历了这'第二次革命',觉得不为此写点什么,心债难酬。"

谈到这部取材于工业区生活的小说,他说,写作开放改革题材的长篇小说难度较大。视角太近,许多事情没有经过历史沉淀,把握不准。描写的场景太近太具体,反而束缚思路。写小说,思想要天马行空,创造一个幻觉中的真实世界,行文就比较舒展自如。写这部东西,既为生活中一些真实人物的行为感动,作为小说,又可能影响到笔墨的挥洒。工业区情况也太复杂,上下左右,海内海外,牵扯太多。如何写,颇费周张,也是迟迟没有动笔的一个原因。

"有一天,我听英国现代著名作曲家埃尔加的曲目《谜的变奏曲》,忽然心有所动。埃尔加这部交响作品中有十四段变奏,每一段代表一个人物。由一个主题导入,没有经典式的曲式结构。着意于情感渲染。听这部交响变奏,启发了我的思路。我想,能不能采取散点透视的写法,不着意结构完整的故事,让一个主题导入,把工业区改革开放初期的情景写成'交响变奏'?就这样写了起来。至于写得如何,'交响'会不会变成混响,'变奏'会不会变成乱奏,则是另外一回事了。"

这"发烧友"老毛病发作,又谈音乐。是不是走火入魔?仔细一想,文学音乐,虽然门类不同,但灵性相近,其理相通。我品味到他经营这部作品的良苦用心。

二十年开放改革的征程风风雨雨,重铸了国人的灵魂。时代正呼唤反映开放改革艰苦历程的文学,呼唤正气之歌。

读着这部长篇,我被小说中的人物气势感动了。这是一曲大气之歌。透过字里行间,开放改革的滚滚风烟如此真实地在我眼前飘过。小说中的人物方辛、董子元、罗一民、凌娜、杨飞翔、倪文清、曾国平、张沪生、汪志杰、关跃进、吕胜利、刘水芹……带着他们独特的个性出现在眼前。国凯兄有个本领：写人物好像信手拈来，几下子就使人物活了。他以恣肆的笔墨，开阔的场景，再现了开放改革初期壮阔的画面。他以工业区为点，笔墨延伸到深圳、广州、上海、北京、香港……读开头两章，读到当年大龙湾沙滩陈尸的情景，我心头被震动了。

此书别开生面，运笔时写到中央和广东地方一些领导人。虽然着墨不多，颇具神采。在长篇小说中颇为少见。这是一奇。作者的笔墨不局限在工业区，广东的政经文史，都有所涉猎，大开大合，撒得开，收得拢。开合自然。这是二奇。作者既写改革年头的烈马神骏，又极注重地方特色，风土人情。有些人物，就近在眼前。既是一曲开放改革之歌，又是一幅地方民俗图画。这是三奇。一部长篇，有此三奇，足矣！

我不太懂音乐，弄不清何为交响变奏。但我从直感，感觉到这是一曲开放改革年头的雄浑交响。国凯在小说的每一章都有些手法变换，时而轻舒幽默，时而森然凝重；时而急管繁弦，时而清溪泻水。是不是转换调性"变奏"，就不得而知了。然而，导入的主题是如此鲜明，那就是势不可当的改革开放旋律，就是广东大地上演的一幕悲壮威武的时代活剧。作者对广东热土的一往情深真是可圈可点。

国凯本来是编故事的能手，这部作品，他摒弃过去轻车熟径的写法，不刻意编织故事，着意于平凡生活中写人。这样写作长篇，就给自己增加了难度，个中甘苦可想而知。作者采用的基本还是写实手法。我以为，要表现真正的文字功力，还是见诸写实作品。他行文时表现出来的年轻心态又令我暗自称奇。

我一向喜欢读国凯兄的小说。他真诚坦荡，率性为人。读他的小说，如闻其声，如见其人。在文字铺天盖地而来令人目不暇接的今天，读他的作品，我常常觉得是一种愉悦，一种享受。读这部小说，更有一番耐人寻味的独特之处。

此书初稿于今年年初在《羊城晚报》简节连载时，作为副刊负责人，我写下此文。嗣后作者又花数月时间，对此书进行大量修改。再读书稿，

浮想联翩。应国凯兄之约，略改此文，连结成书，以志友谊。有如朋友把
盏，亦人生一乐事也！

1999 年 4 月 30 日于广州

辑八

艺术特色

但愿人长久

——与陈国凯谈"人之常情"的表现问题 ①

黄伟宗

国凯同志：

给《小说选刊》写了篇短文，推荐你的新作中篇《两情若是久长时》（下称《两情》），因篇幅所限，意犹未尽，主要是对你同一时间写的另一中篇《离婚》有些看法，本想与你晤谈切磋，听说你到深圳去了，故以简布陈。

听说有的同志，有感于世态的变化飞速，对多年的"配合"做法有倦，产生了在创作中追求永久魅力表现的想法，并在创作中着意去追求和表现某些被认为是永恒的情、永恒的美。我不知道你对此想法怎么看。从你这两个中篇看来，似有这种想法影响的痕迹。我觉得这种想法，一般来说是无可厚非的，天下有哪一个作家不希望自己的作品具有长久生命力的呢？问题是怎样才能使作品具有永久的艺术魅力？究竟有没有和什么才是永恒的情，永恒的美？对于这些问题，你的"两情"作出了比较正确的回答，《离婚》的答卷恐怕是难得满分的。

"两情"之所以比较成功，在于所写的"人之常情"，是从特定时代的矛盾冲突提出来的，具有特定时代内容和普遍意义。在短文中我已谈了，此处不赘。《离婚》以其题材和人物的基础，本来可以这样做，甚至

---

① 本文原载《广东文艺界》1984 年 6 期。

还有做得更好、更出色的可能。因为这小说所提供的是在一个刚刚有了改革气氛的工厂中生活斗争的题材，所写的是在新的解放的年头三个离婚女人的遭遇。可想而知，在这样的生活环境和这样一些人物身上，是蕴藏着极其丰富的时代矛盾冲突和强烈的时代内容的。但你似乎有意无意地避开或摒弃了，似乎将注意力放在人之常情的抽取上了，实在可惜。先拿小说主要描写的钟秀萍与何文光、朱大全的关系来说。诚然，你现在这样描写，也未尝没有一定的时代意义。钟秀萍本来和何文光是恋人，"史无前例"将何文光"疏散"到农村，使两人中断了关系；"造反派"头头朱大全利用权势，强娶钟秀萍为妻子；粉碎"四人帮"后，何文光回到工厂，当服务队长，与钟秀萍在一个单位，旧情复苏；钟秀萍再也受不了朱大全的虐待，于是要求离婚。这样一个悲欢离合的爱情故事，是具有十年浩劫使有情人离散、使人妖同穴，新时期使有情人终成眷属、使鬼魅魍魉得到应有下场的时代意义的。这是大快人心的事。但这样的主题，不是有点像煮老的豆腐吗？我觉得，以小说所写的这几个人物和题材的基础来说，钟秀萍与何文光的爱情关系，不仅是旧情的复苏，还存在着和应当是新情的增加和进展。这一点，小说通过何文光要钟秀萍设计西装这件事也有所表现，但很不够。造成这个缺陷的原因，是你未能将这些人物的关系和矛盾冲突，纳入新的时代进行的改革所产生的矛盾冲突之中（或者说，未能从时代的矛盾冲突去提出爱情的矛盾冲突）。小说所提供的何文光，是一个改革者；钟秀萍的性格和遭遇，也可以想到她必是一个能够站到改革第一线的促进派，这两个人物有旧的恋情，现又在一个单位工作，他们在改革中增加和发展新的感情，是必然的，但你未能抓住这点去做文章。这是一。其二，之所以如此，还在于你略去了何文光在改革中必然遇到的矛盾冲突，特别是像朱大全这类人物的阻挠。何文光与朱大全在一个工厂，产生这种矛盾冲突是必然的。可是，小说却将这两人的矛盾冲突，仅放在对钟秀萍的毒打事件上，这不是白白放过本有的表现改革矛盾冲突的机会吗？其三，钟秀萍对朱大全毫无爱情可言，旧怨是强制结婚，新仇是虐待毒打；可想而知，在新的时代中，在改革的问题上，两人又是对立的。这对立是新的时代内容，也是钟秀萍要求离婚的新时代条件和新的时代因素。这是明摆着的东西，为什么弃而不取呢？其四，小说还写到两个离婚的妇女，对他们离婚的原因和离婚后所产生的矛盾冲突，本存在着和可以更充分地表现时代内容，但你却又是白白放过了。写刘玉仙只是由于去桂林旅游，一时鬼迷心窍，同一个采购员搞了不正当关系，回来遭丈夫一顿毒打而离婚；后来因为去幼儿园看儿子，又遭前夫毒打；写张飞红因为"感情不和"几个字的抽象原因与丈夫离婚，后来又只因为看到何文光是好人而单相思，因爱情无着落而发出"我要男人，不要西装"的肺腑之言。这些描写，是可以理解的人之常情。但是，这两位女工为什么会在这个年代产生这样的事情和想法，难道就没有一点点特定时代的内容吗？又为何不去挖掘和表现呢？这种"坐失良机"现象的产生，显然不在于作品的题材和人物的局限，不在于你的思想与艺术功力不足（"两情"的成功已证实这一点），恐怕也不完全在于你对这篇作品的经营所下的工夫不够，而在于你对文艺必须抓住时代的特定矛盾冲突，表现一定时代特定的普遍意义这个基本使命的认识，尚不是十分自觉的；或者说，本来明确而又由于某些思想观点的干扰，或客观因素（如索稿急迫等）影响而产生一时的、个别的忽视现象。

我这样说，是出自于对你历来的创作特点，或者说你创作的长处和短处的认识。我觉得，自从1961年你发表《部长下棋》这篇荣获当年《羊城晚报·花地》评奖一等奖的成名之作以来，你一直施展着一种既是你的长处、又是你的短处的才华。这种才华的特点，是你善于将具有特定时代的普遍意义的问题，寓于富有人之常情的人物性格和命运之中；或者说，是善于在富人情味的人物和故事之中，表现了具有普遍意义的社会问题。《我应该怎么办？》引起强烈的社会反映，使你跃居全国知名作家之列。我看主要也是由于薛子君的爱情遭遇，体现和提出了十年浩劫造成的社会悲剧。新作"两情"之比较成功，也在于刘振民对工作和男女之情，提出和正确回答了改革年代的社会问题。你的特点还表现在：对生活中的人之常情，对善良和纯真美的热切追求，以及对违背人之常情、对压制和摧残善良和纯真美的邪恶势力的无比憎恨。这种强烈的感情和美的追求与思想倾向，使你成功地塑造了薛子君这样的善良纯真的女性典型，创造了李丽文、刘亦民这样的既同"四人帮"坚决斗争，又富有强烈同情心的人物，使得你的作品既有强烈的时代精神，又富有是非分明，以善良、纯真为基调的人情味和人情美。这是你的作品受到群众欢迎，被人们认为"合口味"的原因所在。但是，你是不是感觉到，恰恰又是由此而使你的作品稍欠一种壮阔的气魄。你似乎对写正面的激烈搏斗不很擅长，往往在这样的关节上，将笔触转向人物的感情纠葛中去。这使得你的作品具有表现感情较深较细的特色，但又因此而"坐失"可以表现更多、更广阔的现实斗争的"良机"。《离婚》就是如此。

文章本是有情物。老托尔斯泰说过，艺术的主要特征就是表现"体验过的感情"。情者，人之常情也。情之所以为"常"，从横的方面说，是在社会生活的各个领域，在每一个人和每个人的一切生活中，无不有着情的因素；每个人对一切事物的认识都是有感情色彩的，都是有感情活动的，所有人与人之间的关系都有着感情关系，如夫妻、父子、母女、朋友、同学、师生、同事等等关系之间，无不有着一定感情的联结。从纵的方面说，任何时代的人，包括原始社会的人，以至将来的共产主义社会，在人与人之间，也都是有情的，是种种感情联结的，某些人之常情也是有某种相通之处的。这是人之常情的一方面意义。另一方面意义是人与人之间的矛盾冲突，常常又是从这样的密切的感情关系中产生的，并且往往是在一定的感情纽带中发展和解决的。反映生活的文艺作品，不反映这种人之常情的存在，不仅不能真实反映生活，而且等于割断艺术的咽喉。因为人们之所以需要艺术，不仅是希望从中看到和知道自己所知道和不知道的东西，而且是要求从中得到某种感情的寄托和美的享受。作家写作品的动机（或创作的冲动），我想也不外乎这两个方面。这两个方面，直接的、主导的因素，我看还是在于对某种生活有感情的冲动，非写不可。没有这种感情冲动，是写不出或写不好的。同时，作家写东西总是想使人爱看，使人产生感情上的共鸣，使人能够得到某种感情的美的满足和享受，他也就必须将人之常情作为编织其作品内容和令作品能使读者共鸣的纽带，这也是感情对于艺术生命的咽喉意义。

这些人之常情的道理，不必多说了。你的作品表明，你是很注意而且巧妙地把握这种"咽喉"作用的。但我认为仅注意这点还不够，还得特别注意一定时代（或时期）的人们共有的而又是特定的思想感情，也就是人之常情的时代性问题。我不知你认真地总结过没有：《我应该怎么办？》和《两情》能够引起人们强烈共鸣的原因是什么？在这两个作品里，你都用了爱情这种最令人感兴趣的人之常情来编织扣人心弦的悲欢离合故事，通过这些故事，深刻地表现了人与人之间在爱情关系中错综复杂的感情冲突，从而创造了独特的人物，反映了时代的生活。这是成功的因素，是感情"咽喉"作用的充分发挥，但这不是这些作品的主要成功所在。主要的成功在于表现了特定时代中具有普遍意义的思想感情，也即是表现了人之常情的时代性。这就是说，薛子君与李丽文、刘亦民的爱情悲剧和他们的悲欢感情，是浩劫年代人们的思想感情的凝现；刘振民和何玉倩的爱情悲剧和他们的思想感情，在一定程度上体现了改革年代中人们的思想感情。可是《离婚》中钟秀萍与何文光的爱情悲剧和他们的思想感情（包括刘玉仙、张飞红，以及朱大全等人的思想感情），虽然也是充沛的、有独特性的，但却是有些陈旧，时代色彩并不很强烈、不很鲜明的。这个缺陷，说明了仅仅是抓住人之常情还不足以取得成功的道理。如果不嫌啰嗦，你不妨从我的这个看法，去想一下一些世界名著的共有经验，例如：曹雪芹的《红楼梦》、司汤达的《红与黑》、列·托尔斯泰的《复活》《安娜·卡列尼娜》、阿·托尔斯泰的《苦难的历程》等等，它们都是以爱情编织的故事，反映了不同时代的生活，但更为重要的是体现了一定时代的人之常情，是人之常情在特定时代的凝现。这些名著在它们产生的年代使人共鸣，是这个道理；它们千古不朽，现在和将来仍然有顽强的艺术生命力，也是这个道理。

巴尔扎克在《人间喜剧》前言中，曾说他笔下的人物，"是从他们的时代的五脏六腑孕育出来的，全部人类感情都在他们的皮囊底下颤动着，里面往往掩藏着一套完整的哲学。"这是巴尔扎克对他所写人物及其成功经验的精辟概括，也是对所有名著创造的艺术典型的意义及其成功经验的概括，这也就是我所说的人之常情的时代的主要依据。你在《离婚》中所写的人物，还不是从我们这个改革的"时代的五脏六腑孕育出来的"，在这些人物的"皮囊底下颤动着"的，尚不是我们这个时代"全部人类感情"，也未"掩藏着一套完整的哲学"。你的《我应该怎么办？》和《两情》的成功，在于有较大的程度达到这个要求。另一方面，你是否注意到你笔下的人物，开始出现进展不大或者说有所雷同的现象（特别是那些你所喜爱、寄与深厚同情的人物），《离婚》中钟秀萍、何文光，同你几年前写的薛子君、刘亦民，不是很相似吗？何文光也有李丽文的影子。当然，我不否认你也创造了一些过去未写过的人物，像《离婚》中的张飞红，特别是《两情》中的刘振民、何玉倩，是成功的。我这样说的意思，并不是认为一个作家写自己从没写过的人物越多越好，而是认为每写一个人物应有新的创造和新的意义；同时，也应当而且可以在自己的全部创作中，有意识地创造自己的人物"家族"和系列。许多有杰出成就的作家，所写的人物都是如此的。巴尔扎克、托尔斯泰是这样，鲁迅、老舍、茅盾、巴金是这样，近几年大显身手的一些作家（如蒋子龙、高晓声、张贤亮等）也开始有这样的特点。每个作家的人物"家族"或系列，都是有相似而又不同的。这种现象，体现了作家对生活的认识和反映有"一套完整的哲学"，有一个独特的"支撑点"。每个人物典型之不同，又主要是由于挖掘出和体现了新的时代意义。创造典型的多寡，不在人物的职业、身份、性格种类的多寡，而在典型内含意义的不同，同时，也在于创造的典型是否或在何种程度上包含着一套完整的哲学。我觉得你创造的人物比较散，尚未形成一定的"家族"或系列，原因在于尚欠自己独有的认识和反映生活的"完整哲学"；你笔下有的人物的雷同或进展不大，也在于未能在不同人物的创造中，挖掘和体现出每个人物本有的"完整哲学"；你创造的人物尚未能在我国艺术典型的画廊中排上突出的名次，我看也在于这些典型尚未（或者程度不够）包含着一套"完整的哲学"。如果你感到我在这个问题上尚未讲清楚，我想，你只要认真思索一下阿Q、唐·吉诃德、安娜·卡列尼娜这样的艺术典型所包含的是什么样"一套完整的哲学"就明白了；这些典型，都是人之常情与一定时代的思想感情的辩证统一，都是人的某种思想感情与这些人物的独特感情的辩证统一。

信写长了，回到所谓永恒的情和美的问题上吧。看来要使作品具有持久的生命力，仅注重人之常情的抽取和表现是片面的，重要的是表现人之常情的时代性，这即是：以"常情"为纽带，反映现实的斗争和提出具有特定的普遍意义的社会问题。体现特定时期的人们共有的思想感情和愿望，并且将这些体现于人物典型之中，作为典型的内含。小说艺术的生命大都取决于典型形象的生命。典型所含的人之常情越丰富和越有时代性，艺术的生命也就越长久。我借用苏东坡的诗句作此信的标题，是这个意思，也包含着向长期抱病创作的你，致以衷心的良好祝愿。

1984 年 8 月 19 日于广州流花湖畔

论陈国凯长篇《一方水土》的
跨文体写作

程文超 [①]

优秀的作家艺术家总是一些文体的高手，同时，总希望通过文体的解放获得更大的艺术表现空间。当某一文体不能让艺术达到完全的表现时，突破它，就是艺术的题中之义。

当然，寻求文体解放之途上具有风险。1957 年 7 月，《茶馆》的剧本在《收获》创刊号上刊出后，专家、学者对其艺术性并不是没有担心的。如李健吾说："毛病就在这一点：本身精致，像一串珠子，然而一颗又一颗，少不了单粒的感觉。"他觉得，戏剧的个个场面应"成为一种动力，形成前浪赶后浪的气势"。陈白尘也认为"假设能有一些内在的联系，更好"。他明白，"老舍同志写过很多剧本，不是不懂舞台，看来他是有意打破的"。但这种有意打破效果如何？老舍的一些朋友觉得没有把握。没想到《茶馆》一公演，空前成功！20 多年后，人艺将《茶馆》再度搬上舞台，仍然大受欢迎。不仅在国内屡演不衰，而且轰动欧洲、日本等地，被西方文艺界称为"东方来的奇迹"。

《茶馆》的成功告诉人们，戏剧是可以有多种写法的。贯穿始终的冲突不等于戏剧本身。人们终于明白，老舍之为大师，是与他那不"叫老套子捆住"的精神连在一起的。

---

① 程文超（1955—2004），中山大学教授、博士生导师，曾获第二届鲁迅文学奖·理论奖、中宣部"五个一工程奖"，著有《意义的诱惑》《1903：前夜的涌动》《反叛之路》等。本文原载《学术研究》2001 年第 2 期。

让我们回到小说。新时期以来，作家们对小说文体的探讨有着持续的热情。从意识流的突破情节走向心理结构，到要不要塑造典型之争，到马原的叙述圈套，到余华、格非等人制造故事的断裂。这些招数都取得了显著的成绩——尽管你可以说出它的诸多不足。

如果说此前的探讨还是在小说范围的话，那么最近，情况不同了。一个新的话题已经被提了出来：跨文体写作。一些作家、批评家在思考如何通过文体的交融来完成特定的艺术创造问题。陈国凯是其大胆的探索者。《一方水土》正是跨文体写作的一个重要文本。

陈国凯在生活中也是一位"跨文体"的人。他不仅写小说，而且是古典音乐的"发烧友"，"烧"得很专业。《一方水土》里陈国凯写过一间高档听室，那真是一处美的所在。在那里听音乐，"美妙的感觉简直不可言传"。正是在对音乐的欣赏里，给了陈国凯解放小说文体的灵感，使他得以完成《一方水土》这部早在计划中的作品。陈国凯早在80年代中期就在深圳某工业区生活过一段时间，早想为那里写点什么，但一直未动笔。"其中一个原因，是知道近距离写作开放改革题材的长篇小说难度之大，成功之例不多。"（《后记》）显然，陈国凯并不想按别人的模样儿来处理开放改革题材。后来他又如何动笔写了？陈国凯曾对此作了透露："有一天，我听英国现代著名作曲家埃尔加的曲目《谜的变奏曲》，忽然心有所动。埃尔加这部交响作品中有十四段变奏，每一段代表一个人物。由一个主题导入，没有经典式的曲式结构。着意于情感渲染。听这部交响变奏，启发了我的思路。我想，能不能采取散点透视的写法，不着急结构完整的故事，让一个主题导入，把工业区改革开放初期的情景写成'交响变奏'。"（见左夫《国凯和他的〈一方水土〉》，《一方水土》附录）

原来陈国凯从埃尔加交响作品里得到的也是他一直寻找的灵感，竟然是"不着急结构完整的故事"！这想法不能不说有点儿"怪"。小说是要有故事的，特别是长篇小说。要有矛盾冲突，可以说是长篇这种文体的基本要求之一。不然何以结构作品，何以抓住读者？陈国凯偏偏从这里寻找突破。《一方水土》中的虹口工业区是改革开放以来我国的第一个工业区。

在无路的地方走出一条路来的艰难可想而知。按说，这一题材可以写成情节尖锐曲折、惊心动魄的故事，可以写成一部十分符合既往小说文体要求和读者阅读期待的小说。陈国凯是讲故事的高手。早在新时期之初，他就以一篇故事曲折感人的《我应该怎么办？》轰动全国。但这次，陈国凯不仅没有着力去写故事，反而努力去淡化故事。作品一没有设置统摄全局的人物关系、二没有布置人物尖锐复杂的斗争较量，一句话，没有安排贯穿始终的矛盾冲突。

不独如此，甚至对于一些局部的冲突，陈国凯有时也尽量不去作正面表现，而把它放在背景上处理。如工业区要建立微波通讯站，遇到了重重困难，矛盾异常尖锐。正面叙述，可以让它波澜起伏。但作家却将这些放在了幕后，展示给我们的，只是主人公方辛与大记者欧阳的一次谈话。我们从他们的谈话中知道了有关矛盾，但我们在阅读中却不能与这些冲突正面相遇。

当然，"淡化"故事并不是"完全不写"故事——《一方水土》也写了工业区兴建、工程招标、用人原则、建微波通讯站、搞民主选举等事件。淡化故事是要突破"结构完整的故事"那过于严密的故事链。陈国凯的叙述有着更为高蹈的追求：把工业区改革开放初期的情景写成"交响变奏"！如果着力于故事，你就要集中力量去营造矛盾冲突、制造起伏波澜、设置悬念机关。你要一环扣一环，丝毫不能懈怠，因而你的笔不能不被故事捆住。这时，你很难抽出大量的"闲笔"，从容地进行与冲突双方关系不大的讲述。正如一场紧张的足球赛，电视转播的镜头除了对准那只球和争夺球的比赛双方之外，很难大量地对准观众。过于集中，便无法"交响"。

陈国凯就是要从小说文体里适当避开那只"球"。这一避开，小说就从完整故事里获得了解放。笔力无需紧张地集中于矛盾冲突，大量的叙事空间便被释放了出来。原本属故事之外的"闲笔"，现在反客为主，在天上地下、古往今来的任意驰骋。漂亮的"交响变奏"景观出现了！稍一留心，你就会发现，在《一方水土》里，作家是将小说的叙述与散文的笔调溶化为一体了。溶化得那么巧妙、那么优美！

散文，是最自由的文体。说什么、如何说，全无障碍。宋代散文理论家苏轼曾将散文视为"行云流水"，可谓精彩之论。散文里既有艺术流动之美，更有心灵流动之美。散文写作，你得到的是心灵的自由与解放。90年代以来，思想随笔迅猛发展，我想更深层的原因在这里。它既没有学术文章的拘泥与学究气，也没有其他文体的诸多限制。怎么想、怎么说，天高海阔，何等畅快！而读者也在这样的散文、随笔里得到了别样的思想、艺术享受。

正是这一自由文体的诱惑，吸引了陈国凯。很难说是他有意为之，但突破文体、寻找叙述自由的冲动，使他的文笔不由自主地走向了散文。

小说叙事与散文笔调"溶化"在《一方水土》文本里，表现为实与虚的结合。我说的"实"指故事发生时间里的人和事，"虚"是指故事发生时间之外的人和事。二者组成和谐整体。虚的东西信手拈来，实的东西似断实连。陈国凯巧妙地用人物作"经"组成各章，大致每章都以人物为中心。人物出场，大多有两个功能。第一、行动。第二、唤醒。第一功能属"实"的一面。它是故事发生时间里的事，如方辛带着凌娜等到深圳考察、罗一民接待、董子元出任大华公司董事长、倪文清离开北京投奔工业区、杨飞翔到广州看望堂姐等等。这些行动演示着故事，解构着作品。

但这并不是全部。陈国凯安排人物出场的另一个重要功能是，唤醒一段回忆！这回忆的内容五彩缤纷：或历史故事、或风俗人情、或人物命运，或有形、或无形。每个人物都有与其相关的一片天空。陈国凯的叙述策略很聪明：每一章都以人物为中心，但叙事并不着力于渲染其当下矛盾冲突的一面，而是舒展笔墨，悠哉游哉地进入那片天空。

那片天空的"唤醒"方式是多种多样的。有时，一个人物本身的经历、命运和家族史要分多次、在不同的出场中唤醒。如方辛，他的革命经历、浪漫史、家族史和家乡风情等等，是在不同的场合下被点燃的。有时，一个人物出场，却又能唤醒与他相关的许多别的画面。如第三章，开章第一句话是："董子元从北京秦城监狱出来，好像做了一场梦。"一句话，抓住了多个"唤醒"的契机。董子元因为曾毕业于广东军阀陈济棠的军校，后来参加共产党，成为东江纵队的团长。"文化大革命"中，东江纵队被打成"反革命别动队"，董子元这个老共产党人因此坐了共产党的牢。他一出场就打开了东江纵队的历史、"文革"的画面，还有当年陈济棠的故事。

在"虚"的天地里，作家"闲笔"般地写着，从容不迫。在"实"的世界，作家也自觉不自觉地用了散文笔调。而"实"与"虚"两个世界并不是绝然分开的，你触发我，我唤醒你。如第六章，第一句就写道："知道杨飞翔明天要回来，麦玉珠就忙开了。"一个于自己有恩的堂弟从香港回来，麦玉珠自然要好好招待。但有什么可以作为招待的呢？无鱼无肉无鸡无蛋，更不用说海鲜。"文革"后、开放前的广州，就是这样！杨飞翔原住广州东山，后来到香港。他的回来，自然又打开了东山一带历史上的风俗人情、文化氛围。杨飞翔的"回"与玉珠的"忙"同时打开了"实"与"虚"两个天地。两个天地用蒙太奇的方式穿插剪辑、相互映照。叙述轻松地作用于你的情智。叙述者像你的一位朋友，智慧，而平易亲近。你与他好像在月光下喝着小酒，借着微风、吃着花生米，谈着古往今来。你听着，人文掌故、风土人情、人物命运等颇有魅力地吸引着你，故事发生时的"现实"也拉拽着你。你的情智在实与虚之间穿行。

在这貌似悠闲的叙谈里，你会奕然被感动了、被震动了！你清清楚楚地感受到了那"轻松"里的惊涛骇浪——历史的与情感的。你发现，那"虚"或为背景、或为隐喻，原来都是为你感受"实"而精心制造的阔大氛围和多角度参照！那貌似"闲笔"所释放出来的叙事空间里，竟暗藏着作家深沉的思考。那"虚"在不动声色地作用于你的情感与理智！

方辛从香港过罗湖桥，看到的是满天的苍蝇、满地的土泥路和面有菜色艰辛谋食的农民。他找到罗一民，当年东江纵队的战友，当年搞革命、为老百姓许诺幸福的情景自然成为叙事的"唤醒"。正是在这"唤醒"的氛围中，方辛来到自己的故土——当年为解放而战的战场大龙湾，发现满沙滩堆着的竟是偷渡者的尸体！哪还有当年许诺的影子！于是"方辛突然在沙滩上跪了下去。"他面对沙滩面对苍天大地，面带泪光，哽咽着说："我们这些共产党人，愧对人民，愧对青天大地！"还需要多的话吗？

写"文革"灾难的作品多了。大多直述灾难故事。《一方水土》却用更多的笔墨环顾左右，但大华公司的历史、陈济棠的故事、汪志杰和张沪生的命运等等"虚"写，却编织出了一个大的情感场、一个大的理解视界。在这样一个"场"中，在这样一个视界里，"文革"给祖国、人民带来的深重灾难，被以震撼心灵的强力透彻地道了出来！工业区在陈尸滩上建立，是一个意味深长的隐喻：改革，对中华民族而言具有起死回生的意义。

《一方水土》进行跨文体写作的最深层动因，在于作家面对改革时的那种高远立意。

工业区启动后，按一般写法、参与工业区建设的关键人物之间会出现种种矛盾、构成改革与不改革、反改革的冲突，故事有了，主题也有了。但在《一方水土》里，工业区领导都是改革派。其他人物之间也几乎没有在改革的问题上发生太大的冲突。作者故意让贯穿始终的人物冲突在故事里缺席，通过这种叙事本身告诉人们，改革实际上是一场不知道具体对手的斗争。作家关注的是问题的根本所在：体制问题。于是他将笔从人物与人物间的小矛盾里解放出来，写的是旧体制包围下一个新工业区的生成。那是工业区与整个旧体制的冲突。一段300米的道路修建，竟然惊动到当时的总书记亲自签字才能完成，因为四分钱的奖金，差点影响了码头建设的速度。一个小小的通讯站问题居然成为天大的难题，工业区之外有一张旧体制的网。而那些历史故事、人文风情和心灵画面，则把工业区放在了历史与现实、中国与世界、经济与文化等多种维度之中，形成"网"之外一个阔大的参照系，用以观照这两张"网"里的工业区。

感受到这一点。你的心灵，能不震撼！

不过。作品的不足也不难看到。比如，在"虚"的层面，有时作者多少有些偏爱枝蔓横生的畅快；在"实"的层面，有时也有点过于漫不经心。这些都涉及到如何为小说里的散文笔调设限的问题。但我以为，这些都不是重要的。我想说的是，写如此有内涵的时代惊涛、作如此重大的历史思考，却并不将声调抬高八度，而是那么舒缓、那么雍容；不是众人皆醉我独醒的自得，不是居高临下的训导，而是一种与读者交谈的方式、对话的方式。这是一种新的心态、新的姿态。

陈国凯小说艺术浅探 ①

赵仕聪

一

作为一位工人作者，陈国凯写的自然多是反映工业战线的生活和问题的作品。解放以来，我国工业题材小说的创作可谓薄弱，虽经老作家和新作家们的努力，出现过像杜鹏程五十年代写的把工业生产与社会现实联系起来的一类较成功的作品，但是，由于长期以来"左"的路线和"左"的创作思想的束缚，工业题材小说的创作囿于一个陈旧的框框，"简单地写好人好事，写技术革新，写路线斗争和阶级斗争，写一个中心事件和围绕一个生产过程展开矛盾等等"（蒋子龙语），即所谓"车间文学"的固定模式。陈国凯在其创作的初始阶段，也摆脱不了这一模式的束缚，"也在从事这败坏读者胃口的'创作'"（陈国凯语）。从当年获奖的《部长下棋》以及《总工程师》，到"文革"中所写的几个短篇，直至粉碎"四人帮"后一二年的作品，都旨在表扬好人好事，鞭笞坏人坏事，简单地记述一个工厂里、一个车间里生产技术革新的"方案之争"，或阵线分明的阶级斗争和路线斗争。但是，仔细地阅读这些作品，也不难看出，作者还是有自己对生活的独特理解和艺术上的探索和追求的。而且，这种理解和追求越来越深沉和强烈，越来越引起人们的注意。

陈国凯来自基层，扎根基层，对于基层群众，特别是工人，十分熟悉，

---

① 本文原载《开放时代》1986年第1期。

对于他们每个家庭生活命运的变迁了如指掌。兼之他坚持现实主义的创作原则，把工人群众平凡的日常家庭生活写进他的作品，就使他的"车间文学"与众不同。这一特点，在其创作的初始阶段即表现出来。如《丽霞和她的丈夫》，虽然也有"方案之争"的痕迹，但在那"阶级斗争"这根弦越绷越紧的岁月里，作者并没有正面去描写"你死我活的阶级斗争"，而是通过小家庭中两口子丽霞和她的丈夫杨小保的矛盾，大力颂扬实事求是的科学精神，同时鞭挞了"大男子主义"的残余思想。这在当时是难能可贵的。

　　粉碎"四人帮"以后，陈国凯的创作进入了一个十分明显的转折阶段。党的十一届三中全会以后，作者对生活的观察和理解，远比以前敏锐、深刻。他透过家庭生活之窗，发掘出更深刻的社会内容。陈国凯1979年写的《我应该怎么办？》，通过青年知识分子薛子君、李丽文和青年工人刘亦民两个家庭三个人的悲欢离合的生活命运，形象地反映了"文化大革命"这场历史性的悲剧，控诉了"四人帮"给人民带来的精神、肉体的折磨和生活的灾难。紧接着写的《代价》，同样以两个家庭的遭遇，特别是以女主人公余丽娜的命运变化为内容，从更广阔的社会背景上，再现了十年浩劫的血泪现实，展示了我们这个民族在这场浩劫中所付出的沉重的血的代价。作者说："写作的当时，中央对'文革'尚未有定论，社会上风传三七开、四六开，我当时认为，作家与历史学家有不同的使命。历史学家对于历史得作出科学的结论，作家是描写生活、反映现实的，不能等历史学家对生活作出定论之后才写作。不管它三七开还是四六开，凭自己对生活的观察和分析，对事物的爱憎，鼓足勇气写下去"。家庭是社会最基本的细胞。如果说，在作者创作的初始阶段，从家庭生活入手使他的"车间文学"不那么枯燥无味，那么，在作者的成熟期，从家庭生活入手则使他的《代价》"不愧是十年浩劫的一面镜子"。写"家庭"，写"儿女情"，写"家务事"，不但可以更好地抒写丰富复杂的人的感情，使作品显得更委婉、更细腻、更抒情，而且可以真实地反映色彩斑斓的社会生活，揭示不同时期的社会风尚。写"家庭"，写"儿女情"，写"家务事"，与写重大题材一样，可以反映更深远的历史面貌和更广阔的社会生活。

1982 年发表的《好人阿通》，是作者根据自己几十年的亲身经历和生活体验苦心经营的一部长篇小说。全书拟以广州为大背景，从合作化、"大跃进"，写到"文革"后，从农村写到城市，从工厂写到社会。通过对阿通等几个人物命运的交叉描写，反映几十年来风云变幻的复杂的社会生活，反映中国工人阶级的历史、现状和未来。这是新时期工业题材小说领域未曾出现过的独具规模的"全景式"的社会历史画卷。在第一部里，通过对阿通"大跃进"期间在农村、工厂荣辱升沉的遭遇的描写，让人深刻地认识到五十年代末期"左"的思想和政策给农村，给农民，给工业生产带来的严重损害。作者在谈到创作这一长篇小说的思想活动时说："写出了《代价》之后，心情一直很沉重。我在苦苦地思索，在中国，为什么会发生像'文革'这样'史无前例'的事？究竟根源何在？我想，中国是农民意识汪洋大海般存在的国度，'文革'的发生，原因很多，但根深蒂固的农民意识不能不是其中的一大根源。正是中国有许许多多大大小小的'阿通'们，才给'文革'的发生和发展提供了社会基础，基于这个认识，我决定写《好人阿通》这部长篇。"（陈国凯语）这部通过一个人的遭遇，反映更深远的历史和更广阔的社会生活的作品，比起《代价》来，又更进了一步。但《好人阿通》仍取材于平凡的日常生活，这又与《代价》等如出一辙。

二

二十多年来，陈国凯在他的作品中，创造出了为数不少各色各样的人物形象。上至省的部、局长，下至工厂的清洁工、排污工和农村的普通农民，以及工程师、技术员、作家、学生等，都收入他创作的范围，成为他作品中的典型形象。比较起来，陈国凯不大善于写那些叱咤风云的英雄人物，也不大善于写那些身居高位、运筹帷幄的领导干部形象。他写得特别得心应手、细腻动人的是普通人的形象，特别是普通女性形象。可以说，努力挖掘和表现普通人的心灵美和情操美，是陈国凯创作的主要美学追求，也是他的有别于其他工业题材小说的特点之一。他曾经反复强调说："生活在最底层的人，他们的工作繁重，他们要求于人的甚少，但给予别人的特多。""真正的美，在劳动者的生活和情操之中。努力去理解、去表现这种美，是我创作上毕生的追求和使命。"（陈国凯语）

陈国凯1981年1月发表的中篇《工厂奇人》中的"奇人"刘树民，长着"一张姑娘脸"，一头"长头发"，穿一身"花格子的尖领尼龙衬衫""一双擦得雪亮的尖头皮鞋"，露出"一派嘻哈相"；他"有几路拳术，还练过气功"；因动过气打了流氓，还"被派出所抓去教育过一次"；他"嘴巴不饶人""有点调皮""爱跟领导干部闹别扭"；他除干本行电工外，整天"像一匹无缰的马，这里走走，那里看看""吹牛""聊天"，因此，人们说他是一条"车间金鱼"；他会弹吉它，会跳舞，跳起舞来"那优美的舞姿，飞旋的舞步，把青年男性的青春神韵发挥得淋漓尽致，使许多姑娘看得出神"。刘树民身上的这些特征，即便不用保守的眼光看，也未必都是优点。但作者显然无意去评价刘树民身上这些特点的好坏，而是通过他的艺术笔触，使读者透过这轻狂的外表，看到一个勤学习、肯钻研的青年：一个二级技工，可"六级技工的活也不在话下"，还创造出了被"认为达到世界先进水平"的电子装置。他又是一个正直、有思想、敢于直言相谏、见义勇为的人。在王书记召见时，他考虑的不是自己评上什么"劳动模范"，而是工人们的生活工作条件的改善，要求关心工人生活，在厂区增建一间厕所。为了对付那些"洋奴相"十足的人，方便出入产品交易所和展览会，以研究先进生产装置，创造自己工厂生产用的电子装置，他特意弄了如今这副颇伤某些领导脑筋的"洋打扮"。在刘树民身上，外表的"怪"与内在的"美"既互相矛盾又互相统一，透过外表的怪，作者发掘出刘树民普通劳动者的美德。

同是表现作者这种追求的中篇《工厂姑娘》，女主人公李阿香与"奇人"刘树民一样，同是外表上讨人嫌，但有丰富的内在美的青年。与刘树民相比，其"内在美"表现得更丰富，更细腻，更富于感情。作者塑造这一形象，重点不是放在她那"玩世不恭""放浪不羁""疏狂"粗俗的一面，而是把笔墨与感情集中在挖掘那"一副放浪不羁的外形里隐藏着一颗善良痛苦的心"。她勇于"路见不平，拔刀相助"，棍打前来殴打蓉姊的"薄情郎"，还敢于反抗邪恶势力，顶住车间主任企图对她的戏弄和污辱以及阴谋不得逞后施加的种种迫害。她善良，关心他人，为了瞻养在病塌中的养母，她连续一个月一天干两班；工友的孩子病了，她主动顶班，一人干两人的活；工友的家庭不和，她主动帮助和解。与刘树民相比，李阿香更具有普通劳动者优秀的本色。但这些优秀的本色通常不为人注意。陈国凯将这些优秀本色和一些典型的艺术细节揉合在一起，使这些不为人注意的优秀本色凸现在读者面前，这也显出作者发掘普通人心灵美的艺术追求。

车尔尼雪夫斯基说过，"人是五花八门的，不是清一色的白，也不是清一色的黑。在他们身上，总是好坏兼而有之，这一点必须懂得，应该牢记"。陈国凯塑造人物形象，除了努力发掘普通劳动者的心灵美外，另一个重要特点，就是努力把握人物多种性格内涵，塑造"好坏兼而有之"的杂色人物。阿通虽然还是个未最后完成的形象，但已明显地表现出他的性格特点。他是一个地地道道的农民，又是一个刚刚入城的工人队伍盲流中的一员。他干的事"你无法说明他不对，又无法说明他对。一副好心肠却常常干蠢事"。如"大跃进""大炼钢铁"时，阿通以为"三顿吃干饭"的共产主义已经来到，高兴自己当上村炼钢铁"技术总管"，带头砸自家的锅，也砸乡邻的锅；盲流入厂"无谓的拼命，愚蠢的忙碌""连续苦战五十二小时"累倒在炼铁炉旁，成为"名字传到厂里的每个角落"的"十分高大完美的英雄人物"。在他身上，具有中国农民那种勤劳、善良、老实、憨厚的传统美德，和翻身的农民那种对革命、对党、对社会主义的一片赤诚，但又有小生产者固有的盲从无知、简单愚蠢、容易上当受骗、容易被利用的特点。所有这些"合二而一"，形成一种独特的阿通式的复杂的性格特征。

三

社会生活多姿多彩，反映生活也必须具备多副笔墨。多年来，陈国凯正是根据不同的题材而采用了不同的笔墨、不同的形式。在这不同的手法、不同的形式当中，幽默这种艺术形式的运用十分引人注目。幽默，这种以轻松、戏谑而又含有深意的笑为其审美特征的"笑的艺术"，在陈国凯作品中运用得十分自如，自成一格。他从底层人民生活中，从契诃夫、马克·吐温、鲁迅、老舍、赵树理等中外著名作家的作品中吸取养料，促进自己对生活的理解，加深语言艺术的修养，在实践中逐步形成自己独特的幽默风格。

接触过陈国凯的人，都觉得他讲话很幽默。"文如其人"，他的作品的幽默正是从人物说话的幽默开始，而逐步将这种幽默因素贯穿于情节之中、人物之中、语言之中、结构之中，形成一种有别于他人的幽默情境美。如《"看不惯"和"亚克西"》这一短篇，写严肃、认真但思想僵化的工段长洪铁山，面对刚招进厂的回城女知青沈秀文，如何从原来的看不惯，总觉得是一匹"癫马"，到后来看惯了，觉得她不是"癫马"而是"神马"。作家很好地运用悬念、渲染和"反转"组成了完整的幽默情节，创造了充满情趣、引人发笑而又耐人寻味的幽默的艺术情景，而不是仅仅让人物讲几句有幽默感的笑话，更不是外加什么"笑料"。沈秀文，本是一位活泼聪慧的好姑娘，但活泼有余，严肃不足，嘻嘻哈哈，爱开玩笑，且开口闭口总是"亚克西"。洪铁山，是在"文革"中靠"活学活用"背"语录"，荣升工段长的。他凡事用"语录"对照，开口闭口都是资产阶级与无产阶级"阶级斗争""路线斗争"。他为人正直，办事正派，但思想跟不上形势，看不惯急剧变化的形势下出现的大量新事物。两个不同思想、不同性格的人一接触，即产生了矛盾，而令人发出阵阵幽默的笑声。这笑声，随着一个接一个的矛盾的展开，激起一个个起伏不断的幽默的笑的波澜。情节向前发展并趋向高潮，而读者那对"亚克西"沈秀文姑娘的由衷的赞美和对"看不惯"洪铁山工长温和的讥讽也涌向高潮，从而表现了作者通过这幽默所要赋予作品的深刻思想。中篇小说《秀南峰轶事》，通过对疗养院"孤城落日"院长和Ｎ局长对谷红莲、丁作家、院内外"四化"改革的新思想、新事物的态度的描写，设置了一个个令人不解的矛盾，造成一个个急待解决的悬念。而随着矛盾的逐一解决和时而出现的突如其来的"反转"所出现的新矛盾新情况，带出了一阵阵的笑声。在这一连串温馨而又略带几分嘲讽的幽默的笑声中，有力地鞭挞那些恃权而无知，僵化而自恃，狭隘、自私而自以为"坚持原则"等不良的思想和作风。整篇小说不但有幽默的氛围、幽默的人物、幽默的故事情节（虽然有些细节失之过分渲染），而且有幽默的结构、语言和情致，同样十分明显地显现出一种完整的幽默的艺术情境，这是幽默小说的较高层次，也是作家幽默风格成熟的体现。

陈国凯作品的幽默，具有赵树理的通俗，老舍的风趣，鲁迅的"苦辣味"，但它又不像王蒙那样雅致、雄辩和富于哲理，不像陆文夫那样含蓄、峻切，不像高晓声那样凝重厚实、外冷内热，将幽默藏在娓娓动听的故事叙述中，融在乡村风俗画的描绘之中。陈国凯的幽默，显得质朴、通俗、温和、机警，有更多的工人气质。在他的那些批评人民内部缺点和揭示社会前进中的问题的幽默作品里，我们找不到那种像别林斯基所说的"咬得你出血，刺透你的皮骨，直言无隐，用毒蛇编织的鞭子前后左右地抽打你"的极端辛辣的讽刺，而更多的是在愤怒中保持平静，在讥讽中保持仁厚，轻松而不失深沉，温馨而隐含嘲讽，甜怡而略带辛辣的特点，这正是作家多年寻找和不断创造的"自己独特的风格"。

当我们在探求和肯定作家独特的幽默风格的时候，还必须看到当前作家借鉴西方荒诞手法和融合祖国传统杂文手法，继续探求和创新的努力。这是十分可取的。当然，我们也希望作家力戒浅薄和油滑。

作为一个作家，他艺术的探求是多方面的。以上谈到的仅是陈国凯小说艺术探求和实践的几个主要方面。此外，像成功的白描手法的运用，简扼明晰的场景描写，言简意赅的哲理议论，富于韵味的通俗语言等等，这些都是构成陈国凯作品独特艺术特色的有机组成部分。限于篇幅，恕不赘述。

论陈国凯小说的讽刺艺术

邝邦洪①

陈国凯小说集《文坛志异》，收进了他近年来创作的一些讽刺小说，这些讽刺小说写得风趣幽默，辛辣深刻。陈国凯在《文坛志异》后记中写道："写这类东西恐怕比写那些'哭凄惶'或'斗志昂'的东西还难一些……鉴于当代文学百花园中，讽刺文学迄今仍是一株软弱的幼苗，做点这方面的尝试，恐怕并非全无意思的。今后大概也还会继续尝试下去。"陈国凯的尝试是成功的。及时地总结和鉴赏他的小说的讽刺艺术，恐怕也并非全无意思。

一

敢于"撕破"，是陈国凯小说讽刺艺术的重要特点之一，也是他的讽刺艺术最重要的价值。

讽刺艺术的社会功能，是将日常生活中形形色色的无价值的丑陋现象撕破给人看。但社会现象是复杂的，许多无价值的丑陋现象，都是日常生活中见惯了的，平日是谁都不以为奇的。加之丑陋现象大都零星散乱地出现在人们的生活中，不易被人注意和警觉。讽刺家的艺术，就在于他能以独到的慧眼，将其集中起来，给予特别一提，使之尖锐化，"撕破"了给

---

① 邝邦洪，曾任广州工商学院院长，著有《新时期小说研究》《新时期小说创作潮流研究》等。本文选自《新时期小说研究》，广东人民出版社，1996年7月版，第235—247页。

人看，发人深省，呼人醒悟。陈国凯在他的《文坛志异》里，将新时期现实生活中形形色色的无价值的人物和无价值的行为撕破了给我们看，让我们从那些"公然的，也是常见的"事情中，悟出那"最重要和最深刻的东西"来。

《牙齿》《成名之后》《荒诞的梦》《牛》《评奖纪事》《战友和权威》《曹雪芹开会去了》，是陈国凯讽刺文坛怪事的一组讽刺小说。这组讽刺小说从不同角度，暴露了文坛里的种种病态。陈国凯借一个《荒诞的梦》，俏皮地揭露了当代文坛上那种"风向第一""关系第二"的创作定律；嘲笑了文坛上一批"乱拍马屁""乱放狗屁""吹牛撒谎""口是心非"的"变色龙"，以及那些不顾艺术真实，只顾挣钱出名，而随心所欲捏造人物的"天才"作家；暴露了"创作上十足的草包"，仅凭某领导一句糊里糊涂的"这不错嘛！"便"红得发紫，亮得发蓝"的怪现象。而那些"不会拉关系"，还和领导顶牛的作家，他的好作品，却被审判员们的机关枪扫得"七窿八孔"。《牙齿》里那位精于"文坛上权威们印象价值"的"文学青年"，恬不知耻地公演了一出拍马屁丑剧。《曹雪芹开会去了》，讽刺的又是文坛上的另一种病态。曹雪芹想不到一部《红楼梦》上竟躺着那么多人，学会、协会、研究会竟多如牛毛。名誉顾问、顾问、名誉会长、会长、副会长竟难以胜数，还有满天星斗般的理事。标新立异的"薛蟠诗词研究学会"，烦琐而无谓的《伟大作家曹雪芹头发之考证》等等，嗡嗡营营，长篇巨论，务名者多，求实者少，弄得曹雪芹瞠目昏眩。还有地球上流行的"越看不懂的东西艺术性越高"的高明文学理论；那些层出不穷的不准确的新名词；那些"不是在做学问，而是在做套子作品"的怪创作；那股"重视学历文凭太盛"的怪风，将赫赫有名的大文豪曹雪芹弄得愕然。《评奖纪事》讽刺了当今仍在盛行着的评奖风，揭露了某些地方评奖时照顾四面八方的关系，搞各种平衡，因人设奖的不正之风，让一个个不择手段捞奖牌的丑恶嘴脸曝光。《成名之后》则讽刺了那种专门以搜罗女作家们的阴私为荣的社会病态，以及热心传播谣言和轻信谣言的陋习。

陈国凯不仅讽刺了他所熟悉的文坛病态，而且还讽刺了改革开放期间一些干部的不正之风，《三姨父》讽刺了一个蜕化变质的某局人事科长。他以前痛恨别人捞油水，如今却收受贿礼，腐化至极，成为好事不干，专挖社会主义墙脚，捞得凶的"油水干部"。《秀南峰奇事》讽刺了那些养尊处优，装病疗养的懒官，在机构改革中害怕退下来的畸形心态。《一只汽油桶》写一抬手便立刻可以搬走的一件小东西，而有些合同单位，却扯皮不止，可谓无聊之至。《开会》嘲讽了长期屡贬不衰的开会癖，会开得多且长，表面民主，实质还是一言堂，决议不合实际，成事不足，败事有余。

陈国凯还在《雾》和《雨》中，讽刺了生活中根深蒂固的封建意识。在《进城》里，讽刺了大城市形形色色的不文明现象。至于生活中那些"鼓舌如簧的'热心人'""过门送礼""讲究尊卑长幼之分"的浊风等等，陈国凯也毫不客气地给予了抨击和揭露。

陈国凯撕破给我们看的无价值的东西，可谓多矣，其讽刺的笔锋触及了社会生活的各个角落。更可贵的是，陈国凯所涉笔的讽刺对象，都具有新时期鲜明的时代色彩和一定的社会美学价值，真实地表现了较丰富的社会内容。因此，陈国凯的讽刺小说，能够成为"时代的记录"。

陈国凯的讽刺艺术，表现出他对现实有敏锐的洞察力和较深刻的认识，能及时地挖掘提炼日常生活中"不合理、可笑、可鄙、甚而至于可恶"的东西，通过艺术的再现，撕破给人看，从而及时地惊醒人们，自觉地跟生活中无价值的东西告别、斗争。陈国凯的讽刺小说，起到了"显微镜"的作用，起到了杜绝生活浊流泛滥、鞭挞社会弊端、斥责不道德行为、净化环境的艺术功能。

二

巧于"撕破"，是陈国凯小说讽刺艺术的又一特点。苏联专家尤·博列夫在《幽默与讽刺》一文中指出："讽刺作家把生活中的丑恶现象集中起来，使之尖锐化，如果没有令人耳目一新的笑，没有对丑恶现象内在的虚弱本质和喜剧性的敏锐而俏皮的揭露，美学上的反面现象就会以其自然主义的丑陋不堪出现在讽刺艺术中。"陈国凯的讽刺小说具有战斗力和社会美学价值，具有了尤·博列夫所指出的艺术特征。陈国凯在其讽刺小说中采用了多种多样的讽刺手法。

其一是夸张的活用。

俄罗斯哲学家车尔尼雪夫斯基认为："讽刺作为批判的极端手段，允许夸张。"鲁迅也认为夸张就是讽刺艺术的特殊本领。所以，夸张一向被作为讽刺的必用手法。陈国凯继承了这种特殊本领，而且用得幽默而精巧。

通过夸张，让嘲笑对象的面貌漫画化，这是陈国凯讽刺小说中既幽默又深刻的一种讽刺手法。为了特别尖锐暴露文坛中"风向第一""关系第二"的利害和本质，陈国凯对即将接受会审裁判的女作者，作了夸张性的肖像描写："小女子恐被乱弹所伤，故身披甲胄临阵，只见王编剧全身披挂，头顶钢盔，身穿铁甲战袍，胸前还有一块明晃晃的护心镜，那威风凛凛的样子使人联想到舞台上的樊梨花、穆桂英。"（见《荒诞的梦》）这里的夸张，显然不是故作声势。鲁迅说夸张决"不是胡闹""无缘无故的将所攻击或暴露的对象画作一头驴……是毫没有效果的"。陈国凯这段夸张性漫画描写，绝不是无缘无故的胡闹，人们相信，现实生活中的"乱弹"确实相当可怕的，非身披甲胄无法抵挡。这一夸张，使讽刺更深刻更有内涵了。陈国凯在《牙齿》中对C作家拍马屁时神态的夸张描写，在《成名之后》对街道副主任鼓舌如簧时那副丑态的夸张描写，都收到了夸张脸谱、显示了人物灵魂深处的讽刺效果。

扩大事件的矛盾，也能特别尖锐地暴露生活中的病态。陈国凯在这一方面的夸张，也是很有特色的。生活中扯皮的事屡见不鲜，屡贬不衰，为了特别尖锐地暴露扯皮的荒唐程度，陈国凯扩大了《一只汽油桶》的矛盾。为一只汽油桶，乙方负约三天了还不肯施工。甲方竟也舍得花三天时间澄清事实。一只举手抬腿便能搬开的油桶，竟没有人愿意去搬一搬，却不辞辛劳地奔波扯皮。现实生活中未必真有如此离谱的扯皮战，但一经夸张，便更令人惊心疾首。《牙齿》那位 C 作家，像淘金那样在垃圾桶里找 A 权威的那颗烂牙，"将它仔细洗涤干净""郑重地放在衬着红绒的盒子里""恭恭敬敬地向 A 权威陈述他对这颗烂牙的无限珍贵无限爱慕之情""并恭请 A 权威亲笔写个条子""署名赠给 C 以作纪念"。如此巴结权威的事，生活中未必真有，显然也是作者夸大了的。但这一夸大，就更逗人发出会心的嘲笑，更辛辣地讽刺了巴结者的媚态和丑陋的灵魂。曹雪芹亲眼所见的那份足有一吨纸重的开幕词，读得与会者的"胡须普遍长了半尺"，听得曹雪芹"弄不清今夕复何夕，今年是何年"。这样的事实也是俏皮的夸张。这一夸大，不是讽刺得更幽默、更深刻了吗？难怪车尔尼雪夫斯基说，夸张是"不必担心会破坏事物的客观"的。陈国凯深谙其妙，夸张得如此大胆，又如此惟妙惟肖。

其二是集中法的妙用。

当一个秃子出现在你面前，你很可能熟视无睹，无动于衷；但当十个八个秃子同时出现在你眼前，你就会提起神来，投以特别的关注，甚而至于惊奇。这就是集中出现的心理反映。现实生活中，许多弊端丑习，一个一个出现在人们面前，好容易让人忽视，但一集中起来，就尖锐化了。陈国凯多处妙用集中法，讽刺得十分尖刻。

在《评奖纪事》里有这样一段讽刺，《滑稽文学》编辑部四位编辑，一个患糖尿病，一个患十二指肠球部溃疡，一个胃肠炎，一个牙龈发炎。这是将中国知识分子令人担忧的健康状况作了集中表现。这四个编辑，一个久治未愈，一个要重新洗肠，一个要补做手术，一个险些被人将好牙当烂牙拔掉。这是把现实中常有发生的医疗事故作了集中反映。更精彩的集中还在"我们文坛其实也和医院的情况差不多的"这一句里，把各行各业的事故作了总暴露。而文中的那次评奖，实际上只有一个病人在"撑着门面"，如此儿戏的评奖，不是正孕育着新的事故吗？这些曾发生在现实生活中的一个个真实事件，无需作夸张和过多的艺术渲染，只要一集中，这么特别的一提，就获得了讽刺的情趣。

如果说《评奖纪事》用的只是局部集中法，那么，《成名之后》就是全篇的集中了。陈国凯匠心独运，把社会上一个个女作家遭遇过的诽谤和中伤，集中在"李秀华"身上。在这篇讽刺小说里，既有中伤内容的集中展露；又有中伤手法的集中汇演；还有轻信谣传的种种牵连；更有互不信任而加剧的种种矛盾……在这一篇讽刺小说里，紧紧围绕着"人言可畏"这一主题，将造成"可畏"的种种社会原因进行了集中揭示，讽刺出"最重要和最深刻的东西"。另外陈国凯在《荒诞的梦》《评奖纪事》《曹雪芹开会去了》《进城》等讽刺小说里，都不同程度地集中揭示了生活中各个领域的无价值的东西。

其三是对比法的巧用。

对比是讽刺艺术里常用的一种手法。因为讽刺的特点和本质在于以否定为目的，鲜明地揭示喜剧矛盾。而喜剧矛盾就产生于"不一致"。所以运用对比法显然有助于把"不一致"揭示得更鲜明尖锐，深刻有力。陈国凯巧于运用对比手法，对比的形式是多样的。

首先是美与丑的对比。在《战友与权威》里，德才兼备的作家张进，与有才无德的隔房作家形成鲜明对照；张进不忘战友情而忘了部长的单独接见，与那些花九牛二虎之力巴结权威人士，靠钻营扬名的人形成鲜明的对比。在《荒诞的梦》中，王小 D 的忠厚老实、不拉关系，靠作品说话的正直，与大草包余某的尖刻势利，靠拉大旗作虎皮，弄虚作假的狡诈，形成鲜明的对比。在美的辉映下，丑的更裸露，更渺小。《评奖纪事》里，"我"的执意秉公与不正之风之无法抵挡形成强烈的喜剧矛盾，更尖锐地揭露了不正之风之盛之凶。

其次是理想与现实的对比。《成名之后》里的李秀华想利用轮休日写作的理想与纷至沓来的干扰、一句未成而郁闷满胸的现实形成鲜明对比，尖锐地控诉了谣言的破坏力。在《儒士衣冠》中的张教授，理想于学问研究，理想于他的专著发表，理想于他带的几个研究生继承文学研究，理想于他的女儿大学毕业后到一个正正经经的单位去显亲扬名，勿入流俗。但现实改变了张教授的理想生活观念。因为去宾馆当服务员的女儿，收入高，光奖金就比教授夫妇两人加起来的工资高，而且福利好。全靠女儿，家具焕然一新。他的专著，亦靠他带的一个研究生当了一家公司的经理后，大笔一挥，让公司赞助了万把块钱给出版社，不到半年就出书了。最后，张教授认为："人活着没几个钱，活得也累，特别是年轻人。"张教授理想生活观与现实生活观的对比，引起人们更深层的思索，其讽刺的内涵是相当丰富和耐人寻味的。再次是表面与实质的对比。《三姨父》里的一位某局人事科长，表面给人的印象是个"真正忧国忧民之士"，他艰苦朴素，他教子极严，他既有原则又近人情，但实质上他是个表里不一的"油水干部"，三姨父表面与实质的对比，更入木三分地鞭挞了受贿有术的丑恶灵魂，把被嘲笑对象塑造得更鲜明，更突出了。

还有就是词句对比。例如："天上没有人间那么多客套……没有过门送礼那一套，也不太讲究尊卑长幼之分。""那些当作家的爬一个月格子还不够你吃一顿饭……就算出一本书吧，给你开两三千元稿费，这个数不够你赌一晚。""我转手一张批文就可以捞几万，够那些爬格子的人爬一辈子了。""一个公社可以出几个万元户，也就是说，抓放鸭竿的人普遍比抓笔杆的人富有。""我看当作家还不如卖破烂的赚钱多。""有位小有名气的作家为了评上什么奖，花了五百多元请客才拿到三百多元文学奖金，多花了二百多元买了个荣誉。"像这类三言两语式的对比，在陈国凯的讽刺小说里俯拾即是，同样起到了幽默讽刺的效果。

其四是自讽法的妙用。

小说主要是通过人物活动表现主题的一种文学体裁。讽刺小说利用人物自身的丑怪表现去自讽他身上龌龊的东西，所产生的幽默和讽刺效果是妙不可言的。陈国凯在他的讽刺小说中，多次运用了这种讽刺艺术。

一位喜剧家说过："愚昧可笑是最高程度上的可笑"，《成名之后》里面的那个家庭妇女中的权威人士，街道副主任刘太太，对爱情一无所知，却恬不知耻地阐释着："爱情不就是和男人睡觉吗？这就奇怪了，这怎么能呼喊呢？这一喊，还是爱情吗？那不像鸡、像猫了！真奇怪，这也能写成文章！"刘太太这段"精彩"的爱情独白，多么深刻而幽默地自讽了她的愚昧。OK博士对曹雪芹头发的考证，也实在叫人忍俊不禁。他声如洪钟，根本不用扩音装置，"各位专家学者们，请镇静！诸位，经过我数十年的反复考证，声如洪钟的学者提高了声调，请注意，是反复的考证，不是一般考证，我现在宣布一项划时代的重大发现：已查清伟大作家曹雪芹的伟大头发有一万五千五百六十三根……"这段语言描写多么精彩，声态语气如此逼真，让人如见其人，如闻其声。可OK博士越是一本正经，他的自讽就越尖刻。他的"内在空虚和无意义"与"假装有内容和现实意义的外表"所形成的喜剧矛盾，确实是"最高程度上的可笑"。《牙齿》里C作家"举着这个烂牙，手之舞之，足之蹈之，就像拾了个绿宝石"。《作家出租》里的狗仔，"当他的摩托响起扑扑声，我才发现价值几百元的名牌签字笔被他顺手牵羊拿走了"。这些人物细节，都能巧妙地自讽了人物，巧妙地自讽了人物自身灵魂的卑下。

其五是荒诞法的试用。

方成说："假恶丑是严酷的现实，是惹人憎恶、令人心情不快的，要以轻松幽默的手法去表现，这矛盾如何能协调起来呢？这就需要用半真半假，既实又虚的手法，推远观赏者和所表现的现实之间的距离，即所谓'间离'"。陈国凯深谙"间离"的奇巧作用，大胆试用荒诞手法，构成一种半真半假、半虚半实的讽刺艺术。《牛》里的G作家，"文化大革命"期间扫荡文坛，像一头好斗的公牛，横冲直撞，威风八面，成了"造反派"里的铁笔杆子，升了官，住了洋房，还摸了个芭蕾舞演员做老婆。没想到"文化大革命"后，他变成了一头"有人的思维活动，却有着畜牲的形态和行径"的公牛，"到处挨打挨骂"，被人一根牛绳套着，用鞭子打着，关进动物园里，成为"毫无观赏价值的畜牲"。那位改编《爱情与烧饼》的马立明，他做的那个梦也是极其荒诞的。《作家出租》里的那个什么都玩腻了，又想"玩玩文学"的暴发户，其玩法更是荒诞不经的。

鲁迅在《什么是讽刺》一文里说过："讽刺的生命是真实：不必是曾有的事实，但必须是会有的实情。"荒诞所写的，显然不属曾有的事实，它是属于艺术虚构的。但所写的事实虽不存在，或不可能发生，它使人以假当真，以虚为实，在笑声中悟出现实生活的真实，相信实情确有。陈国凯讽刺小说中的荒诞手法，成功地证明了荒诞确实是一种奇巧而含蓄，轻松而幽默的讽刺艺术。

陈国凯的讽刺小说，其艺术手法多种多样，除上述五种主要艺术手法之外，还有俏皮而机警的讽刺语言，奇巧而颇富幽默的情节设计等等。由于篇幅所限，这里不一一而述了。

三

有分寸地去"撕破"，也是陈国凯小说讽刺艺术的一个难能可贵的特点。

写讽刺小说的作家必须具备达观蔑视的心态和有节制的激愤。讽刺渗透着作家的否定性审美评价与炽热的憎恨之情。老舍在《论幽默》中说，没有"唤醒与指导你的爱心，怜悯、善意——你的恨不实在，假装，作伪——你的同情于弱者，穷者，被迫者，不快乐者""就不可能有讽刺"。陈国凯在《爱与恨》中也强调地指出："爱与恨——是作品中的神经细胞和经络，没有它，作品就活不起来。爱与恨的感情愈强烈，作品这个躯体就越容光焕发，招人喜爱……当然，这里所指的爱和恨，是指爱人民之所爱，恨人民之所恨。"很显然，假若陈国凯没有蔑视无价值东西的心态和憎恨之情，没有将无价值的东西送进坟墓的信心，没有疗治人民内部病态的焦灼、希望，那么，陈国凯就不会知难而作，不会去冒险尝试讽刺小说。如果陈国凯没有公心，又怎能如此准确地把握好讽刺的分寸感，冷嘲热讽，是非清楚，爱憎分明？陈国凯的讽刺尖锐辛辣，却没有卑下的私愤和俗骂，他像鲁迅提倡的那样，"兼持公心，指摘时弊""以公心讽世"。这是一种难能可贵的讽刺道德。有这种道德的人，才能创造出有社会主义美学价值的讽刺艺术。

陈国凯讽刺的分寸感，表现在是非分明上。对待 G 作家那样的"畜牲"人物，陈国凯持非之、憎之的态度，采用层层活剥的方式，由表及里，从外形到灵魂，多层次多方面地加以尖刻的揭露，辛辣的嘲讽，鞭笞毫不留情。而对待人民的落后意识和缺点，则进行有情的讽刺。例如对小学教师（《成名之后》）、张教授（《儒士衣冠》）、马科长和卢队长（《一只汽油桶》）、老太太（《雨》）、老刘（《战友与权威》）等的讽刺，陈国凯是抱着热切心肠进行热嘲的。在讽刺人民的缺点的同时，陈国凯还注意挖掘造成这些缺点的社会根源。例如张教授生活观念的变化，对其讽刺是适度的。

鲁迅说："无情的冷嘲和有情的讽刺相去本不及一张纸"（《热风·题记》），要正确区分细微的差别，就全靠精细的把握。陈国凯的讽刺小说，冷嘲与热讽是常常交织在一起的，或者是交替使用的，但落在不同人物身上讽刺笔墨是有质的差别的。对敌人一类的讽刺，他总是让其当众出丑，撕下面子，不给余地；对人民的缺点讽刺，他总是留有余地，能让人有一个思索、猛醒的余地。因为他已意识到，作家对人民缺点的讽刺，所要扬弃的是人物的落后意识，并不是人物本身，如果把握不好，就会伤害人民。这种分寸感的正确把握，是值得充分肯定的。

以新时期现实生活为题材的讽刺小说，在当代文坛还是屈指可数的。陈国凯勇敢地作了尝试。尽管他的讽刺小说还是"粗线条描摹，这些作品的艺术韵味……稍逊于它们的认识意义"[①]，但无可否定，陈国凯这一系列的讽刺小说，对净化社会环境和促进社会主义精神文明建设已经起了积极作用。人民期望有更多优秀的讽刺小说问世。

---

① 何龙：《文人学士的喜剧性写照》，《羊城晚报》1989 年 1 月 9 日。

论鲁迅对陈国凯创作的影响

贺江 ①

鲁迅对中国作家的影响是巨大的，也是持久的。孙郁认为："二十世纪中国文学变来变去，在深层的形态里，鲁迅的遗响似乎从未中断过。"②陈国凯也深受鲁迅的影响。陈国凯（1938—2014）是伤痕文学的代表性作家之一，自1958年发表《五叔和五婶》登上文坛后，曾发表了《部长下棋》《代价》《好人阿通》《大风起兮》等多部脍炙人口的小说，是广东省文艺终身成就奖获得者，有《陈国凯文集》（十卷本）存世。尽管陈国凯并没有在文章中直接谈到鲁迅对其文学创作的影响，也没有专门谈过曾读过鲁迅的哪些作品。但鲁迅对他的影响是不容置疑的，也是不可忽视的。本文试图厘清鲁迅对陈国凯创作的影响。

一、陈国凯作品中的"鲁迅"

陈国凯在作品中第一次直接提到鲁迅名字的是《闲言碎语》一文，收在1988年出版的《蓦然回首》一书中。陈国凯在该文中谈到文学史上的一种奇特的现象，"大作家往往是在一个国家和地区成群地出现，而不是零星落索的一个、两个"③。接着，他举出了好多例证，除了谈到法国文坛在19世纪上半叶形成的作家群，俄国19世纪的作家群之外，也谈到了中国

① 贺江，文学博士，深圳职业技术大学副教授，著有《孤独的狂欢》《深圳文学的十二副面孔》等。本文原载《名作欣赏》2019年第30期。

② 孙郁：《当代文学与鲁迅传统——作于鲁迅逝世六十周年》，《当代作家评论》1996年第5期。

③ 陈国凯：《蓦然回首》，江西人民出版社，1988年版，第81页。

的作家群："我国'五四'前后也产生了一批文坛巨子：鲁迅、郭沫若、茅盾、郁达夫、老舍、巴金……如群山鼎立，他们的辉煌劳动，开创了中国新文学的历史。"在随后论及作家的地位时，陈国凯反对把鲁迅神化，而是要复原一个活生生的鲁迅，"神化鲁迅先生，是中国封建文化根深蒂固的产物，也是对鲁迅精神的背叛"[1]。

陈国凯写过不少的创作谈，但从没有直接谈到曾读过鲁迅的什么文章，但如果我们对其作品进行"知识考古"，就会发现鲁迅的影响是一个持续的存在。

《我应该怎么办？》是陈国凯 1979 年创作的一部小说，发表在《作品》上，获得当年的全国优秀短篇小说奖。小说描写了一个叫薛子君的工厂技术员"失去"了丈夫，独自抚养着孩子，在和工人刘亦民结婚后，逐渐抚平了心灵的创伤。后来，她的前夫却从监狱里出来了，并没有死去。面对两个丈夫，薛子君不知道自己到底该怎么办了。她不禁发问："天啊！我应该怎么办？"[2]一个女人面对两个丈夫的故事，会让读者联想到莫泊桑的《归来》、许地山的《春桃》，但《我应该怎么办？》却和鲁迅的《伤逝》形成一种互文关系。《伤逝》里的女主角叫子君，《我应该怎么办？》的女主角叫薛子君，但在文中经常以"子君"出现。"子君，你了解他吗？你知道他是真心实意地爱着你吗？"当子君的姑妈（监护人）劝她不要对爱情看得太天真的时候，这和《伤逝》里叔叔对子君的态度很相似。

1982 年，陈国凯写作短篇小说《成名之后》，讲述了一个女作家在发表《爱的呼喊》后，成为"知名作家"，流言开始肆意妄为，让其丈夫和母亲怀疑她是不是有了外遇，是不是要闹离婚，甚至传言已经被抓进了监狱。该小说又和鲁迅的小说集《呐喊》形成一种互文关系。小说中，女作家发表的作品被街道办副主任说成《鹅的叫喊》，"听说你写了一篇什么《叫喊》的文章，大概叫什么——唔，对了，是《鹅的叫喊》。哈哈，你

① 陈国凯：《蓦然回首》，江西人民出版社，1988 年版，第 84 页。
② 陈国凯：《荒诞的梦》，花城出版社，1984 年版，第 159 页。

们当作家的真是怪人，鹅不就是鹅吗，它叫喊什么呢？"①鲁迅在《〈呐喊〉自序》里所写的在"铁屋子"里"熟睡的人们"被陈国凯发展为新时期"不学无术的家伙"了。《爱的呼喊》也讽刺了文坛上的那些情趣低下、造谣生事的"作家们"，称他们为"虫豸"，这也是鲁迅笔下经常痛斥的对象。

《成名之后》这篇小说被收入陈国凯的好几种选集里，但有两种不同的版本。如果将收在《相见时难》和《荒诞的梦》中的两个选本进行比较，会发现《相见时难》的选本中多了几句话。"想到这是古往今来文坛上就存在着的怪现象，我心里稍为平静了些。鲁迅先生早就鞭挞过这些虫豸们，不知为什么这些东西至今还不绝种？大概一百年之后也不会绝种！不过，让我妈这样的老太太为了谣传跑这么远路来哭女儿，实在太冤枉了。这些虫豸们折腾作者已经够了，连老太太也不放过！"②引文中加着重号的地方，在《荒诞的梦》选本中，是"这类人大概今后还不会绝种"，鲁迅笔下的"虫豸"也成了陈国凯讽刺和否定的对象。

1984年，陈国凯的讽刺小说《曹雪芹开会去了》，是对鲁迅《故事新编》的"戏仿"。陈国凯让鲁迅笔下的"阿Q"出场，"阿Q负责杂务，高老头守门。贾宝玉早就不当和尚了，他从天上技工学校毕业后，被分配到天上作协当小车司机"③。小说中关于对曹雪芹头发之考证的学术报告，又和鲁迅《风波》中关于"头发的故事"产生了"互动"。

1985年，陈国凯写作回忆性散文《与蒋子龙的神交与心交》，谈到蒋子龙的勤奋创作时，引用了鲁迅的例证。"鲁迅先生说，他的文章大都是在别人喝咖啡的时间写出来的。我想：事业上有作为者，大都是对时间悭吝之人。"④同样的意思，也被陈国凯用在对朋友池雄标挤时间创作的描述上，详见《友人池雄标》一文。1987年，在《笑比哭好》中，陈国凯表达了对鲁迅的敬意，"一代文宗鲁迅先生是幽默大师，他那机警深刻的幽默

---

① 陈国凯：《荒诞的梦》，花城出版社，1984年版，第31页。

② 陈国凯：《相见时难》，载《当代作家自选书斋》，华夏出版社，1996年版，第79页。

③ 陈国凯：《陈国凯》，载《中国当代作家选集丛书》，人民文学出版社，1993年版，第51—52页。

④ 陈国凯：《陈国凯精品集》，人民文学出版社，2015年版，第525—526页。

可以使人的心灵在笑声中震惊"。1990年，针对文坛中出现的靠骂人而出名的怪现象，陈国凯列举了具体的例证，"骂一般人已不显得骁勇了，骂的级别越来越高，骂茅盾，骂鲁迅……把文学大师的名著《子夜》贬得一文不值，是失败的创作经验，主题先行的产物，甚至把水泼到一代文坛宗师鲁迅的头上，如此等等，不一而足"。在1990年写的文章《走访安娜》中，陈国凯也记叙了意大利人对鲁迅的态度。"在意大利文人圈中，知道鲁迅的人是比较多的。安娜很喜欢鲁迅，言谈中，她对鲁迅有很高的评价，说鲁迅是伟大的作家。她翻译过几本鲁迅的书，她给我们看了她翻译的《野草》。"而在《一次国际文学奖》中，陈国凯则对意大利人对中国文学不了解的现状表达了不满，"据我所知，意大利人对中国文学实在知之甚少。在他们心目中，中国最著名的作家不是曹雪芹、鲁迅，而是老子、孔子、庄子。最著名的小说不是《红楼梦》而是《金瓶梅》，其余则可想而知了"。陈国凯把鲁迅和曹雪芹并列，可见其对鲁迅的推崇。在《作家们》一文中，陈国凯也描写了波兰作家对中国当代作家的所知甚少。"鲁迅的名字他们是知道的，不过，知道孔子名字的人比知道鲁迅的人多，至于中国当代一些作家，他们就很难说出个子丑寅卯。"①

1994年，广东作协创研室编写了《广东作家论》一书，陈国凯在《献辞》中大力呼唤文学的正气，反对文坛上的庸俗作风和市侩主义。陈国凯希望能用鲁迅的文学精神引领广东作家们前进。"鲁迅的文学精神应该写在广东文学节的旗帜上，写在广东作家们的心坎里。"在讲到中国女性的问题时，陈国凯说："我曾经想起鲁迅先生的话：'中国女人的母性多于妻性。'"②

二、陈国凯与"国民性评判"

"国民性"是中国现代性话语的一个重要话题，也是20世纪中国文学

---

① 陈国凯：《陈国凯文集·卷10》，人民文学出版社，2012年版，第195页。

② 陈国凯：《陈国凯精品集》，人民文学出版社，2015年版，第579页。

的重要母题，但这却是一个外来词，是英语 National character 的日译。日本明治维新后，国内掀起了关于"国民性"的讨论，当时留日学者严复、梁启超等学者将这一术语从日本介绍进来。严复于 1985 年 3 月在天津《直报》发表《原强》一文，指出中国"民智已下矣，民德已衰矣，民力已困矣"，希望中国的变革，可以开民智、新民德。梁启超则明确提出了"国民性"概念。他从 1898 年开始，连续发表了《新民说》《论中国国民之品格》《国民十大元气论》等，痛析"我中华奴隶之根性何其多"。在《积弱溯源论》中，梁启超列出了中国国民性中的种种弊病，如奴性、愚昧、为我、好伪、怯懦等等。此外，邹容的《革命军》、陈独秀的《文学革命论》等也有对"国民性"的深刻反思。

但对"国民性"书写最深、批判最烈的莫过于鲁迅。鲁迅首次使用"国民性"一词是在 1908 年发表的《摩罗诗力说》中，"裴伦大愤，极诋彼国民性之陋劣；前所谓世袭之奴，乃果不可猝救如是也"[1]。之后，在 1919 年的《〈一个青年的梦〉译者序》中，又提到了"国民性"，"我想如果中国有战前的德意志一半强，不知国民性是怎么一种颜色"。在 1925 年，鲁迅在文章中有六处明确提到"国民性"，比如在《忽然想到》一文中，鲁迅说道："中国人的不敢正视各方面，用瞒和骗，造出奇妙的逃路来，而自以为正路。在这路上，就证明着国民性的怯弱，懒惰，而又巧滑。一天天的满足着，即一天一天的堕落着，但却又觉得日见其光荣。"鲁迅在此揭露了国民性中的"瞒和骗""怯弱""懒惰""巧滑"。在 1925 年 4 月 8 日，鲁迅写给许广平的信中，鲁迅也抨击了中国的国民性。"中国国民性的堕落，我觉得不是因为顾家，他们也未尝为'家'设想。最大的病根，是眼光不远，加以'卑怯'与'贪婪'，但这是历久养成的，一时不容易去掉。我对于攻打这些病根的工作，倘有可为，现在还不想放手，但即使有效，也恐很迟，我自己看不见了。"

鲁迅的"国民性批判"影响最大者是其创作的一系列的小说。《狂人

---

① 鲁迅：《鲁迅全集·第 1 卷》，人民文学出版社，2005 年版，第 83 页。

日记》《孔乙己》《药》《阿Q正传》《祝福》《在酒楼上》《示众》等等，都是揭露"国民劣根性"的名作。鲁迅在《呐喊》自序中，写明了自己之所以"弃医从文"，写小说的原因，"凡是愚弱的国民，即使体格如何健全，如何茁壮，也只能做毫无意义的示众的材料和看客，病死多少是不必以为不幸的。所以我们的第一要著，是在改变他们的精神，而善于改变精神的是，我那时以为当然要推文艺，于是想提倡文艺运动了"①。在《俄文译本〈阿Q正传〉序及著者自叙传略》中，鲁迅也表明自己试图"写出一个现代的我们国人的魂灵来"，这里的"国人的魂灵"就是以阿Q为代表的"国民性弱点"。综合起来，鲁迅批判的"国民性弱点"大体可归纳为以下几个方面：1. 瞒和骗；2. 怯弱、懒惰、卑怯、贪婪、巧滑；3. 要"面子"；4. 奴才的根性；5. 精神胜利法。

　　鲁迅的"国民性批判"深深影响了陈国凯的创作。在其第一部长篇小说《代价》中，陈国凯通过描写工程师徐克文一家的命运，批判了人性丑恶的一面。邱建中是小说中的"败类"，也是鲁迅笔下的"瞒和骗"的集中代表。他先是通过"欺骗"的方式取得总工程师刘士逸的好感，并通过和刘士逸的女儿刘珍妮结婚的方式，得到了一栋花园洋楼。后来，他主动"检举"（实则诬陷）刘士逸是"美国特务"，并让妻子成了"敌嫌分子"，从而顺利地和妻子离婚。他"爱上"同事徐克文的妻子余丽娜，又通过诬陷的手段，先将徐克文送进监狱，接着以要挟手段迫使余丽娜和丈夫分手，从而强娶余丽娜为妻。在工作上，他也采用"瞒和骗"的方式，但最终被人识破，身败名裂。《哨声》是陈国凯的一部短篇小说，讲述了工厂里的焊工班长张志远"捉贼"的故事。张志远一身正气，发现工厂的一大堆木料被偷走了，于是拉着丁主任等几位领导在工厂的宿舍楼动员小偷把木料还回去，一边喊，一边吹口哨，引来了很多"旁观者"，这里的旁观者如同鲁迅笔下的"无聊的看客"。虽然，有很多人知道木料是谁偷走的，却没有人出来揭发，因为偷木料的是罗副厂长的家属。这里，陈国凯也批判

---

① 鲁迅：《鲁迅全集·第1卷》，人民文学出版社，2005年版，第439页。

了"奴才的劣根性"。而在《三杯酒》中,陈国凯则把以刘兴为代表的"巧滑"之人刻画得入木三分。

如果将陈国凯的"国民性批判"小说和鲁迅的文字进行对比阅读,可以进一步发现陈国凯所受鲁迅之影响。《大风起兮》是陈国凯的最后一部长篇小说,是对深圳蛇口工业区改革开放历史的刻写。小说里有一个从香港来蛇口创业的工人叫曾国平,当他得到一笔巨额遗产后,一改之前的"卑下忍让"的脾性,变得趾高气扬起来。他在蛇口工业区投资建了一个玩具厂,为了利润强迫工人加班,把自己当成"老爷",作威作福,还造成工厂女工的自杀。他的这副嘴脸早在鲁迅的文章《上海文艺之一瞥》中已加以批判。鲁迅说:"奴才做了主人,是绝不肯分区'老爷'的称呼的,他的摆架子,恐怕比他的主人还十足,还可笑。这正如上海的工人赚了几文钱,开起小小的工厂来,对付工人反而凶到绝顶一样。"

陈国凯所有的"国民性批判"的作品中,受鲁迅的《阿Q正传》影响最深。陈国凯在小说中多次提到阿Q。在论及文学作品的质量与写作对象职务高低的关系时,陈国凯认为,"写慈禧太后、写历代皇帝的作品够多了,但这些作品累加起来,其文学价值还不及一个阿Q"。[①]在《在学习创作的道路上》,陈国凯回顾了自己的童年生活,曾经提到自己阿Q式的偷青菜和番薯。陈国凯还让阿Q出现在其小说中,在《曹雪芹开会去了》中,阿Q是负责杂务工作的。

陈国凯还续写了《阿Q正传》,即《摩登阿Q》。陈国凯在题记中说:"一看标题,就知道这是一部荒诞不经的小说,其真实性很可疑,请读者谨防上当。"但好奇的读者一定很好奇,阿Q到底怎么样了。陈国凯将《阿Q正传》的结尾——"大团圆"中阿Q的死去改了:阿Q没有被打死,后来活过来了,发了迹,娶了吴妈为妻,还当了作家,成了未庄市文联主席。阿Q的代表作《我手执钢鞭将你打》成了千古绝唱,被翻译成多国文字。摩登阿Q已经一洗过去的寒碜相,"头上假发,身上西装,还结着金利来

---

① 陈国凯:《蓦然回首》,江西人民出版社,1988年版,第73页。

的名牌领带，领带上夹着镀金夹子。衬衫也是名牌——鳄鱼牌"。摩登阿Q喜欢四处做报告，以"黄瓜论"来宣扬国粹，还和假洋鬼子进行了文学论战。不仅如此，阿Q还喜欢著名作家小尼姑，对其想入非非，和吴妈闹起了离婚。陈国凯其实是借"摩登阿Q"来讽刺文坛上的"假道德"，批判国人的"奴才的劣根性"。

三、鲁迅的影响：从"幽默"到"油滑"

陈国凯的小说好看、耐读，这和他小说中的"幽默"是分不开的。从他的第一部短篇小说《五叔和五婶》到最后一部长篇小说《大风起兮》，"幽默"有增无减。有研究者专门分析了陈国凯和王蒙、高晓声、陆文夫的"幽默"之不同。"在王蒙那些逗人捧腹的作品里，幽默更多的是和哲理情采、雄辩俏皮结合在一块，它充溢着妙趣横生的机敏和尖刻；高晓声的幽默具有大辩若讷的特点，它表面看来诙谐笑谑，而内里却凝重厚实，这是一种溶解于生活风俗画中的乡村式幽默；陆文夫的幽默，则犀利冷峻又深刻热烈，就像一幅幅讽意极浓的漫画，使人看后不得不猛醒深思；而陈国凯的幽默，与上述几位又不尽相同。这是一种既有乡村农民的质朴通俗，又有城市工人的聪明诙谐的幽默，是融敦厚善意、轻松与沉重、嘲弄与深情于一体的纯粹岭南式幽默。"[1] 具体来说，陈国凯小说中的"幽默"还可以细化为两种类型：喜剧式的幽默、讽刺式的幽默。前者主要是和其工人题材的小说有关，后者是对各种丑恶现象的嘲讽，有"油滑"之意。

《五叔和五婶》被陈国凯称为"第一篇习作"，发表在1958年1月13日《羊城晚报》的副刊上。五叔嘲笑五婶都四十多岁的人了，还去报班上学。"四十的婆娘了，还死命学，学得会？骗个鬼！"五叔的嘲讽是轻快的，也是略带甜蜜的，属于老伴儿之间的拌嘴。这种"喜剧式"的幽默随着情节的发展越来越强。当五叔收到儿子寄来的信时，撒腿就往外跑，

---

① 陈国凯：《陈国凯文集·卷10》，人民文学出版社，2012年版，第328页。

他想找人去念信，结果被五婶叫住了。"五婶拿着信，一字、一句地念给他听。五叔呆住了，听着五婶清润圆滑的声音，耳朵里老是嗡嗡地作响，心中也好像敲起了小鼓。五婶念的，他一个字也没听进去，他万料不到'门口的石狮子也开口了'，心里又羞、又急、又气。"①陈国凯把五叔的吃惊、欢喜、嫉妒、羞愧都写了出来，五叔最后也希望能上学认字，把"喜剧式"的幽默推向了高潮。

陈国凯善于描写工人群众，他在广州氮肥厂当了二十年的工人，特别熟悉工厂的生活，因此，写工厂的人和事也是信手拈来、得心应手。在其成名作《部长下棋》中，"我"初次见到"宣传部长"，觉得他"倒像个公共汽车上的宣传员呢"，语调轻松活泼。随着交往的深入，"我"发现部长善于在下棋中体察民情、了解民意、解决问题，又让"我"敬佩不已。于是，"我"开始放低身段，跟部长学习下棋。"我感到：部长虽然看来是个粗佬，但他每走一步棋都是那么稳重扎实，又是那么明智。"在《工厂姑娘》中，"喜剧式"的幽默随处可见。由于工作环境的恶劣，"工厂姑娘们"学会了在苦中作乐，她们笑着面对生活，面对工作中的各种不顺。为了改变工厂的恶劣条件，工厂姑娘阿香将工厂的领导们骗到污水池旁边劳动，让他们感受到污水池的糟糕环境，并最终让领导同意改革方案。"改革方案被顺利地批准了。不出阿香所料，那天厂党委书记、厂长被岗位上的粉尘酸雾呛得流着眼泪揝着鼻涕，精疲力竭。当他们到岗位休息室时，他们那狼狈相真是难以用语言来形容。"②

陈国凯"喜剧式"的幽默最终发展为"讽刺式"的幽默，并带有"油滑"色彩，这是受鲁迅影响的结果。《好人阿通》是陈国凯具有里程碑意义的小说，里面有鲁迅小说的影子。《好人阿通》的"题叙"交代了写这篇小说的来龙去脉，和鲁迅的《狂人日记》的开头非常相似。而《好人阿通》的第一章"阿通的命名"又可以和鲁迅的《阿Q正传》第一章中阿Q的姓

---

① 陈国凯：《陈国凯文集·卷1》，人民文学出版社，2012年版，第5页。
② 陈国凯：《陈国凯文集·卷5》，人民文学出版社，2012年版，第49页。

氏考察类似。《阿Q正传》里的"精神胜利法"在《好人阿通》中也有描写,而阿通的所作所为又是"愚昧"的代表。在《家庭喜剧》的后记中,陈国凯决定将过去清零,从头开始。"编完此书,我想说的一句话是:从零开始。"陈国凯说这句话的时间是1981年10月,刚好和创作《好人阿通》的时间不谋而合。"《好人阿通》初稿写于1981年秋天,翌年四月间作了一次修改。"① 自《好人阿通》之后,陈国凯的创作题材开始扩大,由之前的主要写工厂工人生活的小说扩展为社会问题的"讽刺剧",尤其是对文坛上的丑陋现象给予揭露,这种"讽刺性的"幽默作品集有《荒诞的梦》(1984)、《文坛志异》(1985)、《摩登阿Q》(1989)。

陈国凯的短篇小说《牙齿》是"讽刺式的幽默"的典型。文坛青年作家C请文坛巨子A老吃饭,A老吃饭时吐出一颗烂牙,丢入垃圾桶中。C作家将牙齿找出来,当成宝贝,被其妻子嘲笑,C作家却不以为然,反以为荣。在《三姨夫》中,"我"去三姨夫家,碰到三姨夫正对表弟大发脾气,"功课不好好做,几门功课不及格,却追求资产阶级那套吃、喝、玩、乐了!废物!"这让"我"对当工业局人事科科长的三姨夫颇有好感,小说结尾时,"我"才知道三姨夫一直在私下里收受礼品和贿金。该小说讽刺了表里不一,"道貌岸然"的社会蛀虫。

陈国凯不仅创作了大量的"讽刺式的幽默"的作品,而且还创作了不少鲁迅式的"油滑"作品。鲁迅在《故事新编》的序言中,谈到了创作《补天》时,被专家们"可怜的阴险"所触动,于是,"当再写小说时,就无论如何,止不住有一个古衣冠的小丈夫,在女娲的两腿之间出现了。这就是从认真陷入了油滑的开端。油滑是创作的大敌,我对于自己很不满"。② "油滑"是"讽刺"的一种形式,而且是鲁迅独创的一种写作风格,对后世影响很大。陈国凯很显然受到了这种风格的影响,创作了《曹雪芹开会去了》《摩登阿Q》《并非笑话》等一系列的"油滑"小说。陈国凯说:

---

① 陈国凯:《陈国凯文集·卷1》,人民文学出版社,2012年版,第533页。
② 鲁迅:《鲁迅全集·第2卷》,人民文学出版社,2005年版,第353页。

"幽默和油滑往往只隔着一层纸。轻松感很容易和轻薄感混杂在一起。"①"油滑"类的小说很不好写，稍不注意，可能就变得"哗众取宠"，这也是鲁迅虽然表达了对"油滑"的不满，还决定将《故事新编》结集出版的原因。打通古今人物之间的界限，将不同时期的人物放在同一故事中，"油滑式"的讽刺更具批判性和艺术感染力。

在《曹雪芹开会去了》中，李白和曹雪芹在一起喝酒，贾宝玉是曹雪芹的私人司机，晴雯搞了点体制改革，成立了大观园农工商联合公司，林黛玉在作家协会当秘书，鲁智深当了出租汽车公司的汽车队长。而这一切都是陈国凯用来讽刺"混乱的当代文坛现状"。《摩登阿Q》和《并非笑话》也是讽刺"乌七八糟"的当代文坛。陈国凯在《并非笑话》里，还让"陈国凯"现身，借司徒秀英之口，说"陈国凯"去海南岛炒卖汽车被抓起来了。陈国凯在小说的备注里将自己进行了介绍："陈国凯，男，厨师。对烹调艺术颇有研究，曾研究中西合璧的'土豆和稀泥'等菜肴，因不和国情而造成亏损。……——引自最新出版的《中国烹调厨艺手册》。"②陈国凯借此机会，讽刺了文坛上无处不在的"流言蜚语"。

陈国凯深受鲁迅的影响，其"国民性批判"的小说主题，以及"幽默"的写作风格都有鲁迅文章的影子。但，我们又不能夸大鲁迅对陈国凯的影响。郭小东曾经在《陈国凯论》认为，"陈国凯的幽默，没有鲁迅那种贯染古今血泪，在极度激愤与压榨之中变换为曲笔的锋利、尖刻与挖苦。他是多情的宽怀的带着村镇知识分子的善良文弱，一个温情主义者的幽默"③。陈国凯的幽默自有其独特之处，当然，其创作也有独特之处，除了"国民性批判"的作品，陈国凯还创作了相当数量的讴歌新社会、新生活的作品，其创作早期对工厂工人生活的刻画，表现了中华人民共和国成立后，作为国家主人翁之一的"工人阶级"对新生活的热爱和欢喜。之后，陈国凯写了一系列"伤痕文学"，对国家的前途充满着肯定和期望，

① 陈国凯：《西西里女郎》，百花洲文艺出版社，1992年版，第233页。
② 陈国凯：《陈国凯文集·卷7》，人民文学出版社，2012年版，第409页。
③ 广东作协创研室编：《广东作家论》，花城出版社，1994年版，第19页。

而其长篇小说《大风起兮》是国内第一部反映蛇口工业区改革的长篇小说，表现了创业者的步履维艰，也弘扬了中国人的锐意进取精神。

纵观陈国凯的创作，其写作记录了共和国的发展历程，歌颂了新时代工人阶级忘我工作的精神，也批判了改革开放以来社会上的"瞒和骗"、文坛上的"无聊吹捧"和无处不在的"流言蜚语"，呼唤真正的"改革开放"。陈国凯的批判精神和担当意识曾是广东文坛的"一面旗帜"，也成为广东文学的一种"独特的存在"。

附　录

附录一：陈国凯发表作品一览

1950 年代

短篇小说《五叔和五婶》，《羊城晚报》1958 年 1 月 13 日。

短篇小说《五叔和五婶》，载《春凤》（花地丛书），羊城晚报副刊部编，广东人民出版社，1958 年 9 月版。

1960 年代

短篇小说《师娘的花》（署名丁东），《广州日报》1960 年 7 月 15 日。

短篇小说《赶》（署名陈凡），《羊城晚报》1960 年 8 月 4 日。

短篇小说《小黄鹂》（署名陈凡），《广州日报》1960 年 8 月 5 日。

散文《一群虎将》，《广州日报》1960 年 9 月 24 日。

短篇小说《手推车的故事》（署名丁东），《广州日报》1960 年 9 月 26 日。

散文《红姑娘》，《广州日报》1960 年 11 月 11 日。

短篇小说《部长下棋》，《羊城晚报》1962 年副刊，荣获《羊城晚报·花地》1962 年"优秀业余创作评奖·小说一等奖"。

短篇小说《在深夜电车上》，《南方日报》1963 年 5 月 29 日。

短篇小说《一幅锦绣》，《广州日报》1963 年 7 月 3 日。

新闻报道《我国自行设计、制造设备和施工安装的现代化大型工厂广州氮肥厂首期建成工程试生产情况良好》，《南方日报》1963 年 10 月 29 日。

短篇小说《部长下棋》，载《新花集》，羊城晚报副刊部编，广东人民出版社，1963 年 12 月版。

1970 年代

短篇小说《新来的图书管理员》，载《海燕号归航》，薛昌青等，广东人民出版社，1972 年 12 月版。

短篇小说《大学归来》，《南方日报》1973 年 5 月 6 日。

报告文学《烈焰飞腾》（与广州氮肥厂工人梁淇湘、赖布克、翟龙柱合作），《广东文艺》1974 年第 4 期。

民兵故事《曙光在前》（参编），广东省军区政治部、海南军区政治部合编，广东人民出版社，1974 年 5 月版。

短篇小说《主人》，《南方日报》1976 年 1 月。

短篇小说《捉鸡记》，载《木棉花开》，广东人民出版社，1976 年 2 月版。

短篇小说《深山女猎手》（与孙吴远、彭尔清合作），《广州文艺》1977 年第 4 期。

短篇小说《假日》（与孙吴远、彭尔清合作），《南方日报》1977 年 4 月。

报告文学《在抗癌战线上——记中山医学院几位防治肿瘤的科研、医务工作者》（与彭尔清、吴敬亮合作），《广州文艺》1977 年第 6 期。

民兵故事《老民兵智捉大老鼠》（与江夏合作），载《准星：广州民兵革命斗争》，中国人民解放军广州警备区政治部编，广东人民出版社，1977 年 9 月版。

民兵故事《攻关》（与孙吴远、彭尔清合作），载《准星：广州民兵革命斗争》，中国人民解放军广州警备区政治部编，广东人民出版社，1977 年 9 月版。

短篇小说《新婚夫妇》，《南方日报》1977 年 11 月 21 日。

短篇小说《女婿》，《广东文艺》1978 年第 2 期。

短篇小说《家庭喜剧》，《广州文艺》1978 年第 4 期。

小小说《学生》，《南方日报》1978 年 4 月 16 日。

短篇小说《眼镜》，《广东文艺》1978 年第 5 期。

短篇小说《开门红》，《作品》1978 年第 7 期。

短篇小说《龙伯》，《作品》1978 年第 12 期。

短篇小说《我应该怎么办？》，《作品》1979 年第 2 期，获《人民文学》主办的 1979 年"全国优秀短篇小说奖"。

短篇小说《在厂区的马路上》，《湘江文艺》1979 年第 8 期。

短篇小说《女婿》，载《广东中、短篇小说选 1949—1979·第 3 集》，中国作家协会广东分会编，广东人民出版社，1979 年 10 月版。

短篇小说《我应该怎么办？》，载《广东中、短篇小说选 1949—1979·第 3 集》，中国作家协会广东分会编，广东人民出版社，1979 年 10 月版。

创作谈《向老一辈文艺家学习》，《工人日报》1979 年 11 月 10 日。

创作谈《他们这么办！》，《作品》1979 年第 11 期。

短篇小说集《羊城一夜》，上海文艺出版社，1979 年 11 月版。

1980 年代

中篇小说《代价》，《当代》1980 年第 1 期，荣获首届（1983 年）"广东省鲁迅文艺奖金·文学二等奖"，获"《当代》文学奖·中长篇小说"；《文汇报》1980 年 8 月将《代价》改编成八场戏曲《爱与恨》（编剧：李宗桂、郑世林、李存凤）。

创作谈《我从〈花地〉来！》，《羊城晚报》1980 年 2 月 25 日。

创作谈《八十年代第一春笔谈·几点建议》，《作品》1980 年第 3 期。

短篇小说《无题小说》，《羊城晚报》1980 年 4 月 27 日。

短篇小说《家庭纪事》，《作品》1980 年第 4 期，荣获《广州文艺》"1978—1979 年短篇小说奖"。

中篇小说《代价》，《新华月报》1980 年第 5 期转载。

短篇小说《我应该怎么办？》，载《1979 年全国优秀短篇小说评选获奖作品集》，《人民文学》编辑部，上海文艺出版社，1980 年 5 月版。

短篇小说《我应该怎么办？》，载《爱——爱情小说选》，兆岱丹编，广西人民出版社，1980 年 6 月版。

短篇小说《"车床皇后"》，《人民文学》1980 年第 6 期。

创作谈《关于〈代价〉的题外话》，《出版工作》1980 年第 7 期。

短篇小说《无题小说之一》，《羊城晚报》1980 年 8 月 15 日。

短篇小说《无题小说之二》，《羊城晚报》1980 年 8 月 16 日。

短篇小说《三杯酒》，《南方日报》1980 年 9 月 5 日。

创作谈《对把文艺事业搞活的几点浅见》，《羊城晚报》1980 年 10 月 8 日。

长篇小说《代价》（当代文学丛书），人民文学出版社，1980 年 11 月版，荣获"首届广东省鲁迅文艺奖金·文学二等奖"。

短篇小说《羊城一夜》，载《中学生语文课外阅读文选第四册（高中一年级用）》，广东省教育厅教学研究室编，广东人民出版社，1980 年 12 月版。

创作谈《第一篇习作发表前后》，《广州文艺》1981 年第 1 期。

长篇小说《好人阿通》（选载），《梅江文艺》1981 年第 1 期。

短篇小说《他调不了我的心》，《作品》1981 年第 1 期（《小说月报》1981 年第 3 期转载）。

中篇小说《工厂奇人》，《芙蓉》1981 年第 1 期，荣获《芙蓉》"1980—1981 年度文学奖"。

创作谈《关于创作的随感》，《南方日报》1981 年 2 月 13 日（《复印报刊资料（中国现代、当代文学研究）》1981 年第 4 期转载）。

短篇小说《主与仆》，《上海文学》1981 年第 2 期。

短篇小说《处方》，《小说林》1981 年第 2 期。

短篇小说《无题》，《百花园》1981 年第 2 期。

短篇小说《无趣》，《百花园》1981 年第 2 期。

创作谈《创作需要严师》，《文学知识》1981 年第 2 期。

小小说《雾》，《小说界》1981 年第 3 期。

随笔《对文学青年的爱——肖殷同志二、三事》，《萌芽》1981 年第 4 期。

短篇小说《厂长退休了》，《花城》1981 年第 4 期。

短篇小说《我应该怎么办？》，载《1949—1979 短篇小说选 7》，《人民文学》编辑部，人民文学出版社，1981 年 5 月版。

随笔《生活手记》，《作品》1981 年第 7 期。

短篇小说《春雨》，《江城》1981 年第 7 期。

创作谈《深入生活谈片》，《飞天》1981 年第 8 期（《复印报刊资料（中国现代、当代文学研究）》1981 年第 18 期转载）。

短篇小说《文坛志异（之一）》，《作品》1981 年第 11 期。

创作谈《一本书的诞生》，《青春》1981 年第 12 期。

短篇小说《老馆长上任》，《解放军文艺》1981 年 12 期。

短篇小说《进城》，《特区文学》1982 年第 1 期。

创作谈《文学这条路（学艺信札）》，《梅江文艺》1982 年第 2 期。

中短篇小说集《家庭喜剧》，湖南人民出版社，1982 年 2 月版。

长篇小说《代价》（朝鲜文），梁金子译，延边人民出版社，1982 年 2 月版。

短篇小说《路》，《上海文学》1982 年第 3 期。

短篇小说《文坛志异（之二）》，《作品》1982 年第 4 期。

短篇小说《一只汽油桶》，《当代》1982 年第 5 期。

短篇小说《三姨夫》，《文汇》1982 年第 5 期。

创作谈《杂谈小说创作》，《牡丹》1982 年第 5 期。

长篇小说《好人阿通》，《花城》1982 年第 6 期。

随笔《庐山感怀》，《百花洲》1982 年第 6 期。

创作谈《他们这么办！》，载《获奖短篇小说创作谈 1978—1980》，牟钟秀编，文化艺术出版社，1982 年 6 月版。

短篇小说《姐姐出嫁》，《香港新晚报》1982 年 7 月 12 日。

短篇小说《爱与恨》，《文学报》1982 年 10 月 7 日。

短篇小说《透亮的水晶》，《上海文学》1982 年第 8 期。

创作谈《小说创作十二谈·（8）入微——观察生活琐谈》，《花溪》

1982 年第 8 期。

创作谈《正确看待创作上的苦闷期》，《作品》1982 年第 9 期。

短篇小说《爱与恨》，《文学报》1982 年 10 月 7 日。

文学评论《读中篇小说〈电流越过边境〉》，《羊城晚报》1982 年 11 月 16 日。

小小说《雾》，载《微型小说选》，《微型小说选》编选组，上海文艺出版社，1982 年 12 月版。

文学评论《值得一读的好小说——读〈公主的女儿〉》，《文学报》1982 年第 15 期。

中篇小说《姐妹之间》，《百花洲》1983 年第 1 期。

中篇小说《平常的一天》，《收获》1983 年第 1 期。

中篇小说《工厂姑娘》，《芙蓉》1983 年第 1 期。

小小说《雨》，《黄金时代》1983 年第 2 期。

文学评论《喜读两部新人新作〈特区的早晨〉〈阿基的一天〉》，《特区文学》1983 年第 2 期。

短篇小说《文坛志异（之三）》，《作品》1983 年第 3 期。

创作谈《入微——观察生活琐谈》，载《小说创作十二谈》，《花溪》创作辅导丛书编辑部，内部发行，1983 年 4 月版。

文学评论《爱得热烈　写得深情——〈温暖的深圳河〉序》，《羊城晚报》1983 年 5 月 19 日。

报告文学《特区一青年》，《南方日报》1983 年 5 月 27 日。

创作谈《第一篇习作发表的前后》，载《中青年作家创作经验谈》，巴伟、虞阳编选，浙江文艺出版社，1983 年 5 月版。

中篇小说《秀南峰轶事》，《花城》1983 年第 5 期。

短篇小说《文坛一角》，《人民文学》1983 年第 6 期。

短篇小说《一只汽油桶》，*Chinese Literature* 1983 年第 6 期。

创作谈《振作精神，努力把创作搞上去》，《作品》1983 年第 6 期。

中篇小说《平常的一天》（收获丛书），四川人民出版社，1983 年 9

月版。

创作谈《是您把我引入文学之门》，《羊城晚报》1983 年 9 月 12 日。

短篇小说《开会》，《小说林》1983 年第 10 期。

文学评论《根深叶茂——扎根于特区的作家朱崇山》，《深圳特区报》1983 年第 10 期。

创作谈《深入生活谈片》，载《创作经验谈》，路德庆编，长江文艺出版社，1983 年 10 月版。

创作谈《第一篇习作发表的前后》，载《文学之路》，张献会、张来民等编，河南人民出版社，1983 年 11 月版。

中篇小说集《陈国凯中篇小说集》，湖南人民出版社，1983 年 11 月版。

短篇小说《牙齿——文坛志异》，《当代文坛》（创刊号）1983 年 11 月 10 日。

中篇小说《离婚》，《特区文学》1984 年第 1 期。

《有这么一个人》，《上海文学》1984 年第 1 期。

中短篇小说集《荒诞的梦》，花城出版社，1984 年 3 月版。

中篇小说《两情若是久长时》，《作品》1984 年第 3 期（《小说选刊》1984 年第 6 期选载）。

连环画《爱与恨》，董青冬根据陈国凯《代价》改编，陈文杰绘画，天津人民美术出版社，1984 年 6 月版。

创作谈《熟悉变革时期的老干部》，《小说选刊》1984 年第 7 期。

长篇小说《好人阿通》，花城出版社，1984 年 8 月版，荣获"第二届（1983—1985）广东省鲁迅文艺奖"。

短篇小说《曹雪芹开会去了——文坛志异》，《羊城晚报》1984 年 9 月 2、3 日。

报告文学《特区民警杨扬》，《深圳特区报》1984 年 9 月 6 日。

报告文学《李振权上任前后》，《南方日报》1984 年 10 月 26 日。

创作谈《第一篇习作发表的前后》，载《中青年作家谈创作（下）》，李犁耘、吴怀斌主编，山东文艺出版社，1984 年 10 月版。

创作谈《入微——观察生活琐谈》，载《中青年作家谈创作（下）》，李犁耘、吴怀斌主编，山东文艺出版社，1984 年 10 月版。

创作谈《从生活细节中去刻划人物》，《鸭绿江》1984 年第 11 期。

短篇小说《"编辑"和小偷——文坛志异》，《羊城晚报》1984 年 11 月 10 日。

中篇小说《两情若是久长时》，载《特区的早晨》，广东省文联图书编辑部编，中国文联出版公司，1984 年 12 月版。

随笔《痛悼亡友谭学良》，《深圳特区报》1985 年 1 月 17 日。

短篇小说《无题》，《作品》1985 年第 2 期。

随笔《书生老去、机会方来》，《梅县侨声》1985 年第 3 期。

《清晨》，《鸭绿江》1985 年第 3 期。

《并非荒诞的故事》，《文学月报》1985 年第 3 期。

中短篇小说集《文坛志异》，江西人民出版社，1985 年 3 月版。

文学评论《文章之道 以情动人——〈新娘的橙皮书〉序》，《广州日报》1985 年 3 月 8 日。

中短篇小说集《陈国凯小说选》，工人出版社，1985 年 4 月版。

散文《菲行散记（上）》，《深圳青年报》1985 年 5 月 16 日。

散文《菲行散记（下）》，《深圳青年报》1985 年 5 月 23 日。

散文《菲律宾之行》，《百花洲》1985 年第 5 期。

文学评论《读三篇新人新作想到的》，《特区文学》1985 年第 5 期。

短篇小说《下里巴人》，《花城》1985 年第 5 期。

小小说《雾》，载《微型小说一百篇》，孟伟哉、王振民、徐明寿编选，贵州人民出版社，1985 年 6 月版。

创作谈《文学，坎坷的路——〈陈国凯小说选〉序》，《羊城晚报》1985 年 6 月 6 日。

文学评论《〈杨干华小说选〉序》，《作品》1985 年第 7 期。

创作谈《〈羊城一夜〉的出书经过和感想》，载《我的第一本书》，上海《书讯报》编辑部，湖南人民出版社，1985 年 8 月版。

文学评论《〈水兵与空姐〉序》，载《水兵与空姐》，戴胜德，工人出版社，1985年9月版。

随笔《从当代青年作家群的兴起想到的》，载《在人生的斜坡上》，杨越主编，广东人民出版社，1985年9月版。

随笔《热情的罗娜》，《家庭》1985年第10期。

创作谈《创作需要严师》，载《作家经验谈（一）》，《文学知识》编辑部编，河南人民出版社，1985年11月版。

创作谈《入微》，载《文学创作谈》，王蒙等，重庆出版社，1985年12月版。

短篇小说《出国归来》，《作品》1986年第2期。

文学评论《〈社会名流〉序》，载《社会名流》，杨干华，江西人民出版社，1986年2月版。

文学评论《欧阳山和〈一代风流〉》，《特区文学》1986年第3期。

创作谈《在学习创作的道路上》，《新苑》1986年第4期。

短篇小说《我应该怎么办？》，载《中国新文艺大系1976—1982·短篇小说集（上卷）》，唐达成主编，中国文联出版公司，1986年5月版。

短篇小说《出乎意料》，《天津文学》1986年第7期。

文学评论《〈教授女儿的爱情〉序》，载《教授女儿的爱情》，陈荣光，工人出版社，1986年8月版。

短篇小说《荒诞的梦——文坛志异》，载《幽默小说选》，阎纲主编，宁夏人民出版社，1986年10月版。

创作谈《著名作家、〈特区文学〉主编陈国凯答新加坡〈赤道风〉编者问》，《深圳青年报》1986年10月7日。

随笔《蛇口观感录·住房奇观》，《羊城晚报》1987年1月。

短篇小说《啼笑皆非》，《风流人物报》1987年第4期。

随笔《我的朋友卢钟鹤》，《羊城晚报》1987年5月21日。

短篇小说《奇才》，《羊城晚报》1987年4月7、8日，荣获"1987年度羊城晚报《花地》佳作奖"。

短篇小说《奇才》，《小说月报》1987 年第 7 期转载。

中短篇小说集《两情若是久长时》，上海文艺出版社，1987 年 9 月版。

短篇小说《本科谁当科长》，《人民文学》1987 年第 10 期。

创作谈《陈国凯谈》，载《追求者的自白》，天雨、甘如主编，春秋出版社，1987 年 10 月版。

随笔《"官"念淡薄的波兰人》，《羊城晚报》1987 年 11 月 9 日。

随笔《飞往莫斯科》，《广州日报》1987 年 11 月 28 日。

文学评论《〈池塘边的绿房子〉序》，载《池塘边的绿房子》，李兰妮，花城出版社，1987 年 12 月版。

短篇小说《今晚有盛大演出——文坛志异》，《风流人物报》1987 年第 14 期。

短篇小说《并非笑话——文坛志异》，《作品》1988 年第 1 期。

随笔《在美人鱼的故乡》，《百花洲》1988 年第 1 期。

随笔《蛇口观察录五则》（《"小姐，请送茶来"》《"皇帝不准修面"》《住房奇观》《开会不排座次》《准时五点钟》），载《羊城晚报·花地》1988 年。

中篇小说《摩登阿 Q》，《百花洲》1988 年第 2 期（《小说选刊》1988 年第 12 期选载）。

随笔《艺苑飘丝》，《随笔》1988 年第 3 期。

随笔《湘女情——记波籍华人胡佩方》，《家庭》1988 年第 3 期。

短篇小说《鬼眼——文坛志异》，《花城》1988 年第 4 期。

随笔《熊秉权二三事》，《羊城晚报》1988 年 5 月 3 日。

短篇小说《我应该怎么办？》，载《爱情小说选》，阎钢元主编，宁夏人民出版社，1988 年 7 月版。

随笔集《蓦然回首》，江西人民出版社，1988 年 11 月版。

随笔《放眼大海洋》，《当代文坛报》1988 年第 11 期。

创作谈《在学习创作的道路上》，载《中青年作家自传》，时代文艺出版社，1988 年 12 月版。

长篇小说《荒唐世事》，《芙蓉》1989 年第 1 期。

随笔《我和图书管理员》，《图书馆杂志》1989 年第 1 期。

随笔《奇人肖世增》，《南方日报》1989 年 1 月 21 日。

短篇小说《我当了财务部长》，《羊城晚报》1989 年 2 月 3 日（《小说月报》1989 年第 5 期选载）。

中短篇小说集《摩登阿 Q》，湖南文艺出版社，1989 年 3 月版。

随笔《重新开始吧！——致蒋子龙》，《人民日报》1989 年 3 月 16 日。

随笔《话说蒋子龙》，《文汇月刊》1989 年第 4 期。

长篇小说《荒唐世事》，湖南文艺出版社，1989 年 7 月版。

随笔《竹乡行》，《羊城晚报》1989 年 8 月 29 日。

随笔《话说杨扬》，《深圳特区报》1989 年 10 月 25 日。

中短篇小说集《奇才》，浙江文艺出版社，1989 年 11 月版。

短篇小说《作家出租》，《羊城晚报》1989 年 11 月 3 日，荣获羊城晚报《花地》"1988—1989 年度佳作奖"。

散文《陈国凯散文三题》，《文学报》1989 年 11 月 16 日。

短篇小说《儒士衣冠》，《羊城晚报》1989 年 12 月 1 日。

散文《布吉风情》，《深圳特区报》1989 年 12 月 21 日。

文学评论《李晓的〈我们的事业〉》，载《作家、评论家、编辑家推荐 1988 年全国短篇小说佳作集》，上海文艺出版社，1989 年 12 月版。

1990 年代

中篇小说集《陈国凯自选集·都市姑娘》，广州文化出版社，1990 年 1 月版。

短篇小说集《陈国凯自选集·我应该怎么办》，广州文化出版社，1990 年 1 月版。

文学评论《高扬社会主义文学旗帜——在欧阳山文学作品研讨会上的发言》，《文艺理论与批评》1990 年第 2 期。

中篇小说《天道有情》，载《中篇小说选刊》1990 年第 5 期。

短篇小说《短篇小说三篇》，载《广东文学院文选 1979—1989》，陈国凯、杨羽仪主编，作家出版社，1990 年 5 月版。

文学评论《〈广东文学院文选 1979—1989〉序》，载《广东文学院文选 1979—1989》，陈国凯、杨羽仪主编，作家出版社，1990 年 5 月版。

诗歌《诗五首》，《羊城晚报》1990 年 6 月 29 日。

文学评论《高扬社会主义文学旗帜》，载《热血青史——欧阳山作品研讨论文集》，广东省文学艺术界联合会编，花城出版社，1990 年 10 月版。

长篇小说《陈国凯自选集·长篇小说卷一·代价》，花城出版社，1990 年 12 月版。

散文《走访安娜》，《羊城晚报》1990 年 12 月 28 日。

短篇小说《吃喝》，《作品》1991 年第 1 期。

散文《漫游威尼斯》，《城市人》1991 年第 3 期。

文学评论《从"酒店"到"铁皮屋"——序杨群小说集〈躁动的黎明〉》，《羊城晚报》1991 年 3 月 6 日。

短篇小说《我当了财务部长》，载《一九八九年短篇小说选》，肖德生、阎刚、傅活、谢明清编选，人民文学出版社，1991 年 3 月版。

文学评论《林坚的"傻劲"》，《作品》1991 年第 4 期。

短篇小说《软卧车厢》，《珠海》1991 年第 4 期（《小说月报》1991 年第 10 期转载）。

短篇小说《看病》，《羊城晚报》1991 年 5 月 10 日。

随笔《自述》，《南方日报》1991 年 9 月 7 日。

文学评论《〈太阳风〉序》，载《太阳风》，汕头经济特区作家协会编，新华出版社，1991 年 9 月版。

短篇小说《相见时难》，《人民文学》1991 年第 12 期，荣获《人民文学》"昌达杯"优秀小说奖，入选《人民文学》编选的创刊以来较有代表性的作品集《多味人生》（崔道怡编）。

短篇小说《回旋的舞步》，《广州文艺》1992 年第 1 期。

随笔《四个作家，八个谜底》，《少男少女》1992 年第 1 期。

随笔集《西西里女郎》，百花洲文艺出版社，1992年1月版。

小说集《陈国凯选集》，海天出版社，1992年3月版。

创作谈《小说毕竟是小说》，《小说界》1992年第5期。

小小说《雾》，载《世界华文微型小说大成》，江曾培主编，上海文艺出版社，1992年5月版。

小小说《雾》，《中国翻译》1992年第6期。

文学评论《从"酒店"到"铁皮屋"——序杨群中篇小说集〈躁动的黎明〉》，载《躁动的黎明》，杨群，花城出版社，1992年7月版。

小小说《雾》，载《中外微型小说美欣赏》，王国全、关仪，花城出版社，1992年9月版。

短篇小说《相见时难》，载《1991短篇小说选》，人民文学出版社编辑部编选，人民文学出版社，1992年10月版。

随笔《编辑家龙世辉》，《文学报》1992年第10期。

随笔《妻儿》，《家庭》1992年第11期。

随笔《听电台广播》（署名肖娴），《深圳特区报》1992年12月23日。

随笔《从意大利的六脚狗谈起》（署名肖娴），《深圳特区报》1992年12月30日。

长篇小说《都市的黄昏》（与纵雯合作），湖南文艺出版社，1992年12月版。

随笔《诸葛亮戴手表之类》（署名肖娴），《深圳特区报》1993年1月7日。

文学评论《〈星光永恒〉序》，《文学报》1993年2月11日。

文学评论《〈岭南文学百家〉丛书总序》，载《岭南文学百家》，陈国凯总主编，广东省作家协会、广东文学创作出版基金会编，花城出版社，1993年版。

随笔《生活在流转》，载《百张面孔百颗心（世情百态）》，赵培光、伊秀丽选编，东北师范大学出版社，1993年3月版。

短篇小说《周末》，《中国作家》1993年第4期，荣获《中国作家》

"1993 年优秀小说奖"。

小说集《中国当代作家选集丛书·陈国凯》，人民文学出版社，1993年 5 月版。

文学评论《〈陈貌自选集〉序》，《深圳特区报》1993 年 5 月。

随笔《"官"念淡薄的波兰人》，《现代领导》1993 年第 6 期。

《第一次恋爱》，《羊城晚报》1993 年 7 月 18 日。

短篇小说《阿通醉酒》，《作品》1993 年第 8 期。

文学评论《深圳有个无君》（署名肖娴），《深圳特区报》1993 年 8月 3 日。

短篇小说《周末》，《新晚报》1993 年 8 月 29 日、9 月 5 日。

随笔《悼秦牧同志》，载《忆散文大师秦牧》，广东省文学艺术界联合会编，花城出版社，1993 年 10 月版。

小小说《雾》，载《醉人的春夜》，刘忆芬主编，中国文学出版社，1993 年 12 月版。

短篇小说《眼睛》，《新晚报》1994 年 6 月 6 日。

短篇小说《都市闲情》，《羊城晚报》1994 年 6 月 12 日。

随笔《妻儿》，载《水样的春愁——名家笔下的爱情世界》，刘虹选编，团结出版社，1994 年 6 月版。

短篇小说《眼睛》，《人民文学》1994 年第 7 期（《中国文学》1994年第 6 期转载，并入选该刊编辑，由中国文学出版社出版的精选本）。

文学评论《〈异国旅情〉序》，载《异国旅情》，黄仁夫，花城出版社，1994 年 7 月版。

随笔《妻儿》，载《两人的世界》，尤廉选编，鹭江出版社，1994 年8 月版。

短篇小说《我应该怎么办？》，载《恋殇——当代惨烈卷》，小爱主编，河北大学出版社，1994 年 8 月版。

文学评论《〈梁湘在深圳〉及其他》，《作品》1994 年第 8 期。

随笔《蓦然回首——陈国凯自传》，载《粤海文踪——当代广东著名作家十七人传》，中国人民政治协商会议广东省委员会文史资料研究委员会编，广东人民出版社，1994年9月版。

随笔《黄仁夫和作家别墅》，《羊城晚报》1994年9月4日。

随笔《在休斯顿读金庸》，《深圳特区报》1994年11月19日。

文学评论《发扬萧殷精神 加强广东文学理论队伍建设——纪念萧殷先生逝世十周年大会开幕词》，载《风范长存——萧殷纪念与研究文集》，广东省作家协会编，1994年12月版。

随笔《是您把我引入文学之门》，载《风范长存——萧殷纪念与研究文集》，广东省作家协会编，1994年12月版。

随笔《文坛高士秦兆阳》，《当代》1995年第1期。

随笔《妻儿》，载《今夜：我是你的新娘》，孙宜君选编，山西教育出版社，1995年1月版。

随笔《读点幽默小说》，《城市人》1995年第3期。

随笔《在休斯顿读金庸》，载《我的书斋》，赵镜明、叶秀峰主编，海天出版社，1995年3月版。

随笔《妻儿》，载《名家亲情散文精选》，任建煜主编，西安出版社，1995年4月版。

随笔《小议文人当官》，《中篇小说选刊》1995年第5期。

文学评论《〈燃烧的人生〉序》，载《燃烧的人生》，郑流，花城出版社，1995年6月版。

中篇小说《当官》，《作品》1995年第7期（《中篇小说选刊》1995年第5期选载）。

短篇小说《麻烦》，《广州日报》1995年7月2日。

文学评论《"玩"又如何？——从〈都市迷情〉说开去》，《羊城晚报》1995年7月10日。

中篇小说《当官》，《羊城晚报》1995年7月14、15日（《新华文摘》1995年第9期转载）。

短篇小说《麻烦》，《佛山文艺》1995年第9期。

散文《西西里女郎》，载《广东散文选》，岑桑主编，花城出版社，1995 年 10 月版。

文学评论《程贤章的创作现象》，《文艺报》1995 年 12 月 8 日。

文学评论《程贤章的创作现象》，《当代文坛报》1996 年第 1 期。

文学评论《为有新风扑面来》，《羊城晚报》1996 年 1 月 26 日。

随笔《梅州笔会小记》，《羊城晚报》1996 年 2 月 23 日。

创作谈《创作要上去，作家要下去》，《人民日报》1996 年 3 月 28 日。

文学评论《〈星光永恒〉序》，载《小荷情·肇庆市职工文学社会员作品选》，龙飞熊、白炳安主编，花城出版社，1996 年 3 月版。

随笔《夜读高风》，《广州日报》1996 年 5 月 14 日。

短篇小说《发烧友》，《羊城晚报》1996 年 5 月 21 日。

随笔《闲话〈宰相刘罗锅〉》（署名肖娴），《深圳特区报》1996 年 6 月 10 日。

小小说、随笔《陈国凯之页》，《广州日报》1996 年 6 月 30 日。

随笔集《肖娴闲话》（署名肖娴），百花文艺出版社，1996 年 7 月版。

短篇小说《我应该怎么办？》，载《二十世纪中国名家短篇小说精品·中》，周介人主编，广州出版社，1996 年 7 月版。

随笔《爱乐随想上》，《羊城晚报》1996 年 8 月 12 日。

随笔《爱乐随想下》，《羊城晚报》1996 年 8 月 13 日。

中篇小说《两情若是久长时》，载《两情若是久长时》，梅松、陶李主编，长江文艺出版社，1996 年 8 月版。

文学评论《〈古今集〉序》，载《古今集》，江励夫，广东高等教育出版社，1996 年 9 月版。

文学评论《〈岭南杂文选续编〉序》，广东作协杂文创作委员会编，广东高等教育出版社，1996 年 11 月版。

随笔集《陈国凯随笔》，香港文学报社，1996 年 11 月版。

文学评论《程贤章的创作现象》，载《陈贤章作品评论集》，林焕平、黄永东、黄剑雄主编，广西师范大学出版社，1996 年 11 月版。

散文《五华一日》，《羊城晚报》1996 年 11 月 14 日。

中短篇小说集《相见时难·陈国凯中短篇小说自选集》，华夏出版社，1996 年 12 月版。

随笔《闲话音响音乐会》（署名肖娴），《深圳特区报》1996 年 12 月 12 日。

文学评论《动与静：小议广东文坛》，《广州文艺》1997 年第 1 期。

随笔《上帝居住的地方》，载《意大利的遗憾》（中国作家看世界丛书），吕同六、张洁选编，华夏出版社，1997 年 1 月版。

随笔《孙子》，《为了孩子》1997 年第 5 期。

短篇小说《丁一凡先生》，《十月》1997 年第 6 期（《小说月报》1998 年第 2 期转载）。

中篇小说《当官》，载《95 中国小说精萃》，舒楠，兴安选编，农村读物出版社，1997 年 6 月版。

中篇小说《天道有情》，《人民文学》1997 年第 7 期（《中篇小说选刊》1997 年第 5 期转载，荣获《中篇小说选刊》"1996—1997 年度优秀中篇小说奖"）。

随笔《说酒》，《湘泉之友》1997 年 8 月 20 日。

创作谈《以平常心 写平常事》，《羊城晚报》1997 年 8 月 25 日。

短篇小说《股王》，《羊城晚报》1997 年 9 月 5 日。

文学评论《作家杨黎光》，《羊城晚报》1997 年 9 月 17 日。

随笔《关于孙子的话题》，《人之初》1997 年第 11 期。

短篇小说《都市奇谭》，《上海文学》1997 年第 12 期，荣获"广厦杯"第七届（1994—1997）《上海文学》"优秀作品奖"。

散文《在美人鱼的故乡——访波散记》，载《百花洲百期佳作·第 3 卷·中国作家看外国》，《百花洲》编辑部编，百花洲文艺出版社，1997 年 12 月版。

随笔《妻儿》，载《名人谈家》，徐娅、英欣编，吉林文史出版社，1998 年 1 月版。

小小说《雾》，《新年枞树》，张光勤、王洪主编，社会科学文献出版社，1998年2月版。

散文《漫步秋叶原》，《羊城晚报》1998年3月4日。

随笔《保姆》，《家庭》1998年第4期。

随笔《阿当斯教授和蚂蚁》，《当代》1998年第4期。

随笔《蛇根》，《南方日报》1998年5月10日。

随笔《我眼中的汪曾祺》，《绿洲》1998年第5期。

创作谈《不与奸商行为同流合污》，日本东京举办的亚太国际笔会上的发言，1998年5月28日。

作品集《陈国凯选集》（3卷本），人民文学出版社，1998年6月版。

创作谈《陈国凯自述》，载《中国作家自述》，上海社会科学院文学研究所编，上海教育出版社，1998年9月版。

中短篇小说集《儒士衣冠》，花城出版社，1998年10月版。

随笔《作家和口才》，《交际与口才》1998年第12期。

随笔《蛇口随想》，载《见证蛇口》，周祺芳主编，花城出版社，1999年1月版。

散文《年华逝水》，载《在人间》，宗璞、葛翠琳主编，黑龙江少年儿童出版社，1999年1月版。

散文《少年不识愁滋味》，载《童年》，宗璞、葛翠琳主编，黑龙江少年儿童出版社，1999年1月版。

散文《多味人生》，载《我的大学》，宗璞、葛翠琳主编，黑龙江少年儿童出版社，1999年1月版。

随笔《作家竹林》，《南方日报》1999年3月2日。

随笔《共和国的教师》，载《共和国与我——名作家说50年》，谢真子、李下、赵光主编，四川人民出版社，1999年5月版。

中篇小说《摩登阿Q》，载《绝妙·幽默小说卷》，王蒙等著，中国文学出版社，1999年7月版。

中篇小说《一方水土》（长篇节选），《当代》1999年第5期（《中

篇小说选刊》2000年第 1 期转载，并被《中篇小说选刊》杂志社评为
2000—2001 年度优秀中篇小说）。

短篇小说《我应该怎么办？》，载《20 世纪中国短篇小说选集·第四
卷 1960—1979》，钱乃荣主编，上海大学出版社，1999 年 10 月版。

长篇小说《一方水土》，《作品》1999 年第 9、10、11 期。

长篇小说《一方水土》，中国青年出版社，1999 年 11 月版。

随笔《谢非和作家》，《羊城晚报》1999 年 11 月 17 日。

2000 年代

创作谈《试遣心涛唱大风》，《中短篇小说选刊》2000 年第 1 期。

随笔《妻儿》，载《微雨燕双飞》，刘金波选编，武汉测绘科技大学
出版社，2000 年 3 月版。

中篇小说《当官》，载《金鼎兽·当代官场小说精选第 2 辑》，周大
新等著，漓江出版社，2000 年 4 月版。

随笔《深大去来》，《特区文学》2000 年第 4 期。

文学评论《注视脚下这片热土》，载《打工世界 青春的涌动》，杨宏
海主编，花城出版社，2000 年 5 月版。

随笔《汉闻其人》，《深圳特区报》2000 年 5 月 5 日。

小小说《雾》，《世界文化》2000 年第 5 期。

短篇小说《股王》，载《出轨·羊城晚报"花地度假村"短篇小说集》，
左夫主编，羊城晚报出版社，2000 年 6 月版。

随笔《夜读高风》，载《黄昏思絮》，高风，花城出版社，2000 年 8
月版。

随笔《妻儿》，载《中国文化名人谈爱情》，邓九平主编，大众文艺
出版社，2000 年 10 月版。

随笔《刮目看"副刊"——谈应给报纸文学副刊留点活路》，《南方
日报》2000 年 11 月 4 日，荣获由广东省新闻工作者协会、广东省新闻学会、
广东新闻人才基金会联合举行的"广东新闻奖·一等奖"。

随笔《将门之女——叶剑眉》，《深圳特区报》2000年11月14日。

随笔《文坛兄弟情》，《羊城晚报》2000年12月27日。

随笔《苏东坡和毛泽民》，《湘泉之友》2000年12月30日。

随笔《将门之女》，《家庭》2000年第12期。

随笔《韩笑印象》，载《韩笑诗文集》，韩笑，解放军出版社，2000年12月版。

随笔《人过五十》，《南方日报》2001年1月7日。

随笔《作家与口才》，《香港商报》2001年1月7日。

随笔《李云迪——深圳的世界品牌》，《广东艺术》2001年第1期。

长篇小说《大风起兮》，作家出版社，2001年3月版。

随笔《闲话客家》，《深圳特区报》2001年3月18日。

文学评论《〈惊魂黑碉堡〉序》，载《惊魂黑碉堡》，范金棠，花城出版社，2001年3月版。

随笔《千载难逢一"石头"——杂说"红楼"之一》，《深圳特区报》2001年4月23日。

文学评论《中篇小说集〈情海浮沉〉序》，载《寻常岁月》，杨新乔，海天出版社，2001年4月版。

随笔《轻薄文坛》（署名余笑言），《香港商报》2001年5月20日。

随笔《布鲁诺之死》（署名余笑言），《香港商报》2001年6月10日。

随笔《荒唐世事说红楼》，《深圳特区报》2001年5月3日。

随笔《当代高才李国文》，《家庭》2001年第6期。

随笔《死亡问题》，《香港商报》2001年6月17日。

随笔《痛悼亡友谭学良》，载《谭日超文集》，岑桑，广东人民出版社，2001年6月版。

随笔《众说纷纭》，《作品》2001年第7期。

文学评论《〈不了情〉序》，载《不了情》，陈利华，花城出版社，2001年7月版。

随笔《"快乐活"和"安乐死"》（署名余笑言），《香港商报》

2001 年 7 月 8 日。

随笔《风雨花（外两题）》，《香港文汇报》2001 年 7 月 21 日。

随笔《"汉经学"》（署名余笑言），《香港商报》2001 年 8 月 19 日。

文学评论《报告文学〈天地男儿〉评论》，《文艺报》2001 年第 13 期。

文学评论《正气之歌：读〈杨门家风〉》，《文艺报》2001 年第 16 期。

文学评论《新的超越——原〈陈貌自选集〉序》，载《世纪诗叶》，陈貌，海天出版社，2002 年 1 月版。

文学评论《黄萍写诗——〈山情海韵〉序》，载《山情海韵》，黄萍，中国文联出版社，2002 年 1 月版。

随笔集《音乐和音响：发烧友手记》，花城出版社，2002 年 3 月版。

小小说《雾》，载《小小说欣赏》，黄克庭编著，中国文联出版社，2002 年 6 月版。

随笔《作家和口才》，载《交际与口才小百科》，《交际与口才》编辑部编，上海书店出版社，2002 年 8 月版。

中篇小说《一方水土》，载《新世纪首届〈中篇小说选刊〉获奖作品集》，福建人民出版社，2002 年 9 月版。

随笔《官员之家》，《深圳特区报》2002 年 11 月 10 日。

随笔《她也是官太太》，《深圳特区报》2002 年 12 月 1 日。

随笔《她也是官太太》，《领导广角》2002 年第 12 期。

随笔《她也是官太太》，《羊城晚报》2003 年 1 月 2 日。

随笔《名士之家》，《深圳特区报》2003 年 3 月 23 日。

随笔《内子·儿子·孙子》，《深圳特区报》2003 年 3 月 9 日。

随笔《内子、儿子、孙子》，《羊城晚报》2003 年 4 月 3 日。

随笔《鸣呼，贝多芬的头发》，《世界中学生文摘》2003 年第 8 期。

短篇小说《家庭喜剧》，载《岁月如歌·广州文艺 30 年优秀作品精选 1973—2003》，刘长安主编，汕头大学出版社，2003 年 10 月版。

文学评论《〈五华人的足印〉序》，载《五华人的足印》，梅华主编，作家出版社，2003 年 10 月版。

随笔《妻儿》，载《中国文化名人谈爱情·中》，邓九平主编，大众文艺出版社，2004年3月版。

文学评论《南国文坛的燕子：赵小燕》，《文艺报》2004年第23期。

随笔《怀念杨干华》，《羊城晚报》2005年4月9日。

随笔《文人品格——忆萧殷》，《南方日报》2005年4月24日。

随笔《闲话客家》，载《客家诗文》，杨宏海选编，华南理工大学出版社，2006年1月版。

随笔《贝多芬之死》，《课堂内外》2007年第2期。

散文集《陈国凯作品选·散文卷》，广州出版社，2007年3月版。

杂文集《陈国凯作品选·杂文卷》，广州出版社，2007年3月版。

小说集《陈国凯作品选·小说卷》（与纵瑞霞合作），广州出版社，2007年3月版。

随笔《我眼中的汪曾祺》，载《你好：汪曾祺》，段春娟、张秋红编，山东画报出版社，2007年5月版。

随笔《死亡问题》，《羊城晚报》2007年5月18日。

文学评论《注视脚下这片热土》，载《打工文学备忘录》，杨宏海主编，社会科学文献出版社，2007年12月版。

随笔《我眼中的汪曾祺》，载《永远的汪曾祺》，金实秋主编，上海远东出版社，2008年5月版。

中篇小说《一方水土》，载《新世纪第一届中篇小说获奖作品集》，《中篇小说选刊》编，时代文艺出版社，2008年9月版。

小小说《工地总指挥》，载《50年花地精品选·小小说卷》，张维主编，花城出版社，2008年12月版。

散文《"我从〈花地〉来！"》，载《50年花地精品选·散文卷》（下），张维主编，花城出版社，2008年12月版。

短篇小说《发烧友》，载《50年花地精品选·小说卷》，张维主编，花城出版社，2008年12月版。

长篇小说《大风起兮》，广东人民出版社，2009年12月版。

2010 年代

作品集《陈国凯文集·全 10 册》，人民文学出版社，2012 年 10 月版。

散文《快哉此风》，载《深圳 30 年散文诗选》，杨宏海、彭名燕、王成钊主编，云南人民出版社，2010 年 9 月版。

随笔《编辑家龙世辉》，载《怀念集》，韦君宜等著，人民文学出版社，2011 年 3 月版。

小小说《雾》，载《小小说选·中学卷》，高长梅主编，花山文艺出版社，2013 年 5 月版。

短篇小说《我应该怎么办？》，载《客都客家文学选粹·小说卷》，罗青山主编，华南理工大学出版社，2013 年 8 月版。

作品集《陈国凯精品集》，人民文学出版社，2015 年 3 月版。

短篇小说《陈国凯作品选·羊城风雨》，载《珠江文萃——广东新时期精英作家作品选析》，王文捷、司马晓雯、施永秀编著，广东旅游出版社，2018 年 10 月版。

文学评论《发扬萧殷精神 加强广东文学理论队伍建设》，载《百年萧殷纪念文集》，黄树森主编，花城出版社，2018 年 12 月版。

随笔《是您把我引入文学之门》，载《百年萧殷纪念文集》，黄树森主编，花城出版社，2018 年 12 月版。

2020 年代

短篇小说《羊城一夜》，载《文学里的广州·小说》，广州出版社，2023 年 8 月版。

附录二：陈国凯研究资料索引

1970 年代

易准：《难能可贵——读小小说〈学生〉所想到的》，《南方日报》1978 年 6 月 11 日。

陈锦润、陈辉祥：《关于短篇小说〈开门红〉的讨论两篇》，《作品》1978 年第 10 期。

陈焕辰等：《关于短篇小说〈开门红〉的讨论》，《作品》1978 年第 11 期（收录文章有：陈焕展《这种勇气是好的》、黎国雄《要注意典型性》、崔仑《新的人物，新的风情》、力钧《不够真实》、梁树庭《有新意 写得活》、谢伟成《更要注意内在美》）。

杨晓平：《关于短篇小说〈开门红〉的讨论》，《作品》1978 年第 12 期。

楼栖：《如何评价〈开门红〉》，《作品》1979 年第 1 期。

杨箭：《评〈作品〉发表的两篇小说——〈我应该怎么办？〉和〈在小河那边〉》，《梅江文艺》1979 年第 2 期（《作品》1979 年第 9 期转载）。

杨宏海：《"为了光明而鞭挞黑暗——评〈我应该怎么办〉兼与杨箭同志商榷》，《梅江文艺》1979 年第 3 期。

楼栖：《主题、典型及其他——〈开门红〉讨论中出现的问题》，《作品》1979 年第 5 期。

江励夫：《〈我应该怎么办？〉及其他》，《作品》1979 年第 6 期。

咏华：《文艺作品必须坚持典型性和真实性——对〈我应该怎么办？〉的一些意见》，《作品》1979 年第 6 期。

中山大学中文系中国现代文学教研室：《讨论〈我应该怎么办？〉和〈在

小河那边〉》，《广州日报》1979年7月5日（《作品》1979年第8期转载）。

康文：《真实亲切，深刻感人——浅谈〈我应该怎么办？〉中子君形象的塑造》，《广州日报》1979年7月9日。

秦家伦：《子君悲剧的典型意义和真实性——兼与咏华同志商榷》，《作品》1979年第7期。

高哲民：《能这样写悲剧吗？——评〈我应该怎么办？〉》，《作品》1979年第7期。

冯华德：《创作上的两个问题——评〈我应该怎么办？〉》，《作品》1979年第7期。

刘剑星：《也谈文艺作品必须坚持典型性和真实性——与咏华同志商榷》，《作品》1979年第9期。

任川：《春天里的又一股冷风》，《作品》1979年第9期。

严承章：《文艺的社会功能不容忽视——由〈我应该怎么办？〉结尾所想到的》，《作品》1979年第9期。

萧殷：《〈羊城一夜〉序》，《光明日报》1979年9月12日。

编辑部：《〈我应该怎么办？〉发表以后——来稿来信摘登》，《作品》1979年第10期。

杨群：《文艺批评不容再挥舞棍棒》，《作品》1979年第10期。

梅冰华：《致杨箭》，《作品》1979年第10期。

范怀烈：《能说"忘记了工农兵"吗？——文艺书简》，《作品》1979年第10期。

萧殷：《〈羊城一夜〉序》，《新华文摘》1979年第11期。

萧殷：《〈羊城一夜〉序》，载《羊城一夜》，陈国凯，上海文艺出版社，1979年11月版。

1980年代

杜萌：《陈国凯和他的〈羊城一夜〉》，《工人日报》1980年2月23日。

谢望新、李钟声：《性格的闪光——读工人作者陈国凯的短篇小说》，

《文艺报》1980年第2期（《复印报刊资料（中国现代·当代文学研究）》1980年第5期转载）。

龙世辉：《悲剧的代价——简评〈当代文学丛书〉之一〈代价〉》，《文学书窗》1980年4月17日。

缪俊杰等：《艺术地再现十年动乱的历史悲剧——评〈代价〉，兼谈文艺如何描写"文化大革命"的问题》，《新文学论丛》1980年第4期。

编辑部：《一九七九年部分短篇小说的争论》，《文学研究动态》1980年第5期。

李孟昱：《灵魂雕塑的艺术探求——读陈国凯的〈代价〉及其它小说》，《作品》1980年第9期。

弘征：《师兄师弟两新星——作家陈国凯、蒋子龙剪影》，《长沙日报》1980年10月23日。

龙世辉：《重评〈代价〉》，《新文学论丛》1981年第1期。

潘仁山等：《十年浩劫的一面镜子——评中篇小说〈代价〉》，《当代文学研究丛刊》1981年第2期。

弘征：《"家庭喜剧"编后小记》，《南方日报》1981年2月13日。

龚家宝、徐勇：《丽娜》（河北梆子剧本，改编自《代价》），天津市河北梆子剧院，1981年2月版。

杜埃：《评〈代价〉》，《文艺报》1981年第2期。

宁殿弼：《谈〈代价〉〈余热〉〈如果那夜亮起一盏灯〉三个短篇小说的爱情描写》，《理论与实践》1981年第3期。

曾法文：《法国〈世界报〉评介刘宾雁、陈国凯、杨干华等作家的作品》，《花城译作》1981年第4期。

胡德培：《永远记住这沉重的代价——陈国凯的中篇小说〈代价〉读后》，《羊城晚报》1981年4月6日。

易准：《难能可贵——读小小说〈学生〉所想到的》，载《创作随谈》，易准，广东人民出版社，1981年4月版。

马树德：《西德翻译出版一本我国中短篇小说集》，《世界文学》

1981 年第 6 期。

刘锡诚：《评陈国凯的小说》，载《文学评论丛刊·当代作家评论专号》（第十辑），中国社会科学出版社，1981 年 8 月版。

刘锡诚：《评陈国凯的小说》，《文学评论》1981 年第 10 期。

朱光天：《观察人，表现人——访工人作家陈国凯》，《芒种》1981 年第 11 期。

刘锡诚：《评陈国凯的小说》，载刘锡诚《小说创作漫评》（文学评论集），湖南人民出版社，1981 年 11 月版。

萧殷：《〈羊城一夜〉序》，载《给文学青年》，萧殷，湖南人民出版社，1981 年 12 月版。

张启范：《短小·含蓄·深刻——读短篇小说〈无题〉》，《芒种》1982 年第 2 期。

弘征：《〈家庭喜剧〉编后小记》，《南方日报》1982 年 2 月 12 日。

杜埃：《评陈国凯的〈代价〉》，载《谈生活、创作和艺术规律》，杜埃，人民文学出版社，1982 年 4 月版。

法国《世界报》：《评介刘宾雁、陈国凯、杨干华等作家的作品》，曾法文编译，《花城译作》1982 年第 4 集。

李孟昱：《捕捉美与丑撞击的火花——读陈国凯小说集〈家庭喜剧〉》，《羊城晚报》1982 年 8 月 30 日（载《湘版图书评集》，湖南省出版事业管理局编，湖南省新华印刷一、三厂，1982 年 11 月）。

李树声：《工业现代化的脊梁——读短篇小说〈透亮的水晶〉》，《工人日报》1982 年 9 月 18 日。

陶萍：《萧殷与文学青年》，《作品》1983 年第 12 期。

杨宏海：《略谈陈国凯的小说创作特色》，《嘉应师专学报》（创刊号），1983 年第 1 期（《复印报刊资料（中国现代·当代文学研究）》1984 年第 6 期转载）。

陈剑晖：《岭南小说风格试论》，《社会科学战线》1983 年第 1 期。

霍冠荣：《他走过的路——记工人作家陈国凯》，《主人翁》1983 年第 5 期。

胡健：《工人作家的责任——访工人作家陈国凯》，《工人日报》1983 年 6 月 14 日。

萧殷：《〈羊城一夜〉序》，载《萧殷文学评论选》，萧殷，湖南人民出版社，1983 年 8 月版。

李孟昱：《一个奇特的艺术形象——评〈好人阿通〉》，《南方日报》1983 年 10 月 21 日。

编辑部：《关于当前文艺形势、创作、评论及其它——杜埃、秦牧、楼栖、华嘉、张绰、岑桑、陈国凯访问纪实》，《作品》1984 年第 1 期。

陈剑晖：《向着生活的深层开掘——评陈国凯近年来的小说创作》，《海南大学学报（社会科学版）》1984 年第 2 期。

龙世辉：《重评〈代价〉》，载《编辑应用文选》，李慧文选编，山西人民出版社，1984 年 5 月版。

黄伟宗：《但愿人长久——与陈国凯谈"人之常情"的表现问题》，《广东文艺界》1984 年第 6 期。

艾彤：《生活，严峻而又多情——读陈国凯的中篇〈两情若是久长时〉》，《作品》1984 年第 7 期。

黄伟宗：《体现新"水位"的新作——评陈国凯的〈两情若是久长时〉》，《小说选刊》1984 年第 7 期。

赵雅瑶：《为新时期的改革擂鼓：读〈陈国凯中篇小说集〉》，《南方日报》1984 年 7 月。

李明俊：《感动之后的惶惑——读〈两情若是久长时〉》，《浙江日报》1984 年 7 月 29 日。

田慧贞主编：《陈国凯》，载《中国现代当代文学研究论文索引》，田慧贞主编，南开大学出版社，1984 年 8 月版。

郑莹：《工厂的五彩图——简评〈陈国凯中篇小说集〉》，《作品》1984 年第 10 期。

谢望新、李钟声：《性格的闪光——读陈国凯的短篇小说集〈羊城一夜〉》，载《岭南作家漫评》，谢望新、李钟声，花城出版社，1984年11月版。

叶梅珂：《给大地添点绿意——陈国凯印象记》，《文学报》1984年第24期。

罗源文：《情节、细节、真实性——读陈国凯〈两情若是久长时〉》，《作品》1985年第1期。

王小南：《读者小议·应当尊重作家的劳动》，《作品》1985年第1期。

周政：《读者小议·为什么要混淆视听》，《作品》1985年第1期。

赵仕聪：《他在不断向新的境界攀登——谈谈陈国凯及其〈两情若是久长时〉》，《语文月刊》1985年第1期。

黄伟宗：《把握改革开放中矛盾的特质——再评陈国凯的〈两情若是久长时〉》，《南方日报》1985年2月27日。

蔡怀励：《我所认识的阿通——读陈国凯著〈好人阿通〉笔记》，《文艺新世纪》1985年第3期。

段国超：《不要"以人为据"》，《编辑之友》1985年第3期。

《陈国凯》，载《中国文学家辞典·现代》，北京语言学院《中国文学家辞典》编委会，四川人民出版社，1985年3月版。

岑献：《对小说〈两情若是久长时〉看法不一》，《作品与争鸣》1985年第4期。

赵仕聪：《陈国凯小说艺术浅探》，《开放时代》1986年第1期。

黄丽萍：《对阿通形象国民性的探析——评〈好人阿通〉中的阿通形象》，《广东社会科学》1986年第3期。

陈娟：《〈文坛志异〉对文坛百态的幽默讽刺》，《明报》1986年3月27日。

蒋子龙：《陈国凯的小说天地》，《羊城晚报》1986年6月9日。

郑莹：《工厂的五彩图——简评〈陈国凯中篇小说集〉》，载《湘版书评二集》，湖南省出版事业管理局编，湖南人民出版社，1986年6月版。

赵雅瑶：《为新时期的改革擂鼓——读〈陈国凯中篇小说集〉》，载《湘版书评二集》，湖南省出版事业管理局编，湖南人民出版社，1986 年 6 月版。

邓国伟：《评陈国凯的〈好人阿通〉》，《作品》1986 年第 11 期。

弘征：《难兄难弟两新星——陈国凯、蒋子龙印象》，载《艺术与诗》，弘征，黄河文艺出版社，1986 年 11 月版。

张奥列：《岭南文学的流行意趣——广东小说创作态势》，《当代作家评论》1987 年第 4 期。

蒋子龙：《陈国凯的小说天地》，载《两情若是久长时》，陈国凯，上海文艺出版社，1987 年 9 月版。

蔡运桂：《读〈文坛志异〉之后》，《作品》1987 年第 10 期。

王春煜：《他迈出了坚实的步伐——访陈国凯》，载《中国当代文坛群星 2》，蔺羡璧、吴开晋主编，北岳文艺出版社，1987 年 12 月版。

黄伟宗：《但愿人长久——与陈国凯谈"人之常情"的表现问题》，载《新时期文艺论辩》，中山大学出版社，1988 年 10 月版。

黄伟宗：《体现新"水位"的新作——评陈国凯的〈两情若是久长时〉》，载《新时期文艺论辩》，中山大学出版社，1988 年 10 月版。

黄伟宗：《把握改革中矛盾的特质——再评陈国凯的〈两情若是久长时〉》，载《新时期文艺论辩》，中山大学出版社，1988 年 10 月版。

江励夫：《话说陈国凯》，《羊城晚报》1988 年 12 月 17 日。

何龙：《文人学士的喜剧性写照》，《羊城晚报》1989 年 1 月 9 日。

蒋子龙：《文坛是什么？——〈摩登阿 Q〉序》，载《摩登阿 Q》，陈国凯，湖南文艺出版社，1989 年 3 月版。

弘征：《〈摩登阿 Q〉跋》，载《摩登阿 Q》，陈国凯，湖南文艺出版社，1989 年 3 月版。

王曼：《写出于心无愧的作品——序陈国凯〈荒诞的梦〉》，载《大地情缘》，王曼，湖南文艺出版社，1989 年 3 月版。

蒋子龙：《"重返工业题材"杂议——答陈国凯》，《人民日报》1989 年 3 月 27 日。

郭小东：《陈国凯论》，载《诸神的合唱》，郭小东，花城出版社，1989年8月版。

贺朗：《萧殷与〈我应该怎么办？〉——评陈国凯的小说》，载《萧殷论》，贺朗，广州文化出版社，1989年8月版。

高少峰、洪晓君：《第一篇作品发表的前后——逆境中的陈国凯》，载《中国当代作家创作故事》，张树荣主编，学林书店，1989年10月版。

1990年代

李玉皓：《万顷江田一鹭飞——陈国凯幽默讽刺小说谈》，《小说评论》1990年第6期。

杨干华：《陈国凯铭》，《珠海文化》1990年8月。

陈建华：《彻底否定"文革"的生动教材——评陈国凯〈我应该怎么办？〉》，载《全国获奖爱情短篇小说选评》，陈建华，南京大学出版社，1990年12月版。

邓长琚：《陈国凯从工人到作家的创作旅程》，载《名人成功揭秘》，邓长琚，中国国际广播出版社，1991年4月版。

陈国凯：《陈国凯小传》，《广东当代作家传略》，陈衡、袁广达主编，中山大学出版社，1991年11月版。

宗鹰：《悲歌韰笑逐逝波——陈国凯创作寻踪》，《侨报》（副刊）1992年1月21日。

潘瑞如：《多姿多彩 荒诞幽默——读陈国凯的"怪味小说"》，《语文月刊》1992年第5期。

陈剑晖：《向生活的深层开掘——论陈国凯的小说创作》，载《文学的星河时代》，陈剑晖，南海出版公司，1992年6月版。

王国全、关仪：《淡扫蛾眉 大巧之朴——陈国凯的〈雾〉》，载《中外微型小说美欣赏》，王国全、关仪，花城出版社，1992年9月版。

何龙：《载轻松幽默中导人向善——评陈国凯喜剧性小说系列》，载《追踪文学新潮》，何龙，花城出版社，1992年10月版。

何龙：《文人学士的喜剧性写照——陈国凯的〈作家出租〉及〈儒士衣冠〉读解》，载《追踪文学新潮》，何龙，花城出版社，1992 年 10 月版。

秦家伦：《子君悲剧的典型意义和真实性——兼与咏华同志商榷》，载《文苑一隅集》，贵州民族出版社，1992 年 12 月版。

萧殷：《致国凯（七封信）》，载《萧殷文学书简》，萧殷，花城出版社，1993 年 10 月版。

游焜炳：《丰满 独特 平实 深刻——评〈两情若是久长时〉的人物塑造》，载《文学思考录》，游焜炳，花城出版社，1992 年 12 月版。

胡德培：《揭示人的深层精神世界：读陈国凯的〈相见时难〉》，《写作》1992 年第 10 期。

蔡运桂：《读"文坛志异"之后》，载《文学探索与争鸣》，花城出版社，1992 年 12 月版。

贺朗：《引路人》，载《萧殷传》，贺朗，花城出版社，1993 年 4 月版。

杨干华：《诧异：且说陈国凯》，《当代文坛报》1994 年第 3 期。

何慧：《历史春秋笔下生：论陈国凯的小说创作》，《当代文坛报》1994 年第 3 期。

王志明：《从〈春桃〉〈归来〉〈我应该怎么办〉看许地山、莫泊桑、陈国凯的美学境界》，《云林师专学报》（社会科学）1994 年第 4 期（收入《文学·时空·比较——王志明文学论文集》，西安交通大学出版社，2012 年 1 月版）。

陈小凯：《与陈国凯夜谈》，载《一路潇洒》，陈小凯编，北方文艺出版社，1994 年 5 月版。

陈衡：《为塑造广东文坛自身的形象而努力——陈衡和陈国凯的通信》，载《文海寻踪》，陈衡，中山大学出版社，1994 年 12 月版。

郭小东：《陈国凯论》，载《广东作家论》（第一集），广东作协创研室编，花城出版社，1994 年 12 月版。

龙世辉：《重评〈代价〉》，载《编余随笔》，龙世辉，人民文学出版社，1995 年 8 月版。

龙世辉：《〈代价〉发表以后》，载《编余随笔》，龙世辉，人民文学出版社，1995年8月版。

刘富道：《陈国凯自称发烧友》，《武汉晚报》1995年8月22日。

杨干华：《诧异——且说陈国凯》，《佛山文艺》1995年第9期。

蒋子龙：《陈国凯的小说天地》，载《蒋子龙文集（第8卷）》，蒋子龙，华艺出版社，1996年4月版。

朱寿桐：《深切痛创的虚假愈合——"伤痕文学"重评》，《时代文学》1996年第6期。

黄树红：《反映体制改革的独特视角——漫评陈国凯〈两情若是久长时〉》，载《岭南作家论》，黄树红，华南理工大学出版社，1996年6月版。

李玉林：《〈肖娴闲话〉序》，陈国凯（署名肖娴），百花文艺出版社，1996年7月版。

邝邦洪：《论陈国凯小说的讽刺艺术》，载《新时期小说研究》，邝邦洪，广东人民出版社，1996年7月版。

郭小东：《陈国凯论》，载《文学的锣鼓》，郭小东，广东人民出版社，1997年8月版。

蒋子龙：《陈国凯"发烧"》，载《佛缘》，蒋子龙，中国华侨出版社，1998年2月版。

竹林：《文人相亲——写在国凯兄选集出版之时》，《中华散文》1998年第5期。

蒋子龙：《我眼中的陈国凯》，《光明日报》1998年7月2日。

宋贤邦：《塑造工人形象的"雕刻师"——谈陈国凯的小说创作》，载《敝帚集》，宋贤邦，中国文联出版公司，1998年9月版。

蒋子龙：《陈国凯"发烧"》，载《名人丑效应》，蒋子龙，重庆出版社，1998年11月版。

艾彤：《生活，严峻而又多情——读陈国凯中篇小说〈两情若是长久时〉》，载《文学杂说》，艾彤，北京燕山出版社，1999年12月版。

2000 年代

左夫:《国凯和他的〈一方水土〉》,《深圳特区报》2000 年 5 月 5 日。

李一安:《作家印象之三·陈国凯》,载《透明的思索》,李一安,湖南文艺出版社,2000 年 10 月版。

黄楚熊:《"无齿之徒"陈国凯》,《北京文学》2001 年第 1 期。

黄楚雄:《糊糊涂涂陈国凯》,《中国经济周刊》2001 年第 2 期。

黄楚雄:《糊糊涂涂陈国凯》,《时代潮》2001 年第 2 期。

《为改革开放树碑立传——陈国凯长篇小说〈大风起兮〉北京研讨会纪要》,《南方日报》2001 年 9 月 15 日。

程文超:《论陈国凯长篇〈一方水土〉的跨文体写作》,《学术研究》2001 年第 2 期。

雷达:《陈国凯的〈大风起兮〉》,《小说评论》2001 年第 5 期。

邝邦洪:《工厂的五彩图》,载《中国当代名家名作解读》,邝邦洪主编,广东人民出版社,2001 年 6 月版。

王晓晖:《陈国凯新作〈大风起兮〉深受好评》,《文学报》2001 年 8 月 16 日。

繁叶:《为改革大业见证》,《中国艺术报》2001 年 8 月 17 日。

刘锡诚:《雄浑与细腻》,《中国国土资源报》2001 年 8 月 29 日。

胡平:《彪炳之作》,《工人日报》2001 年 9 月 5 日。

蒋子龙:《寓大气于诙谐——读〈大风起兮〉》,《南方日报》2001 年 9 月 15 日。

牛玉秋:《饱蘸笔墨写精神》,《人民日报》2001 年 11 月 4 日。

周政保:《"栏杆拍遍"之后——关于陈国凯的长篇小说〈大风起兮〉》,《中国图书评论》2001 年第 11 期。

黄伟宗:《但愿人长久——致作家陈国凯》,载《浮生文旅》,黄伟宗,广东旅游出版社,2001 年 11 月版。

温远辉:《合为时而著》,《作品》2001 年第 12 期。

蒋子龙：《陈国凯"发烧"》，载《极品人》，蒋子龙，远方出版社，2002 年 1 月版。

吴秉杰：《与"改革"相联系的长篇创作》，《光明日报》2002 年 12 月 4 日。

刘锡诚：《适应时代 反映社会》，《文艺报》2002 年 12 月 24 日。

明白：《仰慕陈国凯》，《中山日报》2003 年 2 月 24 日。

黄楚雄：《"无齿之徒"陈国凯》，载《全国首届冰心散文奖获奖作家作品集》，中国散文学会主编，中国文联出版社，2003 年 3 月版。

蒋子龙：《陈国凯"发烧"》，载《慈祥之火：蒋子龙散文集》，蒋子龙，新华出版社，2005 年 1 月版。

蒋子龙：《陈国凯"发烧"》，载《一见集·蒋子龙散文精选集》，蒋子龙，中国社会出版社，2006 年 10 月版。

《陈国凯简介》，载《广东当代作家辞典》，廖红球主编，花城出版社，2006 年 12 月版。

《陈国凯的创作》，载《客家社会与文化研究：客家文学史纲》，钟俊昆，黑龙江人民出版社，2006 年 12 月版。

竹林：《窗外的爆竹：春节里读陈国凯作品集》，《特区文学》2007 年第 3 期。

竹林：《窗外的爆竹》，《作品》2007 年第 4 期。

竹林：《宽厚的仁爱》，《羊城晚报》2007 年 5 月 18 日。

谭初岸：《一只眼睛睡着 一只眼睛在看》，《羊城晚报》2007 年 5 月 18 日。

《当代岭南文化名人五十家·陈国凯》，《羊城晚报》2007 年 9 月 21 日。

何超群：《历史转折期的女性理想——陈国凯〈大风起兮〉女性形象论析》，载《醉墨斋论稿》，何超群，大众文艺出版社，2007 年 9 月版。

谢望新：《性格的闪光——读陈国凯短篇小说集〈羊城一夜〉》，载《谢望新文学评论选》（上），谢望新，作家出版社，2007 年 10 月版。

程文超：《论陈国凯长篇〈一方水土〉的跨文体写作》，载《反叛之路》，程文超，中国社会科学出版社，2009 年 1 月版。

胡平：《大风起兮云飞扬——读陈国凯长篇小说〈大风起兮〉》，载《理论之树常青》，作家出版社，2009 年 9 月版。

2010 年代

蒋子龙：《人书俱老》，《海燕》2010 年第 1 期。

刘静：《人书俱老陈国凯：一场和自己打的擂台赛》，《深圳特区报》2010 年 8 月 13 日。

陈浩：《永远的榜样》，载《春华秋实》，陈浩，北京燕山出版社，2010 年 8 月版。

蒋子龙：《人书俱老》，《出版参考》2010 年第 17 期。

梁健辉：《愿将文艺伴终生》，《新世纪文坛》2011 年 1 月 18 日。

《近访陈国凯》，《梅州日报》2011 年 5 月 22 日。

杨宏海：《大风扬起的深圳精神——评陈国凯的长篇小说〈大风起兮〉》，载《我与深圳文化：一个人与一座城市的文化史》，杨宏海，花城出版社，2011 年 5 月版。

翁国剑：《欣闻陈国凯先生荣获广东省首届文艺终身成就奖》，载《百梅山房诗钞》，温国剑，花城出版社，2012 年 6 月版。

郭小东：《走出空漠》，载《走失的小酒馆》，武汉大学出版社，2012 年 7 月版。

陈荣光：《一腔真情著文章——读〈陈国凯作品选〉》，载《陈国凯文集·卷 10》，人民文学出版社，2012 年 10 月版。

李宗英：《周伯乃与陈国凯——当代两位五华籍著名作家》，载《陈国凯文集·卷 10》，人民文学出版社，2012 年 10 月版。

叶宴珍：《喜读〈大风起兮〉》，载《陈国凯文集·卷 10》，人民文学出版社，2012 年 10 月版。

徐霄杨：《生活在五华，生活在陈国凯先生的故里》，载《陈国凯文集·卷 10》，人民文学出版社，2012 年 10 月版。

梁健辉：《大风起兮奏凯旋——陈国凯文学事业成就概览》，载《陈国凯文集·卷10》，人民文学出版社，2012年10月版。

刘介民：《意中形轻的象征意象——读陈国凯的短篇小说〈当官〉》，载《陈国凯文集·卷10》，人民文学出版社，2012年10月版。

刘凤阳：《超越时代的艺术画卷——读〈陈国凯文集〉》，《珠江商报》2013年4月21日。

申霞艳：《全球化时代的广东文学》，《粤海风》2013年第4期。

潘凯雄：《"老朋友"陈国凯》，《文艺报》2013年5月10日。

蒋子龙：《国凯师兄》，载《蒋子龙文集·第12卷·人物传奇》，蒋子龙，人民文学出版社，2013年10月版。

蒋子龙：《陈国凯的小说天地》，载《蒋子龙文集·第13卷·评与论》，蒋子龙，人民文学出版社，2013年10月版。

钟琳：《广东著名作家陈国凯逝世》，《南方日报》2014年5月18日。

刘良龙：《前广东作协主席、作家陈国凯逝世》，《深圳商报》2014年5月19日。

蒋子龙：《陈国凯的语言艺术》，《深圳晚报》2014年5月19日。

蒋子龙：《我的大师兄陈国凯》，《深圳晚报》2014年5月19日。

刘静：《留一点文气 留一脉书香——媒体人眼中的陈国凯先生》，《深圳晚报》2014年5月19日。

陈定开：《"文坛好酒"陈国凯》，《梅州日报》2014年5月21日。

叶长文：《广东著名作家陈国凯辞世——曾任深圳〈特区文学〉主编》，《晶报》2014年5月22日。

《陈国凯同志逝世》，《文艺报》2014年5月28日。

刘万专：《"人书俱老，凯哥宛然"——〈特区文学〉原主编助理伊始追忆陈国凯先生》，《深圳晚报》2014年5月29日。

古求能：《路有疑难可问谁？——回忆与作家陈国凯交往的日子》，《梅州日报》2014年6月4日。

杨新乔：《我的文学知音与老师——忆著名作家陈国凯》，《梅州日报》2014年6月11日。

梅毅：《好人陈国凯》，《深圳特区报》2014年6月27日。

谭初岸：《不媚俗，不欺世——忆陈国凯》，《深圳特区报》2014年6月27日。

古从新：《惊悉著名作家陈国凯逝世，吟成四律哀挽（四首）》，载《五味轩诗词选 二集》，古从新，华夏出版社，2014年6月版。

《悼念陈国凯》，《阳江日报》2014年7月9日。

温来添：《挽陈国凯先生逝世》，载《林家寄韵》，温来添，中华诗词出版社，2015年8月版。

徐霄杨：《"陈国凯杯"作文大赛颁奖》，《深圳晚报》2015年11月3日。

邢洋：《一九七九全国优秀短篇小说评选研究》，《东吴学术》2017年第1期。

刘锡诚：《短篇小说〈我应该怎么办？〉及其反响》，载《在文坛边缘上》（上），刘锡诚，河南大学出版社，2016年12月。

刘富道：《陈国凯自称发烧友》，载《刘富道文集·散文随笔卷》，刘富道，武汉大学出版社，2017年3月版。

蒋子龙：《"重返工业题材"杂议——答陈国凯》，载《蒋子龙文学回忆录》，蒋子龙，广东人民出版社，2017年8月版。

蒋子龙：《只听音乐的师兄》，载《生命中的软与硬》，花城出版社，2017年8月版。

《四人分享陈国凯文学奖》，《梅州日报》2017年10月26日。

蒋子龙：《陈国凯的语言智慧》，《广东教学（初中语文）》2017年第11期。

王青主编：《伤痕文学的代表作家作品》，载《中国新时期小说研究专题1978—2010》，中国矿业大学出版社，2018年1月版。

萧殷：《〈羊城一夜〉序》，载《萧殷集》，萧殷，广东人民出版社，2018年2月版。

黄纯斌：《我和作家陈国凯》，《梅州日报》2018年9月5日。

黄纯斌：《回忆作家陈国凯》，《深圳商报》2018 年 9 月 7 日。

《陈国凯生平及作品解析》，载《珠江文萃——广东新时期精英作家作品选析》，王文捷、司马晓雯、施永秀编著，广东旅游出版社，2018 年 10 月版。

李孟昱：《灵魂雕塑的艺术探求——读陈国凯的〈代价〉及其他小说》，载《当代岭南文化名家·李孟昱》，李孟昱，广东人民出版社，2018 年 11 月版。

李孟昱：《一个奇特的艺术形象——评陈国凯长篇小说〈好人阿通〉》，载《当代岭南文化名家·李孟昱》，李孟昱，广东人民出版社，2018 年 11 月版。

李海燕：《南方春讯：广东改革文学论》，《江汉论坛》2019 年第 4 期。

《我所知道的陈国凯》，《梅州日报》2019 年 5 月 27 日。

布莉莉：《社会主义大型晚报：〈羊城晚报〉》，载《中国当代报纸文学副刊研究》，布莉莉，山东大学出版社，2019 年 8 月版。

贺江：《论鲁迅对陈国凯创作的影响》，《名作欣赏》2019 年第 30 期。

黄明海：《文化异位中的现代性想象——新时期以来广东流动作家小说创作考察》，《广东技术师范大学》硕论，2019 年。

2020 年代

布莉莉：《〈羊城晚报〉与 1950—1960 年代文学生产》，《百家评论》2020 年第 1 期。

徐肖楠：《陈国凯的作品：大风起兮云飞扬》，载《徐肖楠集》，徐肖楠，广东人民出版社，2021 年 1 月版。

程文超：《论陈国凯长篇〈一方水土〉的跨文体写作》，《学术研究》2021 年第 2 期。

黄纯斌：《我和作家陈国凯》，《嘉应文学》2021 年第 3 期。

顾奕俊：《知识分子的"神话"与"肉身"——八九十年代长篇小说

知识分子书写管窥》，《扬子江文学评论》2021年第5期。

咸立强：《"改革开放"与粤港澳大湾区想象共同体的构建》，载《改革开拓与文学理想》，咸立强，广东高等教育出版社，2021年12月版。

张炯：《陈国凯、吕雷的小说》，载《中国现当代小说史》（下），张炯，山西教育出版社，2022年6月版。

郭小东：《洞穿广东乡土的历史深巷——谈〈陈国凯文集〉》，载《郭小东集》，郭小东，广东人民出版社，2022年8月版。

李国栋、杜昆：《改革开放的"交响变奏"——论客籍作家陈国凯的〈大风起兮〉》，《嘉应学院学报》2023年第4期。

《新时期的广东文学·陈国凯》，载《广东文学通史·第五卷》，张培忠、蒋述卓总主编，人民文学出版社，2023年5月版。

马学永：《"当代写作"与"当代性写作"——浅谈陈国凯的小说创作》，《粤港澳大湾区文学评论》2024年第3期。

后 记

利用编后记的机会，谈谈编这本书的缘由及思路。

2017年初，我开始主动接触并关注深圳文学，搜集、购买、阅读与深圳文学相关的作品。读到《大风起兮》时，眼前一亮，这部小说不仅生动地再现了深圳改革开放之初的那段"破冰"历史，且反思与批判的力度也是深圳长篇小说中少有的。一查看作者，原来是陈国凯。我记得上大学时，老师讲"伤痕文学"曾介绍过他的小说《我应该怎么办？》，大家在课堂上还热烈地讨论过……

于是，我就试着集中查阅陈国凯的相关资料，就像发现了一个新大陆似的：陈国凯在20世纪80年代初就来"支援建设"深圳的文化事业了，他担任《特区文学》主编，扶掖深圳文学新人；到蛇口工业区体验生活，写了很多以深圳为主题的小说、杂谈等等。即便在担任广东省作协主席期间，陈国凯也长期定居深圳，关注并支持深圳的文化事业，是深圳文学的"拓荒者"与"见证人"。

2017年秋，邓一光老师来深职大参加学术沙龙活动。闲聊时，我谈到了陈国凯。邓老师特别热心，说可以帮忙引荐认识陈国凯的家人们。在邓老师的介绍下，我很荣幸地见到了陈国凯的妻子纵瑞霞老师，以及陈国凯的儿子陈纵。为了方便我的研究，陈纵还邀请我到家里去查阅陈国凯的手稿、书画、日记，并赠给我不少陈国凯的书籍。陈纵还告诉我，他爸爸在20世纪90年代还以笔名"肖娴"出版过一本随笔集《肖娴闲话》……当时，我就萌发了编一本陈国凯作品评论集的想法。

后来，我有意识地去搜集有关陈国凯的评论文章，阅读陈国凯的作品，发现陈国凯不仅为深圳文学的发展做出了重要贡献，对广东文学在新时期的发展也功不可没。陈国凯是"伤痕文学"的代表性作家之一，是新时期"改革文学"的重要作家，是新中国工业文学书写的佼佼者，也是幽默讽刺小说大家。2023年新出的《广东文学通史》，也将陈国凯看成是"广东新时期文学的标杆与旗帜性作家。"我想，这和陈国凯创作的巨大成就和广泛影响力是分不开的。

但对陈国凯作品的研究远远滞后于他的创作成就。陈国凯从事文学创作50余年，著作等身，人民文学出版社在2012年还曾推出《陈国凯文集》（全10册），但如果翻看这本陈国凯评论集的《附录二：陈国凯研究资料索引》，我们就会吃惊地发现，近20年并没有几篇专门谈论陈国凯创作的"新"文章，大多还是之前某些专家的"旧"文章，放在新近出版的论文集了。

现在人们好像不怎么谈论陈国凯了，我也很少听到身边的研究者会主动谈到陈国凯。那些大大小小的学术研讨会、座谈会，热闹非凡，但热闹是他们的，和陈国凯无关。真是"寂寞新文苑"，"荷戟"独彷徨。我想，我得马上行动起来了。

但，该怎么编呢？《陈国凯文集》第10卷里的"人书俱老"集中收录了研究陈国凯的文章33篇。如果我再把这些文章重新放在一起，推出来，显然是毫无意义的。于是，我先从资料整理开始，将"陈国凯发表作品一览"和"陈国凯研究资料索引"整理出来，发现陈国凯早在1960年就以笔名"丁东""陈凡"发表过相关作品，这个"发现"要感谢陈纵"暂借"给我的那两箱"陈国凯资料"，箱子里有一部分陈国凯发表作品的剪报，还有部分作家来信，但不是很完整，为此，我专门跑去广州两次，希望能搜集到一些"老资料"，但效果并不理想。这也为本书的编纂留下了一些遗憾，比如陈国凯的不少文章曾发表在《羊城晚报》和《南方日报》上，由于无法全部确认日期，只能将"确定无疑"的部分写进"陈国凯发表作品一览"里。

本书是"深圳文学研究文献系列"第3辑的其中一本。我并没有采取"深圳文学研究文献系列"前2辑的"编写思路"——只收录相关的研究文章,而是专门在第一章里设置了"作家之声"的主题,包括三个方面:陈国凯自述、陈国凯谈创作、作家谈陈国凯。我想以此向读者(评论家)"隆重介绍"陈国凯是谁,尤其是通过作家本人的"自我陈述",来还原历史的真实。选择"我从《花地》来!""零思飘絮"也是有深意的,这里就不多加解释。作为新时期的风云作家,陈国凯也曾写过一些有影响力的"创作谈",和当时的知名作家蒋子龙、竹林、杨干华等交往密切,于是,就增加了"陈国凯谈创作"和"作家谈陈国凯"两个内容。

该书的第二部分是陈国凯创作"总论",收录了郭小东、陈剑晖等名家对陈国凯的研究文章,尤其值得一提的是《广东文学通史》的"陈国凯论",是最新的关于陈国凯创作成就的综论。在我去年正式编写本书时,这本"通史"还未出版。将"通史"里的"陈国凯论"收入本书,为本书增色不少,在此要特别感谢以陈剑晖等学者为代表的《广东文学通史》编写组。

"作品争鸣"部分,收录了关于《开门红》《我应该怎么办?》《代价》三篇小说的部分讨论文章。陈国凯的小说在1978年之后的很长一段时间里都是"热点话题",既有全国的"读者来信",媒体评述,还有社会各界的"大讨论",而且被改编成了连环画、舞台剧、电视剧,广为流传。如果不在该书中对这一"盛况"进行"展示",也是"不合格"的。

说得太多太细,就会显得啰嗦,关于编书的思路,就此打住。感谢蒋子龙、李德南两位老师能在百忙中为该书写序,感谢陈纵的"大力支持"。本书也是第二届粤港澳大湾区文艺创新论坛"重点文艺研究课题"——新时代深圳文学经典化研究的阶段性成果,特此说明。

2024年5月